HAYMON taschenbuch 269

Gefördert von tirol Unser Land

Gedruckt mit freundlicher Unterstützung durch die Abteilung Kultur der Tiroler Landesregierung.

MIX
Papier aus verantwortungsvollen Quellen
FSC® C083411

Auflage:
4 3 2 1
2022 2021 2020 2019

HAYMON tb **269**

Originalausgabe

www.haymonverlag.at

ISBN 978-3-7099-7916-7

Buchinnengestaltung nach Entwürfen von himmel. Studio für Design und Kommunikation, Innsbruck / Scheffau – www.himmel.co.at
Umschlag: Eisele Grafik · Design, München
Umschlagabbildungen:
Anna von Ungarn: Hans Maler (1480/90–um 1530), Anna von Böhmen und Ungarn, 1521, Innsbruck, Tiroler Landesmuseum Ferdinandeum, Ältere Kunstgeschichtliche Sammlungen, Inv.Nr. Gem 1919, Foto: Innsbruck, Tiroler Landesmuseen
Hintergrund: Innsbruck, das Goldene Dach, Bibliograph. Institut in Hildbh., Foto: Innsbruck, Tiroler Landesmuseen
Satz: Da-TeX Gerd Blumenstein, Leipzig
Autorenfoto: Wolfgang Lackner

Gedruckt auf umweltfreundlichem, chlor- und säurefrei gebleichtem Papier.

Jeannine Meighörner

Die Luftvergolderin

Ein historischer Roman

Jeannine Meighörner

Die Luftvergolderin

Für Rosemarie und Kari

„Kind, bitte Gott um meine Gesundheit!“
Der sechsundfünfzigjährige Kaiser Maximilian I.
bei seiner Hochzeit mit der zwölfjährigen Anna von
Ungarn und Böhmen im Stephansdom zu Wien, 1515

*„Ein guter Maler hat zwei Hauptsachen zu malen,
nämlich den Menschen und die Absicht seiner Seele.“*
Leonardo da Vinci, 1516

Das Mädchen und der Maler

Zehn Sonnen

Sie ist nichts als Gold und Licht. Selbst der Staub um sie schimmert, als vergolde sie die Luft. Dabei ist die Luftvergolderin jung: ein Mädchen mit einer Goldhaube, unter der goldblondes Haar hervorblitzt, ihr Kleid ist mit Sonnen aus Goldfäden bestickt, ihr Hals mit Juwelen geschmückt. Ein Flirren und Glitzern erfüllt den Raum. Ein Funkeln und Glimmen.

„Falscher Zauber“, flüstert ein Betrachter der Szene. Das Mädchen spielt eine Himmelskönigin – oder was es dafür hält: Es geht nicht, es schreitet, alles gerät zur Pose. „Mich täuschst du nicht, Beobachten ist mein Beruf!“ Noch im Flüstern zählt der Mann auf der Brust des Mädchens zehn feuerzüngelnde Sonnen und er erkennt, dass es geweint hat. Heimlich geweint. Nun schmollt es mit dem Schmollmund eines Kindes. Irgendeines Kindes mit einer fleischigen Unterlippe.

Plötzlich geht ein Ruck durch die zarten Glieder. Das Schmollen weicht einem Lächeln, doch die Augen bleiben starr.

„Deine Augen, in der Farbe von tiefem Wasser, sind das Ehrlichste an dir“, wispert der Betrachter mit gedämpfter Stimme.

Aber was ist schon ehrlich in der Hofburg zu Innsbruck? Menschen buckeln vorne und schmähen das Mädchen hintenherum als „goldene Gans“. Wohl meinend, es wüsste dies nicht und wäre zu jung für die Wahrheit. Ihre Wahrheit. Und überhaupt: Es ist eine Fremde.

Mit dem Tod Kaiser Maximilians I. im Winter 1519 versank eine Welt mit ihm in einem Gerangel um Macht. Nun, im zweiten Jahr danach, meint die Luftvergolderin, ihr stünde wieder eine Hauptrolle zu. Sie war Maximilians Braut ...

„Ich weiß alles, ihr Narren!“ Ihre mühsam verstellte Stimme klingt dunkel, die Gewänder sind schwer, der falsche Zauber hat seinen Preis: Eigentlich heißt das Mädchen Anna, aber keiner spricht diesen schönen Namen aus, keiner darf es. Posiert Anna vor ihrem Hofstaat als Lichtgestalt, bleibt sie eine Gefangene ihrer Einsamkeit.

„Majestät, ich bin geblendet!“ Der Betrachter heuchelt plötzlich Begeisterung. Ein Maler ist er und so nennt er sich auch: Hans Maler, Maler zu Schwaz in Tirol. Er soll die Luftvergolderin unsterblich machen, sie der Zeit entreißen, denn die Vergänglichkeit frisst auch Mädchen aus Gold. Solche, die Anna heißen, die aber niemand zärtlich „Anna“ nennt. „Meine kleine Ungarin“ – so nennt Hans Maler Anna in seinen Gedanken. Zärtlich fast, denn sie saß ihm schon häufig Modell: als Kind und als viel zu junge Braut. Eine Braut, die als Jungfrau zur Witwe wurde. Doch dieses ungewöhnliche Wesen zu mögen, ist wie ein Spaziergang auf einem Seil. Einem schwankenden Seil. So weiß der Maler, dass ihr Lachen falsch ist und ihre Haare gebleicht. Früher hatte Annas hüftlanges Haar die Farbe von Lehm. Aber welche eingebildete Himmelskönigin möchte Haare in der Farbe von feuchter Erde? Von Schmutz? Dabei ist ihr Schicksal ungewiss, auch dies weiß er. Raschelnde Gewänder aus Brokat und Goldstickerei bedeuten viel oder wenig in Zeiten wie diesen, einer Epoche des Wandels, die selbst goldene Bräute verschmäht. Solche mit einem Schmollmund allemal ...

Sie mag ihn – und sie mag ihn nicht. Eigentlich ist der Maler ihr unheimlich. Sein Blick verweilt nicht an ihrem Sonnenkleid, mag er auch schauspielern, ihn beeindrucke ihr Anblick. Ihre Anmut. Doch sie weiß nur zu gut, dass er kein Blender ist und keiner, der sich blenden lässt.

So langweilen ihn ihre Juwelen und er murrt, wenn er sie malen muss: „Ich interessiere mich mehr für Menschen, die Beschaffenheit ihres Gesichts, die Sprache ihres Körpers. Sie passt selten zu den Worten aus ihren Mündern." Die Ironie seiner Worte wirft Fältchen um jene Augen, denen nichts entgeht. Anna hält diesem Blick stand. Anna hält immer stand. So ist sie erzogen.

Hans Maler steht hinter seiner Staffelei, die Farbpalette zur Linken und einen Pinsel zur Rechten. Er verändert sich. Ja, auch sie beobachtet ihn. Bevor er sein Werk beginnt, folgt er einer Art Choreografie: Der Maler schließt die Lider und saugt Luft in sich hinein, bewegt seine Lippen, als trinke er Luft. Pumpt seinen Brustkorb damit auf. Ein merkwürdiges Spektakel: ein stattlicher Mann, der breitbeinig hinter einer Staffelei steht und Luft zu trinken scheint.

Sie möchte laut herauslachen, aber als der Lufttrinker wieder seine Augen aufschlägt, ist er ein Besessener. Seine Pupillen scheinen nun von einer inneren Glut erhellt, und sogleich dringt er in Anna ein, als sei ihr Köper ein dunkler Brunnenschacht, an dessen Ende ihre Seele wie schwarzes Wasser schimmert. Erdig und geheimnisvoll. Das ist gruselig und faszinierend zugleich.

„Malerei ist Magie", säuselt er.

„Hokuspokus", schimpft Anna. „Magie? Was soll das sein?" Tiefe Gefühle zu zeigen, ist gefährlich, das lernte sie schon als Kind. Auch hält man sie nicht in Innsbruck fest, auf dass sie ein besserer Mensch werde – oder eher noch eine bessere Braut. Hier geht es um ihr Erbe. Ihr Prestige. Das wusste sie schon, als man sie nach Tirol brachte: als Zwölfjährige, weit entfernt von ihrer Heimat und ihrer Familie.

Unterdessen lächelt der Maler in sich hinein und denkt: Ach, kleine Ungarin, mir machst du nichts vor. Ich kenne dein Gesicht. Kenne es besser als das sommersprossige Gesicht meiner Magd Lina, die in pechschwarzer Nacht unter meine Bettdecke kriecht und tagsüber zweimal zur Kirche rennt. Ich kenne dein Antlitz sogar besser als mein eigenes, denn ich bin kein Albrecht Dürer, der sich selbst porträtiert. Und dies immer nach der neuesten Mode: im Pelzrock, mit geschlitzten Hemden, dem Bart eines Rebellen und gebrannten langen Locken. Seit Dürer in Italien war, verkündet er sogar die Gottesebenbildlichkeit des Menschen. Ja, die Gottesebenbildlichkeit. Ich hörte ihn sogar sagen: „Ein Künstler ist der zweite Schöpfer nach Gott! Er macht den Menschen allansichtig." Ha, nun frage ich mich: Brannte die italienische Sonne zu heiß auf Dürers Lockenpracht? Und, kleine Ungarin, wenn ich deinen Schmollmund male, wäre dies also ein göttlicher Schöpfungsakt? Er schmunzelt über seine Gedanken: Nein, ein Dürer ist er nicht, denn nie würde er sich selbst porträtieren. Dürer ist ein Geck, der nur den Kaiser neben sich duldet. Und vielleicht noch den lieben Gott. Diesen Scherz erzählen sich solche, wie er: Maler, die Großes erschaffen, ohne als Große zu gelten. Aber es erfüllt ihn mit Stolz, ein Maler zu sein.

Dass die Luftvergolderin unglücklich ist, sah er gleich. Plagt sie wieder das Heimweh oder ist es dieses neue Gefühl? Ihr heimliches Begehren, bei einem Mann zu liegen? Sie ist jetzt in diesem Alter ... Einem mächtigen Mann mit Armen so lang, dass sie nicht nur ihre dünne Taille umschlingen, sondern die ganze Welt. Ach, ihre Rolle als Himmelskönigin gelingt ihr heute schlecht. All das Gold, das sie umhüllt, ist das, was Gold in den Händen der Menschen meist ist: Blendwerk.

„Majestät, mit Verlaub, ich mache keinen Hokuspokus. Ich bin ein Chronist der Wahrheit." Seine Antwort kommt gefährlich spät, kennt man Annas Ungeduld.

„Ha! Er ist Hofmaler, solche bezahlt man, damit sie gefällig sind", zischt sie entsprechend barsch.

„Ich bin kein Hofmaler und ich leide nicht an der Gefallsucht!", hält er dagegen. „Meine Hand, die den Pinsel führt, gehorcht allein meinem Herz."

Anna schnaubt zornig und dreht sich so abrupt herum, dass aus ihrem Gewand erneut Goldstaub aufwirbelt und sie umschwebt. Glanzpartikel tanzen im milchigen Licht der Butzenglasscheiben.

Man könnte sie für eine Heilige halten, wo sie doch nur eine Scheinheilige ist, denkt Hans Maler als ihr Porträtist.

Annas Antwort bestätigt dies, sie klingt wieder hart und dunkel: „Es steht einem Pinselschwinger nicht zu, so mit einer Königin zu sprechen. So unverschämt. Ihr Maler werdet frech, seit ihr euch einbildet, Künstler zu sein."

„Aber Kunst soll das Unaussprechbare aussprechen ..."

„Schweig! Was maßt Er sich an? Er hält sich für einen Seher? Er kann gleich im Kerker darüber nachdenken, wann ein einfacher Mann zu schweigen hat vor einer Königin." Sie ist so erregt, dass ihre Stimme von der abgedunkelten Tonlage der Macht in das Blecherne eines Kindes verfällt. Eines zornigen Kindes.

Hans Maler, der dieses Wesen in allen Verkleidungen und Gemütslagen kennt, spürt, es ist an der Zeit, klein beizugeben. Mit einer Verbeugung tritt er hinter seiner Staffelei hervor. „Ich entschuldige mich und stimme Ihrer Majestät zu", seufzt er demütig.

Anna wirkt für einen Moment verblüfft, fängt sich aber sogleich: „Nur die Tatsache, dass Kaiser Maximilian, mein Gatte, Ihm noch persönlich den Auftrag gab, mich zu porträtieren, bewahrt Ihn vor dem Kerker. Das war meine letzte Warnung." Ihr dünner Zeigefinger bohrt sich in die Luft wie eine Stichwaffe.

Er verbeugt sich einmal mehr.

„Maler, sieh Er sich vor, dies befiehlt Ihm Seine Königin."

Ha, du bist gar keine Königin, auch wenn ich dich mit „Majestät" oder mit „Königin" ansprechen muss, denkt der Maler. Alle bei Hofe müssen dies. Alle bis auf Jeanne, deine Amme, diese Französin. Sie nennt dich „Petite", das meint „Kleine". So übermäßig fett wie diese Amme ist, wirkst du neben ihren rosafarbenen Fleischbergen tatsächlich winzig. Aber als Tochter von Vladislav II., König von Ungarn, Böhmen und Kroatien, bist du nur eine Prinzessin. Keine Königin, eine Vielleicht-Königin bestenfalls. Es freut ihn, dass ihm dieses Wort einfällt, er formt es mit seinen Lippen: „Vielleicht-Königin!" Ein lautloses Flüstern, in den Kerker möchte er nicht. Es freut ihn umso mehr, dass er nicht ihr Lakai ist, der er als Hofmaler wäre. Betrachtet er sie – in ihrem Glanz und sogleich in ihrem Elend –, ist er doppelt froh, kein Hofmaler zu sein.

Anna von Ungarn stolziert umher und überlegt. Die Steifheit ihrer Gewänder gestaltet ihre Bewegungen puppenhaft, hölzern gar, wo sie doch so gerne geschmeidig wäre. Geschmeidig bewegt sich hingegen der Maler – auch in seinen Gedanken. Da sie ihn noch braucht, könnte sie ja etwas von ihm lernen, etwas, was sie eigentlich nicht lernen darf: die Neugier. Neugier sei unschicklich für Damen, murren ihre Hoflehrer immer mit sauertöpfischen Mienen. Ihr Unterricht gestaltet sich auch als saurer Wissensbrei, den sie jeden Morgen löffeln muss. Sonntags maßregelt sie dann noch der Pfarrer der Hofkirche, der sogleich ihr Beichtvater ist: Neugier sei Weibern streng verboten. Sie gelte als Lockmittel des Teufels. Doch was hat sie überhaupt zu beichten? Jeder ihrer Schritte wird überwacht, man möchte sie für einen Bräutigam „abrichten", sie gefügig machen wie einen Schoßhund. Empörung durchzuckt ihre Gedanken wie ein grelles Wetterleuchten.

Der Maler möchte nichts von alldem. Er plagt sie jedoch mit seiner übergroßen Neugier, denn er möchte ihre Seele malen. Ja, ihre Seele. „Ein Maler erkennt die Idee eines Menschen, die in ihm wohnt. Seine Aufgabe ist es, diese Idee festzuhalten", verkündete er jüngst.

„Ha. Ein guter Maler vielleicht", konterte sie ironisch. Was bildet der blasierte Kerl sich eigentlich ein? Wofür hält er sich? Nun, zumindest bringt er Farbe in mein Leben, denkt sie.

„Man muss das Wesen der Dinge erfassen. Selbst ein Batzen Dreck gleicht keinem anderen", so seine neueste ungeheuerliche Behauptung.

„Was? Dreck ist nicht gleich Dreck?" Sie rief ihn einen Narren: „Gott schuf den Menschen nach seinem Bilde. Nun soll Dreck etwas Besonderes sein?" Ihre ungarischen Hofdamen verlachten ihn in der Sprache ihrer Heimat, die er – Gott sei Dank! – nicht versteht: „Was weiß so ein Malerpinsel schon? So ein Geröll-Leonardo aus Tirol. Ist Er der Meister des Drecks?", kicherten sie mit ihren hellen und unbeschwert heiteren Stimmen, wo sie, ihre Herrin, doch auch immer wie eine Herrin klingen muss.

In Ungarn lernte Anna einst: Dinge sind so, wie sie sagte, dass sie sind. Sie hatte das letzte Wort! „Herrscher herrschen, Zweifler scheitern!", ermahnte sie ihr Vater. „Anna, wir Jagiellonen entstammen einem stolzen, alten Königsgeschlecht. Das ist unsere Verpflichtung.“ Nur ihr Vater sagte zärtlich „Anna“ zu ihr, nur er durfte es. Da war ihre Mutter schon längst verstorben.

Es schmerzt Anna, dass sie vergaß, wie es klang, wenn die Frau, der sie ihr Leben verdankt, ihren Namen aussprach. „Petite, sie tat dies im französischen Singsang, so als würden die Buchstaben tanzen“, tröstete Jeanne sie einmal. Als ihre Amme weiß sie dies, und da sie schon die Amme ihrer Mutter war, scheint es Anna, als verwebe sie ihr Leben mit dem ihrer toten Mutter. Als spänne sie Fäden zwischen ihnen. Fäden aus Gold. Nein, Fäden noch kostbarer als Gold: Fäden der Liebe. Fäden, die niemals zerreißen. Anna kennt diese Art von Liebe nicht, und außer Jeanne tröstet sie niemand.

„Sollte eine Braut nicht auch etwas von der Liebe wissen?“, fragte der Maler kürzlich und brachte Anna in Verlegenheit. Wieder drohte sie, ihn einsperren zu lassen. „Majestät entschuldigen Sie, ich meine die Liebe zu den Dingen. Mir geht es um Wahrhaftigkeit“, erklärte er sichtbar eingeschnappt, aber vorsichtig geworden. „Wahrhaftigkeit? Er maßt sich an, wahrhaftig zu sein?“, prustete sie heraus. Ein künstliches Lachen, das wussten sie beide. „Aber Majestät, Dinge sind so, wie sie nun einmal sind. Meine Aufgabe ist es, das Wesen der Dinge abzubilden. Wahre Schönheit offenbart sich überall, man muss sie nur erkennen. Das meinte ich mit der Liebe zu den Dingen. Leider sind meine Worte nicht so geschult wie meine Augen. Ich bin Maler, kein Dichter“, sagte er dann höflich. Sein Mienenspiel und seine Bewegungen erfüllte wieder diese Geschmeidigkeit, um die sie ihn beneidet. „Ein Schwätzer ist Er“, unterbrach sie ihn aber. Das war ein Scheingefecht, denn tief in ihrem Inneren spürte Anna, wie etwas in ihr erwachte. Wie Neugier in ihr aufkeimte. Öffnete dieser

Provinzmaler ihr die Augen für Dinge, die sie – in ihrem goldenen Käfig – gar nicht sah und nicht sehen sollte?

Ja, vielleicht war ein Batzen Dreck ja nicht nur ein schmutziges Nichts? Und ein Stein nicht nur ein Stein? Nun, ihre Steine waren Edelsteine. Sie entstammten fernen Ländern jenseits der Meere, wurden sorgsam geschliffen und ihr dann als Geschenk auf Samtkissen gereicht: Rubine, rot wie Blutstropfen, wasserblaue Saphire, Smaragde, so grün wie Moos nach einem Regen, Diamanten, die jeden Lichtstrahl in blitzende Regenbogen verwandeln. Doch vielleicht sollte sie auch die kleinen Dinge betrachten? Liebe zum Detail lehren sie ihre Lehrer nicht. Diese Blindschleichen und Langweiler. Aber nie würde eine Anna von Ungarn zugeben, dass sie etwas lernt von einem Maler. Einem Provinzmaler.

Nein, er darf keine Macht über sie haben. Nicht noch mehr Macht ... Sitzt sie ihm Modell, verspürt sie neuerdings ein seltsames Gefühl: Die feinen Härchen an ihrem Körper richten sich auf, dann kriecht dieses Zittern ihrer Nerven – oder was auch immer dies ist – tiefer, kriecht prickelnd über ihren Bauch, prickelt bis unter ihre Röcke. Lustvoll. Ist dies Sünde? Eine Todsünde sogar? Oder ist sie krank und sollte ihren Leibarzt rufen lassen? Sie zögert. Erführen ihre Feinde von ihrer Malaise – sicher ein Frauenleiden –, würde man sie noch mehr verspotten. Heimlich verspotten. Aber sie weiß alles!

Eine Anna von Ungarn weiß auch, dass sie auf dünnem Boden steht, selbst in ihrem Prachtgewand. All das, wozu man sie in ihrer Heimat Ungarn und später in Prag erzog, ist in Gefahr. Hält man sie deshalb so lange in Innsbruck gefangen? Zerfällt ihr Plan zu herrschen zu Staub?

„Auch Goldstaub verweht der Wind.“ Diese Dreistigkeit brummte der Maler, als sie ihm das letzte Mal Modell saß. Er tat es scheinbar im Selbstgespräch mit Farbpulver hantierend. War es Ocker? Es war eine gelbliche Erdfarbe, er vermischte sie mit zerstoßenem Glimmer und einem Öl aus Nüssen. Sie mag diesen Geruch, auch der Maler riecht nussig.

Dass sie ihn neuerdings lieber mag, verrät sie nicht einmal Jeanne. Doch seit der Kaiser verstarb, hatte kein Mann mehr Augen für sie. Zumindest blickt sie keiner an, wie dieser Maler es tut, dabei ist sie schon im siebzehnten Jahr. Doch man hält sie noch immer für ein dummes Mädchen, denn sie hat einen Makel: Der Kaiser legte sie nie in sein Bett! Sie war seine Braut, ohne ein Brautlager. Eine strategische Gemahlin: „per procurationem“. So nannten dies Maximilians Berater, die seine Verträge aufsetzten. Auch diesen Ehevertrag, der sie nun schon seit Jahren in Innsbruck festhält wie eine Geisel. Grauhaarige Männer mit blassen Lippen und ausgefuchsten, aber schalen Gesichtern – scheinbar schlug kein Herz in ihrer Brust.

Nun, so ein „Brauthandel“ ist ein Geschäft, das weiß sie wohl. Sie weiß auch, dass der Kaiser sie als Stellvertreter für seine Enkel heiratete. Für junge Kerle, die sie nicht einmal kannte. Für diesen Karl oder für den jüngeren Ferdinand.

„Ha, diese goldene Gans bringt nicht nur Ungarn, sondern auch Böhmen und Kroatien mit“, hörte sie flüstern. Noch Hässlicheres trug man ihr zu: „Sollte ihr Bruder Ludwig, ihr einziger Bruder, keinen Sohn für den Thron der Jagiellonen zeugen – noch ist er ein Kind und Kindlein sterben nun einmal wie die Fliegen –, dann fällt der Thron an die Habsburger.“ Hoffte Maximilian sogar auf diesen „tragischen Erbfall“? War er ein Thronjäger?

Nein, sie mag nicht schlecht über ihn denken. Seit er verstarb, hält sie sein Andenken in Ehren, denn er berührte sie. Berührte alle ihre Sinne, dabei war er fast ein halbes Jahrhundert älter als sie. Aber was für ein halbes Jahrhundert! Ja, sprechen nicht viele schon vom Maximilianischen Zeitalter? Und sie war mit dabei, war mittendrin: Sie war seine Braut!

Zunächst hatte sie natürlich auch Angst vor diesem Mann, schreckliche Angst, obgleich man ihr beigebracht hatte, sie zu verbergen. Aber sie war ja noch ein in der Liebe völlig unbeschriebenes Blatt, er hingegen war mit allen Wassern gewaschen, war ein Tausendsassa.

Doch bald schon geriet sie in seinen Bann. „Mein Herz hat keine Falten und mein Arsch keine Runzeln", lautete eine seiner Zoten, die sie zum Lachen brachte. Und wer brachte sonst ein ernstes Mädchen wie sie zum Lachen? Ja, der ehrwürdige Kaiser konnte ein Spaßmacher sein: mitunter derb, aber auch geistreich, voller Esprit und Charme. Er begeisterte jedes Publikum, riss alle mit sich, nicht nur sie. Dieser prachtvolle Mann war ein Vielgeliebter.

Doch Maximilian verschloss sich den Sehnsüchten seiner jungen Braut und behandelte sie wie ein Kind. Gut, er unterhielt sie mit Bällen, Hofmaskeraden, Versteckspielen, Jagdausflügen, Schneeballschlachten, denn der Winter in den Bergen Tirols ist lang. Er war aufmerksam, war konziliant, nur leider war er ohne Leidenschaft. Küsste er sie, so küsste er nur ihren Scheitel, selten ihre Stirn. Dabei spitzte er künstlich seine Lippen.

„So küsst man keine Geliebte, so küsst man den Popo eines Säuglings", munkelten ihre Hofdamen. Gott sei Dank war auch der Kaiser des Ungarischen nicht mächtig. Dass sie den Lästermäulern den Mund verbat, änderte nichts an den Küssen ihres Mannes. Küsste er ihre Hände, tat er dies nur, wenn sie die Handschuhe trug, die er ihr geschenkt hatte, gefertigt aus dem zarten Leder von Rehkitzen. Ihr schien es, als verabscheute Maximilian die Wärme ihrer Haut. Ihren Duft.

Kalte Küsse schmerzen eine Braut. Auch wenn sie damals noch blutjung war, hätte sie sich ihm ja vielleicht sogar hingegeben. Zumindest in ihren Gedanken schlang sie ihre spindeldünnen Arme und Beine um ihn, umklammerte ihn wie ein dressiertes Äffchen. Ungeachtet ihrer Angst. Er – der mächtigste Herrscher auf Gottes Erdboden und der letzte Ritter, wie man ihn nannte – war auch mit weit über fünfzig Jahren noch eine imposante Erscheinung. Alle Frauen, die ihn sahen, verzehrten sich nach ihm: reiche wie arme, alte wie junge. Doch er verschmähte Annas junges Fleisch und sparte sie auf für seine Enkel ...

Nun muss sie lernen, ohne ihn zu leben, seit der Tod ihn ihr entriss. Das meinen selbst ihre Lehrer in Innsbruck. Sie liest Bücher, spricht mehrere Sprachen, musiziert, ist welterfahren. Sie kam weit in Europa herum, weiter als mancher Tiroler Bergmensch es sich überhaupt vorstellen kann, dem sein enges, verschattetes Tal die ganze Welt ist. Doch was sie von ihrem „Gatten" lernen wollte, das brachte Maximilian ihr nicht bei: die Liebe. Die Liebe, wie ein erfahrener Mann sie seiner Braut lehrt. Zumindest die Liebe in den Gedanken.

Wieso verschmähte er mich? Diese Frage quält sie in der Stille der Nacht. Doch offen begehren darf eine Frau nicht. Eine wie sie schon gar nicht. „Weiber empfangen, Weiber begehren nicht!", zitieren ihre Lehrer die Bibel, ihr Rücken krumm vom Herabbeugen über das Lesepult. Ihrem Maximilian war biblische Sittsamkeit fremd. Er liebte das pralle Leben. Zelebrierte es. Einmal hörte sie Tiroler Dienstboten heimlich reden: „Er hat zwölf Schlafweiber – allein in Innsbruck. Und allesamt verwöhnt er sie."

Auch sie verwöhnte er – wenn auch nur mit Geschenken. An Zuneigung geizte er jedoch, selbst mit kalten Küssen sparte er. Doch sie will endlich von der Süße der Liebe naschen. Ist sie jetzt nicht alt genug? Liegt sie nachts wach in ihrer kalten Kammer, tut sie dies nicht mehr wie ein Stück Holz. Nun berührt sie sich.

Zunächst wagte sie nicht, dies zu tun. Doch jetzt schmiegt sie ihre Hände um ihre Brüste, als seien ihre kleinen Handteller die großen Pranken eines Mannes. Sie spürt Leben darin, ein Pochen, manchmal auch ein schmerzhaftes Ziehen. Ist dies sündhaft? „Gott, der Schöpfer, schuf auch mein sprießendes Fleisch", sagt sie sich, wenn ihre Hände immer wieder dorthin wandern. Ihre Brüste zu halten, gibt ihr ein Gefühl von Geborgenheit in der einsamen Kälte der Nacht.

Erst gestern hörte sie die Hofdamen flüstern: „Es wird Zeit für unsere Herrin, bei einem Mann zu liegen. Ihre Brüste quellen auf und sie wird ruhelos wie eine rollige Katze." Gerne hätte sie auch diese Tratschweiber nach Ungarn zurückgejagt. Aber es war auch gut, die Wahrheit zu hören. Wann hören die Wände einer Hofburg so etwas wie die Wahrheit?

Nur der Maler sagt ihr Dinge, die man zu einer Königin nicht sagen darf. Ach, und neuerdings bringen seine Blicke eine Saite in ihr zum Klingen, die nicht gespielt wird. Einen Ton, den sie noch nicht genau kennt. Doch wenn er sie so anblickt, ist sie das Gefäß für diesen Ton. Es ist ein warmer Ton, das spürt sie. Er bringt all ihre Sinne zum Schwingen.

Sie liebt Musik, doch sie darf nur heimlich musizieren, nur in der Abgeschiedenheit ihrer Kammer. Dort tanzen ihre Fingerkuppen über die schwarz-weißen Tasten ihres Clavichords. Ein zierliches Instrument aus gutem Klangholz, das sie in Venedig bestellte. Ein „Schmuckkästchen" üppig mit Rosen bemalt, mit rosafarbenen Blütenkelchen aus den geheimen Gärten Venedigs.

Erstaunlich, wie leise so ein Clavichord sein kann, wie intim und zauberhaft im Ton. So klingt es gerade laut genug, um ihr Schluchzen zu übertönen, und es schenkt ihrem Schmerz eine Melodie. Dringen die geschmeidigen Töne aus ihrer Kammer, hegt niemand Verdacht, dass sie weint. In einer Hofburg besitzt ja alles Ohren – selbst die Wände.

Mit ihrem Clavichord, diesem kleinen Frauenzimmer-Instrument, komponiert sie auch. Dabei ist Frauen das Komponieren streng verboten, sie dürfen ja kaum musizieren. „Musik macht die Weiber leichtsinnig, sie fördert ihren Fürwitz, macht sie rebellisch und stellt die Weltordnung auf den Kopf", zitierten ihre Erzieher einmal die Worte Hippolyts. Dumme Worte eines alten Mannes aus dem uralten Rom.

Sie rang ihrem Gatten ab, musizieren zu dürfen. Maximilian ließ sie sogar von einem niederländischen Lautenspieler unterrichten und von einem Organisten. Erlaubte der Kaiser dies, da er selbst Musik liebte? Oder tat er dies aus schlechtem Gewissen heraus, da seine Küsse kalt waren? Ach, ihr großer Max, sie vermisst ihn.

Seit er verstarb, soll sie ihre Zeit beim Gebet oder mit Stickarbeit verbringen. Soll ihre Sehnsucht in Kissenbezüge einsticken, auf denen später Gäste ihre Hintern platzieren und Darmwinde fahren lassen. Was für eine Verschwendung ihrer Zeit, die sie gerne für die Liebe nutzen würde. Beim Hantieren mit den spitzen Nadeln zersticht sie sich oft die Fingerkuppen. „Für jede heimliche Sünde einen Tropfen Blut“, tadelte ihre Sticklehrerin sie.

Das Leben in der Hofburg wird Anna zur Qual. Schmeichler und Schönredner umschwirren sie, Seelenwächter überwachen und reglementieren sie. Allein der Maler beflügelt sie noch. Seit ein paar Monaten sehnt sie jede Porträtsitzung herbei. Doch nie würde sie dies zugeben. Wieso denkt sie überhaupt über solche Menschen nach? Menschen ohne Stand. Domestiken.

Außerdem ist der Maler kein schöner Mann, aber wiederum kein hässlicher Mann und sein Haar ist noch voll. Ein grober Klotz ist er auch nicht mit seinen geschmeidigen Bewegungen und seinen erstaunlich fein geformten Händen. Keine riesigen Männerpranken. Seinen langen Fingergliedern haftet meist Farbe an, denn beim Porträtieren werden seine Finger bunt, dies erheitert sie. Wo sieht man sonst so lustige und dabei so ausdrucksstarke Hände?

Sie kennt einen Farbton für seine Haare, er lehrte sie ja auch die Vielfalt der Schattierungen. Seine Haarsträhnen haben die Couleur von Bucheckern. Bucheckern? Zuvor kannte sie diese Früchte der Rotbuche gar nicht. Die Nüsse der Armut: Schweine fressen sie und Bettler. Der Maler schmuggelt fremde Dinge in die Hofburg. Exotisches. Einmal forderte er sie auf, ihre Augen zu schließen und ihre Handflächen vorzustrecken. Das ziemt sich nicht für eine Königin, doch sie tat es, und er legte etwas hinein. „Legt Er mir frischgeborene Mäuse in die Hände?“, kreischte sie erschrocken. Die Wachen wollten ihn schon ergreifen.

Gott sei Dank bewegten die kleinen Mitbringsel sich nicht und sie verströmten einen Duft wie der Maler: irgendwie nach Natur, nach Nüssen. Sie war heimlich begeistert. Sie mag auch, dass er sich rasiert, das sieht sauber aus verglichen mit seinen bunten Händen. Bärtige Männer mag sie nicht: „Gestrüpp-Gesichter“ schimpft sie diese. Obgleich ihr Vater einen Bart trug, ein rabenschwarzes Ungetüm, das ihm das Aussehen eines Bären gab. „Ungarische Könige müssen wild aussehen! Das entspricht unserer Tradition“, erklärte er. Dabei verbarg das Gestrüpp einen Mann, der zu tiefer Liebe fähig war, der ihre Mutter von Herzen geliebt hatte. „Sie war eine Fremde, die zu früh verstarb, um im Land der bärtigen Männer heimisch zu werden“, meinte Jeanne dazu.

Der Maler trägt keinen Bart und die Farbe seiner Augen ist grünlich mit gelben Sprenkeln um die Pupillen, als schwebten kleine Sterne darum.

„Es ist so, dass ein Maler das Innerste eines Menschen erkennt“, fabuliert er nun und reißt sie aus ihren Gedanken.

„Ein guter Maler“, weist Anna ihn erneut zurecht. Eiskalt, wenn auch halb im Scherz. Eigentlich ein altes Spiel zwischen ihnen.

Da sie selten scherzt – schließlich gehört es nicht zu ihrer Aufgabe, der Aufgabe einer Herrin, mit diesen Leuten zu scherzen –, nimmt der Maler ihren Hohn doch für bare Münze. „Ich sehe Dinge, die nicht einmal Majestät von sich wissen“, geht ihm der Mund über. Sogleich erschreckt über die Wucht seiner Worte, mindert er sie jedoch mit einem Katzbuckel.

„Was sieht Er denn in mir?“, provoziert Anna ihn.

Er redet sich heraus, er meinte dies auch nur so im Scherz. „Ein Hofmaler war ich schon in meiner schwäbischen Heimat nicht. Ich war ein freier Mann“, murrt er aber noch. Dann verzieht er sich hinter seine Staffelei und erledigt seine Arbeit schweigend.

Fordern nicht sogar die Bauern neuerdings mehr Freiheit? Freiheit von erpresserischen Steuern und Freiheit vom Joch des Adels? Hans Maler überlegt. Ja, der Bauernmut gefällt ihm. Frei wird er auch in seiner neuen Heimat bleiben: der malerischen Bergwelt Tirols, in die auch Schwaz eingebettet liegt. Unter den steilen Hängen des Karwendelgebirges vermisst er jedoch die Freiheit der Weite. Eine Weite, die nur sich selbst gehört. Eine Weite, die sich in changierenden Blautönen und zerzausten Wolken verliert. Weite beruhigt ihn, sofern sich nichts hineindrängt. Auch keine Berge. Als Maler liebt er eine Weite, die sich dem Menschen entzieht, wenn man sie sucht. So wie die Farbe Blau: die Farbe des Wassers, die Farbe des Himmels, die Farbe der Ferne. Blau leuchtet in der Distanz intensiver, es verkörpert das Wesen der Freiheit. Ja, er sucht auch den inneren Weitblick. Die Weite der Gedanken. Was wäre ein Maler ohne Weitblick? Bestenfalls ein billiger Anstreicher. Sollen andere vor dir zu Kreuze kriechen, kleine Ungarin. Ein Hans Maler skizziert deinen Schmollmund, aber er kriecht nicht, sagt die Stimme in seinem Kopf.

Der Künstler betrachtet dieses Wesen ganz aus Gold und Licht. Jeder Betrachter wäre hingerissen. Doch er kennt sie zu gut: In völliger Dunkelheit gelänge mir dein Gesicht, kleine Ungarin, denkt er nun. Die länglichen Konturen, deine gerade Nase, die Symmetrie der Nasenlöcher – Gott zeigt sich auch in der Symmetrie –, der winzige Höcker an der Nasenwurzel, deine fleischige Unterlippe – auch ohne Schmollen verrät sie das schwere Erbe deiner Großmutter Elisabeth von Österreich. Nun kommt meine Lieblingsstelle: das Grübchen in deinem runden Mädchenkinn. Ein klitzekleines Grübchen, aber immerhin. Dieses Grübchen ist eine Melodie.

Sie erinnert mich an eine Weise, die meine Lina gerne singt. Sie trällert sie umso lauter, wenn sie flatterndes, um sein Leben gackerndes Geflügel zum Hackstock trägt, es köpft und rupft. Lina besingt eine Liebesnacht, eine Liebesnacht im Mai – die Hände noch voller Blut. Das ist verstörend und zugleich voller Energie: „Unter der Linde an der Heide, wo unser beider Bett war, da findet ihr gebrochene Blumen und Gras. Dort küsste er mich wohl tausendmal! Und tandaradei sang die Nachtigall. Seht, wie rot mein Mund ist." Schon Walther von der Vogelweide sang dieses Lied. Doch dies weiß meine Lina nicht, die weder lesen noch schreiben kann. Aber sie weiß, was rotgeküsste Lippen sind und ein von meinen Bartstoppeln wundgescheuertes Kinn. Sie weiß es von unseren geheimen Nächten. Von meinen tausend Küssen. Und immer wenn ich meine Lina so sehe – blutbesudelt und von Liebe singend –, dann weiß ich, sie ist eine Meisterin. Eine Meisterin des kleinen Glücks.

„Schläft Er? Oder ist Er faul?"

Eine echte Stimme reißt Hans Maler aus seinen Gedanken. Es ist sie. Natürlich sie. Ihre Stimmlage ist wieder so gekünstelt wie zuvor ihre Heiterkeit. Anna ist um Stärke bemüht, um Haltung. Schließlich ist man nicht allein, ihr halber Hofstaat beobachtet sie. Wann ist man je allein in der Hofburg zu Innsbruck? Dabei suchte er für diese Porträtsitzung extra eine intime Kammer und fand sie in einem Nebentrakt der Hofburg. Nach langem Suchen. Er hoffte, dort mit ihr allein zu sein, ohne ihren Rattenschwanz an Hofschranzen.

„Sicher ist Er faul!", Anna legt nun noch mehr Ironie in den Unterton.

Ihre Worte sind verletzend und es brüllt in ihm: Du nennst mich faul? Du hast noch keinen Tag gearbeitet! Keine Stunde! Er atmet tief durch, zwingt sich zu Diplomatie: „Aber Majestät, wie könnte ich in Anwesenheit einer Königin je schlafen? Ein Maler blickt nach innen, wenn er die Augen schließt. Ich malte mir gerade aus, wie ich Ihre Schönheit und Ihr edles Wesen so festhalte, dass es einer Königin würdig erscheint." Einmal mehr unterstreicht er seine Worte mit einer Verbeugung, doch noch in gekrümmter Haltung spürt er Unwillen in sich aufsteigen. Er schmeckt sauer in seinem Mund.

„Ha, Er ist also aufgewacht", äfft Anna und schenkt seiner Schmeichelei keine Beachtung.

Der Maler weiß, dass sie nie von einer Überzeugung abweicht, die sie einmal ausgesprochen hat. Sie hält stand wie ein Feldmarschall. So ist sie erzogen. „Gefällt Ihrer Majestät meine Kammer des reinen Lichts? Sie schmeichelt der Garderobe und dem Teint einer Königin. Dort dringt das weißeste Licht ein!" Um bei ihr Begeisterung für seinen Fund zu wecken, stellt er sich vor die Fensterfront, breitet seine Arme aus und scheint im weißen Licht zu baden, dann dreht er sich um seine eigene Achse: einmal, zweimal. Zwar kostet ihn diese Kasperei Überwindung, aber er weiß, dass sie solch kindische Szenen liebt. Sie ist halt doch noch ein halbes Kind ...

Dabei ist Malers Begeisterung für das Berglicht Tirols echt. Die Strahlkraft inspiriert ihn. Und nicht nur ihn: Albrecht Dürer war davon so ergriffen, dass er auf seiner Reise nach Italien schon in Tirol wie im Rausch aquarellierte. Auch Stadtansichten von Innsbruck schuf er, allesamt vom Berglicht durchglüht.

Das Berglicht wäre für die kleine Ungarin jedoch zu grell. Es hätte zu viel Brillanz. War es doch seine Aufgabe als ihr Maler, dem wahren Wesen des Mädchens gerecht zu werden: ihren Launen, ihrer machtverliebten Gespreiztheit, ihrem Leiden an sich selbst und dem ungestillten Hunger einer Heranwachsenden nach Liebe. In seiner Kammer des reinen Lichts wäre die Stimmung ideal – ideal für eine wie sie.

Er suchte lange nach dem „Malerwinkel“ für dieses exklusive Modell, denn die Hofburg ist eine verbaute Herrschaftskiste voller Schatten und ungünstiger Winkel, die den Lichteinfall verändern. Auf seiner Suche fand er sogar Treppen, die im Nirgendwo enden. Jeder Burgherr, wie Sigismund der Münzreiche, baute an der Innsbrucker Hofburg herum und hinterließ seine Zeichen. Nun liegt sie wie ein Koloss voller Ecken, Kanten und Türme im Herzen der Stadt. Ein sperriger Koloss.

Kaiser Maximilian verlieh der Hofburg zum Jahrhundertwechsel seine ganz eigene Handschrift: So beeindruckt der Wappenturm mit den Insignien seines Herrschaftsgebietes, und ein großer Empfangsraum mit gotischen Säulen empfängt Besucher beim Eintreten würdig. Auch eine Kürnstube, in der Maximilian seine vielen Jagdtrophäen ausstellte, und eine Silberkammer dienen der Beeindruckung illustrer Gäste. Und was wäre zu einem Dach aus Gold zu sagen?

Auch der Festsaal in der Beletage enthüllt das Wesen des „großen Max", nicht umsonst wird er Riesensaal genannt. Als Hans Maler ihn zum ersten Mal durchschritt, erinnerte er ihn an ein Spielzimmer von Giganten, denn ein gewaltiges Deckenfresko zeigt Herkules, den für seine Stärke berühmten griechischen Heros. Um seine breiten Schulten trägt er das Fell eines Löwen, den er selbst mit bloßen Händen erlegte, ansonsten ist er splitterfasernackt. Mit seiner berühmten Herkules-Keule, groß wie ein Baumstamm, kämpft er mit dem ebenfalls keulenbewaffneten Riesen Geryon. Jener trägt gar nichts am Leib. Diese Krieger entsprachen dem Kampfgeist des Kaisers, aber auch seinem deftigen Humor: So lachte Maximilian schallend, wenn seinen Gästen oder keuschen Hofdamen die Augen übergingen bei so viel nacktem Männerfleisch.

Der Rennplatz vor der Hofburg diente dem agilen Kaiser für Ausritte und als Turnierplatz. Er liebte körperliche Herausforderungen jeder Art. Die Prachtseite der Hofburg richtet sich nach Süden und nach Südosten – zur Sonne hin. „Im Reich der Habsburger geht die Sonne nie unter", betonte der Kaiser gerne vollmundig und meinte damit deren Besitztümer in Übersee.

Der Besitz dieser mächtigen und weiter nach Macht hungernden Familie ist Hans Maler als Künstler jedoch ziemlich egal. Er möchte kühles Nordlicht am Antlitz seines Modells herabströmen sehen. Ein Licht, das sich im Verlauf des Tages kaum ändert. Deshalb lotste er die kleine Ungarin in diesen Seitentrakt.

Er missfällt dem eitlen Gänschen jedoch. Sie schmollt schon wieder: „Hier ist es mir zu bäuerlich. Ich erwarte mehr Respekt: Er porträtiert eine Königin! Das soll in diesem Stall geschehen?“ Angewidert rümpft sie die Nase.

„Bäuerlich? Aber Majestät! In meiner Kammer des reinen Lichts erscheint alles Kostbare noch würdevoller. So gleicht Ihre Majestät einem ... äh ... Wesen ... äh ... aus Himmelslicht geschaffen.“ Maler ringt um Worte, weigert sich aber, von einem „Engel“ zu sprechen. Nein, ein Engel ist dieses Mädchen sicher nicht. Und er ist kein großer Redner. Er ist nun mal kein Dürer, der selbst einen Kaiser bezirzte. Aber er ist genau der Richtige, um dieses Mädchen der Vergänglichkeit abzutrotzen. Selbst eine wie sie wäre bald vergessen, gäbe es nicht solche wie ihn: Bewahrer des Fleisches. „Wer schreibt, bleibt, und wer malt, bewahrt“, sagt er selbstbewusst.

„Ach, verschone Er mich mit seinen Weisheiten, wenn Er mich schon an einen so schäbigen Ort entführt“, kontert Anna. Auf ihr Zeichen hin zupfen gleich mehrere Kammerdienerinnen an den Gewändern ihrer Herrin herum. Ordnen Samt, Seide, Brokat, Gold und Juwelen. Dann wedelt Anna sie fort, als seien diese Frauen lästige Fliegen, und winkt stattdessen Jeanne zu sich her.

Nur sie darf jeden Abend und jeden Morgen das Goldhaar ihrer Herrin bürsten. Einhundert Striche in Wuchsrichtung am Morgen und nochmals einhundert zur Nacht. Sind aufwendige Frisuren für den nächsten Tag gefragt, spült Jeanne die Haare ihrer Herrin mit Bier. Das macht sie fest und glänzend. Aber der Geruch? Muss eine Luftvergolderin wie eine Bierschänke riechen, fragt sich selbst der Maler.

Nun wackelt Jeanne freundlich mit dem Kopf, dann stopft sie mit ihren dicken Fingern lose Haarsträhnen ihrer Herrin unter deren Goldhaube zurück und streicht die Ränder sorgsam glatt. Eine rührende Szene, findet der Maler. Dieses Wesen ohne jegliche Taille hegt für ihre – verglichen mit ihr zwergenhaft winzige – Herrin zärtliche Gefühle. Das trifft nicht auf alle Hofschranzen zu, die unter den Launen der kleinen Ungarin leiden.

„Was schaut Er mich so an? Will Er etwa nur gaffen, wenn Er mich an einen so unwirtlichen Ort verschleppt? In einem stinkenden Tiroler Bauernstadel könnte es kaum schlimmer sein. Eine Zumutung für mich und meine Entourage."

Zu Annas Worten wedelt ihre kleine Hand nun in seine Richtung. Wie Nadelstiche dringen diese abfälligen Gesten in ihn ein. Er bläst die Backen auf und spannt seine Muskeln an. Ja, er spürt, er könnte seine Contenance verlieren.

„Also mich malte er nicht so schön wie Ihre Majestät", lacht Siegmund von Dietrichstein, der nun hinzutritt. Der Obersthofmeister ist um Heiterkeit bemüht, um höfischen Esprit. Kaiser Maximilian I. setzte den verdienten Mann und Kampfgefährten noch persönlich in dieses Amt ein. Ein schweres Amt. Der Kaiser, auch ruhmvoll auf dem Schlachtfeld der Liebe, wusste: Es wird schwer, Gefühle zu bändigen zwischen den Allüren eines machthungrigen Kindes und dem Begehren einer jungen Frau. Und die knospende Blüte zu beschützen, sogar vor sich selbst.

Böse Zungen bei Hofe schimpfen Dietrichstein einen Günstling, denn der Kaiser verheiratete den fröhlichen Kärntner mit seiner unehelichen Tochter Barbara von Rottal. Maximilian verfügte sogar in seinem Testament, Dietrichstein solle nach seinem Ableben zu seinen Füßen ruhen. Schau an, er ist des Kaisers Schoßhund selbst noch im Tod, hörte man Neider schon tuscheln.

Die Blicke des Obersthofmeisters und des Malers treffen sich, man versteht sich gut. Die neue Frisur des Freundes lässt Hans Maler jedoch schmunzeln, denn Dietrichstein gleicht dem toten Kaiser nun bis aufs Haar: Den glatt gekämmte Blondschopf schnitt der Hofbarbier über den Augenbrauen und unterm Kinn kerzengerade ab, diese Kopfzier heißt nicht umsonst Kaiserfrisur.

„Was gibt es da zu lachen? Er träumt und tut nichts – der faule Herr Maler. Ist Er sich zu fein, eine Königin zu malen? Nun stört noch der Obersthofmeister." Die Worte der kleinen Ungarin verraten, was an ihr alles nicht edel ist. Auch ist bekannt, dass sie die Freundschaft der beiden Männer missbilligt. Nach ihrem Empfinden sollte ein Mann von Adel – der Vertraute ihres verstorbenen Gatten – nicht mit einem Bürgerlichen befreundet sein. Und dann ausgerechnet mit einem Maler. Dabei war ihr Gatte mit Dürer befreundet, aber auch dies missfiel ihr ...

Beide Männer zucken zusammen, als auf ein Schnalzen von Annas Finger hin plötzlich Menschen herbeieilen. Musikanten. „Herrgott, was geschieht hier?", raunt der Maler. Eindringlinge stürmen in seine Kammer des reinen Lichts – samt ihren Instrumenten. Dickbäuchige Lauten, Bratschen und Schalmeien, groß wie Holzprügel, werden über seinen Kopf balanciert, kleinere Instrumente wie Flöten verschwinden unter Gewändern. Auch Gesangsstimmen strömen herbei. Es wird gedrängelt und geschubst. „Majestät, wie soll ich so arbeiten, wie könnt Ihr mir das antun?", empört er sich mit bebender Stimme.

„Muss eine Königin etwa fragen, wenn sie von ihrem Orchester Kurzweil wünscht?", blafft Anna.

„Herrje, passt auf meine Sachen auf. Meine Malutensilien!", ermahnt er die Eindringlinge und eilt mit erhobenen Armen – abwechselnd seine Staffelei und seinen Arbeitstisch beschützend – hin und her. Im Gesicht die Sorge um seine Schätze: Krüge voller Bleigriffel, Kohlestifte oder Pinsel in vielerlei Größen, Gläser befüllt mit Ölen, Eigelb, Harzen und seinen Farben, die er zum Transport nach Innsbruck in Schweinsblasen und zum Malen dann in Muschelschalen aus Perlmutt aufbewahrt. Seine Farben sind sein ganzer Stolz, manches Farbpigment reiste um die halbe Erde und kam über Venedig in den Norden. Ein Maler ist halt auch eine Art Weltreisender, denn sein Material kommt von weit her, weiß er. Umso mehr erzürnt es ihn nun, dass Eindringlinge alles gefährden. Wie kann die kleine Ungarin ihm das antun?

Nun, die Invasion der Musiker umströmt seine Kostbarkeiten bisher ohne größeres Malheur. Er will schon aufatmen, da trifft ihn der Schaft einer Laute am Hinterkopf. Er spürt einen dumpfen Schmerz, und das Künstlerbarett rutscht ihm in die Augen. „Passt doch auf, ihr Tölpel!" Ohne die Anwesenheit ihrer Herrin würde er die Störenfriede laut brüllend hinauswerfen. Sie entweihen seine Kammer des reinen Lichts.

„Musik aus meiner Heimat stimmt mich froh und tötet die Langeweile." Annas herrischer Ton duldet keinen Widerspruch. Der Maler spürt, wie Wut ihm die Zornesröte ins Gesicht treibt. Am liebsten würde er die kleine Ungarin schlagen.

„Also, ich finde es kurzweilig, Meister Maler zuzuschauen", schaltete Siegmund von Dietrichstein sich ein – erneut um Mäßigung bemüht.

Doch verlogene höfische Harmonie ist nicht die Sache des Malers, er knurrt: „Diese vielen Körper verdunkeln und beschmutzen meine Kammer des reinen Lichts, die Ihre Majestät mit Ihrer Anwesenheit erhellt.

Wenn auch nicht hell genug. Und entsteht Malkunst nicht in der Stille ...?“

„Schweig Er. Diese Kammer ist ein kaltes Loch“, unterbricht Anna ihn. „Und seit wann schadet Musik einem Maler? Einem, der Sein Handwerk versteht? Vielleicht erhellt mein Orchester ja auch Sein dunkles Gemüt?“ Ihre Worte garniert sie mit einem Lächeln. Einem vergifteten Lächeln.

Hastig greift Hans Maler nach einem mittelgroßen Pinsel, als wäre es eine Stichwaffe. Dann besinnt er sich. Um ruhige Atmung bemüht, macht er abwechselnd ein Auge auf und zu, wobei er vor dem jeweils geöffneten Auge mit dem Pinselstiel in ihre Richtung Maß nimmt. Waagrecht und senkrecht. Er misst den Abstand ihrer Augen zur Nasenwurzel, die Position ihrer Augenbrauen zur Nasenwurzel, die Länge der Nasenspitze zur Oberlippe, die Distanz ihrer schmollenden Unterlippe zum Kinn, die Position ihres Grübchens darin – und so weiter ...

Freihand maßzunehmen hat er gelernt, selbst so hat er ein Gefühl für Proportion. Die beherrscht jedoch nicht jeder Maler, ein Beweis dafür ist „die Armada der hässlichen Jesulein“, so nennt er dies. Er findet es unerträglich, die Kindlein Gottes mit vermeintlichen Wasserköpfen, Froschfüßen und unnatürlich verdrehten Körpern auf dem Schoß einer Himmelsmutter sitzen zu sehen, von dem sie eigentlich herabplumpsen müssten, diese armen Missgeburten. Hässliche Jesulein entehren die Kunst und sogleich die Religion. Ja, nur ein virtuos geführter Malerpinsel ist der verlängerte Zeigefinger Gottes. Dies lehrt er auch seinen Gesellen daheim.

Ja, ein Hans Maler studiert Distanzen, beobachtet haargenau, muss seine Modelle fast schmecken, fühlen und riechen, bevor er auch nur einen Strich zu Papier bringt. Befindet er sich in der Hofburg, arbeitet er jedoch weder auf Papier noch auf Leinwand. Da er anreisen muss, wählte er etwas Solides, zudem muss ein Brautbild ja selbst auf Reisen gehen. Muss die Abgebildete möglichen Verehrern ansichtig machen.

Er malt die kleine Ungarin auf Holz. Aber Holz aus seiner Heimat soll es sein: Die gewaltige Donaueiche ist ideal. Sie wächst langsam und ihr Holz ist stark. Tafelmacher aus Ulm liefern ihm das beste Material, das entlang der Faser geschlagen sein muss.

All dies geht durch seinen Kopf, als er mit dem Pinsel in der Luft hantiert. Er zwingt sich zur Konzentration. Selbst Gott nimmt Maß, im Paradies herrscht Symmetrie, denkt er. Trotz seines Unmutes bleiben seine Bewegungen routiniert. Geschmeidig, fast katzenhaft. Seine ruhige Hand und die ihm vertraute Länge des Pinselstiels erlauben ihm freies Schaffen ohne Raster oder Hilfsmittel.

Dabei preist selbst ein Dürer in seinem Buch Erleichterungen für Maler an: Apparate und Gestelle zur Fixierung der Perspektive und der Proportion. Er probierte das von Dürer empfohlene Fadengitter zwar aus, kam aber schlecht damit zurecht. Vor allem bei Hofe. Soll er so ein quadratisches Gitter etwa zwischen sich und sein Modell spannen? Die vielen Musiker und ihre sperrigen Instrumente lassen ihm kaum Raum zum Atmen.

Noch immer spürt er Zorn in sich. Kontrolliert mühsam seinen Atem. Im Moment sähe er die kleine Ungarin gerne hinter einem Gitter: den Eisenstäben eines Kerkers. Sie raubt ihm die Freude an seiner Arbeit, sie zerstört seine innere Ruhe und Weite.

Doch das kennt er ja schon von ihr: Arroganz und Rechthaberei sind Teil ihres Wesens. Zudem ist sie klüger, als ihr guttut. Sie beherrscht mehrere Sprachen und hörbar gut Deutsch. Ja, ihr Wortschatz ist größer als der seiner Lina, aber die Sprache des Herzens beherrscht sie nicht, die beherrscht seine Magd. Das einfache Tiroler Mädchen beherrscht sogar die Sprache der Liebe, wie sie sich nur Menschen zuflüstern, die lustvoll umschlungen beieinanderliegen.

Der kurz auflodernde Gedanke an seine Lina mäßigt Malers Zorn. Aber es war unrecht, dass die kleine Ungarin diesen intimen Ort künstlerischer Arbeit, den er so sorgsam aussuchte, zu ihrer Bühne machte. Der Herrschaftsbühne ihrer kindischen Eitelkeit, die ihr Orchester nun noch verherrlichen soll mit Musik.

Herrje, er hasst ungarische Musik! Sie erscheint ihm als ein wildes Brausen und erzeugt einen Pfeifton in seinem Kopf. Wie sollte sich ein Künstler bei diesen ungewohnten Klängen und Dissonanzen konzentrieren? Dabei ist Innsbruck doch eine Stadt der Musik! Der Wohlklänge! Kaiser Maximilian I. liebte die Kunst – als ein Mann mit wachen Sinnen schwelgte er in Malerei und Musik. Ja, er brachte eine große Musiktradition nach Tirol – beflügelt durch seine verstorbenen Gattinnen Maria von Burgund und Bianca Maria Sforza. Die Adelshöfe Europas blicken nun neidisch nach Innsbruck, wenn es um gute Musik geht. Nach Ungarn sicher nicht.

Er ließe sich als Maler bei seiner Arbeit ja noch einen französischen Troubadour gefallen, die der Kaiser schätzte. Auch Lieder, Motetten oder Chansons, wie jene eines Pierre de la Rue, vertrugen sich mit Malerei. Aber dass diese Nervensäge nun ungarische Musik aufspielen lassen will, die an osmanische Klänge erinnert, wird unerträglich sein. Ein Angriff auf seine Kunst. Vielleicht tut er der kleinen Ungarin ja manchmal Unrecht, aber sie ist einfach zu ungestüm. Zu selbstverliebt auch. Herrgott, sie soll sich benehmen in seiner Gegenwart, sie ist schließlich nichts als sein Modell!

„Wird aus meiner Kammer des reinen Lichts nun eine Hölle des Lärms?“, murrt der Maler. Solche Widerworte waren gefährlich, aber das ist ihm jetzt völlig egal. Sie stehen sich gegenüber: er und sie. Fast auf Tuchfühlung und doch Welten voneinander entfernt. „Entstehen große Werke nicht in der Stille?“, sagt er ihr mitten ins Gesicht. Dabei weicht keiner dem Blick des anderen aus. Anna blinzelt nicht einmal und er beobachtet, wie das Schwarze in ihren Augen sich zu kleinen Punkten verengt.

„Große Werke vielleicht.“ Ihre Stimme ist wieder hart und dunkel.

Er schnauft hörbar ein und aus. Nun, du bist halt kein Dürer, du bist halt nur ein Hans Maler, Maler zu Schwaz in Tirol. Und du hast deine Rechnung ohne die kleine Ungarin gemacht. Ohne ihre Eitelkeit und ohne ihren Hofstaat, spottet die Stimme in seinem Kopf.

Wäre sein Pinsel ein Dolch, wer weiß was geschähe? Plötzlich spürt er eine Hand auf seiner Schulter. Eine große Hand, stark im Griff. Die Hand von Siegmund von Dietrichstein. Sie rettet ihn erneut, diese grobe Männerhand.

„Meister Maler trifft Ihre Majestät immer so wundervoll“, lacht der Obersthofmeister künstlich.

Nach und nach entspannt sich auch der Angesprochene. Aber nur, da ihm einfällt, was ihm der Obersthofmeister kürzlich als Freund unter vier Augen über die kleine Ungarin verriet: „Das ungarische Blut in ihren Adern gerät schnell in Wallung.“ Als von Dietrichstein auf Anordnung der obersten Hofkasse in Wien ihr Orchester reduzieren sollte, protestierte Anna wild. „Sie kämpfte um jede Flöte, als ginge es darum, einen Krieg zu gewinnen. Hätten wir nur Ritter wie sie, gäbe es keine Türkengefahr. Sie würde Sultan Süleyman persönlich in die Flucht jagen – mit einer Flöte."

Auch Anna denkt öfters an den Disput, aus dem sie siegreich hervorging. Ihre hitzigen Worte von damals kommen ihr noch einmal über die Lippen: „Ein Höfling hat mir nichts zu sagen und ich lasse mich nicht demütigen in diesem Tirol. Ich bin eine Königin und bald eine Kaiserin. Ich verdiene das Beste."

Dietrichstein blickt sie entgeistert an. Doch er begreift, worauf sie anspielt, denn er, der für Kaiser Maximilian I. schon manche blutige Schlacht schlug, musste damals klein beigeben. Sie besiegte einen altgedienten Ritter des Reiches! Ein Mannsbild wie ein Fels.

Ein spöttischer Zug huscht um Annas Mund. Sie schiebt ihre Unterlippe vor. Der Maler kennt diesen Ausdruck in ihrem Mienenspiel, er verheißt nichts Gutes. Vielleicht ist es ja besser, dass ich mit diesem Wesen nicht allein bin, denkt er. Zudem gestattet es die höfische Etikette sowieso nicht, dass man die kleine Ungarin mit einem Mann allein ließ. Vor allem nicht mit ihm. Wieso dieses Misstrauen? Er ist doch kein Unhold, er ist ein Ehrenmann. Nein, ist er nicht. Zumindest nicht in den Augen der kleinen Ungarin und ihrer Hofschranzen. Er ist ein Maler und gilt somit als Handlanger.

Würden sie einen Albrecht Dürer so behandeln? Aber auch er beherrscht doch sein Handwerk. Ein Bildnis voller Würde und Kraft will Hans Maler von Anna erschaffen. Doch ihr Gesicht ist eine Maske. Die Maske eines Kindes, das eine Königin spielt und dabei nur eine einsame „Vielleicht-Königin" ist.

Wann gelänge es ihm, ihr Eis zu durchbrechen und ihren ungestümen Charakter zu mäßigen? Er möchte das Mädchen mit der Besonnenheit darstellen, die ihr in ihrer Lage geraten wäre. In einer Epoche rasanter Veränderungen: Auf einmal wurde die Welt groß und weit. So grenzenlos wie der blaue Himmel in der Malerei. Im Jahr 1506 verstarb Kolumbus, der Entdecker der neuen Welt, auch wenn er – im Alter mürrisch und verspottet – den neuen Kontinent noch für Asien hielt. Doch seit Kolumbus' Entdeckung wagen sich Seefahrer immer weiter hinaus auf den Ozean. So umsegelte ein furchtloser Kapitän namens Magellan jüngst die ganze Welt. Zumindest behauptet der Portugiese dies. Die neue Welt wurde sogleich zum Kampfplatz der Gier und so umkämpft, dass Papst Alexander VI. diesen „Kontinent der Wunder" mit einem Schiedsspruch und einem Lineal zwischen Spanien und Portugal aufteilte.

Hans Maler ist zwar nur ein Maler, aber er verfolgt das Weltgeschehen genau, sofern Kunde davon in die Bergwelt Tirols zu ihm durchdringt. Und meinen die spanischen Habsburger nicht auch, sie fänden in diesem Amerika, wie man es nun nennt, ihr Eldorado? Eine Stadt angeblich ganz aus Gold erbaut. Ungeduldig schicken sie Glücksritter aus, doch meist sind dies ruchlose Gesellen, von Gewinnsucht getrieben.

Dass Gold allein nicht glücklich macht, sieht er ja an der kleinen Ungarin. Nicht umsonst schmollt sie und zeigt ihre Krallen. Es ärgert ihn jedoch, dass sie ihm so wenig Respekt entgegenbringt, und er kommt ins Schwitzen.

Hans Maler stöhnt auf. Immer ist er zu warm gekleidet, wenn er bei Hofe erscheinen muss. Er zwängt sich dann in hohe Stiefel, die Lina mit Gänseschmalz glänzend polierte, trägt ein weißes Hemd mit Stehkragen, darüber einen Leibwams ohne Ärmel, obendrüber noch einen Wams aus schwarzem Samt mit langen Ärmeln, und auf dem Kopf sitzt ein Barett. Auch diese lästige Requisite ist aus schwarzem Samt gefertigt. Schwarz gilt als die Farbe der Noblesse nach spanischem Hofzeremoniell – auch bei den Habsburgern in Innsbruck.

Nun fühlt Maler sich, als brüte ein schwarzer Vogel auf seinem Kopf. Eine modische Schaube, am Kragen mit Pelz verbrämt, wie Adelige und wohlhabende Kaufleute sich herausputzen, trägt er jedoch nicht. Selbst wenn ein Dürer sich im Pelzrock abbildete, selbstverliebt wie ein Mann von Adel. Er, Hans Maler, weigert sich ein Adelsgeck zu sein.

Gern würde er sich das Barett vom verschwitzten Haupt reißen, diesen Pfannkuchen für den Schädel, wie seine Lina spottet. Sie scherzte auch, seine Flöhe bekämen die Hofkrankheit im Schloss unter seinem feinen Barett. Nun pocht es hinter seinen Schläfen und seine Haarwurzeln jucken. Er möchte seine Kopfhaut mit den Fingernägeln kratzen.

Die Hitze in seiner Kammer des reinen Lichts wird ihm unerträglich mit all den Musikern darin. Diesen Krachmachern. Er möchte mit seinem Handrücken über seine Stirn fahren, will den Schweiß abwischen, bevor er ihm in die Augen tritt und seine Sicht verdirbt. Was wäre ein Maler ohne Sicht? Schon in der Bewegung fällt ihm ein, dass er dafür ein Schnupftuch benötigt. Auch dies verlangt die Hofetikette, selbst wenn man kein Höfling ist und auch keiner sein möchte. Steckte Lina ihm nicht ein modisches Schnupftuch in einen Ärmel seines „Hofwamses", bevor er die Kutsche bestieg? Er zieht eine weiße Stofffahne hervor und betupft seine Stirn, manierlich, wie man es von einem Höfling verlangt.

Herrje, was ist aus mir geworden, fragt er sich insgeheim. Er fährt mit der teuren Kutsche und staffiert sich aus wie ein Pfau. Eigentlich reitet er lieber mit dem Pferd, seinem alten Schecken. Ja, ein freier Mann reitet hoch zu Ross. Aber der Tagesritt von Schwaz bis nach Innsbruck würde seine feine Kleidung beschmutzen und ihm den Geruch nach Pferdeschweiß anhängen. So dürfte er der kleinen Ungarin nie gegenübertreten. Zudem führt er ja Material mit sich, das er in Holzkisten, Krügen, Lederbeuteln und Schweinsblasen aufbewahrt. Kostbares Material.

Hans Maler erinnert sich an den Abschied von Lina vor der Fahrt nach Innsbruck: Einen „fahrenden Quacksalber“ hatte sie ihn genannt, dabei strahlte der Schalk aus ihrem sommersprossigen Gesicht. Gerne hätte er das freche Luder geküsst. Doch vor anderen Menschen, wie dem Kutscher der Postkutsche, war Lina nur eine einfache Magd mit ihrem Dienstherrn. Aber wenn sie bei Neumond – oder das, was sie zum Neumond erklärt – bei ihm liegt, ist sie die Herrin über ihn. Und sie bestimmt allein, wann dies geschieht. Ehepflichten erfüllt sie keine. Welche Gattin ist so frei wie diese sommersprossige Dienstmagd aus Schwaz?

Aus der ruckelnden Kutsche heraus studierte er den Lauf des Inn und dessen mäandernde Flussadern in Grau- und Brauntönen. Umfloss die Strömung Geröll und zirkulierte in Strudeln, schien sie aus flüssigem Silber gemacht. Über Silber lernt er viel, seit er in Schwaz lebt. Die Metalladern im Bauch der Berge lockten Knappen von weither in die Silberstadt, die von einem Bergdorf zur Metropole anschwoll. Und alle in diesem Silberparadies träumen immer noch den gleichen Traum. Aus den Träumen und dem Fleiß der Bergleute schlagen jedoch nur wenige guten Profit: die Tiroler Gewerke, die Schürfrechte besitzen, und die Fugger. Vor allem die Fugger, die in Schwaz einen Handelsposten betreiben und denen kein einheimischer Silberbaron das Wasser reichen kann, was die Verwaltung von Gütern und die Erzielung von satten Gewinnen anbelangt. Da die Fugger Malers Werke schätzten, macht es ihnen der Tiroler Geldadel nach. Ein Hans Maler porträtiert die Reichen und jene, die vorgeben, es zu sein. Der Gedanke amüsierte ihn bei der Kutschenfahrt. Ja, ein Maler blickte den Menschen ins Gemüt. Selten sahen sie dabei so gut aus, wie er sie abbilden musste. Die Silberbarone zahlten seine Werke pünktlich und sie zahlten gut! Ihre königliche Majestät sei aber säumig, beschwerte er sich jüngst beim Obersthofmeister der Hofburg. Die Habsburger seien reich an Land, aber arm an Dukaten, stöhnte von Dietrichstein hinter vorgehaltener Hand. Dies solle jeder wissen, bevor er mit der ersten Familie Europas Geschäfte mache, entrüstete er sich als deren Maler.

Neben dem Schwazer Silber macht auch das weiße Gold der Berge das Inntal reich. Reich und erschreckend kahl, denn die Bäume um Hall herum waren gerodet. Als die Kutsche nach Innsbruck sich der Salzstadt näherte, erschauerte der Maler: Ihrer grünen Mäntel beraubt, wirkten die steilen Höhengrate des Karwendels wie schlafende Drachen. Grau und faltig war ihre Drachenhaut. Da heftete ein Mann von der Donau seine Augen lieber an einen Fluss. Auch Wasser beruhigte ihn. Hans Maler erfreute sich an Fischern, die von flachen Nachen aus schwungvoll ihre Netze und Angeln auswarfen, oder an dickbauchigen Kähnen, beladen mit Fässern, die die darin gelagerten Waren vor Spritzwasser schützen sollten. Der Inn war jedoch gefährlicher als die schwäbische Donau. Er war ein Gebirgsfluss und an manchen Stellen eine einzige Trift. Jede Woche flößte man gut dreitausend Baumstämme – zu gewaltigen Flößen vertäut – den Sudpfannen der Salinen von Hall zu. Tag und Nacht verkochte man dort solehaltiges Wasser zu Salz, das man in langen Holzleitungen aus den Bergen heranführte. Die Salzsiederei bescherte Hall Wohlstand, aber nackte Berge. Drachenberge.

Doch auch der Silberbergbau fraß Holz wie Kühe das Heu. Die ausgehölten Berge würden nur noch von Baumstämmen und Holzverschalungen zusammengehalten, verrieten ihm Bergknappen. Ohne Stützpfosten fiele alles in sich zusammen. Ja, der Hunger nach Holz sei im Inntal so groß, dass im fernen Schwarzwald und den Vorlanden ganze Wälder geschlagen und herangeführt würden, um sie den „Tiroler Holzfressern" in den Gierschlund zu werfen.

Auf seiner Kutschfahrt konnte Hans Maler beobachten, wie flussaufwärts mühsam mit Rössern und Seilen vom Ufer aus gegen die Strömung getreidelt wurde. Es erbarmten ihn die nassgeschwitzten Rösser, die mit Peitschenschlägen angetrieben wurden. Der Inn war nur bis nach Hall wirklich schiffbar. Die Silhouette der reichen Stadt mit dem gewaltigen Münzturm sah man von weitem.

Innsbruck war kleiner und ärmer. Nur etwa dreitausend Seelen lebten dort – in Hall zählte man fast dreimal so viele. Und in Schwaz – vormals ein Kuhdorf – drängten sich, vom Silber angelockt, fast zwanzigtausend Menschen und machten es zur größten Ansiedlung nach Wien. Dennoch war Innsbruck das Zentrum der Macht in Tirol: der Macht des Hofes und der Kirche. Und selbst in Innsbruck redeten die Untertanen schon ein Wörtchen mit. Wuchs der Bürgerstolz. Geschäftemacher und Gastwirte waren zu Reichtum gekommen, denn jeder Reisende, der von Norden nach Süden unterwegs war, kam durch die Stadt und musste ein Quartier beziehen. Selbst ein Dürer auf dem Weg nach Italien musste dies. Als Zeichen ihres schwellenden Stolzes errichtete die Bürgerschaft den Stadtturm. Und dies sogar in unmittelbarer Nähe zur Hofburg. Ein erhobener Zeigefinger aus Stein, jeden Herrscher ermahnend, so die Idee der Erbauer. Fortan hatte Kaiser Maximilian den gewaltigen Stadtturm der Bürger im Blick, wenn er auf seinen Triumphbalkon trat: jenen mit dem Goldenen Dachl. Er ließ ihn anlässlich seiner Hochzeit mit Bianca Maria Sforza errichten. Das Dach, angeblich aus purem Gold, sollte seinen Reichtum dokumentieren. Welcher andere Herrscher besaß ein Dach aus Gold? Tatsächlich waren die weit über zweitausend Dachschindeln nur vergoldet. Aber wer wusste das schon? Maximilian ließ sich den schönen Schein etwas kosten, und auch hier galt sein lebensbejahender Leitspruch: „Gott sagt, es könnte schlimmer sein."

Innsbruck liebt den Schimmer des Goldes, denkt der Maler nun. So wie du, meine kleine Ungarin. Er räuspert sich in seiner Kammer des reinen Lichts, als erwache er aus einem Traum. Umso ruhiger werde ich den Bildhintergrund halten. Ich bette dein Antlitz in die Schönheit der Natur. In die Blautöne des Wassers. Du sollst aussehen, als lägest du in einem Flussbett. Als kühltest du deine Eitelkeit darin. Dies wäre meine geheime Botschaft, dass alles vergeht im Strom der Zeit. Auch du ...

„Blau passt wunderbar zu den wasserblauen Augen Ihrer Majestät", umschmeichelt er die kleine Ungarin. Nein, er spricht von „Königsblau". Das gefällt ihr, er sieht es an ihrem Blick.

Noch vor seiner Abreise nach Innsbruck hat man ihn per Boten verständigt, dass Anna für die Porträtsitzung eine Garderobe aus Gold- und Rottönen ausgewählt hatte. Ein Sonnenkleid, reich verziert mit einer Goldstickerei aus Italien. Ein Gewand, das seine Trägerin heller als die Sonne erstrahlen lasse. Der Maler solle sich darauf einstellen.

Ein Hans Maler ist immer auf alles eingestellt. Herrgott, er ist ein Künstler! Und mit Goldtönen kennt er sich aus.

Dennoch gab es ihm einen Stich, die kleine Ungarin bei seiner Ankunft in der Hofburg als Himmelskönigin zu erleben. „Alle Planeten drehen sich um mich", sagte sie zur Begrüßung und stolzierte herum, als trüge ein Storch Schuhe. Doch behauptete ein Nikolaus Kopernikus jüngst nicht, die Erde drehe sich um die Sonne? Sein „heliozentrisches Weltbild" wird von der Kirche jedoch als Ketzerei abgetan. „Was weiß eine Königin vom Lauf der Planeten?", stichelte er als Maler. „Ich weiß alles", schmetterte Anna ihm entgegen. Das war eine ihrer Phrasen, wenn sie Intrigen gegen sich vermutete, so ging er nicht näher darauf ein. Doch seit Konstantinopel von den Osmanen erobert wurde und viele Gelehrte in den Westen flohen, breiten sich dort neue Gedanken aus, wobei manche Erkenntnisse schon der Antike entstammen. Darüber weiß er als Maler nicht viel. Er weiß, jedoch, dass sein als Sonnenkönigin verkleidetes Modell gerne das Zentrum des Universums wäre.

„Gold ist das Fleisch der Götter! Weiß ein Maler das?", sagt Anna nun provozierend. Er schreckt einmal mehr in seinen Gedanken auf. Ihre erneut abgedunkelte Stimmlage tönt umso lauter, denn seine Kammer des reinen Lichts ist ja kleiner als die Prunksäle, in denen sie sich sonst aufhält. Als Maler prüft er unterdessen den Einfall des Lichtes auf die „königliche" Haut. Schweigend. „Ja, weiß Er das?", insistiert sie.

Als ob ich dies nicht wüsste? Ich beherrschte das Vergolden, schon bevor du geboren warst, sagt Malers innere Stimme. Und als ich als Kirchenmaler mit der Malerei begann, war der Himmel noch golden. Gold war das Reich der Götter, da liegst du sogar richtig, kleine Ungarin. Doch die Menschen waren klein unter diesem vergoldeten Prachthimmel. Selbst das Firmament war flach und eindimensional und die Kinder Gottes waren unbedeutend wie Insekten. Dann wurde der Himmel weit und blau, toskanablau. Und die Menschen wurden groß unter diesem blauen Himmel. Wurden stolz. Dürer brachte dieses neue Empfinden aus Italien in den Norden. Ich danke ihm dafür – und vor ihm einem Giotto, einem Leonardo und einem Botticelli –, für den Mut, den echten Himmel abzubilden. In Farben, mit denen der Schöpfer ihn schuf. Endlich: Dieses ewige Vergolden war ein mühsames Geschäft.

„Jaja! Gold gehört zu einer Königin, Majestät", murrt der Maler, da er Anna antworten muss.

„Wenn Er das weiß, dann weiß Er auch, dass eine Königin Musik aufspielen lässt, wann immer es ihr gefällt." Zu ihrem harschen Tonfall schnippt sie mit den Fingern.

Lärm bricht los, die Musiker spielen auf! Die Intensität der Töne dringt Hans Maler durch Mark und Bein: So gelänge ihm kein Pinselstrich. Er täuscht eine plötzliche Übelkeit vor – strauchelnd. Soll die Unruhestifterin doch denken, was sie will.

„Meister Maler war es schon gestern nicht wohl", eine Stimme brüllt gegen den Lärm an. Eine männliche Stimme. Siegmund von Dietrichstein will ihn einmal mehr vorm Kerker retten. Was wäre die Hofburg ohne von Dietrichsteins Bestreben, alle Fäden zusammenzuhalten? Selbst Fäden aus Gold. Er mag eine Schlacht auf dem glatten Parkett der Eitelkeit verlieren. Eine verlorene Schlacht ist aber noch kein verlorener Krieg, dies weiß ein verdienter Ritter und der Günstling eines Kaisers. Ein eitles „goldenes Gänschen“ weiß das nicht.

Hans Maler rempelt Musiker an, verpasst einem Flötisten einen Knuff, wühlt sich nach vorne, stolpert zur Tür und schafft es hinaus aus seiner Kammer des reinen Lichts. Ächzend schwankt er einen Gang entlang. Ein Anblick, als käme ein Mann aus einer Schlacht.

Zornig reißt der Erschöpfte sein Barett vom Kopf, schleudert es weit von sich und treibt seine Fingernägel in seine Kopfhaut, als sei sie ein Nadelkissen. Endlich! Ein lustvoller Schmerz erfüllt ihn. Stöhnend lehnt er sich mit dem Rücken an die nächstbeste Wand, spürt, wie die Kühle des Steins in ihn eindringt, wie ihn ein frisches Lüftchen umweht, das er gierig in sich einsaugt.

Er schaut sich um in diesem weiß gekalkten Gewölbe. Seine Flucht hat ihn in einen Durchgang und eine der Lebensadern geführt, durch die Tag und Nacht Gesinde hindurchströmt, um jene zu bedienen, die das Sagen haben: die Mächtigen. Sie dulden keine Sperrstunde für ihren Hunger, ihren Durst, ihre Launen und Gelüste.

Die ungarische Musik dröhnt aus der Ferne, und nun – jeder Melodie beraubt – klingt sie für den Geflohenen wie ein Gurgeln im Gedärm dieser Hofburg. Doch er weiß, er darf sich nicht zu weit davon entfernen, muss sich bereithalten, wenn das Geräusch verebbt. Die kleine Ungarin würde es nicht dulden, wenn er eine Porträtsitzung so abrupt beendete – ohne Wiederkehr. Das wäre ein Affront. Nun, zumindest entkam er für den Augenblick den Trompeten von Jericho.

Eine Dienstmagd trägt schwer an einem Korb gefüllt mit Bierkrügen. Sie bedient wohl später das ungarische Orchester?

„Ich könnte jene Last mindern“, raunzt Maler ihr zu.

Das junge Ding mustert ihn aufmerksam. „Na, dann greif Er zu, wenn Er so durstig ist, wie Er aussieht“, ermuntert sie ihn.

Der Maler nimmt sich einen Krug und presst das kühle Tongefäß an seine Schläfen, seine heiße Stirn. Als der Gerstensaft endlich durch seine Kehle rinnt, lebt er auf. Jeder Schluck hebt seine Stimmung.

„Jetzt gefällt Er mir schon besser“, kichert die Magd.

„Alles ist besser, als sich dort drinnen drangsalieren zu lassen“, sein Kopf deutet in die Richtung des Lärms. „Und Bier ist flüssiges Gold für mich, wo man dort drinnen doch meint, ich verstünde nichts von Gold. Ausgerechnet ich!“ Ein Rülpser begleitet seinen Unmut.

„Er ist doch dieser Maler?“, mutmaßt sie. Er nickt in den Bierschaum. „Also ... wenn Er ein Modell sucht, stünde ich zu Diensten“, kichert sie.

„Sie wäre meine Goldmarie?“ Hans Maler lässt sich auf das Spiel ein, auch wenn er einfache Mädchen gar nicht porträtiert.

„Für etwas Gold könnte ich sogar ein Goldschatz sein“, feixt sie, wenn auch errötend. „Und ich kehre wieder.“ So gut es ihre schwere Last erlaubt, strebt die Magd dem Orchesterlärm zu.

Der Maler bleibt mit seinen Gedanken allein, nimmt noch einen kräftigen Schluck aus dem Krug. Doch das goldfarbige Bier schmeckt plötzlich anders: Es schmeckt nach Heimweh. Es weckt Erinnerungen. Und ohne es zu wollen, wird der berühmte Hans Maler zu einem Knaben. Zu einem „Hanswurst“ sogar. Er schließt die Augen und taucht in die Welt seiner Kindheit ein.

Vor seinem inneren Auge erblickt er einen Mann. Er scheint ganz aus Gold geschaffen. Das gelbe Metall glitzert wie Halbmonde unter dessen Fingernägeln, schimmert in seinen Ohrmuscheln, dem dunklen Haar, den buschigen Augenbrauen. Selbst aus den haarigen Nasenlöchern schimmert es. Dieser Mann ist sein Vater. Abends trat er todmüde und mit brennenden Augen, aber vergoldet aus der Werkstatt in die Stube. Dann roch er nach Schweiß – und nach Gold. Sofern man Gold riechen kann ...

„Wenn mein Vater rotzt, so rotzt er Gold“, prahlte er einst in seiner Schule am Weintor in Ulm. „Der Hanswurst lügt“, verspottete man ihn. Sein Taufname war Johannes Maler, daheim war er der Hans und in der Schule nur der „Hanswurst“, denn er war ein zartes Kind, zudem ein Träumer. Das kam einem Idioten gleich. Nein, seine Geschichte mit „dem goldenen Rotz“ glaubte ihm keiner der Burschen, die ihn verhöhnten.

Hans mag so um die neun Jahre alt gewesen sein, als er ein benutztes Schnäuztuch des Vaters in der Schule herumzeigte. Tatsächlich schimmerte der trockene Nasenschleim golden, hielt man ihn schräg ins Licht. Fortan beneidete man den „Hanswurst“, und er bezahlte dafür. Bezahlte mit Blut.

Peter verhinderte das Schlimmste. Ja, allein seinem großen Bruder verdankte er, nicht ständig mit Nasenbluten und aufgeschürften Knien heimkommen zu müssen, wenn seine Peiniger ihn auf dem Schulhof herumschubsten. Sein Bruder war groß gewachsen und schlagkräftig, ging es um die Familienehre. „Wunden heilen, aber der Stolz auf unseren Vater bleibt“, tröstete er Hans. Peter war im Trösten gut. Ein Zwölfjähriger, der wie ein Mann auftrat. Dank seiner Größe behielt er den Überblick, und er besaß die Ruhe der Menschen, deren Weg vorgezeichnet ist. Er würde in Vaters Fußstapfen treten – als ältester Sohn, als Stammhalter. In die goldenen Fußstapfen des Ludwig Nepomuk Maler, Vergoldermeister zu Ulm.

Ja, glänzte Vaters Gesicht abends nicht wie vergoldet? Das kam daher, dass er in der Werkstatt den flachen Pinsel, mit dem er das Blattgold aufnahm, zuerst zur Stirn oder einer Wange führte. „So lädt er sich auf und es klebt etwas Körperfett daran, damit das Blattgold am Pinsel besser haftet", erklärte er. „Blättchen, feiner als die Flügel eines Schmetterlings!" Die Goldblättchen – in kleinen Heftchen einzeln zwischen Seiten aus Papier aufbewahrt – waren tatsächlich so hauchdünn, dass er die Luft anhalten musste, wenn er damit hantierte. Stupfte er den Pinsel ins Gesicht und nahm dann ein Blättchen Blattgold auf, hieß dies „anschießen". Ludwig Nepomuk Maler war der beste Anschießer in Ulm.

„Drei Vaterunser bete ich, so lange kann mein Ludwig die Luft anhalten. Er besitzt eine heilige Gabe." Die Mutter erzählte dies jedem, der es hören oder nicht hören wollte. Nicht hören mochte dies Pfarrer Mulcher von der Münsterkirche, in deren Schatten Vaters Werkstatt lag.

„Weib, du betreibst Gotteslästerung, Luftanhalten ist keine Gottesgabe. Was dein Ludwig kann, kann jeder dumme Maulwurf", schimpfte Mulcher.

„Ich lasse mir von einem Pfaffen nicht das Maul verbieten", zeterte sie. Ja, das Gold erfüllte auch Maria Maler mit Stolz.

Die Bürger der Freien Reichstadt Ulm galten überhaupt als hochmütig und es verging kaum ein Tag, wo die Mutter ihren Kindern nicht ihren Lieblingsreim vorsang:

„Venedigs Macht,
Augsburger Pracht,
Nürnberger Witz,
Straßburger Geschütz,
Ulmer Geld
regieren die Welt."

„Die Quelle unseres Reichtums ist Barchent. Das ist ein Stoff feinster Qualität. Und nach strenger Prüfung mit dem Siegel der Stadt versehen, ist Ulmer Barchent in ganz Europa so begehrt wie Gold. Auch schmeicheln wir Ulmer den Mächtigen, sofern sie uns nützen“, erklärte der Vater seinen Söhnen Peter und Hans. Die Schwestern waren noch zu klein. So feierte man im Sommer 1493 die Wahl von Maximilian I. zum deutschen König – nach dem Tod von dessen Vater Friedrich III. – mit einem Festumzug. Überall flatterten Blumengirlanden und Fahnen im Wind, auch jene mit dem schwarzen Doppeladler der Habsburger auf gelbem Grund. Doch das gefiel nicht jedem Ulmer. Sie galten ja als selbstbewusst, wenn nicht sogar dünkelhaft.

„Was haben wir mit diesem Maximilian zu schaffen? Mir ist so ein König wurst“, beschwerte sich die Mutter, von Haus aus eine Metzgerstochter, was in ihr immer wieder durchbrach.

„Der junge Maximilian steckt, anders als sein Vater, voller Tatendrang. So einer kann Ulm nützen. Unsere Stadt ist wie eine reiche Dame, die sich für einen Bewerber herausputzt, aber es nicht nötig hat, ihn zu heiraten“, erklärte der Vater schmunzelnd.

„Schmeichelei macht keinen guten Schinken“, schnaubte sie.

„Hans und Peter begleiten mich im Umzug. Nicht jeder in meiner Zunft hat so vielversprechende Brut“, verkündete der Vater noch.

Die Brut jubelte.

Später beim Umzug in der Formation der Vergolder trug man dann Lederschürzen, dazu Baretts bestickt mit Gold und jeder eine Goldkette auf der Brust. Die Zeichen der Zunft. Der Vater entnahm den Goldschmuck Mutters Schmuckschatulle, was sie noch mehr in Rage versetzte. Doch die „Männer“ der Familie Maler sollten eine Zierde des Umzugs sein.

Peter schritt mit seinen langen Beinen so würdevoll, wie er dachte, dass Vergolder dies tun. Doch dem Neunjährigen baumelte der große Lederschurz wie ein nasser Lappen zwischen den dünnen Beinchen herum, und das große Barett rutschte ihm tief ins Gesicht. Sein Missgeschick erzeugte Lacher, aber auch Sympathie bei den Zuschauern. „Hänschen, du wächst noch zu einem rechten Handwerker heran“, riefen sie.

Die Mutter schämte sich für ihren „Hanswurst“, obwohl sie dem Spektakel für diesen König Maximilian ja fernbleiben wollte. War ihre Geburtsstadt einst nicht auch die Hauptstadt des Schwäbischen Städtebundes, der sich gegen Fürstengewalt auflehnte? Und regelte die Machtverteilung im Rathaus nicht der „Große Schwörbrief“, der den Zünften dreißig Ratssitze und den Patriziern nur zehn zugestand? All dies wusste eine Maria Maler.

Sie wusste auch, dass das Münster nie als Bischofssitz geplant war. „Sieh Er sich vor! Das Münster gehört uns!“, blaffte sie Pfarrer Mulcher einmal an, ihren „Hanswurst“ hinter sich herziehend, was diesem peinlich war. Tatsächlich gehörte das Gotteshaus nicht der Kirche, sondern den Bürgern. In der „Ulmer Schenkung“ bezahlten sie auch dafür.

„Wenn ein Schwabe Münzen für etwas herausrückt, dann klebt Herzblut daran“, meinte der Vater. Als Vergolder bezahlte er viel Herzblut: „Mir gehören dutzende Steinquader dieses Wunders des Abendlandes“, verkündete er stolz. Ein Wunder, das jedoch seiner Fertigstellung harrte, obgleich die Münsterbaustelle seit zweihundert Jahren Steinmetze, Baumeister, Maler, Glaskünstler und Vergolder in die Stadt zog.

Fremden auf der Durchreise erschien das Bauwerk wie nicht von dieser Welt: riesig und dabei filigran und mit so vielen Skulpturen geschmückt, als sei es aus leichtem Holz gefertigt und nicht aus Sandstein. Schon damals besaß Hans Maler ein Gefühl für Farben, und strahlte die Morgen- oder Abendsonne schräg, schien ihm das Bauwerk vergoldet zu sein. So vergoldet wie der Vater, wenn er sich nach der Arbeit hungrig an den Esstisch plumpsen ließ.

Noch immer hält der Hans Maler von heute die Augen geschlossen, die Bilder in sich genießend, als eine Stimme ihn aufschreckt.

„Das Bier stieg Ihm in den Kopf?“ Die Dienstmagd tritt auf leisen Sohlen an ihn heran. „Ich hole Nachschub im Getränkekeller, aber eines hab ich noch übrig“, säuselt sie und stellt den Krug vor den Maler hin.

„Der Herrgott möge es vergelten“, murmelte er noch im Gedanken.

„Tiroler ist Er aber keiner“, mutmaßt sie und zieht die Augenbrauen hoch.

„Muss man das?“, brummt Maler unwirsch.

„Nicht wenn ein Mannskerl fesch ist“, ruft die Magd schon aus einiger Entfernung und eilt dann mit dem wogenden Gang von Frauen, die es gewohnt sind, schwere Lasten zu tragen, dem Getränkekeller zu.

Das neue Bier ist schon angewärmt, aber kaum hat er es – viel zu schnell – getrunken, verwandelt er sich wieder in den neunjährigen Sohn eines Vergolders im Schwabenland.

„Unglaublich, dass die Ulmer ihr Münster selbst planen und bezahlen“, wiegelten Fremde ab. „Deshalb habt ihr auch nur einen Turm, mehr könnt ihr euch nicht leisten.“ Bei solch dreisten Unterstellungen lief der

Vater zur Bestform auf: „Hätten wir zwei Türme, sähe unser Münster aus wie ein Bischofsitz, aber wir füttern keinen Bischof fett. Und ihr seht den bald höchsten Kirchturm der Welt. Ein himmelstürmendes Symbol unserer Freiheit."

Daheim am Esstisch spielte der Vater einmal das Erstaunen eines Fremden nach. Dazu riss er den Mund weit auf und die Augen dazu. Peter imitierte die Grimasse, woraufhin die Mutter ihm mit dem hölzernen Suppenlöffel auf den Kopf schlug. Grünliche Kohlsuppe tropfte von Peters braunem, schulterlangem Haar. Dabei war er ihr Liebling: ihr „Peterle". Ein Wunderknabe, der in der Schule besser rechnete als der Herr Lehrer. Aber Humor am Esstisch verbat sich eine schwäbische Hausfrau. Rechenkünste, die der Sparsamkeit dienten, nicht.

Der Hans Maler in Innsbruck vermisst solche Szenen. In der Hofburg erlebt er zwar Theater genug, aber nach Familie riecht es nicht: nach Mutters Kesselfleisch und ihrem verkochten Kohl. Er gilt im Zentrum der Macht als Exot, als ewig Fremder, ein Schicksal, das die kleine Ungarin mit ihm teilt. „Ein Fremder bleibt man für vierhundert Jahre in Tirol", hatte seine Lina ihn einmal verlacht. Auch die Dienstmagd hatte ihn ja gleich als Fremden entlarvt.

Umso mehr genießt der Maler es, bierselig weiter an seine Familie zu denken. Im Angesicht der kleinen Ungarin hätte er keine Muse dazu, sie giert nach seiner vollen Aufmerksamkeit. Er vermisst seinen Vater, vermisst Peter. Seine Lehre beim Vater hat er inzwischen längst abgeschlossen, Peter arbeitet nun als Geselle, der bald die Werkstatt übernimmt. „Dein goldener Peter", so signiert er seine Briefe an Hans.

Unter dem Dröhnen der ungarischen Musik fällt ihm das Geräusch seiner Kindheit ein. Als Maler denkt er in Bildern, aber dieses Geräusch war prägnant: „Gotteslärm“, so hieß in Ulm das Hämmern und Klopfen der Münsterbaustelle. Der „Gotteslärm“ drang durch die Gassen, in die Häuser, die Stuben. Säuglinge in der Wiege kannten ihn. Das Hämmern wurde zum Rhythmus ihrer Heimat, der ihnen bald so vertraut war wie der Herzschlag ihrer Mutter, tranken sie an deren Brust.

Das unermüdliche Werk der Steinmetze erzeugte „Münsterstaub“, der in alle Ritzen drang. „Man hört bis in den Himmel, wie fleißig wir Ulmer sind. Jeder einzelne Hammerschlag ist ein Gotteslob“, belehrte der Vater jeden, der den Lärm verfluchte. Er wollte, dass seine Söhne das Münster lieben, so wie er sie lehrte, das Gold zu lieben. Mit genau dieser Absicht stieg er mit ihnen auch die vielen Stufen des „gottgefälligen Turmes“ hinauf.

Dort oben wurde die Welt ihrer Kindheit zur Vogelschau: Rote Ziegeldächer drängten sich hinter der Stadtmauer zusammen wie Zwerge mit roten Zipfelmützen, und das blaue Band der Donau schlängelte sich lustig herum.

„Der Blick vom Münsterturm macht frei“, hieß es in der Stadt bei jenen, die wagten, es dem Vergolder und seinen Söhnen nachzutun. Der Vater liebte diese Weite, denn er kam nur sonntags oder an hohen Tagen aus seiner Werkstatt heraus. Einem schlecht durchlüfteten Loch eigentlich, denn jeder Luftzug gefährdete die Arbeit mit dem feinen Blattgold.

Der Hans Maler von heute überlegt: Jener luftige Ausflug auf den Münsterturm muss an Ostern stattgefunden haben. Fröstelnd umklammerte er damals eine steinerne Brüstung, denn in dieser Höhe blies der Wind immer kalt, dabei war der Himmel wie leergefegt.

„Buben, schaut", schnaufte der Vater. Das sagte etwas über die Höhe des Turmes aus, wenn der beste Anschießer Ulms nach Atem rang. Sein Zeigefinger deutete in die Ferne, das Blattgold unterm Fingernagel blitzte auf. „Dort, dort", ächzte er. Zwischen Himmel und Erde schob sich etwas in den Horizont, ein schroffes Gebilde.

„Was soll das sein?", fragte Peter und blinzelte angestrengt. Hans hatte schon bemerkt, dass dessen grüne Augen zwar bei den Mädchen gut ankamen, er aber nicht so gut damit sah. Das gäbe Probleme, würde Peter die Werkstatt übernehmen: Vergolden war Präzisionsarbeit.

„Das sind die Alpen und gerade herrscht Föhn, da wirken diese Steinberge zum Greifen nah, dabei sind sie Tagesreisen entfernt", schnaufte der Vater.

„Aber die Bergspitzen strahlen heller als Gold. Wachsen dort etwa Kristalle?", mutmaßte Hans altklug, denn er sah schon geschliffene Bergkristalle in der Werkstatt des Vaters, deren Schaft dieser vergolden sollte. Ihr Lüster fing jeden Lichtstrahl ein und vervielfachte ihn.

„Hänschen, du liegst fast richtig. Du siehst ewigen Schnee, denn die Berge sind so hoch, dass er nie schmilzt. Aber es gibt dort auch Kristalle, sie wachsen wie Pilze."

„Kann man sie brechen und verkaufen?", schaltete Peter sich ein, denn der Vater schärfte dessen Sinn fürs Geschäft.

„Die Alpen sind gefährlich, wie alles Schöne auch gefährlich ist. Und dein Platz ist bei mir."

„Ich reise dorthin, ich bringe euch Kristalle", krähte Hans' helle Kinderstimme.

„Du, der Hanswurst?" Peter tippte sich kopfschüttelnd an die Stirn.

„Hans, auch du gehst nirgendwo hin. Du gehörst in den Schoß der Kirche", sagte der Vater streng.

„Ich gehöre was? In den ... äh ... Schoß der Kirche? Was bedeutet das?“ Hans wollte laut protestieren, aber der Vater signalisierte ihm, zu schweigen.

„Hänschen, deine Mutter wünscht, dass du Pfarrer wirst. Pfarrer in unserem Münster.“

Als der Vater die Hände nach ihm ausstreckte, drehte der Junge sich weg. „Vater, ich werde fortgehen! Ich möchte fremde Städte sehen, fremde Menschen. Und was mir gefällt, das male ich, denn ich male gern. Aber in eine dunkle Kirche gehöre ich nicht“, schluchzte er.

„Du möchtest Maler werden – und dies in der Fremde? Hans, wer gibt dir solche Gedanken ein?“, wunderte sich der Vater und klang so, als ob er es bereute, seinem Jüngsten das Glitzern der Schneeberge gezeigt zu haben.

Peter schaltete sich ein: „Kleiner Bruder, du bist noch dümmer, als ich dachte. Vergolder leben gut, Gold zieht Geld! Und Pfarrer leben gut. Aber Maler sind Bittsteller“, machte er sich wichtig.

„Woher weißt du das?“, schrie Hans ihn an.

„Vom Vater. Er vergoldet ja auch Bilderrahmen.“

Jener nickte brummend: „Hans, an einem Gemälde sitzt man lange und Farben sind teuer. Das Vergolden geht schneller von der Hand und man bezahlt es gut. Aber Maler leben von der Gunst und den Brosamen der Mächtigen.“

Ob der Aufregung vergaß man die Schönheit der Alpen, doch plötzlich deutete Hans’ dünner Bubenzeigefinger in jene Richtung. „Ich werde diese Berge malen, ich komme dorthin!“ Er schrie und schluchzte nicht mehr, er sprach nun im Brustton der Überzeugung, was bei einem Neunjährigen merkwürdig klang. Der Vater und Peter wechselten erstaunte Blicke.

Man stieg schweigend, aber innerlich erschüttert die gewundene Steintreppe vom Turm hinab. Die drei

„Männer“ der Familie Maler spürten, dass nichts mehr so war wie zuvor. Doch die Mutter daheim wäre ein unerbittlicher Gegner, das wussten sie alle.

Kaum überbrachte ihr der Vater die Worte ihres Jüngsten, stürmte die Mutter zur Münsterkirche. Das verhieß nichts Gutes. Hans schlich ihr nach und hörte sie zu Pfarrer Mulcher sagen: „Wir haben bald einen Mann der Kirche in unserer Familie“, dabei genoss sie dessen Verblüffung. Sogleich entzündete sie Kerzen unter einer Skulptur von Erzengel Michael. Er galt auch als Schutzpatron der Vergolder, denn leuchtete sein Flammenschwert nicht wie pures Gold?

„Weib, die Kerzen sind aus echtem Bienenwachs und kosten vier Kreuzer, dafür arbeitet ein Knecht zwei Tage lang“, schimpfte der Vater dann wieder zuhause.

„Eine Schwäbin weiß, wann sie investieren muss“, tat die Mutter geheimnisvoll. „In einer Stadt mit einem so hohen Kirchturm braucht man fromme Diener an dessen Fundament“, erklärte sie.

Später betete sie daheim vorm Kruzifix: „Herrgott, an Hans hängt unser Seelenheil, mach ihn zum Pfarrer. Und an meinem Peterle hängt das Geld. Gib ihm deinen Segen zum fleißig Rechnen, denn es geht ums Geschäft. Und schenk Peter einen festen Willen, denn er hilft seinem Vater schon jetzt beim Eintreiben von Schulden, wo mein Ludwig Nepomuk doch zu gutmütig ist.“

So lange bedrängte die Mutter den Vater, bis er seinen „Hanswurst“ von der Schule am Weintor nahm und ihn in die Klosterschule nach Wiblingen brachte. Alles Flehen war umsonst: „Vater, hilf mir! Ich möchte Bilder malen, wie ich sie bei dir in der Werkstatt sah, wenn du deren Rahmen vergoldest. Bunte Bilder. Mir gefallen Farben.“

„Du bevorzugst Buntheit? Farben verblassen, Gold ist ewig!“, wunderte der sich.

Der Abschied war ein schwarzer Tag für sie beide. Zwar war es eng bei ihnen im Haus, die Werkstatt nahm viel Platz ein und die Kinderschar wuchs und wuchs. Aber jedes Kind hatte seinen Platz, selbst wenn die Kleinen zu mehreren in einem Bett schliefen und die Größeren auf Strohsäcken. Peter benötigte bei seiner Größe einen zweiten Sack unter seinen langen Beinen, sie wären sonst auf der gestampften Erde der Wohnstube aufgelegen.

Nun lag Wiblingen an der Iller gar nicht so weit entfernt vom Zuhause am Weinhof. Aber im Kloster angelangt, durfte Hans es nicht mehr verlassen. Zwar war die Klosteranlage groß und die Klosterkirche aus rotem Backstein wuchtig. Doch dort, wo zwei Türme in den Himmel aufragen sollten, belächelte Hans zwei kurze Stumpen. Nichts reichte an die Magie und die himmelstürmende Dimension des Münsters heran. Er vermisste sein altes Revier.

Und fehlte den Benediktinern das Geld? Anders war es nicht zu erklären, wieso an die vierzig Klosterschüler in einem einzigen zugigen Schlafsaal schlafen mussten mit nur einer kratzigen Decke. Jüngere Schüler, die sich vor Kälte, Heimweh oder Hunger in den Schlaf weinten, denn auch die Mahlzeiten waren karg, durfte man nicht trösten: „Damit sie nicht verweichlichen", lautete die Anordnung.

Die Benediktiner führten ein strenges Regiment, und ihr ewiges „Ora et labora" erlaubte den Klosterschülern keine freie Minute. „Muse macht die Menschen faul und für den Teufel anfällig", mahnte Eustachius, ihr Lehrer. Doch Hans wollte nach der Schule weder beten noch arbeiten: Er wollte malen! Aber womit? An ein Blatt Papier, einen Stift oder an Farben war nicht zu denken.

Zuhause nutzte er gerne das dünne Papier, das übrigblieb, wenn man die Goldblättchen entnommen hatte. So skizzierte er einmal einen Spatzen mit einem weichen Bleistift, doch Peter lachte: „Dies ist ein Kackwürstchen!“ Der Vater hängte sich das vermeintliche Kackwürstchen dennoch in die Werkstatt.

In Wiblingen malte Hans dann mit einem Stock in den Sand, da in der Schule Zeichnen verboten war. Oder er skizzierte mit einem Stück Kohle, das er anspitzte, an die weiß gekalkte Wand des Klostergartens, wenn er nach der Schule zur Arbeit eingeteilt war. Die Wand zierten dann ein Baum ohne Blätter, also eher Astwerk, wieder ein Kackwürstchen, das ja eigentlich ein Spatz war, und eine Rose, die er aus dem Beet des Abtes abbrach, um sie beim Zeichnen vor Augen zu haben.

Seine Werke gelangen ihm so gut, wie es das schlechte Material zuließ, aber Eustachius verachtete die Kunst. Laut teilte er dem Sohn eines Vergolders mit, dass er Gold besonders verachtete: „Es weckt die Gier und den Neid: Die Armen verzehren sich danach, und jene, die Gold besitzen, wollen immer mehr davon“, knurrte er. „Sünder allesamt.“

Als Eustachius entdeckte, dass der Sohn des Vergolders die Klostermauer beschmutzt hatte, schlug er ihm mit der Hand ins Gesicht, zwang ihn, mit Bürste und Wasser die Gartenmauer abzuschrubben, und teilte ihn zur Strafarbeit ein. Hans wurde in das Refektorium geführt, das Schreibstube und Werkstatt zugleich war. Dort sollte der Schuldige niedere Arbeiten verrichten: den Boden fegen, die Öfen mit Holz befüllen, die Tintenfässer, Öllampen oder Bierkrüge der Mönche auffüllen. Diese Art von Strafe begeisterte den Delinquenten jedoch, denn die Nähe zu den Schreibern, den „Kopisten des Wortes Gottes“, und vor allem den Buchmalern erschien ihm famos. Bei einem Buchmaler, er nannte sich Bruder Anselmo, erblickte Hans Szenen von einer Schönheit, die ihn erschauern ließen. Die Bildnisse waren zwar klein, aber von solcher Präzision und Farbkraft, dass dem jugendlichen Betrachter Tränen über das Gesicht liefen.

Doch bald durfte Hans das Refektorium nicht mehr betreten. „Bruder Anselmo hat sich über dich beschwert und gemeint, du würdest ihm ein Loch in den Bauch fragen und ihm die Bilder stehlen mit deinen gierigen Blicken“, wetterte Eustachius. Zur Strafe teilte er Hans als „Goldgräber“ ein, so hießen im Kloster die bedauernswerten Geschöpfe, die die stinkenden Latrinen ausräumen und den Kot in Leiterwägen zu einem nahen Sumpf abtransportieren mussten. Eigentlich durften Schüler nicht zu solchen Arbeiten herangezogen werden, doch Eustachius führte nun einen Krieg gegen den Sohn eines Vergolders.

Eines Tages stand der Vater in der Tür. „Hans, du bekamst eine kleine Schwester, die morgen getauft wird. Ich möchte dich bei der Taufe dabeihaben.“ Gegen Eustachius' Einspruch nahm Ludwig Nepomuk Maler seinen Sohn mit nachhause.

Die Mutter, froh über die glückliche Geburt, war erstaunt, ihren Zweitältesten zu sehen. Hans bot einen jämmerlichen Anblick: Er war mager, sein Haar war bis auf die Kopfhaut geschoren und ein Auge war entzündet und mit eitrigem Schorf verklebt. „Wie du aussiehst und riechst. So trittst du mir nicht vor Pfarrer Mulcher im Münster“, empörte sie sich.

„Das kommt, da ich als Goldgräber schufte“, flüsterte Hans verschämt.

Peter wischte sich verschämt eine Träne aus dem Augenwinkel, als er seinen Bruder so sah. Er war nun in einem Alter, wo man Tränen für unmännlich hielt. „Seit wann gibt es in einem Kloster Goldgräber?“ Er gab sich sogleich wieder schroff.

„So nennen sie das Scheißeschaufeln, es ist meine Strafarbeit, da ich das Malen nicht lassen kann“, seufzte Hans.

Die Brüder umarmten sich zaghaft, man war sich fremd geworden.

„Du warst schon immer eine Hühnerbrust, aber nun könnte man das Vaterunser durch deine Rippen pusten“, entfuhr es Peter erschrocken, als er den jüngeren Bruder nackt in den Badezuber steigen sah.

Es wurde aber dennoch eine vergnügliche Taufe. Die Eltern nannten ihr kleines Mädchen Klara, nach der heiligen Klara von Assisi, die als Schutzpatronin auch ihre Hand über die Vergolder hielt. Als Pfarrer Mulcher gegangen war, wurde gelacht, geküsst und sogar getanzt. Hans stopfte beim Taufmahl so viel Braten und süße Küchlein in sich hinein, dass er sich den ausgehungerten Magen verdarb und sich mehrfach im Hof erbrach. Das hatte sein Gutes, so durfte er noch eine weitere Nacht im Schoß seiner Familie bleiben.

Als der Vater Hans zurück ins Kloster bringen wollte, klammerte der Junge sich am Türstock fest und drohte: „Ich ertränke mich in der Iller, wenn du mich zurückbringst.“ Er sagte dies in einem Ton und mit einem irren Blick, der keine Zweifel zuließ. Den Vater reute es, seinen Jüngsten so elend zu sehen, und Peter legte ein gutes Wort für den Verzweifelten ein.

Später belauschten die Brüder ein Gespräch der Eltern, das Hans’ Zukunft betraf.

Die Mutter bestand auf ihren Willen: „Hans ist für die Kirche bestimmt.“

„Weib, er ist für das Leben bestimmt.“

„Mann, wir haben keinen Platz mehr im Haus, deine Werkstatt nimmt viel Platz ein und jedes Jahr kommt ein neuer Fresser dazu.“

„So nennst du unsere Kinder? Ich hole unseren Hans nach Ulm und gebe ihn in die Lehre zu Bartholomäus Zeitblom. Der soll ihn zum Maler ausbilden, wenn sein Herz daran hängt.“

„Zeitblom? Ha, der ist ein Fremder, ein Hergelaufener aus Nördlingen. Sogleich schwängerte der Fremdling eine Tochter des Malers Schüchlin“, die Stimme der Mutter klang abfällig. Der Vater und die Lauscher an der Tür wussten, sie gab als Metzgerstochter viel auf den Tratsch der Straße, was sich für die Gattin eines Vergolders nicht ziemte.

„Schäm dich, Weib, Bartholomäus Zeitblom ist selbst ein großer Meister und er heiratete Schüchlins Tochter ...“

„Aber nur, damit er sich in die Zunft einschleichen kann. Und überhaupt: Mein Hans gehört der Kirche“, unterbrach sie ihren Mann.

„Gott gab unserem Hans vielleicht ein Talent, eine Gabe. Wir versündigen uns, wenn wir ihn nicht fördern. Zeitblom wird sein Talent prüfen, Weib.“

„Sicher ein Talent wie dein Luftanhalten, worüber der Mulcher ja nur dumm lacht“, äffte die Mutter.

Der Vater schwieg betroffen, die Mutter hatte seiner Berufs- und Mannesehre einen Schlag versetzt, das wussten die Lauscher an der Tür. Dann holte er hörbar tief Luft, und wenn ein Anschießer tief Luft holte, dann befähigte ihn dies zu Großem: „Mag sein, dass ein Pfaffe über meine harte Arbeit lacht. Aber was wäre die Kirche ohne das Gotteslob der Künstler? Sie komponieren, schnitzen, erschaffen Skulpturen, lenken graues Tageslicht durch bunte Fenster, sie malen biblische Szenen und sie vergolden. Sie machen das Wunder Gottes für die Menschen erfahrbar, selbst für solche elenden Lästermäuler wie Mulcher oder wie dich, Maria. Tochter eines nach Blut und Gedärmen stinkenden Metzgers!" All dies schleuderte der Vergolder seiner Frau entgegen – ohne neuen Atem zu schöpfen.

„Ludwig Nepomuk! Das nimmst du sofort zurück", kreischte die Gescholtene.

„Gar nichts nehme ich zurück. Hans' Talent soll über seine Zukunft entscheiden. Das ist mein letztes Wort."

Der Vater stürmte aus der Stube. Fast hätte er die Lauscher an der Tür über den Haufen gerannt, so eilig hatte er es, in seine Werkstatt zu gelangen. Dass er dabei seinem zänkischen Weib die Tür vor der Nase zugschlug, erwies sich als Fehler. Das wussten auch die erstaunten Betrachter der Szene, denn das dünne Blattgold vertrug ja keinerlei Windhauch. Wie kleine Sternschnuppen wirbelten einige Blättchen bis in die gute Stube hinein.

Schon am nächsten Morgen betraten Vater und Sohn die Werkstatt von Bartholomäus Zeitblom. Hans hatte in der Nacht vor Aufregung kein Auge zugetan.

Der Meister betrachtete ihn mit der unverhohlenen Neugier eines Kindes, die vergessen ließ, dass er kein junger Mann mehr war. Jedoch seine Worte klangen streng: „Bub, beweise mir, dass ich dich in meiner Werkstatt gebrauchen kann. Dazu zeichnest du mir drei Dinge: eine Steinfigur von der Pforte des Münsters, einen Vogel im Flug und einen Fuß ohne Schuh."

„Ich soll einen ... äh ... nackten Fuß zeichnen?", stotterte Hans verwundert.

„Genau. Man nennt mich ‚Meister der Engel und der Heiligen'. Diese Geschöpfe sind Luftgänger. Barfüßler.

Oder braucht man im Himmel etwa Schuhe?", lachte Zeitblom auf. „Also, gehe hurtig auf Motivjagd. Und morgen möchte ich deine Ausbeute sehen."

Hans borgte sich vom Vater einen gut gehüteten Motivblock – Papier war teuer – samt Zeichenstift und rannte im Laufschritt zum Münsterportal. Zielsicher fand er „seinen Dämon", die kleine Steinfigur war schon sein Liebling gewesen, als er ein kleiner „Hanswurst" war. Es glich mit seinen entzückend langen Ohren einem Schoßhund, der aber vorgab, ein Löwe zu sein. Doch sein Raubkatzengebiss passte kaum in die kleine, rundliche Hundeschnauze hinein.

Auch das Motiv für Zeitbloms zweite Aufgabe fand er dort: Da das Münster ja Hans' Revier war und er alle Winkel und Geschichten darin kannte, skizzierte er den „Taubentod". Der Turmfalke nistete hoch im Turm und die Handwerker der Münsterbauhütte gaben ihm diesen Namen, denn Steinmetze, Bildhauer und Glasmacher hassen Taubenkot.

Die letzte Aufgabe brachte Hans jedoch zur Verzweiflung: der nackte Fuß. Seinen eigenen Fuß zu skizzieren misslang, der Blickwinkel von oben herab war nun einmal unvollständig. Er bekam einen Krampf in dem verdrehten Fuß.

„Meine Prüfung scheitert an meinem Käsfuß", rief er entnervt in Vaters Werkstatt hinein. Der schüttelte verärgert den Kopf, da Vergolder doch im Stillen arbeiteten und ohne Luftzug.

Doch Peter grinste hinter seiner Brille hervor. Er trug nun so ein neumodisches Nasenungetüm mit geschliffenen Augengläsern, das aus Nürnberg teuer beschafft worden war. Hinter den dicken Gläsern, die ein aus Horn gefertigter Kneifer auf seinem Nasenrücken festhielt, wirkten seine Augen größer und schimmerten in einem noch intensiveren Grün. Sie erinnerten Hans an Insektenaugen, wenn er den Bruder ansah. Über Peters linkem Nasenflügel befand sich immer schon eine kleine Verdickung, eine Asymmetrie, die sein Gesicht irgendwie lustiger aussehen ließ, wie Hans meinte, und den Brillenkneifer besser auf seiner Nase festhielt. Sogleich sprang Peter auf und kehrte mit einer kleinen Engelsputte wieder, die er vergolden sollte. Ein dickliches Ding mit Stummelflügeln, der Himmelsbote war barfuß.

Hans zitierte die Worte Zeitbloms: „Ein Luftgänger braucht kein Schuhwerk."

„Tja, der Himmel ist kein Geröllfeld wie die Liebe", raunte Peter geheimnisvoll, als Hans ihm die Aufgabe erklärte. Auch weiter war er seinem kleinen Bruder behilflich, indem er die Putte günstig vor dessen Zeichenblatt positionierte.

Obwohl Hans nun darüber nachdachte, was sein Bruder wohl schon von der Liebe verstand, gelang ihm ein passabler Fuß. Endlich.

„Ein Engelskäsfuß", lachte Peter.

„Peterle, du hast etwas bei mir gut!" Hans wollte aus der Werkstatt eilen, seine fertigen Skizzen unterm Arm.

„Opfere mir deinen Erstgeborenen", rief ihm der Bruder zu.

„Nein, ich spendiere dir zwei Glasaugen, eigenhändig bemalt", tönte Hans, und beide prusteten sie los.

Auf Peters Vergolderkissen hob ein Goldblättchen ab. In dem Versuch, es in der Luft einzufangen, griff der Langarmige daneben und es landete auf einem Brillenglas. Dort klebte es fest. Peter sah seltsam einäugig aus. Einäugig vergoldet.

„Manchmal fehlt es dir an der Feinmotorik, du grober Klotz", schimpfte der Vater seinen Ältesten.

Doch beide Brüder lachten nun hemmungslos, und kaum war das Glucksen verebbt, spürten sie, sie würden sich immer vermissen, egal, wo der andere sich aufhielt.

Zeitblom schob die Zeichnungen auf dem größten Tisch seiner Werkstatt hin und her. „Kein rechter Einfall von Licht und Schatten bei dem Dämon. Zu wenig Dynamik im Flug, ein Turmfalke segelt eleganter durch die Luft." Am längsten studierte Zeitblom den gezeichneten Fuß: „Die Zehen sind zu knubbelig, Kinderzehen sind keine Weinranke mit Trauben."

Hans' Mund war ausgetrocknet vor Aufregung. Er brachte kein Wort der Verteidigung hervor.

„Na ja, für einen Lehrbub aber ganz passabel", brummte der kritische Betrachter, als Hans schon glaubte, die Prüfung nicht bestanden zu haben.

„Lehrbub?", fragte er zögerlich.

„Hänschen Maler, ich sehe jeden Makel. Nicht umsonst gelte ich als ‚Meister der Ulmer Schule', ja man benennt einen ganzen Malstil nach mir. Als Zeichner hast du Begabung, aber in meiner Werkstatt bist du noch nicht."

„Noch nicht?" Hans war völlig durcheinander. „Aber Meister, ich verspreche, das Zeichnen fleißig zu üben", flehte er.

„Ach Bub, meinst du, das genügt?" Zeitblom winkte energisch ab. „Maler müssen Alleskönner sein. Nichts weniger als das. Nun nimmst du deine Zeichnungen von meinem Werkstatttisch und bastelst mir daraus einen Hut."

Hans erschrak: „Heißt das, Sie werfen mich hinaus?"

„Nein, du sollst einen Hut basteln, genau das heißt es. Jetzt sofort. Ein Maler muss nicht nur scharf beobachten, er muss auch geschickt mit den Händen sein und räumlich denken können. Ein guter Maler benötigt viele Talente."

Hans zuckte hilflos mit den Schulten, dieser Mann überforderte ihn.

„Sohn eines Vergolders, die Vielfalt und sein Wissen über die Welt unterscheiden einen Maler von einem Vergolder. Vergolden ist schlicht: Es genügen Sorgfalt, ruhiger Atem und eine stinkende Kammer ohne einen Luftzug", Zeitblom amüsierte sich über seinen eigenen Witz.

Hans fühlte sich gedemütigt, gerne hätte er die Ehre der Vergolder verteidigt. Zeitblom widersprochen. Doch er wagte es nicht, zudem bedrängte ihn der Kerl.

„Wo bleibt mein Hut?"

In seiner Wut schienen Hans' Hände plötzlich ein Eigenleben zu führen. Mit flinken Bewegungen bastelten sie einen Sonnenhut, falteten sogar eine Art Augenklappe, um das Gleißen der Sonne abzuwehren. Auf diese Vorzüge wies er Meister Zeitblom auch hin. „Schließlich muss ein Maler messerscharf beobachten. Da hilft mein Sonnenschutz", sagte er von sich selbst erstaunt.

„Nun, so gleißend ist es an der Donau kaum, und in meiner Werkstatt, wo ich arbeite, scheint die Sonne nicht", zerstörte Zeitblom lächelnd seine Argumente.

Hans ließ enttäuscht die Schultern hängen. Hatte er sich blamiert?

Da klopfte Zeitblom ihm so kräftig auf den Rücken, dass er Schluckauf bekam. „Hänschen Maler, sei nicht so eine Memme. Du bist auch geschickt mit den Händen und darfst bei mir anfangen. Spring heim und hol dein Bündel", befahl er.

Noch am gleichen Nachmittag stellte der Meister seine drei Gesellen vor: „Martin bereitet die Farben zu, Ulrich kümmert sich um den Untergrund, auf dem ich male, man nennt das den Bildträger, er beherrscht auch das Vergolden. Und Wolfram ist mein Spezialist für Grundierungen, er fertigt Unterzeichnungen an und Skizzen. Er fügt auch Elemente in meine Gemälde ein, natürlich nur auf meine Anweisung. Zudem führt Wolfram die Werkstatt, wenn ich außer Haus bin, er ist mein Meistergeselle“, erklärte Zeitblom. „Es gibt außer dir noch einen Lehrbuben. Der arme Johann stürzte jedoch von einem Gerüst und brach sich ein Bein. Kirchenmalerei ist Kletterarbeit.“

Der Hans Maler von heute schreckt auf. Sein Bierkrug ist ihm aus der Hand gerutscht und mit einem dumpfen Knall zerbrochen. Nun starrt er verwirrt auf das zerborstene Gefäß. „Kein Tropfen Bier mehr darin. Und Scherben bringen Glück“, murmelt er. Er war wohl zu sehr in seine Gedanken versunken, jetzt wird ihm auch bewusst, wie laut die Musik immer noch spielt. „Sie findet wieder kein Ende, meine kleine Ungarin, das magere Vögelchen ist so gnadenlos wie ein jagiellonischer Panzerreiter“, kommt ihm noch in den Sinn und über die Lippen. Ja, so ist sie erzogen und vermutlich genießt sie nicht nur diese für seine Ohren so brachialen Töne, sondern auch ihren Triumph über ihn. Kostet ihn bis zur Neige aus, denn sie weiß, dass er das begonnene Brautporträt von ihr endlich beenden möchte und Ruhe dafür benötigt. Ruhe! „Die Farben und Formen müssen laut werden, die Welt muss schweigen“, murmelt er noch. Er hat sie in seine Kammer des reinen Lichts ja nicht nur wegen der Lichtverhältnisse gelotst. Er hat gehofft, auch ihre lärmende Entourage abschütteln zu können, was gründlich misslang.

Zornig steckt er seine Zeigefinger in seine Gehörgänge, schiebt sie so tief hinein, dass es fast schmerzt, und taucht erneut in die Welt seiner Kindheit ein. Der Druck in seinen Ohren fühlt sich an, als sinke er auf den Grund eines tiefen Sees. Des Sees seiner Erinnerung. Hinter seinen geschlossenen Lidern formt sich wieder das Gesicht seines alten Meisters.

Er war zwölf Jahre alt, als er in die Werkstatt von Bartholomäus Zeitblom eintrat. Zwar musste der Vater Kostgeld dafür bezahlen, dass sein Sohn in Zeitbloms Haushalt leben durfte und versorgt wurde, aber beim Lehrgeld einigten die Meister ihrer Zünfte sich gütlich: „Ludwig Nepomuk, man kennt sich. Stellt sich dein Hans geschickt an, dann entlohnst du mich mit Bilderrahmen, die du für mich vergoldest. Zusätzlich schickst du mir jeden Monat fünf Krüge Wein, aber nur ein edler Tropfen beflügelt die Muse. Schlechten Wein magst du selber saufen."

Nun strengte Hans sich doppelt an, denn er war überglücklich, der Klosterzucht entronnen zu sein – nach immerhin drei endlosen Jahren. Er war nie für ein Leben hinter dicken Mauern geschaffen, getrieben von einem spröden „Ora et labora". Seine innere Stimme sagte schon damals: „Hans, ziehe in die Welt, erschaffe, male, entdecke und staune."

Aber es war nicht alles schlecht, was er in Wiblingen gelernt hatte, so konnte er die Bibel auf Latein lesen – anders als sein Vater und auch anders als Meister Zeitblom, der bescheidenen Verhältnissen entstammte. Auch verstand Hans das Denken der Männer der Kirche, wobei genau jene Aufträge an Holzschnitzer, Maler, Bildhauer und Vergolder vergaben. Auch hatte Eustachius ihm Disziplin eingebläut, die einem Erschaffer aber nützlich wäre. Bald bin ich selbst ein Erschaffer, Zeitbloms berühmte Werkstatt ist der perfekte Ort dafür, jubelte Hans innerlich.

Doch die Ernüchterung folgte. Zunächst bestand seine Arbeit darin, hinter den Gesellen sauberzumachen. Die Werkstatt war ein Saustall: Farbpulver wurden gerieben, Bilder vorbereitet, Öle und Lasuren hergestellt, aber am schlimmsten war es, den klebrigen Knochenleim wegzuputzen. Hans bekam wunde Hände von dem vielen Geschrubbe und Herumsudeln mit Wasser. Kaum war er wieder einmal mit dem Putzen fertig, schickte Wolfram ihn zu Botengängen in die Stadt. Er musste neue Wachskerzen und Öl besorgen oder eilig frische Eier vom Markt herbeischaffen, wenn die Hühner der Frau Meisterin nicht genügend legten. „Ohne Eier keine Farben", hieß es. Auch zum Vergolden nutzte man frisches Eiweiß, vermischt mit etwas Wasser, als Klebmasse zum Anschießen.

Obendrein plagte auch die Meisterin den neuen Lehrbuben. Sie ließ Hans schwere Körbe mit Waren für ihre Küche heimschleppen, was ihn erboste, da dies Arbeit für Mägde war. Doch er wusste, er dürfte es sich mit der Frau des Meisters nicht verderben, denn stürbe ihr Mann, ein Zunftmeister, dürfte sie weiter in der Werkstatt ausbilden, sofern sie einen „Meistergesellen" besaß. Dies war Wolfram! Doch er nutzte seine Vormachtstellung, um den Neuling herumzukommandieren und wegzuschicken. So würde der nichts lernen.

Bei so einem Botengang entdeckte Bartholomäus Zeitblom seinen Lehrbuben auf dem Münsterplatz. „Hänschen Maler? Komm zu mir auf der Stelle", rief er ihn heran.

Jener erschrak in dem Glauben, er hätte etwas falsch gemacht. Würde der Meister ihn für einen Tagedieb halten, da er sich fern der Werkstatt aufhielt? Mit gesenktem Kopf trottete er heran.

„Hänschen, scheucht Wolfram dich herum?“

Hans errötete und nickte wortlos.

„Das alte Problem. Er will, dass keiner etwas lernt und keiner etwas kann – außer ihm. Hör, dem wischen wir eins aus, du arbeitest jetzt hier“, bestimmte Zeitblom.

„Hier? Aber Meister, was soll ich tun?“, seine Stimme zitterte.

„Gar nichts“, Zeitblom lachte laut und impulsiv.

„Ich soll nichts tun und das soll eine Arbeit sein?“ Hans befürchtete, der Meister wolle ihn veralbern und dann hinauswerfen, so wagte er nicht, diesen anzusehen.

„Herrgott, Bub, starr nicht so blöd auf deine Schuhe, schau dich um. Beginne mit dem Betrachten. Betrachten gehört zur Arbeit eines Malers“, ermunterte ihn Zeitblom und kniff ihm scherzhaft in die Wange.

„Betrachten ist eine Arbeit? Aber Meister, was soll ich denn betrachten?“ Er war völlig perplex.

„Alles, Hänschen! Alles! Wer nicht genau hinschaut, der begreift nichts. Und wer Dinge nicht begreift, der ist ein sturer Esel und kein Maler.“

Der Meister zog Hans am Ärmel mit sich und in das Innere des Münsters bis vor ein Altarbild. Bald hatten sich ihre Augen an das Halbdunkel gewöhnt.

„Hier siehst du das von mir geschaffene Margaretchen. Ich bin in sie verliebt“, kicherte Zeitblom und gab Hans einen Knuff. „Bub, was siehst du?“

„Meister, ich sehe das Margaretchen.“

„Plappere nicht nach, schau genau hin.“

„Nun, Meister, eigentlich ist es die heilige Margarete von anderen heiligen Frauen umringt?“

„Gut, du hast die Szene grob begriffen. Was siehst du noch, Bub?“

„Na, Meister ... genau dies."

„Nein, das siehst du nicht", polterte Zeitblom.

„Nicht?" Unsicher trat Hans einige Schritte zurück und rieb sich die Augen.

„Bub, ich steckte so viel Mühe in dieses Gemälde. Es verdient deine ganze Aufmerksamkeit. Beschreibe die Heilige."

Hans starrte das Altarbild an und fühlte sich vom Geruch des Weihrauchs benebelt. Auch die Strahlkraft der Farben und die Lebendigkeit der Figuren lähmten ihn. „Meister, sie lächelt ... äh ... irgendwie", stammelte er.

„Irgendwie?", entrüstete sich Zeitblom. „Niemand lächelt irgendwie. Lächeln ist ein gewaltiges Gefühl. Es gibt auch ein falsches Lächeln, aber darum geht es mir nicht. Ein echtes Lächeln kommt aus der Seele. Ein Maler muss dies so gestalten, dass der Betrachter eines Gemäldes dieses Lächeln auch spüren kann. Spüren mit seinen Sinnen. ‚Jede Erkenntnis beginnt bei den Sinnen', lehrt ein Leonardo."

Der Junge fühlte, wie diese Worte ihn berührten, er bekam eine Gänsehaut. „Man muss ein Lächeln spüren beim Betrachten? Meister, das ist wunderschön", flüsterte er.

Zeitblom klopfte ihm auf den Rücken. „Also, nochmals: Wie lächelt die heilige Margarete, Hans?"

„Äh, freundlich?"

Der Meister blies unfroh die Backen auf. „Freundlich? Herrje. Du weißt wohl nichts von ihrem Schicksal?"

„Wenig", räusperte Hans sich kleinlaut.

„Hänschen, das ist schlecht, denn sonst wüsstest du, dass eine Frau, die erleiden musste, was sie erlitt, nicht einfach freundlich lächelt."

Der Lehrbub nickte betroffen.

„Du musst das Geschöpf lesen, das du malst. In dessen Seele lesen wie in einem offenen Buch, das ist ein Teil des Betrachtens."

Hans nickte erneut.

„Bub, wer nichts weiß, der sieht auch nichts. Das unterscheidet einen guten Maler von einem Stümper."

Er nickte ein drittes Mal, der Kopf wurde ihm schon schwer.

„Was meinst du, was ein Meister wie Leonardo da Vinci alles weiß?"

Zeitbloms Frage beantwortete Hans mit einem Schulterzucken.

„Leonardo weiß mehr über das Leben und Sterben als mancher Doktor oder Priester. Man tuschelt unter Künstlern, Leonardo studiere sogar Tote."

Hans verzog angewidert die Mundwinkel.

„Aber nun erzähle mir mehr über das Lächeln Margaretchens." Zeitblom berührte das von ihm geschaffene Bildnis beinah mit den Fingerkuppen, als wolle er die geschwungenen Lippen zärtlich liebkosen. „Ja, ich bin in das hübsche Ding verliebt, ein Maler sollte in sein Modell verliebt sein", sagte er mit einem süffisanten Grinsen.

Hans holte tief Luft. „Die heilige Margarete steht mit nackten Füßen auf dem Körper eines grauen Drachens, ihr Gesicht zeigt keine Anstrengung, keine Angst, nur dieses ... äh ... schöne Lächeln, Meister." Mehr fiel einem einfachen Lehrbub nicht ein, die Szene verwirrte ihn angesichts dieses angsteinflößenden Drachens.

„Ihr Lächeln ist mehr als schön, Bub. Margareta von Antiochia lächelt, obwohl ihr eigener Vater, ein Heide, sie an den Stadtpräfekten verriet, der sie als bekennende Christin bekehren wollte. Da sie an ihrem Glauben festhielt, ließ er sie foltern: mit Fackeln verbrennen und ihre Haut mit spitzen Eisenkämmen zerkratzen. Da ihre

Wunden jedoch immer wieder verheilten, ließen sich viele Ungläubige taufen. Da erschien in Margaretas Kerkerzelle ein riesiger Drache und verschlang sie. Doch sie tötete den Höllendrachen, indem sie in seinem Leib das Kreuzzeichen schlug. Das Untier zerplatzte und sie entstieg unverletzt seinem Kadaver. Schließlich ließ der Stadtpräfekt sie enthaupten. Zuvor bat Margareta jedoch Gott darum, dass er sie zu einer Nothelferin für schwangere Frauen und Gebärenden machte, da sie unversehrt aus dem Körper des Drachen entkam. Gott erhörte ihre Bitte und machte sie zu einer der vierzehn Nothelferinnen." Der Maler schaute seinen Lehrbub eindringlich an. „Also, ich frage dich erneut: Wie lächelt die Heilige?"

„Sie lächelt wie eine Siegerin über das Böse: Es ist ein Heldenlächeln, ein Drachentöterlächeln sogar", sagte Hans nun mit fester Stimme.

„Ein Drachentöterlächeln?", wunderte sich Zeitblom. „Potz Blitz, das gefällt mir! Du hast Talent zum Dichter und du begreifst: Wer viel weiß, sieht mehr und kann dies mit dem Pinsel wiedergeben. Nun beschreibe mir die anderen Frauen auf dem Gemälde", forderte Zeitblom.

„Ich sehe die heilige Ursula, sie hält den Pfeil in ihrer Hand, der sie totbringend durchbohrte, ich sehe auch die heilige Elisabeth von Thüringen, die Rosen in einem Korb trägt. Dann die heilige Dorothea, die ein Richtschwert in Händen hält, da man sie enthauptete ..."

„Man merkt dir die Klosterschule an, du kennst die Leiden der Märtyrer", unterbrach ihn Zeitblom. „Hans, das wird dir nützen. Lass deinen Pinsel ein Zeigestab des Wissens sein."

Hans lächelte gelöst, da ihm eine Beschreibung gelang.

„Aber wer könnten diese Frauen sein? Beschreibe ihre Gesichter“, verlangte Zeitblom als nächste Aufgabe.

„Die heilige Margarete überstrahlt alle an Schönheit, aber, mit Verlaub, die anderen Weiber sehen ... äh ... gewöhnlich aus.“ Er räusperte sich, da ihm einfiel, dass Zeitblom ja der Erschaffer des Bildes war. „Bitte um Vergebung, Meister“, hauchte er.

„Nur Mut! Du machst dich gut in Zeitbloms Schule des Sehens“, lobte der Meister jedoch. „Die anderen Weiberleut wirken tatsächlich gewöhnlich, da sie gewöhnlich sind.“ Er winkte Hans näher zu sich. „Ich verrate dir etwas übers Geschäft.“ Er klang verschwörerisch und verdrehte die Augäpfel wie ein Magier auf einem Jahrmarkt.

„Sie reden übers Geschäft? Mit mir?“ Hans beugte sich so nah zu seinem Meister hin, dass ihn der Geruch aus dessen Halsbeuge umströmte. Der Mann roch nach Farbe, nach Firnis, nach Holz und Öl. Er roch nach dem Material, aus dem seine Bilder geschaffen waren. Ja, er schien ein bewegter Teil seiner Gemälde zu sein.

„Konzentrier dich“, mahnte der Meister, als schien er den Gedankensprung seines Schützlings zu erahnen. „Also, ich gab den Heiligen die Gesichter Ulmer Damen der besseren Gesellschaft. Ich nenne nur zwei: die Frau des Bürgermeisters als heilige Ursula und die heilige Elisabeth von Thüringen ist die Gräfin zu Ulm-Erbach.“

„Aber Meister, so sahen die wirklichen Heiligen doch nie aus. Die Frau Gräfin kenne ich nicht, aber die Gattin des Ulmer Bürgermeisters schaut, mit Verlaub, immer unglücklich drein. Säuerlich“, flüsterte Hans. Er spürte, über Höhergestellte so zu sprechen war riskant.

Zeitblom zog Hans am Nacken noch näher zu sich heran und flüsterte ihm ins Ohr: „Der Herr Bürgermeister ließ mein Altarbild für seine Amtsstube im

Rathaus kopieren, natürlich in meiner Werkstatt. Da ist Wolfram mein Spezialist für einen ‚echten Zeitblom'. Porträtiert man die Münzreichen und ihre Weiber als Heilige, klingeln ihre Münzen in meinem Beutel. Die Wichtigen sind vernarrt in ihr Abbild. Und gestalte ich sie erhabener und schöner, lohnt sich das umso mehr. Hier mein Beispiel." Zeitblom blickte sich erneut verschwörerisch um und fuhr dann noch leiser im Ton fort. Sein Atem kitzelte Hans im Ohr. „Als der Bürgermeister sein geschöntes und verschlanktes Weib sah, meinte er, dass er keine Geliebte brauche, bei einer Gattin so voller Anmut. Dabei weiß halb Ulm, er hat eine Geliebte. Sie betrügt aber auch ihn und beglückt noch einen Baumeister. Das, wiederum, weiß der Bürgermeister nicht, der forderte, ich soll seine Liebschaft als Engel über seiner heiligen Ursula schweben lassen. Als die Frau Bürgermeister ihren ‚Begleitengel' auf meinem Altarbild sah, erkannte sie die Gattin eines Advokaten. Dass dieser falsche Engel und ihr Mann gemeinsam am Altar der Liebe huldigen, ahnt sie nun. Das erklärt ihre Miene, als koste sie sauren Wein. Würde es sie trösten, wenn sie erführe, dass ihr Mann ein betrogener Betrüger ist?" Zeitblom lachte Hans ins Ohr und kniff ihm erneut in die Wange.

„Au", maunzte er.

„Das ist dafür, dass du meine Worte beherzigst, aber schweigst wie ein Grab. Wir Maler hüten unsere Geheimnisse."

Hans tippte sich mit dem rechten Zeigefinger an die Stirn – das war eigentlich Peters Geste, wenn er eine knifflige Rechenaufgabe gelöst hatte.

„Jeder kluge Maler schmeichelt seinen Kunden und müht sich, neue zu gewinnen. Werke, die sich nicht verkaufen, ernähren keine Werkstatt."

Das verstand Hans sofort, schließlich musste auch sein Vater eine Werkstatt betreiben.

Zeitblom zog seinen Lehrbuben nun schmerzhaft am Ohrläppchen. „Wahre Kunst spricht aus sich selbst. Sie weiß aber, dass der allmächtige Vater uns nicht perfekt geschaffen hat."

Hans signalisierte mit den Fingern, seine Lippen seien verschlossen. Von den intimen Vertraulichkeiten seines Meisters schwirrte ihm jedoch der Kopf.

„Morgen in aller Früh beginnt deine Arbeit. Hier: im Haus des Herrn und seiner Sünder." Zeitblom zwinkerte ihm zu.

„Hier?", vergewisserte sich Hans erneut.

„Ja, an diesem geweihten Ort studierst du das Lachen. Die Komik."

„Komik in einer Kirche?"

„Aber sicher, die Menschen machten sie zur Bühne ihres Mittelmaßes. Also, nimm dir aus der Werkstatt Papier, einen Zeichenstift und einen Schemel, dann fängst du das Lachen meines Margaretchens ein. Und triffst du mein Liebchen gut, kommen wir zu den Farben."

Hans musste das Drachentöterlächeln der tapferen Heiligen dreimal nachbessern, bis ihr Erschaffer zufrieden war. Erst dann hielt Zeitblom sein Versprechen.

„Farben sind ein Gedicht, das die Erde für uns Künstler schrieb", erklärte ihm der Meister. Er deutete wieder lebhaft auf sein Bild im Kirchenschiff des Münsters.

Hans horchte auf.

„Da meine Zeit knapp ist, spreche ich mit dir aber nur über Blau. Martin soll dir später in der Werkstatt das Wesen der anderen Farben erklären."

Hans verneigte sich dankbar.

„Blau ist die Farbe des Himmels, die Farbe von Maria und Jesus. Blau ist ein Privileg! So verrät Marias blauer

Mantel: Ich bin ein göttliches Wesen, ich darf auffahren in den Himmel. Ein Herr Bürgermeister, der sein Weib entehrt, und eine Geliebte, die gleich zwei Männer betrügt, dürfen das eher nicht." Zeitblom zwinkerte wieder vieldeutig.

„Blau ist meine Lieblingsfarbe", krähte Hans.

„Man muss sich Blau jedoch leisten können, Bub", dämpfte Zeitblom die jugendliche Euphorie. „Das günstigste Blau besteht aus Indigo, das ist der pulverisierte Saft einer Pflanze und kommt aus dem fernen Indien, deshalb der Name. Doch Indigo geht ins Violette, das gefällt mir für den Mantel Mariens nicht. Aus unseren Breiten kommt Färberwaid, dieses Kraut ist dem Indigo verwandt. Intensiver blau ist Azurit, ein Gestein, auch Citramarino genannt, denn man findet ihn diesseits des Meeres."

„Wie verwendet man diesen Stein?"

„Deine Neugier gefällt mir, Lehrbub. Was wäre ein Maler ohne Neugier? Darin übertriffst du sogar meine Gesellen. Also, Azurit zerkleinert man in einem Mörser und zerreibt ihn dann. Pulverisiere ihn aber nicht zu fein, da Azurit sonst verblasst. Farben wollen umschmeichelt sein."

„Meister, ich erinnere mich: Farben sind ein Gedicht, das die Erde für uns Künstler schrieb", plapperte Hans freudig.

„Ja, Farben hüten Geheimnisse. Ein Maler muss sie kennen", sagte Zeitblom. „So trägt Azurit auch den schönen Namen ‚Bergblau', da man es in den Alpen findet. Und zwar dort, wo man Silber und Kupfer aus dem Berg bricht. Das schönste Bergblau kommt aus einer Silbermine in Schwaz in Tirol. Azurit nennt man auch ‚das Blau der deutschen Künstler', so verwendet Albrecht Dürer Azurit für den Mantel Marias."

Hans lauschte voller Inbrunst. Lange träumte er davon, etwas über Farben zu erfahren.

„Aber lassen wir den Dürer, mein liebstes Blau heißt Ultramarin“, verriet Zeitblom.

„Ultramarin? Ein herrlicher Name!“, schwärmte Hans in kindlicher Begeisterung, die dem Meister gefiel.

„Ultramarin ist auch das intensivste Blau und sein Name verrät, dass der Stein von jenseits des Meeres stammt. Ultramarin wird aus Lapislazuli hergestellt. Ein Wunderstein, der aus einem Land namens Afghanistan kommt. Es ist ganz von Gebirge umschlossen und liegt am anderen Ende der Welt, dies macht Lapislazuli kostbarer als Gold. Was meint der Sohn eines Vergolders dazu?“

Hans pfiff durch die Zähne. „Ein Kunde muss mir Lapislazuli also extra bezahlen, falls er wünscht, dass ich es verwende?“, mutmaßte Hans. Zeitblom nickte und Hans klatschte euphorisch in die Hände, so sehr genoss er die Aufmerksamkeit seines berühmten Meisters.

Doch solche Gefühlsausbrüche waren in einer Kirche nicht erwünscht. Ein Tuscheln begann, Gläubige beobachteten sie aus der Ferne misstrauisch. Ja, verengten sich Pfarrer Mulchers Augen nicht sogar zu Schlitzen und zeichnete er nicht so energisch ein Kreuzzeichen in die von Weihrauch schwere Luft, als gälte es einen Dämon zu bannen?

„Das kostbarste Blau hat jedoch auch eine dunkle Seite: die Ultramarin-Krankheit“, fuhr Zeitblom unbeirrt fort.

„Dieses Wunderblau soll krankmachen?“, stammelte Hans verwirrt.

„Es macht das Bild krank, wenn ein Maler den kostbaren Lapislazuli falsch verwendet. Dies passierte selbst einem Großen wie Leonardo da Vinci. Bei einem

Marienbild, ich sah es mit eigenen Augen, wirkte das Blau müde und grau, da er es zu feucht auftrug."

Hans kratze sich nervös am Kopf, hatte er alles verstanden?

Aber Zeitblom war schon beim nächsten Punkt erzählerisch. „Der Unterschied zwischen den Blautönen erklärt, wozu ich sie verwende: Mit Ultramarin verleihe ich dem Himmel Weite und inszeniere Maria als Himmelswesen. Er ist der magischste Blauton und dabei der haltbarste. Aber Lapislazuli ist ein störrisches Gestein. Es zu zerreiben ist wie Blut aus einem Felsen zu pressen. Frag meinen Farbenmischer Martin. Er zeigt dir seine Lapislazuli-Muskeln", lachte er. „Azurit besitzt aber auch seinen Zauber, es schimmert grünlich. So verleihe ich dem Meer eine größere Tiefe", meinte Zeitblom weiter. „Manchmal trage ich das teure Ultramarin auch auf eine Untermalung aus Azurit auf. Wünsche ich einen besonderen Effekt, stupfe ich den Farbpinsel auf das Bild. Das Stupfen raut die Farbfläche auf, erfüllt sie mit Leben. Marias Mantel scheint nun aus gefärbter Wolle gesponnen zu sein. Ja, so hat jeder Maler seine eigenen Geheimnisse, und seine Farbtöpfe haben sie auch."

Nun klatschte Zeitblom laut in die Hände und schreckte alle Menschen in dem Kirchenschiff auf.

„Schluss. Das war meine Lehrstunde, fortan fragst du Martin aus. Aber lass dich nicht abwimmeln. Gesellen halten Lehrbuben gerne dumm", tönte er, als sie in den hellen Tag hinauseilten.

„‚Erzähl unserem grünen Jungen etwas über Grün.' Dies befahl mir der Meister. Als ob ich nichts Besseres zu tun hätte?" Martin schimpfte lauthals, als Hans ihn am nächsten Tag in der Werkstatt auf Farben ansprach.

Doch Hans strahlte ihn so erwartungsvoll an, dass der Geselle schließlich zustimmte.

Von Martin spürte Hans nicht die eiskalte Verachtung, die er von Wolfram gewohnt war.

„Also gut, grüner Junge. Grün mischt man aus Blau- und Gelbtönen. Die Mischung fällt jedoch immer anders aus, sie ist nicht farbtreu, so nennt man das."

„Und was ist das edelste Grün, so wie bei Blau das Lapislazuli?", fragte Hans.

„Aha, da weiß jemand etwas und macht sich wichtig."

„Ach, Martin, sei nicht so streng mit mir", bat Hans.

„Nun, grünes Jungchen, das edelste Grün gewinnt man aus Malachit. Das Grün dieses Steins leuchtet so intensiv, dass Malachit auch als ‚Schreckstein' gilt, der böse Geister bannt. Ungeschliffen erinnern mich die Gesteinsbrocken an Kröten mit ihren warzenartigen Wucherungen, die man als Maserung im geschliffenen Malachit erkennt."

„Aber Kröten sind doch eher grau", korrigierte Hans.

„Nervensäge, halt den Mund", brummte Martin. „Es gibt noch ein Grün, man nennt es Grünspan. Es ist billiger als Malachit, aber eine Zumutung, wenn ich es herstellen muss. Deshalb erledigst du dies bald, Lehrbub", äffte Martin und fuhr fort: „Die Gewinnung ist widerlich und aufwendig."

„Und wieso?", wunderte sich Hans.

„Man muss ein Kupferblech über ein Essigbad hängen, oder man löst Kupferspäne in Essig auf und dickt die sauer stinkende Lösung langsam ein. Das dreht mir immer fast den Magen um."

In der Erwartung, dass dies bald seine Arbeit wäre, schlug Hans die Hände schützend vor Nase und Mund.

„Tja, grüner Junge, die Farben eines Bildes leuchten zu lassen, ist ein harter Kampf. Und sie erfordert das

Wissen eines Alchemisten. So ist der stinkende Grünspan auch noch launisch, wenn man ihn auf ein Gemälde aufträgt, man muss ihn schnell mit schützendem Firnis konservieren. ‚Bringe nie Grünspan mit Bleiweiß zusammen', lernt man auch in unserer Zunft. Sie sind Todfeinde und verfärben sich beleidigt zu grau."

Hans lauschte wie in Trance, doch Martin wendete sich ab und wieder seiner Arbeit zu. Er war dabei, körnige Farbbrösel in einem Mörser zu zerstoßen, um sie später auf dem Farbentisch fein zu zerreiben. „Martin, erzähl mir mehr, bitte!", bettelte Hans.

Doch Martin drehte ihm weiter den Rücken zu.

„Ich verrate dir dafür, wann sich die hübschesten Mägde auf dem Ulmer Markt tummeln, wie sie heißen und welcher Herrschaft sie dienen", sagte er scheinbar beiläufig. Doch sogleich wandte Martin sich ihm zu mit leuchtenden Augen. Hans war nicht verborgen geblieben, dass es beim Gerede der Gesellen oft um Mädchen ging und weniger um Kunst. Auch seinen Bruder Peter zog der Reiz der Mägde schon in seinen Bann.

„Ich nehme dich beim Wort, grüner Junge." Martin riss Hans so heftig am Kragen zu sich hin, dass er erschrak.

„So erfährst du nichts von mir", presste Hans mutig hervor und zappelte in Martins Griff. „Du hast ja wirklich Lapislazuli-Muskeln, wie der Meister meinte", fiel ihm noch ein.

Martin riss die Augen auf und unter einer Lachsalve lockerte er seinen Griff.

„Ganz blöd bin ich also nicht, erzähl mir etwas über Rot", sagte Hans nun so selbstsicher, wie er es nach der Aufregung hervorbrachte.

„Ha, du solltest dich sehen, dein Hals hat rote Flecken, wie mit Karminrot gemalt", amüsierte sich Martin.

„Karminrot? Das klingt doch schön“, antwortete Hans blitzschnell und um Haltung bemüht.

„Wie man es nimmt, man gewinnt Karminrot aus toten Tieren.“

„Etwa aus deren Blut?“ Hans schüttelte sich.

„Aus dem Blut von Läusen, die ich lustvoll im Mörser zerquetsche“, witzelte Martin.

„Läuse, wie man sie in den Haaren hat?“, fragte Hans angewidert.

„Es sind Schildläuse, und aus diesen grauen Punkten mit den widerlich strampelnden Beinchen erhält man eine Farbe voller Kraft. So rot wie die Liebesglut einer drallen Ulmer Magd, die ich durch dich kennenlerne, Jungchen“, lachte er, dann rieb er seine Faust an Hans' Kopf und ergänzte: „Ausgerechnet die Männer der Kirche sind verrückt nach diesem Liebesrot. Was wäre der heilige Hieronymus in der Wüste ohne sein rotes Bischofsgewand und den Bischofshut aus Läuseblut? Aber auch reiche Damen lieben karminrote Gewänder, und Könige sowieso.“ Martin besann sich kurz und fuhr fort: „Dann gibt es noch ein giftiges Rot: Zinnoberrot. Man gewinnt es aus Quecksilber, es ist sehr farbtreu, aber manche Gesellen werden krank, wenn sie damit hantieren.“

„Puh ... gibt es kein ... äh ... freundliches Rot? Eines das nicht aus Läuseblut oder giftigem Zeug besteht?“, wunderte sich der Zuhörer.

„Ja, schon. Aber das freundliche Rot trägt den hässlichen Namen Krapp. Man gewinnt es aus der Wurzel der Färberröte. Es hat einen Stich ins Braune, ist aber farbbeständig, und Krapp wächst sogar in unseren Breiten.“

„Wo?“, wundert sich Hans.

„Dort, wo auch Wein wächst, in der milden Pfalz.“

„Dann lieber Wein als Krapp“, Hans probierte einen Witz.

„Freu dich nicht zu früh, grünes Jungchen. Mein Lieblingsrot ist Drachenblut!“

„Drachenblut? Wie soll das gehen? Wolfram verwundet einen Drachen mit einem Dolch und du fängst das Blut auf? Euch möchte ich sehen“, kicherte Hans.

„Hüte deine Zunge, Lehrbub!“, rief Wolfram aus dem hinteren Teil der Werkstatt.

„Drachenblut ist der Saft des Drachenblutbaumes aus Afrika, du dummer Nichtsnutz“, schimpfte der Meistergeselle noch.

Hans ignorierte die Unfreundlichkeit. „Der Meister sagte, ich soll noch nach Weiß fragen, denn ohne Weiß gelänge kein Bild.“

Wolfram wendete sich unwirsch ab, Martin nickte. „Na gut, du meinst Weiß – und dessen schwarze Seele“, betonte er süffisant. Er schien sich in der Rolle des Erzählers von Gruselgeschichten zu gefallen.

„Weiß hat eine schwarze Seele?“ Sofort war Hans wieder gebannt.

„Zunächst erzähle ich dir vom guten Weiß, bevor ich zum bösen Weiß komme. Das gute Weiß wird aus Kreide, Zink, Gips oder sogar aus kostbarem Alabaster gewonnen und mit Quarzkristall vermischt. Manche Maler nutzen auch zerstoßene Muschelschalen.“

„Und das böse Weiß?“, drängte Hans.

„Ha, das böse Weiß ist reiner als das andere und strahlt eine himmlische Helligkeit aus. ‚Bleiweiß ist so weiß wie Engelsflügel, aber sein Herz ist rabenschwarz‘, heißt es unter Malern. Man gewinnt es, indem man Bleibleche in einem verschlossenen Gefäß heißem Essigdampf aussetzt. Eine stinkende Angelegenheit, die ich draußen im Schuppen erledige. Ich schichte um die

Essigtöpfe noch Pferdemist, dass sich die Hitze hält. Aus diesem pestilenzartigen Gestank erwächst Schönheit, man glaubt es kaum."

„Ich roch es, es stinkt wie Aas", erwiderte Hans, als ob ihn ein Würgereiz schüttle.

„Ja, Bleiweiß hat schon manchen Farbkocher mit der Malerkrankheit dahingerafft. Deshalb binde ich mir ein Tuch vor den Mund, wenn ich mit Bleiweiß hantieren muss", erklärte der Geselle.

„Die Malerkrankheit?" Hans legte den Kopf fragend in Schieflage.

„Sie frisst sich in die Lunge, irgendwann hustet man Blut und siecht dahin."

„Dann sollen die Maler doch ihre Finger vom Bleiweiß lassen, sag ich als Lehrbub."

„Sag das dem Meister und er wirft dich hinaus mit einem Arschtritt", lachte Martin laut auf.

„Wieso bist du plötzlich so grob?", wunderte sich Hans.

„Weil Bleiweiß die wichtigste Farbe einer Malerwerkstatt ist, du Nichtswisser. Bleiweiß bedeutet Licht! Bedeutet Leben!"

„Ich verstehe", sagte Hans und tippte sich an die Stirn, so wie er es von seinem Bruder Peter kannte.

„Einen Scheiß verstehst du", zischte Martin nun.

Hans stutzte.

„Man nutzt Bleiweiß auch für die Farbe der Wollust."

„Farbe der Wollust?", flüsterte Hans, er hörte das Wort „Wollust" schon aus dem Mund von Peter. Ein verbotenes Wort. Doch Peter war nun halt in einem Alter, wo er von Mädchen träumte, wie er zugab. Eines zur Frau nehmen durfte er nach der Zunftordnung aber noch lange nicht.

„Mit Bleiweiß stellt man Fleischfarbe her."

„Fleischfarbe? Du sprichst von Speisen?“

„Dummer Junge. Nein, ich meine die Tönung menschlicher Haut, die Farbe der Nacktheit und der Wollust“, gurrte Martin und Hans wurde puterrot. „Ha, ich wusste, dass dir dies gefällt, selbst wenn du noch grün hinter den Ohren bist.“

„Und wie trifft man einen Hautton?“, fragte Hans, ohne Martin anzublicken.

„Man nimmt Bleiweiß, Zinnober, rötliche und gelbe Erde und mischt alles mit einem Hauch von Schwarz. Bei einem Säufergesicht nimmst du mehr Rot, bei einer verstaubten Jungfer mehr Weiß.“

„Verstehe“, meinte Hans.

„Nein, du verstehst noch nichts, denn ein Maler muss sich mit Nacktheit auskennen. Der Nacktheit schöner Frauen. Weißt du überhaupt, was zwischen Malern und ihren Modellen geschieht?“, zu seinen Worten rieb sich Martin aufgeregt die Hände und beleckte seine Lippen.

„Halt dein Maul, du Lüstling“, donnerte Wolframs Stimme durch die Werkstatt.

„Da arbeitest auch mit Gold, Martin?“, brabbelte Hans betont kindlich, um die peinliche Stimmung aufzulockern.

„Über Gold erzähle ich dir nichts, Sohn eines Vergolders. Auch möchte ich meine Zeit nicht länger verschwenden. Der Meister braucht neue Farben.“ Er schielte zu Wolfram hin, dem der Unmut ins Gesicht geschrieben stand.

„Der Meister zahlt dich nicht fürs Tratschen wie ein Marktweib“, ermahnte jener.

„Aber der Meister ...“, wollte Hans sich einmischen.

„Für dich gibt es hier kein ‚Aber‘, du kleine Ratte“, unterbrach ihn Wolfram jäh.

Hans verstummte. Gerne hätte er bei dem Thema Gold mit seinem eigenen Wissen geprahlt. Aber Wolfram stand als Meistergeselle weit über ihm.

„Du hilfst mir beim Farbenmischen, Lehrbub“, sagte Martin dann forsch und winkte Hans an seinen Tisch, auf dem zwei Steinplatten lagen. „Grobe Pigmentbrocken zerstößt man in einem Mörser aus Granit. Das ist bei einem Gestein wie Lapislazuli ein hartes Geschäft. Dann kommt das Pigmentieren.“ Er drückte Hans einen vorne abgeflachten Stein in die Hand, der aussah wie ein Laib Brot. „Mit einem Läufer, so heißt das Ding, zerreibt man das gemörserte Pigment zu feinem Pulver, dann fügt man ein flüssiges Bindemittel zu. So mische ich einen Farbbrei, und damit malt dann der Meister. Man braucht viel Erfahrung, um die Beschaffenheit zu treffen, die er bevorzugt.“

„Welche?“, bedrängt ihn Hans.

„Eine Farbe darf nicht zu flüssig sein, aber auch nicht zu breiig.“

„Und woher weiß man das?“, fragte Hans schulterzuckend.

„Üben, üben, üben. Nicht umsonst lernst du als Lehrbub vier Jahre und als Geselle nochmals drei“, stöhnte Martin. „Fass meine Arme an, sie sind bärenstark von meinen Kämpfen mit Gestein, spröden Pflanzen oder Läusen, um jedem Ding seine Farbe abzupressen, du mageres Nichts“, frotzelte Martin.

Hans befühlte also dessen Arme und tat beindruckt.

„Aber man braucht nicht nur Muskeln, man braucht auch Köpfchen. Möchte Meister Zeitblom mit Ei-Tempera malen, füge ich dem Farbpulver Eiweiß bei. Will er in Öl malen, tröpfle ich Öl in das Farbpulver in Leinöl, Mohnöl oder Nussöl. Da gibt es auch Unterschiede: Manche Öle trocknen schneller, andere sind satter mit den Farben. Und ist die Farbe angerührt, fülle ich den Farbenbrei in Muschelhälften. Das machst jetzt du."

„Ich? Aber wie?", fragte Hans.

„Bevor du mich von der Arbeit abgehalten hast mit deinen Fragen, grüner Junge, hatte ich Farben angerichtet. Aus Ocker, das ist eine gelbe Erde, die aus Frankreich kommt, und aus Nussöl. Dazu nimmst du jetzt eine kleine Spachtel und füllst den Brei dort hinein." Zu seinen Worten drückte Martin Hans ein Muschelhälfte in die Hand, die seine Handfläche ganz ausfüllte.

„Wie schön diese Muschel glänzt. In Blau- und Grüntönen", schwärmte Hans.

„Das sind die Farben des Meeres. Aber lass das Ding nicht fallen, es ist echtes Perlmutt."

Da sich Hans mit den Händen bei allen Verrichtungen geschickt anstellte, ließ ihn der Meister bald Bilder grundieren. Er tat dies mit einem Brei aus weißer Kreide, den er mehrmals auftrug und nach dem Trocknen immer wieder abschleifen musste. Ein staubiges Geschäft, weißer Staub kitzelte in seiner Nase, er musste niesen und sein Hals wurde trocken.

„Der Grünschnabel gleicht einem Müller im Mehl", hänselten ihn die Gesellen.

Natürlich hing Hans' Herz an Höherem. Er wollte weg vom mühsamen Farbenreiben, vom schmutzigen Grundieren: Er wollte zeichnen. Wollte erschaffen! Er sagte dies dem Meister auch unter vier Augen, als Hans ihn, wieder einmal von Wolfram zu einem Botengang geschickt, in der Stadt traf.

Zeitblom, der Hans' Talent ja kannte, meinte: „Konkurrenz belebt das Geschäft. Da werden Martin, Ulrich und vor allem mein ehrgeiziger Wolfram aber staunen", lachte er dann. „Nein, hassen werden sie dich."

Fortan durfte Hans an Gemälden bestimmte Partien ausführen: Er wurde zu Zeitbloms „Fußmaler“, wie ihn der Meister nun nannte.

„Das ist Gesellenarbeit“, beschwerte sich Wolfram. Selbst dem eher gutmütigen Martin gefiel es nicht, dass Hans nun Dinge ausführen durfte, die ihm als Lehrbub nicht erlaubt gewesen waren. Dass er dies damals auch gar noch nicht gekonnt hätte, verstärkte seinen Unmut noch.

Hans' Fingerfertigkeit und sein Augenmaß für Proportionen und Szenen wiegelten die Stimmung unter den Gesellen auf. Wolfram drohte: „Der arrogante kleine Fußpinsler soll meinen Fuß im Arsch spüren.“ Als dies tatsächlich geschah, stürzte Hans vornüber aufs Gesicht und – da er einen Pinsel in der Hand hielt, bohrte sich dieser wie ein Dolch in eine Leinwand und ruinierte eine fast fertiggestellte „Himmelfahrt Christi“.

„Diesem Jesus gab ich die schönsten Füße von allen“, jammerte Hans, dem Blut aus der Nase schoss.

„Hätte der Meister auf Holz malen lassen, wäre die Himmelfahrt jetzt nicht ruiniert, aber deine Nase umso mehr“, bemerkte Ulrich trocken, dem die neue Mode, Bilder auf eine Leinwand aus Flachsgewebe zu malen, sowieso missfiel.

Schließlich wurde die Stimmung in der Werkstatt so hitzig, dass Zeitblom Hans zu sich rief: „Hänschen, du musst die Werkstatt verlassen, bevor die Gesellen sie mir zusammenreißen.“

„Weil ich so schlecht bin?“, erschrak Hans.

„Weil du zu gut bist! Deine gut gemalten Füße werden meinen Gemälden abgehen.“

Hans schossen die Tränen ins Gesicht.

„Weine eher vor Glück, du wirst dich verbessern. Ja, du kommst zu einem Großen unserer Zunft: zu Bernhard Strigel. Er hat einen Kunden, um den wir uns alle die Finger lecken: Kaiser Maximilian."

Hans fand keine Worte, fiel auf die Knie und küsste Zeitblom die Hand.

„Spar dir auch deine Küsse Bub, Strigel ist ein strenger Meister. Der Kaiser verlangt ihm viel ab und jagt Strigel, der kein junger Windhund mehr ist, in der Welt herum. Du wirst ihn begleiten, so ist es abgemacht! Und wenn du viel gelernt hast, vom alten Strigel und der Welt, kommst du zurück zu mir. Zurück nach Ulm."

„Ich soll Ulm verlassen?" Hans sprang auf und schlug erschrocken die Hände vor den Mund.

„Schon morgen verlässt du es. Meister Strigel lebt in Memmingen und ein großer Auftrag wartet auf ihn."

„Und wie komme ich nun zu meinen Glasaugen, Hans?", fragte Peter zum Abschied, dabei war den Brüdern eher nach Weinen als nach Lachen zumute. Bei ihrer Umarmung rutschte Peter die Brille vom Nasenrücken. „Ich bin todtraurig, ja, todtraurig, wenn du nicht bald zurückkommst", flüsterte er Hans ins Ohr.

„Ach, Peter, jeden Tag werde ich an dich denken ...", dann versagte ihnen beiden die Stimme.

Die Mutter gab Hans nur die Hand, denn sie lag im Bett, ihr war nicht wohl. „Ein Frauenleiden", hörte Hans zuvor im Elternhaus flüstern.

„Wenn du den Turm unseres Münsters nicht mehr siehst, dann beginnt die Fremde, mein Sohn", erklärte der Vater betrübt.

„Ach, Peterle, wäre die Welt nur nicht so weit weg von unserem Ulm", seufzte Hans, als sie aus dem südlichen Stadttor hinausschritten. Der Bruder war ihm langen Schrittes gefolgt und hielt ihm wortlos ein Bündel vor die Nase. Hans wickelte den Stoff auf – fast wäre ihm die kleine Putte auf den Boden geplumpst. „Du hast den Engel vergoldet und schenkst ihn mir?"

„Das Kerlchen und seine Käsfüße brachten dir für deine Prüfung Glück. Und einer muss ja auf unseren Hanswurst schauen, wenn er in die Fremde zieht."

„Aber der Engel gehört uns doch nicht, Vater wird toben", fiel Hans ein.

„Der Auftraggeber hat die Figur nie bezahlt und abgeholt. Er ist aus Ulm geflohen, da er Witwen um ihre Spargroschen gebracht hatte. ‚Erstaunlich, was Menschen alles machen, wenn die Liebe ins Spiel kommt', hatte der Vater gemeint."

„Aber er wird die Putte verkaufen wollen", rief Hans aufgeregt.

„Dann zahle ich sie mit meinem Gesellenlohn, rechnen kann ich", wiegelte Peter ab.

„Du bist etwas ganz Besonderes für mich", flüsterte Hans gerührt.

Hans war sechzehn Jahre alt, als er sich in Memmingen nach der Werkstatt von Bernhard Strigel durchfragte. Die Werkstatt lag in der Nähe eines Marktplatzes mit großem Geschrei um die Marktbuden herum.

„Sieh an, das Zeitblomsche Bürschlein aus Ulm", begrüßte ihn der Meister. Ein Mann über die Mitte seines Lebens hinaus, klein und mager. Sein Blick war eindeutig der eines Malers: so durchdringend, wie Hans dies von Zeitblom kannte. „Ich porträtiere die, die ihre Köpfe ganz hoch tragen. Aber wer den Kopf hoch trägt, wirft einen langen Schatten", sagte er.

„Geht es so zu in der Welt?", fragte Hans als einer, dessen Dasein sich bisher im Schatten des Ulmer Münsters abgespielt hatte.

„Warte, bis du meinem besten Kunden begegnest, du gehst mir auf meinen Reisen zur Hand."

Hans erinnerte sich an die Worte Zeitbloms: „Bernhard Strigel ist ein Glückspilz als Hofmaler des mächtigsten Mannes auf dem Erdenrund: Kaiser Maximilian." Dieses mickrige, faltige und angegraute Männlein soll der Hofmaler eines Kaisers sein, wunderte sich Hans.

Als hätte Strigel diesen Gedanken erraten, winkte er Hans in einen Nebenraum. „Dummer Junge, schau dir das an", tat er bedeutungsschwer, stellte sich auf Zehenspitzen und zog einen schweren Samtbehang von einem Bild.

Der Anblick verschlug Hans den Atem: eine Erscheinung ganz in Gold. „Herrje", japste er. „Ich bin der Sohn eines Vergolders, aber etwas Prächtigeres sah ich nie."

„Darf ich vorstellen: Ihre Majestät, der Kaiser", sagte Strigel stolz.

Hans verbeugte sich instinktiv. Dieses Wesen trug eine goldene Rüstung, über seinen Schultern hing ein goldener, mit Perlen bestickter Mantel, der mit einer großen Goldbrosche seitlich am goldenen Brustharnisch befestigt war. In einer Hand hielt der Kaiser eine goldene Lanze, in die ein Holzsplitter vom Kreuze Christi eingearbeitet war, das hatte Hans schon gehört. In der anderen Hand das Reichsschwert, dessen Schwertknauf aus massivem Gold gearbeitet war. Das Prächtigste war jedoch die Reichskrone: Sie war mit Perlen und bunten Edelsteinen regelrecht überkrustet.

Der Kaiser posierte vor einer Tapete aus roter Seide. Ein Kunstkniff Strigels, denn Gold vor rotem Hintergrund platziert wirkte wärmer im Ton, wie Hans wusste, der ja mit den Launen des Goldes bestens vertraut war. Er rang um Fassung, ein langes „Pffffff" kam aus seinem Mund, als würde alle Luft aus ihm entweichen.

Der Erschaffer des Gemäldes lachte.

Für besonders gelungen hielt Hans jedoch nicht den ganzen Goldzauber – ihn berührte das Gesicht des Kaisers. Es zeigte ihn im Seitenprofil: Eine Hakennase fiel auf, sie wirkte aber eher markant als hässlich, zudem wurde sie von einem männlichen Kinn ergänzt. Die Gesamtproportion stimmte also. Eine fleischige Unterlippe verriet einen Hang zu Genüssen. So viel über die Sprache von Gesichtern hatte er bei Zeitblom schon gelernt.

Der Hans Maler von heute muss erschrocken husten, als eine weibliche Stimme ihn unverhofft anspricht.

„Schläft Er, ist Er betrunken? Und einen Krug hat Er mir ruiniert."

Der Angesprochene schlägt die Augen auf und erkennt die Biermagd von vorhin. In ihren Händen hält sie noch immer den Korb, aber es befinden sich keine Krüge mehr darin. Er fasst sich schnell. „Mädchen, mir ist nicht wohl bei dem Lärm. Maler lieben die Ruhe. Schönheit spricht für sich. Es gibt viele Arten von Lärm in der Welt, aber nur eine Stille", salbadert er.

„Er redet so gespreizt", kichert sie, während sie die Tonscherben aufklaubt. „So redet kein Tiroler."

„Und?", sagt Maler in gespielter Leichtigkeit und beobachtet dabei, wie Siegmund von Dietrichstein in der Ferne so tut, als ob ihm der Lärm gefällt. Sein breitschultriger Rücken ist auch in dieser Entfernung durch die offene Tür gut auszumachen. Wie ein Turm ragt er neben der kleinen Ungarin auf: ein schwankender Turm bei einem Erdbeben. Aber vielleicht gefielen seinem Freund die Klangkaskaden ja wirklich? Das Wummern der Trommeln, das Wehklagen der Schalmeien. Schlachtmusik gefällt alten Soldaten. Oder er gefällt sich darin, der kleinen Ungarin zu gefallen?

Der Maler überlegt, ob er mit der Biermagd tändeln soll. Sie ist nicht hässlich, aber auch nicht wirklich schön. Etwas gedrungen, mit fleischigen Armen, da ist seine langgliedrige Lina schöner anzuschauen.

Just in diesem Moment verstummen die Klangkaskaden. Und dies so abrupt, wie sie begonnen haben. Er muss handeln, muss Begeisterung zeigen, sonst riskiert er ein Zerwürfnis. Er stürzt den letzten Schluck Bier hinunter, haucht der Magd ein Adieu zu und eilt zu seiner Kammer des reinen Lichts. Dort zwängt er sich an den hinausdrängenden Musikanten vorbei und klatscht mit erhobenen Armen Applaus. Er klatscht so lange, bis die Herrin ihn bemerkt und heranwinkt.

„Die Darbietung war überall gut hörbar und das Getränk Ihrer Majestät erfrischte mich." Hans Maler verneigt sich mit dem Gefühl, dass dies keine komplette Lüge ist. Sein Lob gilt ja dem Bier. Anna zieht eine Augenbraue hoch – ein Warnsignal, er kennt ihre Mimik zu gut. Sofort wendet er sich geschäftig seinen Malutensilien zu. Nichts fehlt, nichts ist zerbrochen. „Wollen wir? Majestät, bitte Ihre Pose", ruft er drängend und dirigiert sie ins Licht. Das Bier macht ihn mutig. Ohne ihre Antwort abzuwarten, schließt er die Augen und lässt mit einem Sauggeräusch Luft in sich einströmen. Sie soll die bösen Geister vertreiben, den Menschenlärm. Er folgt dem Luftstrom in sich. Alles Laute verstummt.

Plötzlich überkommt ihn dieses gewaltige Gefühl: Es ist, als ob er vom Boden abhebt und Farbe durch seine Adern schießt. Königliches Purpur, feuriges Zinnoberrot, erhabenes Ultramarin. Er ist ganz bei sich. Ist wieder ein Maler, ein Erschaffer!

Um ihre Schultern trägt Anna nun ein schwarzes Tuch, das einige Sonnen ihres Sonnenkleides verdeckt, aber ihr Dekolletee funkelt noch und einzelne Flammen züngeln unter dem Tuch hervor. Nun, vielleicht brach dir ja der kalte Schweiß aus unter deinen eigenen Klangergüssen, dass dich jetzt fröstelt, kleine Ungarin, denkt er bei sich. Er weicht einen Schritt zurück, um sie zu lesen, zu staunen. Nur gut, dass er auch die dunkle Seite der Farben kennt, gerade Schwarz hat eine gewaltige Botschaft.

Für einen Moment wird er wieder zum Lehrbuben in Zeitbloms Werkstatt.

„Ein zukünftiger Maler sollte auch die dunkelste aller Farben schätzen: Schwarz", schärfte der Meister ihm ein. „Echtes Schwarz gibt es kaum in der Natur. Meine Gesellen wissen sich aber zu helfen, verbrennen Weidenholz in Feuertöpfen und machen Holzkohle daraus. Die Weidenkohle eignet sich auch zum Zeichnen, sie erlaubt präzise Striche. Wir nutzen auch Lampenruß zum Herstellen von schwarzer Tinte. Aber die Gewinnung ist mühsam, denn man muss den Ruß mit Löffeln von Lampenschirmen abkratzen. Echte Drecksarbeit, also Arbeit für einen Lehrbuben", lachte Zeitblom auf.

„Es gibt kein anderes Schwarz?", wunderte sich der junge Hans.

„Mancher Wichtigtuer meiner Zunft meint, das beste Schwarz bestehe aus verbranntem Elfenbein aus Afrika. Aber das ist teuer. Billiger ist heimisches Knochenschwarz aus Leichenbrand."

„Sie meinen Tote? Tote Menschen?" Hans gruselte sich sichtbar.

„Ich meine die verbrannten Knochen von Hingerichteten: von Mördern, Taugenichtsen, Gesindel."

„Aber Meister, es waren Menschen", wiederholte Hans entsetzt.

„Ach, Lehrbub, ich male ja nicht mit Totenschwarz. Du wirst Ruß kratzen müssen."

Hans hörte Zeitbloms Lachen in sich.

„Was starrt Er mich so lange an? Schläft Er mit offenen Augen, der feine Herr Maler? Soll ich wieder Musik aufspielen lassen?" Anna zerstört seinen Tagtraum mit ihrer dunklen Stimmlage der Macht.

„Genau hinschauen ist Arbeit, Majestät. Dies lernte mich mein Lehrer, Meister Zeitblom. Gerade dachte ich an ihn", stammelt er aufgeschreckt.

„An mich soll Er denken, nichts anderes zählt", sagt sie unwirsch, bringt sich aber in Pose und dreht ihr Gesicht ins Licht.

Er schweigt, greift aber betont schwungvoll nach einem Pinsel. „Ihre Majestät sind bereit? Licht verändert sich im Tageslauf. Nordlicht bleibt konstanter, deshalb entführte ich Ihre Majestät ja in meine Kammer des reinen Lichts."

Sie schnaubt unwirsch.

„Nun, das Licht ist da, wo der Maler es mit Bleiweiß hinsetzt, und es erfordert Können, es richtig zu setzen. Erinnert sich Ihre Majestät noch, was ich über das Stubenlicht erzählte? Und über Bleiweiß?"

Anna räuspert sich. Mit schwankender Stimmlage zwischen einem Mädchen und einer Herrscherin geht sie auf seine Fragen ein. „Man malt mit Weiß nicht nur Wolken, Schnee oder Gewänder der Unschuld. Man setzt mit Bleiweiß Akzente. So haucht man einem Gesicht Leben ein, indem man Bleiweiß in die Augenwinkel setzt und dorthin, wo ein Lichtstrahl über ein Antlitz huscht", erklärt sie.

Er nickt erfreut, sie ist eine gelehrige Schülerin.

„Ich bestehe auf viel Bleiweiß! Maler, gib Er mir wache Augen! Mach Er mich so klug, wie ich bin", sagt sie dann im Brustton der Überzeugung.

„Aber Ihre Majestät ... sicherlich! Ohne Weiß gäbe es kein lebendiges Mienenspiel und kein Spiel von Licht und Schatten. Man erkennt einen guten Maler auch daran, wie er Bleiweiß einsetzt."

„Einen guten Maler vielleicht", fährt sie energisch dazwischen.

Doch er lächelt lammfromm. Er will keinen neuen Nervenkrieg zwischen ihnen. Halt endlich still und halt deinen Mund, kleine Ungarin! So tönt es in seinem Kopf. Er möchte dieses Brautbild beenden. Endlich beenden. Ohne ein lärmendes Orchester und ohne die Launen einer zerknirschten Braut.

Sogleich taucht er einen Maderhaarpinsel in das Bleiweiß ein. Der Farbbrei haftet gut an den Tierhaaren, und mit seinem feinsten Pinsel legt er Prägnanz in Annas Blick. In Augen, die am Morgen noch heimlich geweint hatten und immer noch gerötet sind von zu viel Machtgetue und zu viel Musik.

Bleiweiß wirkt Wunder in diesem Gesicht, denkt er. Er legt auch einen Hauch Weiß unter ihre fleischige Unterlippe, sogleich wirkt ihr Schmollmund besonnener.

Ihre Miene aufzuhellen, bereitet ihm Lust. Schaffenslust. „Sag einer, dass ein Maler kein Erschaffer ist", flüstert er, von seinem eigenen Können überzeugt.

„Es wurden Spione gesichtet, Spitzel der anderen!" Das Gezischel aus irgendeinem Mund unterbricht ihn jäh. Anna blinzelt in ihrer Malerpose. Das Geräusch schwillt an, als surre ein Hornissenschwarm in seine Kammer des reinen Lichts. Anna bringt es mit einer Geste ihrer Hand zum Schweigen. Eine erstaunlich herrische Geste für so eine schmale Hand, aus der die Knöchelchen weiß hindurchscheinen.

Da sehen die Hände meiner Lina anders aus, denkt der Maler. Arbeitshände. Berührt sie bei Neumond meinen Bauch, raspeln ihre Handflächen auf meiner Haut. Doch ich mag dieses zärtliche Raspeln. Mag Hände, die Geflügel mästen, schlachten und schmackhaft für mich zubereiten, mag Hände, die meine vor Farben verschmutzten Kleider waschen und die Holzdielen meiner Werkstatt schrubben.

„Spione? Wie sollen wir so arbeiten? Ständig werden wir gestört!“, entrüstet der Maler sich nun lauthals und spricht dabei ganz bewusst von „wir“.

Die Augen der kleinen Ungarin verengen sich gefährlich. „Hinaus, alle hinaus bis auf den Maler“, tönt sie in einer Lautstärke, die keinen Widerspruch duldet. Ihre schmale Hand fährt erneut auf. Drohend.

Als sich der Raum geleert hat, winkt sie ihn zu sich. Ganz nah. Er riecht ihren süßen Mädchenatem.

„Ich verabscheue solche Szenen, aber wir wissen ja beide, worum es geht“, flüstert sie. „Hier weiß doch jeder alles. Und jeder will mir schaden“, seufzt sie noch. Nie hörte er sie so reden: so leise, so kleinlaut und scheinbar so unendlich müde, wo sie doch zuvor noch ein kleiner goldgewandeter Feldmarschall gewesen ist.

Klingt so die Stimme eines Mädchens, das seine Demütigungen preisgibt? Ihre Unterlippe zittert glaubhaft.

Tatsächlich ist die Lage der Anna von Ungarn verzwickt, denn die Verlachte und Ausspionierte ist in ihrem Brautgefängnis nicht allein: In der Hofburg lebt eine zweite Braut! Es ist die junge Maria von Österreich. Auch sie gibt vor, eine Königin zu sein, auch sie verfügt über einen eigenen Hofstaat samt Orchester. Und auch Maria kämpfte mit Obersthofmeister Dietrichstein schon um jedes einzelne Instrument, dem Sparwillen der Hofkasse zum Trotz. Jede dieser beiden selbstbewussten jungen Frauen möchte die meisten Instrumente besitzen, die besten Musiker. Das Beste überhaupt. Darüber hinaus verbindet diese zwei Bräute vor allem eines: ihre gegenseitige Abneigung.

Der Hofstaat jeder Braut verstärkt deren Konkurrenz noch, die Hofschranzen intrigieren und bespitzeln sich. Das erklärt auch Annas Furcht vor Spionen. Spötter nennen dieses merkwürdige Machtgerangel das „Hochzeitsduell zu Innsbruck".

Ist das Schicksal der Konkurrentinnen zu ähnlich, dass es die Atmosphäre vergiftet? Bleibt deshalb jede Braut allein mit ihrem Kummer?

Versinkt Anna in trüber Stimmung, kommt nicht einmal mehr ihre Jeanne an sie heran. Da mag sie noch so besorgt „Petite, Petite" flüstern.

Der Maler kratzt sich mit einem Pinselstiel nachdenklich am Kopf. Die Bräute sind von früh bis spät von Menschen umzingelt und doch allein. Innerlich allein. Sie sind Bräute der Einsamkeit, sie lassen keine Nähe zu. Untereinander sowieso nicht. So kichern sie nicht wie andere Heiratskandidatinnen mit geröteten Wangen und voller Herzblut. Sie tuscheln auch nicht über wichtige Fragen wie: Was erwartet eine junge Frau im Brautbett? Und welches Leben führt sie an der Seite eines Mannes? Die vorrangige Sorge der zwei Bräute scheint zu lauten: Trifft es die andere besser als mich? Macht sie die bessere Partie in Zeiten wie diesen? Zeiten zwischen zwei Kaisern.

„Ach, würde der große Kaiser Max noch leben. Mein Gatte", so spricht Anna von Ungarn von Maximilian. Der gab ihr auch die Erlaubnis, sich „Königin" nennen zu dürfen. Er gewährte Annas Privileg jedoch auch Maria von Österreich. Nun, sie war seine Enkelin! Hans Maler fühlte sich oft an ein Gespräch mit einem Priester erinnert, dem Kaiser Maximilians wilder Lebenswandel missfallen hatte: „Der Kaiser höchstpersönlich säte die Zwietracht in die Herzen dieser jungen Gänse. Schon als sie Kinder waren und dabei schon seine Bräute." Damit meinte er die sogenannte Doppelhochzeit zu Wien anno 1515. „Dummes Geschwätz!", widersprach der Maler. „Ich war im Stephansdom dabei, ich war dort als ein Mann der Kunst!", machte er sich wichtig. Das beeindruckte den frommen Seelsorger aber kaum. Dass er im Stephansdom eher an den Rand gedrängt stand und als Lastenesel seines damaligen Meisters Strigel, dessen schwere Gerätschaften er schleppen musste, verriet er dem Pfaffen nicht.

Tatsächlich trug die Vermählung Kaiser Maximilians mit der kleinen Anna einen Winkelzug in sich: Er heiratete das junge Ding als Stellvertreter für seine Enkel und sicherte diese gute Partie so für den jungen Karl oder für den jüngeren Ferdinand. Beide waren Grünschnäbel, die der Trauung fernblieben. „Aber innerhalb eines Jahres muss einer der Knaben die Braut heimführen, sonst lege ich das Bräutlein in mein eigenes Bett", verkündete der Kaiser.

Hatte er dies tatsächlich gesagt? Das Mädchen war ja noch so jung. Hans Maler bildete sich ein, dies mit eigenen Ohren gehört zu haben. Nun, so gut es im überfüllten Stephansdom halt ging. Dann brüskierte der Bräutigam sein zartes Bräutlein bei der Trauzeremonie noch mehr, indem er ihr laut zuraunte: „Kind, bete für meine Gesundheit!" Viele hielten dies für das Kokettieren eines älteren Liebhabers. Wohl auch das Kind, denn dessen zuvor blutleeren Wangen glühten plötzlich scharlachrot.

Nun sind fast sechs Jahre verstrichen und die versprochene „Heimführung der Braut" geschah bis auf den heutigen Tag nicht. Und Anna? Sie wuchs heran und befürchtet, schmachvoll zu enden: als eine bestellte und nie abgeholte Braut. Das Gespött Europas. Die ewige Jungfer zu Innsbruck!

Mit ihren nun siebzehn Jahren ist Anna von Ungarn erfüllt vom Gefühl der Unsicherheit. Sie ist eine Zurückgewiesene, fast schon eine Stigmatisierte. Und dieses Gefühl benagt sie innerlich wie ein Wurm. Der Maler sieht es ihr an. Da mag sie noch so herrisch auftreten und sich inszenieren. Oder kokettieren, je nach Laune. Doch eine Zurückgewiesene bleibt eine Zurückgewiesene. Würde sie sich splitternackt ausziehen und mit Goldstaub bestäuben – sie bliebe dies immer noch. Das verrät die innere Stimme des Malers. Und sie verrät noch mehr: Ach, kleine Ungarin, zwei Männer verschmähten dich: dein verstorbener Gemahl und dessen Enkel. Bin ich nicht reich genug? Ist mein Erbe im Osten Europas nicht prächtig genug? Bin ich nicht schön genug? All dies wirst du dich fragen, kleine Ungarin.

Anna betrachtet ihn oft, wenn sie sich unbeobachtet wähnt. Sie lernte das Beobachten ja von ihm und scheint zu wissen, was er denkt. Der Maler muss auf der Hut sein. Verletzte Herzen sind brandgefährlich. Das ist auch ein Grund, wieso sie sich nicht mit Maria von Österreich versteht. Dabei ist die um zwei Jahre jüngere Maria ja fast noch ein Kind und ihre Schwägerin obendrein, seit dieser Doppelhochzeit in Wien, wo Maximilian Maria – seine einzige Enkelin – mit Annas Bruder Ludwig, dem Hoffnungsträger der Jagiellonen, verheiratete.

Die erzwungene Verwandtschaft zwischen Anna und Maria macht das Verhältnis der Bräute jedoch nicht besser: Sie könnten Freundinnen sein, beste Freundinnen, dann wäre meine Arbeit leichter, denkt der Maler immer wieder. Versteh einer diese zwei Mädchen. Sie teilen das gleiche Schicksal, beide sind sie fern ihrer Heimat, beide verloren sie ihre Eltern früh. Und was tun sie? Sie bekriegen sich. Oft runzelt er über sie die Stirn.

Doch sie sind keine bösen Menschen, sie sind unglückliche, gibt ihm dann seine Lebenserfahrung ein. Und so ein Hochzeitsduell nährt den Neid. Auch weiß er, dass Anna aus ihrer Heimat streitbare, glutäugige Gestalten mitbrachte, die den Keim der Rebellion in sich tragen. So heißt es zumindest in Innsbruck. Allein der Gedanke an eine Rebellion ist den kaisertreuen Tirolern unheimlich. So tuscheln Tiroler Dienstboten, die Ungarn würden das Fleisch von Pferden roh essen und tränken deren Blut, was Unsinn ist.

In Annas Herz wohnt aber das Selbstbewusstsein ihres Volkes, das weiß der Maler genau. So ist sie davon überzeugt, Maria von Österreich solle hinter ihr zurückstehen. Sie ist jünger, ist weniger entwickelt als Frau. Ja, wirkt sie nicht mickrig mit ihren nun fünfzehn Jahren? Unscheinbar?

Der Maler weiß, dass beide unter ihren Prachtgewändern magere Hühner sind. Und arbeitet er nicht hart daran, die Kontrahentinnen freundlicher, sinnlicher und weiblicher aussehen zu lassen? Und so, als ob sie sich mögen? Er soll sie ja als Bräute porträtieren, als glückliche Wesen. Kein Bewerber möchte unreife Kinder oder zänkische Schwägerinnen sehen. Auch Maria saß ihm schon Modell.

Anna meint, dass ihre Ehe mit Maximilian sie über den Rang Marias stellt. Sie heiratete einen Kaiser, den mächtigsten Mann der Welt. Maria hingegen heiratete Annas Bruder Ludwig, der später einmal „nur" König von Ungarn sein wird.

Maria von Österreich mangelt es aber auch nicht an Selbstbewusstsein. Schließlich ist sie die Enkelin des Kaisers, sein Blut fließt in ihren Adern. Und seit wann steht ein Wesen, in dessen Adern Maximilians Blut zirkuliert, bei irgendetwas zurück? Einem Kaiser, der noch Papst werden wollte und der dies tatsächlich auch versuchte.

Gerade deshalb darf man Maria nicht unterschätzen, sie hat die besseren Karten in diesem Spiel der Macht: Sie besitzt einen echten Bräutigam, keinen eingebildeten. Der kleine Ungar Ludwig muss nur noch heranwachsen und gedeihen, schließlich ist er etwas jünger als Maria, all dies weiß der Maler. Dabei ist es eine „alte Liebe", könnte man voller Ironie behaupten. Ludwig war ihr als Bräutigam in einem Vertrag versprochen, noch bevor er in Windeln lag. Schon in der Nacht seiner Zeugung sicherte sich unser Kaiser die Rechte an diesem Kind, sollte es ein Knäblein werden – hatte der Obersthofmeister sogar scherzhaft behauptet, der es eigentlich wissen müsste.

Tatsächlich „verheiratete" der Kaiser seine Enkelin Maria per Vertrag schon als Einjährige – mit einem Ungeborenen. Sollten König Vladislav II. von Ungarn und dessen Frau endlich der sehnsüchtig erwartete Stammhalter geschenkt werden, wäre der „Windelscheißer" sogleich Marias zukünftiger Gatte. 1506 war es dann so weit: Die Königin von Ungarn gebar jenen Ludwig und machte Maximilians voreiligen Hochzeitshandel perfekt. Dem Habsburger Haudegen waren die Götter gewogen.

Möchte Anna von Ungarn Giftpfeile gegen ihre Schwägerin Maria abschießen, kennt sie deren Makel ganz genau: „Die Tochter der Wahnsinnigen" schimpft sie die Jüngere dann. Sie weiß, dass dies sogar den Maler empört, denn er schloss auch Maria in sein Herz.

Sie weiß zudem, dass Maria eigentlich recht klug ist: Sie palavert Französisch, Flämisch und beherrscht sogar etwas Latein. Deutsch spricht sie sowieso. Auch Instrumente beherrscht sie und spielt sogar Clavichord. Aber so gut wie ich spielt sie niemals, redet Anna sich ein. Sie leidet darunter, dass Maria beim Personal die Beliebtere ist und sich gesellig gibt mit einem Hang zu Tanz, Gesang und Malerei. „Sie will mit aller Gewalt die Enkelin ihres Großvaters sein und imitiert sogar sein Lachen", beschwerte sich Anna einmal bei Hans Maler.

Doch Anna von Ungarn verschießt ihre Giftpfeile gegen die Jüngere nicht ohne Grund, auch dies weiß ein Hans Maler. Maria wurde 1505 in Brüssel geboren und wuchs bei ihrer Tante Margarethe in Mechelen heran. Ihr Vater, Philipp der Schöne – Maximilians einziger legitimer Sohn –, verstarb unverhofft in der Blüte seiner Jahre. Erschüttert durch den Tod ihres geliebten Mannes, verfiel Marias Mutter, Johanna von Kastilien, dem Wahnsinn. So führte die bedauernswerte Johanna auf Reisen Philipps Leichnam in einem Sarg mit sich. Öffnete diesen sogar, um den verblichenen Liebsten zu liebkosen. Die Trauer der armen Frau wurde zur Raserei.

Schließlich verfügte Kaiser Maximilian, die am Geist erkrankte Schwiegertochter in ein Kloster zu stecken, und ließ deren verstörte Kinder nach Mechelen zu seiner Schwester bringen: die kleine Maria und ihren fünf Jahre älteren Bruder Karl. Die kluge und besonnene Margarethe regierte dort als Statthalterin der österreichischen Niederlande und tat dies ausnehmend gut. „Die Kinder der Wahnsinnigen" trafen es mit ihrer Tante Margarethe und mit dieser prächtigen Stadt – offen für Bildung, modernes Denken und Kunst – gut.

Hans Maler weiß auch, wie schmerzlich Annas Spott wiederum Maria trifft. Wer hat schon gerne eine Mutter, die dem Vater ein kirchliches Begräbnis in Gottes geweihter Erde vorenthielt? Und dies aus irrgeleiteter Liebe?

Vom Wohlwollen der Liebe hängt Maria von Österreich nicht ab. Bei ihr geht es allein ums Heranwachsen, denn ihr Ehemann ist noch zu jung für eine Brautnacht. Bei ihrer Konkurrentin Anna von Ungarn hingegen geht es um alles oder um nichts. Sie möchte Kaiserin sein – die alte wie auch die neue – und wird nun vielleicht als alte Jungfer enden. Von allen verlacht. Diese Wechselbäder der Gefühle sind auch für einen Maler schwer auszuhalten, ja, dieses Hochzeitsduell zu Innsbruck ist nervenaufreibender als manches Ritterturnier.

Fast möchte er Maria von Österreich beschützen. Die jüngere der „Rivalinnen" wirkt vom Aussehen her noch kindlich. Den Maler erinnert sie an einen Kobold, der in vielen Rollen auftritt und gerne Verwirrung stiftet. Ja, man unterschätzt sie leicht, dabei sollte man dies niemals tun. Ein Kobold ist ein listiges Wesen, mag er noch so possierlich anmuten.

Nicht nur Annas, auch Marias Haare sind aufgehellt. Haarfärber und Perückenmacher leben derzeit wie die Könige. Jede Frau von Adel und jede Bürgersgattin, die den Adel nachäfft, erstrahlt wie der leibhaftige Erzengel Gabriel: engelsblond. Die oft ohne Sachverstand auf die Kopfhaut aufgebrachten Tinkturen bewirken bei mancher Wunschblondine jedoch eine verfrühte Himmelfahrt.

Maria von Österreich konkurriert mit Anna von Ungarn also auch um das blondeste Blond. Die Akteurinnen im Heiratsduell zu Innsbruck schenken sich nichts. Sie belauern sich und nutzen Spione. Maria ist bekanntlich die einzige Enkelin des großen Max. Eine würdige obendrein! Ein Energiebündel von einnehmendem Wesen – wie es der Großvater war. Aber sie ist mit ihren fünfzehn Jahren auch schon so verschlagen, wehrhaft und kratzbürstig wie eine Raubkatze.

Möchte sie ihre spitze Raubtierzunge an Anna von Ungarn wetzen, degradiert sie die Rivalin zu einer „Gräfin". Die ehrgeizige Anna findet diese Herablassung entsetzlich, vor allem, da sie Wahrheit in sich trägt. Dabei tut Anna doch alles, um hervorzustechen. Möchte nicht nur eine Königin sein – sie will Kaiserin werden: die zukünftige Kaiserin des Heiligen Römischen Reiches. Allein dafür wurde sie geboren. Allein dafür fertigt Hans Maler auch dieses neue Brautporträt von ihr an, an dessen Fertigstellung er wieder einmal gestört wurde. Ja, er weiß viel von seiner kleinen Ungarin ...

Anna kam 1503 in Buda zur Welt. Der 23. Juli war einer der heißesten Tage des Jahres und machte ihrer Mutter das Gebären zur Qual. Kaiser Maximilian scheute die unbequeme Reise nicht und feilschte mit ihrem Vater um ihre Zukunft, kaum konnte das Kind laufen. Annas

Mutter, die französische Gräfin Anne de Foix-Candale aus dem Haus Grailly, starb früh. Drei Tage nach dem dritten Geburtstag ihrer kleinen Tochter wurde ihr die Geburt ihres zweiten Kindes zum Verhängnis. Der Stammhalter Ludwig und seine Schwester wurden zu Halbwaisen – und die Dreijährige wurde verlobt.

Sie erinnert sich noch an die Geräusche, die dem Tod der Mutter vorausgingen: Es war eher ein Jammern als ein Schreien und dann ein Flüstern von Gebeten, das immer schwächer wurde, wie wenn das Leben aus einer Stimme weicht. Dann hörte sie Jeanne, die ja schon die Amme ihrer Mutter gewesen war, weinen. Der Gebärstube entströmte ein metallischer Geruch. Später wird Anna wissen, es roch nach Fruchtwasser und nach Blut.

In jener Nacht sah sie ein in ein Leintuch gewickeltes Bündel, das man wohl heimlich aus der Burg schaffte. Das längliche Bündel glich einem Körper und strahlte blütenweiß im kalten Licht des Mondes.

Seitdem trägt Anna diese Farbe nicht mehr. Schon als Kind hat sie einen Tobsuchtsanfall bekommen, als eine Kammerdienerin ein weißes Gewand für sie bereitlegte: „Trag dein Leichentuch selber", schrie sie, woraufhin jene in Tränen ausbrach. Außer um ihr Gesicht und ihre Mimik aufzuhellen und zu verfeinern, verbat sie Hans Maler auch, sie in einem weißen Gewand porträtieren zu wollen.

Dabei ist Anna sich nicht mehr sicher, ob sie tatsächlich beobachtete, wie man ihre verstorbene Mutter wegschaffte. Doch lösten sich aus dem Leichenbündel nicht blonde Haare und schleiften über den dunklen Pfad, der aus der Burg hinausführte? Oder plagen sie Trugbilder?

Ihre Mutter wurde doch in allen Ehren bestattet? Die Gattin des Königs, die dem ersehnten Stammhalter der Jagiellonen das Leben geschenkt hatte und ihres dafür hergab, verscharrte man doch nicht wie eine Bettlerin? Selbst wenn sie eine Fremde war.

Anna ist in Innsbruck eine Fremde. Sie wird dies auch bleiben. Um die Zeit des Wartens zu überleben, ruft sie ihre Mutter in sich wach. Das Erinnern hilft gegen das Alleinsein. „Nie ist man der Heimat so nah, als wenn man in der Fremde sein muss. Und nie ist man einer Mutter näher, als wenn der Tod sie einem fortreißt", hörte eine Spionin Marias sie einmal lamentieren. „Damit liegt die Gräfin sogar einmal richtig", sagte Maria von Österreich, als sie davon erfuhr – schließlich kennt sie das Gefühl, eine Mutter zu vermissen. „Umgibt sich die Gräfin deshalb mit Gestalten, die wie Zigeuner aussehen und sich so benehmen?", stichelt die „Tochter der Wahnsinnigen".

Was kommt Anna von Ungarn zu ihrer Mutter noch in den Sinn? Sie erinnert sich an eine sanfte Stimme, die Ungarisch mit einem lustigen Akzent sprach, mit diesem beschwingten Singsang der Franzosen. Samtweich betonte ihre Mutter die harten Wörter und Zischlaute. Auch erinnert sich Anna an einen Duft. Die Mutter roch nach den Blüten der Kamille, nach Butterblumen und nach Arnika, mit denen sie ihre Haare wusch. Ihre Haare sollten noch goldener werden im Ton. Ihr Bemühen um das schönste Blond erbte sie wohl auch von dieser Frau. Und nun konkurriert Anna in Innsbruck mit Maria von Österreich um das schönste Blond in diesem Brautduell, das Leben konnte seltsam sein. Und hatte ihre Mutter nicht auch länger auf einen Ehemann gewartet?

Anne de Foix war nicht die erste Wahl für Vladislav II. von Ungarn, Böhmen und Kroatien. Ihr Vater heiratete ihre Mutter in dritter Ehe. Zwei Frauen starben ihm zuvor im Kindbett. War die „kleine Gräfin“ aus Frankreich eine Notlösung, da der europäische Hochadel gerade keine Auswahl nach dem Geschmack eines Ungarn anbot? Verwundert rümpfte man die feine Nase. Oder waren die Hintergründe anders? Und zwar so, dass der listenreiche französische König Ludwig XII. dem Ungarn zur Hochzeit mit einer Französin vierzigtausend Dukaten dazugab, um die Jagiellonen an sich zu binden? So träten – im Erbfall – die Valois dort auf den Plan?

Anna glaubt der Erzählung ihres Vaters: „Mir gefiel ein Bildnis, das auf dem Heiratsmarkt kursierte. Das herumgereicht wurde von Adelshof zu Adelshof. Keine erste Wahl, das Porträt war klein, eher ein Medaillon. Ich umschmiegte es mit meiner Hand und spürte, wie meine Handfläche feucht wurde. Die Schönheit Eurer Mutter, einem Landkind von siebzehn Jahren, war riesengroß.“ Anna war erstaunt über die offenen Worte. In diesem seltenen Moment war ihr Vater kein König, er war ein Liebender.

In der Politik war es schwer, die Wahrheit im Blick zu behalten. Und in der Heiratspolitik wurde doppelt so viel gelogen. Bald zweifelte der Vater, ob dieses entzückende Medaillon die Wahrheit abbildete. Bildnisse von Heiratskandidaten waren immer geschönt. Bei Adelstöchtern tickte die Uhr, die Blüte einer Braut war kurz. Jenseits der zwanzig waren sie alt. So eine machte kaum noch eine gute Partie. Liebe war dabei nicht vorgesehen.

Doch der ungarische König glaubte – sogar nach dem Verlust zweier Frauen – noch an die Liebe. War er ein Träumer oder ein Narr? Seit wann ging es bei einer dynastischen Heirat um echte Gefühle?

Die Unbekannte auf dem Brautbild fesselte ihn. Sie schien zu schmunzeln und auf ihrem Kinn entdeckte er ein Grübchen. Ihr Gesicht war keine Maske des Hochadels. Ein Frauenzimmer mit so einem entzückenden Grübchen besäße ein freundliches Wesen, sie würde das Leben lieben, mutmaßte er. Und eine, die das Leben umarmte, lebte länger, da sie mehr daran hinge.

Unter seinem krausen Bart formte sich ein Lächeln, heimlich küsste er das Bildnis sogar. Aber war die kleine Französin wirklich gut getroffen? Lebensnah? Ja, machten nicht alle Hofmaler ihre Modelle schöner? Kaschierten Pockennarben, übertünchten Warzen, strafften ein Doppelkinn, hoben hängende Lider an und verschmälerten breite Kartoffelnasen? Gaben Dicken eine Taille und knochigen Betschwestern eine frauliche Figur?

Bald war er berauscht vom Antlitz der kleinen Gräfin, er wollte sie unbedingt kennenlernen. Mehr noch, er wollte diese gelbhaarige Butterblume aus Frankreich pflücken. Duftete in Okzitanien die Luft nicht nach Lavendel, nach Pinien, nach Jasmin und wildem Honig, gewürzt mit einer salzigen Meeresbrise?

Der König der Ungarn, vom Tod zweier Frauen gezeichnet, wollte alles tun, damit die dritte ihm blieb. Er nähme sich ein Landkind, eine robuste Provinzblume, kein überzüchtetes Königsgewächs mit krankem Blut. Er hoffte, dass diese Blume ähnlich gut duftete wie ihre südfranzösische Heimat.

Kaum stand das Naturkind nach einer langen Reise vor ihm, versprühte es seinen Zauber. Die Amme Jeanne, die es begleitete, stellte sich schützend davor. Doch Anne lächelte spitzbübisch hinter diesem französischen Berg aus weißem Fleisch hervor. Und sie glich ihrem Brautbild bis aufs Haar! Auch roch sie, wie er dachte, dass ein Naturkind riechen muss. Wann wehte je so eine frische Brise durch seine muffige Königsburg? Der König lächelte unter seinem Bart, bis ihm die Backen wehtaten. So wurde es Anna berichtet. Dass seine junge Frau und später auch seine Tochter Bärtige eigentlich nicht mochten, verrieten sie ihm nie. Sein Weib sparte nicht mit Küssen. Küsse galten im Land der Troubadoure als Kunst.

Bei vielen Ungarn stieß „die Fremde" jedoch auf Ablehnung. Annes französische Sitten irritierten. So spielte sie die Laute wie ein Troubadour und tanzte freizügig dazu. Ihr gelbes Haar wirbelte durch den Raum und verklebte ihren lachenden Mund. Sie spuckte die Haare aus und tanzte lachend weiter. Der König klatschte aus Liebe und die pikierten Hofschranzen mussten es ihm nachtun. Milder wurde deren Urteil erst, als die Fremde Anna gebar. Ein gesundes Kind, wenn auch ein Mädchen. Dann gebar sie den Stammhalter Ludwig.

Machte ihr Triumph die Götter neidisch? Dem Liebespaar waren nur vier gemeinsame Jahre vergönnt. Ein Tod im Kindbett war kein schöner Tod, aber ein klassisches Schicksal für eine Frau im gebärfähigen Alter. Seitdem fürchtet Anna, Kinder auf die Welt zu bringen. Aber gebären wird sie müssen: viele Kinder, viele Söhne, denn der Adel lechzt nach Stammhaltern. Das Ableben seiner Anne verhärtete das Herz ihres Mannes. In seiner Versteinerung fand er auch für sein Töchterchen keinen Trost.

Annas Leben bekam einen Riss. Sie vermisste ihre Mutter, ohne sie richtig zu kennen, dabei wurde sie ihr immer ähnlicher im Aussehen. Nicht umsonst trug sie ihren Namen. Nur ihre Haare waren nicht so blond, da der Vater ja dunkel war. Der fühlte sich durch sein kleines Mädchen immer mehr an seine Anne erinnert. Selbst das Grübchen im Kinn ihrer Mutter besaß sie.

In Innsbruck ringt Anna von Ungarn mit Hans Maler darum, dieses Erbstück wegzulassen, da ein Grübchen ihr nicht fein genug erscheint. Schließlich soll ihr Brautbild eine zukünftige Kaiserin abbilden.

Alsbald ertrug Annas Vater den Anblick seiner Tochter kaum noch. Er musste sich für ein neues Eheweib entscheiden, auch brauchte sein frischgeborener Sohn eine Mutter. So kam es, dass er Anna weggab. Er schickte seine Kleine nach Böhmen und dann nach Kroatien, dort sollte sie die Sprachen erlernen wie eine Muttersprache. Schließlich sollte Anna einmal Königin über diese Menschen sein. Und im Osten waren die Völker selbstbewusst, eigen und stur. Als Tochter irgendeiner Gräfin de Foix aus dem fernen Okzitanien benötigte sie deren Wohlwollen umso mehr. Nur Annas Amme Jeanne begleitete ihre „Petite" in die Fremde.

Bald beschloss der König von Ungarn, das Kind seiner „französischen Liebe" zu verheiraten. Und dies möglichst früh. Nun wäre seine Kleine mit dem charmanten Grübchen ein Pfand für Ungarns Zukunft. Er würde sie teuer verkaufen, er musste dies tun. Die Osmanen strömten aus Asien wie eine Sturmflut. Und sie vernichteten alles, was ihnen in die Hände fiel.

So entbrannte nach dem Tod der Mutter ein bitterer Streit um Anna. Ja, seit sie denken kann, wird um sie gestritten. Mit dem forschen Selbstbewusstsein der Wittelsbacher hielt der Herzog von Bayern um ihre Hand an, der Herzog von Mähren führte bei seinem Brautwerben die gute Nachbarschaft ins Rennen. Auch Kaiser Maximilian bedrängte Annas Vater und versprach ihm und seinem Volk eine goldene Zukunft. Er warf seine Grandezza in die Waagschale, wie kein Zweiter es konnte. Der Vater verfiel einem Charme, der ein Drohen im Gewand trug. Der große Max stach alle Heiratskandidaten aus beim Kampf ums Erbe der Jagiellonen. Die ungarischen Adeligen würden ihn dafür hassen, denn der Brauthandel, der auch ihre Zukunft beträfe, war mit ihnen nicht abgestimmt. Und man schimpfte sie nicht umsonst rebellisch.

Wieso preschte der schon nicht mehr junge Kaiser mit solcher Wucht vor? Maximilian befürchtete, sein französischer Erzrivale Franz I. giere nach dem reichen Erbe der Jagiellonen. Mit seinem Instinkt lag Maximilian richtig. Hatte der König der Franzosen die Heirat des Ungarn mit einer Landsmännin möglicherweise unterstützt? Dem Kaiser reichte ein Blick auf die Landkarte: Gewänne Frankreich das ungarische Erbe im Osten, wäre das Reich der Habsburger zur Rechten und zur Linken bedrängt. Diese feindliche Umarmung wäre auf keinem Schlachtfeld mehr auszugleichen. „Du, glückliches Österreich, heirate", hörte Anna später aus dem Mund eines Höflings, es klang wie bittersüße Ironie. Zu einer Zeit, als andere Mädchen anfingen, mit Puppen zu spielen, machte man eine Anna von Ungarn zur Schachfigur der Weltpolitik.

Damals, bei der Doppelhochzeit zu Wien, nahm der Vater ihre Hand, nachdem der große Max sie losgelassen hatte. Er gratulierte ihr mit ernster Miene, zog sein Mädchen nah zu sich und flüsterte: „Es ist ein Glück, nicht glücklich zu sein." Mit ihren zwölf Jahren verstand Anna dies nicht. „Wie kannst du an meiner Hochzeit so reden", zürnte sie. Nun weiß sie, dass der Verlust seiner geliebten Frau dem Vater diese Worte eingaben. Er kam nie darüber hinweg. Das war die Schattenseite des Glücks.

Nach jener Doppelhochzeit schickte Maximilian Annas Bruder zurück nach Ungarn, die Bräute brachte er nach Innsbruck. In der frischen Luft der Berge sollten die Mädchen zu Frauen und zu zukünftigen Herrscherinnen heranwachsen, erst dann würden die Ehen wirklich „vollzogen".

Als begeisterter Jäger, Berggeher und Freund wilder Natur liebte er die Stadt im Herzen der Alpen. Hohe Berge schützten sie und sie ist von den Tirolern gut bewacht. Kaisertreue und wehrhafte Gestalten, die sogar wissen, wie man Lawinen aus Geröll und Baumstämmen erzeugt und auf Angreifer niederkrachen lässt. Das wissen sogar die Weiber. Auch wissen die Tiroler, wie man Angreifer mit langen Spießen oder auch nur mit Mistgabeln von den Bergen stößt. Erst recht solche, die die Bräute des Kaisers entführen wollen würden. Dann lag Innsbruck günstig im Herzen Europas und weit entfernt von der Türkengefahr vor den Toren Wiens.

Anna war in Innsbruck wenig Zeit mit „ihrem Kaiser“ vergönnt. Er verließ sein geliebtes Tirol und eilte durch sein Reich als ein von vielen Herausforderungen Getriebener. Er war ja auch ein Reisekaiser, der vom Sattel aus regierte.

Trieb es ihn wieder nach Innsbruck, dann waren dies für Anna Festtage. Sie durfte den Kaiser auf Jagdausflüge begleiten, die er so liebte – vor allem auf Gämsen, aber auch auf Steinböcke. Er jagte diese leichtfüßigen Tiere am Achensee, der einem Fjord glich, in der Martinswand oder oberhalb von Schloss Tratzberg. Dabei stieg er selbst die schwindelerregenden Felswände des Karwendelgebirges hinauf. Ins Reich der Gämsen vorgedrungen versuchte er dann, die scheuen Tiere mit seinen Meisterjägern und Jagdknechten in die Enge zu treiben und mit langen Spießen vom Berg zu stoßen. Dies sogar recht erfolgreich, denn in manchen Jahren erlegte er so um die vierzig Gämsen. Als Schutz gegen den Steinschlag trug er dabei eine gefütterte Hirnhaube und einen mit Stroh gefütterten Wams. Seine Stiefel wurden mit Bergeisen beschlagen.

Anna verfolgte dieses schwindelerregende Spektakel von einer Alm aus oder einem Felsvorsprung aus halber Höhe. Eine Bergziege, was Gämsen ja sind, war sie nicht. An weniger sportlichen Tagen betrieb der Kaiser die bequemere „Arschjagd“ und schoss Gämsen, aber auch Hirschen aus dem Sattel mit der Armbrust. Er war ein guter Schütze und brachte auch Anna den Umgang mit der Armbrust bei. Später schenkte er ihr eine leichte Frauenzimmerwaffe. Gut und gerne tanzte der Kaiser auch. Einmal drehte er sich mit ihr unter dem Deckenfresko der Riesen im Riesensaal so lange, bis Anna vor Schwindel glaubte, die nackten Riesen bewegten sich und kämpften tatsächlich um Leben und Tod. In solchen Momenten vibrierte sie vor Glück. Dieses Glück hatte jedoch eine Schattenseite, denn sie besaß den geliebten Mann eigentlich nie für sich allein. Bei fast jeder Lustbarkeit lud der Kaiser seine Enkelin Maria von Österreich ein.

Die Jahre vergingen, der Kaiser starb und wurde in Wiener Neustadt begraben. Jedoch noch immer erfüllt keiner der Enkel den Wunsch des Großvaters: Weder Ferdinand noch Karl nahmen sie zu ihrer Frau. Dabei war dieser Wunsch ein Befehl, es existierte ja ein Vertrag zwischen den Habsburgern und den Jagiellonen. „Verträge sind zu halten!“, das lehrte sie schon ihr Vater. Und hier ging es um viel: um Macht und Landgewinn für das Haus Habsburg. Schließlich führt sie ein überreiches Erbe im Gepäck.

Dann starb ihr Vater. Sie hatte wenig Zeit mit ihm verbracht, aber ihre Trauer ging tief. Nicht einmal dann durfte sie Innsbruck verlassen, um ihn in Buda zu Grabe zu tragen. „Ich bin eine Gefangene in einem Kerker“, schrie sie den Obersthofmeister an, der ihr geduldig erklärte, die Reise sei zu gefährlich. „Die Türken haben die Hälfte Eures Reiches besetzt, bedrängen Belgrad und sie hämmern bald an die Tore Budas, wisst Ihr das nicht? Sie würden Euch und Euren Bruder Ludwig in Ketten legen. Oder töten."

„In Ketten liege ich in Tirol", schrie Anna dann. Als Dietrichstein ihr das letzte Geschenk ihres Vaters überbrachte, beruhigte sie sich etwas. Fortan trägt sie diese Brosche überall. Und an jedem Barett, das sie trägt, lässt sie das auffällige Ding an einem Band vor ihren Augen herumbaumeln. Das sieht komisch aus, aber Hans Maler soll sie immer nur so porträtieren, sie möchte es so.

Die Brosche besteht aus den ineinander verschränkten Buchstaben ihrer Vornamen: Anna und Wladislaw, wie man seinen Namen in Ungarn schreibt, also ein A und ein W. Als Initialbrosche ist sie kostbar in Gold gearbeitet, mittig verziert mit einem geschliffenen Rubin, die Buchstabenenden schließen mit Perlen ab. „Ließ mein Vater diesen Familienschmuck für mich oder für Anne des Foix, meine Mutter, arbeiten?" Der Obersthofmeister wusste die Antwort nicht.

Außer ihrer Familienbrosche trägt sie noch eine Eule. Ein Anhänger mit dem Kopf dieses Raubvogels aus geschwärztem Silber und mit einem in Herzform geschliffenen kleinen Rubin als Brust und darunter mit einem großen Saphir als Bauch. Er ist blau wie dunkles Wasser. Blau wie ihre Augen. Unter dem glatt geschliffenen Saphir baumelt eine große Perle.

Kaiser Maximilian schenkte Anna ihren Eulenschmuck. Nur ihr allein. Er ließ kein zweites Stück für seine Enkelin fertigen. Nun besitzt sie etwas, was Maria nicht besitzt. Und steht eine Eule nicht für Klugheit und sogleich für die Göttin Pallas Athene? Oder die römische Minerva? Nie machte der Kaiser ihr ein schöneres Geschenk.

Ihre Eule der Klugheit trägt sie überall. Hans Maler verewigte den Schmuck schon auf zwei Porträts. Brautporträts. Seit Jahren malt Hans Maler ja von diesen ewigen Habsburger Bräuten nichts anderes.

Doch noch immer lässt sich keiner der Enkel des großen Max blicken, keiner erlöst Anna. Sie träumte schon, man würde sie aus ihrem Brautgefängnis entführen mit männlicher Gewalt. Sie empfand dabei Angst und Lust zugleich. Als sie aus dem brachialen Traum erwachte, tappte sie mit ihren Händen unter ihr Nachthemd. Ihre Brüste zu berühren ist immer tröstlich, wenn sie einsam ist. Und es ist vergnüglicher, als zu weinen. Doch in ihrem Alter sollte ein Ehemann sie berühren.

„Schwer zu verstehen, wieso keiner der Kaiserenkel die ungarische Braut bisher einmal begutachtete?" Dietrichsteins Verwunderung beantwortet der Maler immer gleich: „Die Burschen wissen genau, wie der Lockvogel aussieht. Sie kennen meine früheren Porträts von ihr. Gute Porträts. Vielleicht misstrauen sie, dass ich den Köder nach dem wahren Leben schuf? Und berichten nicht auch Diplomaten, den Knaben gefalle ihr Anblick?"

Anna gelingt Hans Maler immer gut, doch sie sagt ihm dies nicht. Sie will den Künstler nicht noch hochmütig machen. Ist es denn nicht Ehre genug, sie abbilden zu dürfen? Sie ist schön, sie kleidet sich exquisit, trägt erlesenen Schmuck. Seit der Liebesheirat ihrer Eltern weiß sie um die Macht von Porträts. Bei so einem „Lockporträt", wie manche es amüsiert nennen, zählt jedes Detail: das Licht, die Pose, der Schmuck, die Robe, die Symbole, das Lächeln, die Schönheit sowieso. Vielleicht übertreibt sie es ja mit ihrem Sonnenkleid? Sonnen symbolisieren das Feuer der Liebe. Ihre Gefühle für ihre säumigen Bräutigame sind aber alles andere als von Liebe entflammt. Inzwischen empfindet sie Wut, eiskalte Wut. Soll sie sich in Gefühlsduselei verlieren für Bewerber, die gar keine sein wollen? Die sie in ihrem Brautgefängnis verrotten lassen? Eine wie sie?

Auch sie weiß, wie die Herzlosen aussehen. Hans Maler porträtierte die Bräutigam-Brüder ja auch. Dazu reiste er extra zum Reichstag nach Worms, dort weilten sie in Gesellschaft der Ersten des Reiches. Auch bei dem Reichstag in Augsburg im Jahr 1518 sah er sie schon. Damals hingen sie beinah noch am Rockzipfel ihres Großvaters: Kaiser Maximilian.

Selbst zu einem Reichstag zu reisen, wurde Anna jedoch streng untersagt. Das wäre höchst unschicklich für eine Frau, noch unschicklicher als die wilden Tänze ihrer Mutter vor den spröden Ungarn. „Wieso muss eine Braut warten? Ich möchte Ferdinand und Karl begegnen! Soll ich verschmachten bis zum Nimmerleinstag?" So setzte sie dem Obersthofmeister zu und sie hasst dessen ewig um Freundlichkeit bemühte Miene. Sie will keine Mäßigung, sie will, dass sich ihr Schicksal entscheidet. Aber abreisen ließ er sie nicht.

„Es gibt keinen Ersatz für einen Sieg", brüllte sie den Obersthofmeister an. Diese Erkenntnis lauschte sie Maximilian ab. Bei allem Charme ging es ihm darum, ein Sieger zu sein. Die ungarischen Landstände fordern längst, sie solle Tirol verlassen und in ihre Heimat zurückkehren. „Eine Jagiellonin hat es nicht nötig, sich von unreifen Flegeln aus dem Hause Habsburg brüskieren zu lassen. Diese Beleidigung fällt auf alle Ungarn zurück!" Dies verkünden streng vertrauliche Briefe aus der Heimat, die Gesandte überbringen.

Und kann man ihre zwei Bräutigame überhaupt ernst nehmen? Halb Europa erzählt Komisches über die „Kaiserbrut“. So beherrsche keiner der Enkel eines deutschen Kaisers deutsch. Karl spreche es nur mit seinem Pferd. Und selbst dies noch fehlerhaft. Auch sei er hässlich, das Habsburger Erbe spiele ihm übel mit. So sei der typische Unterbiss bei ihm so stark ausgeprägt, dass er den Unterkiefer kaum schließen könne. „Es regnet ihm ins Maul hinein“, flüstern Gesandte, die ihn schon sahen. Ein Makel, der ihn linkisch im Umgang mit Damen mache.

Man dürfe den jungen Karl jedoch nicht unterschätzen, heißt es auch. Er sei höchst machtbewusst und wolle Kaiser werden. Doch wegen der chronischen Geldnot der Habsburger reden da jedoch die Augsburger mit. Weltkaufleute wie die Fugger und die Welser.

Das Kaiseramt würde mit dem „Handgeld“ der zur Wahl berichtigten Churfürsten und Bischöfe erkauft. Manche nennen dies Bestechung. Schon jetzt hätte der achtzehnjährige Karl seine Mühe, die Fugger zu überzeugen, seine Geldsäcke für ihn zu öffnen. Karls Fähigkeiten in der Rhetorik wären ja beschränkt. Der Unterbiss, das schlechte Deutsch ...

Der Tratsch bereitet Anna Sorge, sich Karl als ihren Bräutigam vorzustellen. So einer wäre ungut und er könnte sicher überhaupt nicht küssen. Nun, auf dem Bildnis von Hans Maler sieht er nicht zum Fürchten aus: Ein Bart kaschiert die kritische Partie um seinen Mund, doch sie hasst Bärtige. Nun lebt Karl in Mechelen bei seiner Tante Margarethe von Österreich.

„Traf es Ferdinand auch so schlimm?“, fragte sie neulich den Maler und erhielt von ihm nur ein zweideutiges Lächeln. Selbst als sie in anherrschte, ihr die Wahrheit zu sagen, grinste er nur. Ferdinand lebt noch bei der spanischen Verwandtschaft seiner Mutter Johanna von Kastilien und Aragón.

Dann brachte Hans Maler aus Worms sein neuestes Bildnis von Ferdinand mit. Stolz legte er es in ihre Hände. „Ein guter Mann, porträtiert von einem guten Maler", lachte er. Sie ignorierte sein Eigenlob, sah aber gleich, dass Ferdinand der Fluch der Habsburger nicht so stark traf. Er blieb von einem Unterbiss verschont, auch sieht er heller und freundlicher aus. Seine Frisur ließ sie schmunzeln: Er trägt sie exakt nach Art seines Großvaters, eine Kaiserkolbe. Gott sei Dank verunstaltet ihn kein Bart, wie seinen Bruder Karl.

Der attraktivere Ferdinand hat jedoch einen Nachteil, der sein besseres Aussehen zunichtemacht: Er ist der Zweitgeborene. Er wird auf Karls Wohlwollen angewiesen sein. Und dies sein Leben lang und bei fast jeder Entscheidung. Und schlimmer noch: Er wird niemals Kaiser werden. Ein Kaiser gleich dem großen Max.

Vielleicht wird Ferdinand sogar nur ein Erzherzog sein? Ein lächerlicher Provinzfürst ohne Land? Diese Ungewissheit quält sie. Eine Ehe mit einem Erzherzog möchte sie nicht eingehen. Dafür ist sie nicht geboren. Das würde der ungarische Adel auch nie erlauben. Sie sehen sie alle zumindest als Königin.

Doch sollte es Karl nicht gelingen, als Kaiser gewählt zu werden, was geschähe dann? Dann würde der spanische König vielleicht zum Kaiser gewählt, auch der forsche Engländer, Heinrich VIII., stellt sich der Wahl, so hört man. Ebenso rechnet der Erzfeind der Habsburger sich Chancen aus: der König von Frankreich aus dem Haus Valois.

Doch keinem dieser anderen Anwärter auf die Kaiserwürde ist sie versprochen, dafür sorgte schon der große Max. „Dann bin ich wertlos und wäre die Braut von niemandem?", jammert sie bei Jeanne. „Ach, Karl muss sich einfach durchsetzen, er gilt als ehrgeizig, und somit heirate ich nur ihn“, schwört sie dann. „Und kommt der hässliche Bärtige mit seinem Unterbiss dann über mich in der Brautnacht, so schließe ich die Augen und denke daran, dass ich bald Kaiserin bin.“

Das offizielle Brautbild von Anna, an dem Hans Maler nun schon länger arbeitet und das seine Nerven strapaziert, ist noch gar nicht fertiggestellt, dann geschieht das Unglaubliche: Karl verzichtet!

Hätte ihr säumiger Bräutigam verzichtet, hätte er ihr Bildnis in ihrem Sonnenkleid erblickt, fragt sie sich? Sie hält sich für unwiderstehlich darin.

Karl verzichtet mit einer offiziellen Erklärung: „Ich war im Jahr 1515, als mein erlauchter Großvater Anna von Ungarn im Stephansdom das Eheversprechen gab, noch nicht im Mannesalter und war minderjährig." Gesandte erläutern Anna das Dokument. Es ist eine eindeutige Absage: „Ich erwähle Anna von Ungarn nicht zu meiner Gattin." Sie, die sonst selten zu etwas schweigt, findet keine Worte. Sie erstarrt vor diesem Dokument und den fremden Überbringern einer so schlechten Nachricht. Zumindest bewahrt sie nach außen Haltung, denn jedes Wort könnte man andernorts vielleicht gegen sie verwenden. Erst in ihrer Kammer bricht sie in Tränen aus.

Karls Verzichtserklärung brennt wie eine entzündete Lunte durch ganz Europa und sprüht Funken. Anna ist blamiert – und mit ihr der Adel in Ungarn. Aber auch aus Böhmen fordert man sie in Eilbriefen auf, Innsbruck zu verlassen. An Karl richtet man die Drohung, man bereite ihm Probleme, die Kaiserwürde zu gewinnen. Anna erfreut diese Loyalität aus ihrer Heimat, aber sie heilt nicht ihr verwundetes Herz. Karl gibt sich ganz unbeeindruckt, denn er erwählt sogleich eine andere als Braut: Isabella von Portugal. „Isabella soll wunderschön sein, natürlich blond, zudem ist Portugal eine reiche Seefahrernation. Aus der neuen Welt erreichen Schätze,

Waren und lebende Tiere jenseits unserer Vorstellungskraft die Häfen an Portugals stürmischer Küste", müht sich der Obersthofmeister, Anna Karls Wahl zu erklären. Sie stampft heftig mit dem Fuß auf und stürmt wortlos aus dem Raum. Der Maler maßregelt ihn später: „Dietrichstein, du altes Schlachtross, deine Worte waren zu ehrlich. Weißt du, was du damit anrichtest? Die kleine Ungarin mag nach außen ein Feldwebel sein, aber es schlägt ein empfindsames Herz in ihrer Brust."

Tatsächlich wird Anna krank. Tagelang liegt sie in ihrer Kammer. Nahrung kann sie nicht mehr behalten und alles dreht sich. Ihr ganzes Leben zerfällt in Bildern. Traumbilder des Vaters, der Mutter, des großen Max. In einem besonders unruhigen Traum begegnet sie sich selbst und ist erschüttert: Sie erscheint als eine Greisin, gealtert als ewige Braut, Tränen fließen durch die tiefen Furchen ihres faltig gewordenen Gesichtes wie Rinnsale. Noch in dieser Nacht schüttelt sie ein hohes Fieber, an eine Flucht aus Innsbruck ist nicht mehr zu denken.

„Die Jahre vergehen, doch dir gehen die Aufträge nicht aus. Das Pech der kleinen Ungarin ist dein Segen, denn gerade jetzt, wo sie als Blamierte dasteht, wird sie darauf drängen, das begonnene Brautbild zu beenden", sagt der Obersthofmeister zu Hans Maler. Man trifft sich heimlich in Malers Kammer des reinen Lichts, um unter vier Augen über das Ereignis zu sprechen.

„Natürlich wird sie sich weiter auf dem Markt präsentieren müssen, ihre Eltern sind verstorben, keiner sonst wird dies für sie tun. Und unsere kleine Ungarin möchte sicher nicht als eine Braut Christi hinter Klostermauern enden. Dazu trägt sie den Kopf viel zu hoch", so die weitere Prognose des Obersthofmeisters. „Im Moment ist sie ein Schatten ihrer selbst, während Maria gedeiht, als sauge sie süßen Nektar aus dem Elend der Älteren. So sollten Mädchen eigentlich nicht aufwachsen", erwidert der Porträtist nachdenklich.

Dietrichstein strebt Geschäften zu, der Maler verharrt nachdenklich in seiner Kammer des reinen Lichts. Er muss daran denken, als er Anna erstmals erblickte. Damals im Stephansdom ließ das Kerzenlicht ihre weichen Gesichtszüge noch jünger erscheinen – genauso wie jene von Maria. Kinder, die aussahen, als hätten sie sich im Menschengewühl verlaufen.

Anna feierte einen Tag zuvor ihren zwölften Geburtstag. Fast genau neun Jahre zuvor verstarb ihre Mutter. Als sie den Dom später unter Jubelgeschrei verließen, waren sie immer noch Kinder, verheiratete Kinder. Vermählt wurde auch der neunjährige Ludwig, Annas einziger Bruder. Mit seiner rotblonden Mähne wirkte er wie eine weitere Kinderbraut. Doch das Los der Mädchen würde schlimmer sein: Man erwartete, dass sie sich demütig in ihr Schicksal fügten als Marionetten ihrer Männer und als Marionetten der Macht. Ludwig hingegen würde in seinem Reich als König herrschen.

Seitdem beobachtet er mit dem Blick eines Malers, wie die Bräute zu jungen Frauen heranwachsen. Wie sprießende Brüste sich unter ihrer Garderobe abzeichnen, wie ihr Kinderlachen zu affektierten Mienen gefriert, wie ihre Kinderstimmchen, einst hell wie poliertes Messing, nun Befehle hervorbellen: dunkel und herrisch. Doch ihre Verwandlung macht sie kaum glücklicher. Vor allem die kleine Ungarin nicht.

Es fällt Maler auch ein, wie er vor Aufregung zitterte, als er den Kaiser erstmalig erspähte: im Stephansdom. Er sah in Wirklichkeit noch beeindruckender aus, als es seinem Hofmaler, Meister Strigel, auf dem Krönungsporträt gelang. Maximilians Blick verriet: Ich breche

Herzen, reiße Mauern nieder und beschieße jene mit Kanonen, die sich mir in den Weg stellen. Er war ja auch als „Meister der modernen Artillerie“ bekannt, selbst die Türken fürchteten ihn.

Noch eine weitere Begegnung brannte sich ihm ein: Meister Strigel stellte ihn im Stephansdom Dürer vor. Eigentlich galt jener als Strigels größter Konkurrent, denn der Kaiser hatte den Nürnberger in den Rang eines Staatskünstlers erhoben und ihm fortan alle Steuern erlassen, was für seinen Hofmaler nicht galt.

Vor den Augen der Mächtigen wollte der alte Fuchs Strigel nun zeigen, dass er Dürer nicht fürchtet. „Darf ich vorstellen, mein Geselle Hans gilt als angehender Experte für Heilige“, charmierte er und Hans verneigte sich tief. „Durch Heilige leuchtet das Licht Gottes. Und durch Liebende ebenso“, gab Dürer sich konziliant. Dabei verströmte der erschreckend gut aussehende Mann eine Energie, die Hans kein Wort herausbringen ließ. War es die Präsenz eines Genies, wie die Menschen ja auch der Flügelschlag eines Engels lähmt?

Selbst der Kaiser sei der Strahlkraft eines Dürer erlegen, hieß es unter den anderen Malern. Als ein Edelmann sich einmal geweigert hätte, für Dürer eine wackelige Leiter festzuhalten, auf der jener im Beisein des Kaisers und seines Hofstaates arbeitete, wäre der Kaiser herbeigeeilt und hätte Dürer die Leiter gehalten. „Ich kann aus jedem Bauern einen Mann von Adel machen, aber aus keinem Adeligen einen Dürer“, hätte der Kaiser gezürnt.

Und heute? Heute sorgen Maximilians unreife Enkel dafür, dass man sich in halb Europa das Maul über Anna von Ungarn zerreißt, denn schon erreicht Innsbruck die nächste Sensation: Auch Ferdinand orientiere sich neu und liebäugle mit einer andalusischen Prinzessin. Dies wünsche sein spanischer Großvater, Ferdinand II. von Aragón, denn der Vater von „Johanna der Wahnsinnigen" sähe seinen Lieblingsenkel gerne auf dem spanischen Thron. Doch dann hieß es, den Thron beansprucht nun Kaiserenkel Karl für sich, da der alte König von Aragón verstarb, ohne ein Testament zu hinterlassen.

„Das wäre einem Strategen wie meinem Maximilian nicht passiert. Und machen nun seine Enkel die Pläne ihres Großvaters zunichte? Auch, indem sich die Burschen bekriegen?", fragt Anna Hans Maler, der sie zu einer neuen Porträtsitzung in die Kammer des reinen Lichts geladen hat. Ihren inneren Aufruhr unter den eher kühl gewählten Worten erkennt er auch daran, dass sich ihre Stimme überschlägt. „Was denkt sich dieser Ferdinand überhaupt? Ihr habt ihn doch einmal gemalt?", bedrängt sie den Maler.

„Majestät entschuldigen, er sprach kaum mit mir", sagt er schulterzuckend. „Aber ein böser Mensch ist er nicht, und alles wird sich für Ihre Majestät zum Guten wenden", sagt er dann betont zuckersüß, da er sie in ihrer Aufregung nicht malen kann.

„Das nennt Er gut?" Bevor er einen einzigen Pinsel in Farbe eintauchen kann, dreht sie sich um und eilt mit raschelnden Gewändern davon. Zurück bleiben nur ein neuer Hauch Goldstaub und das Getuschel ihrer Hofschranzen, die ihr erstaunt nacheilen. Jeanne watschelt kurzatmig hinterher. Dem Maler fehlen die Worte vor wütendem Erstaunen: Sein Modell ließ ihn einfach stehen, als sei er ein Nichtskönner, ein Lehrbub.

Das Gerücht, nun würde auch Ferdinand seine Braut verschmähen, erreicht Annas Heimat. Der ungarische und auch der böhmische Adel geraten nun völlig außer sich über diese dreisten Burschen, die ausgehandelte Verträge missachten und ihre Anna von Ungarn entehren. Man droht sogar, interveniere Karl nun nicht bei Ferdinand, gelänge mit ihrer Hilfe Franz I. auf den Kaiserthron. Der von den Habsburgern zutiefst verhasste Franzose.

In Annas Gefolge wird nicht mehr gelacht, nicht mehr musiziert. Sie selbst bedeckt ihr Clavichord mit einem schwarzen Tuch, mit ihr soll auch das Instrument Trauer tragen. Nachts in ihrer Kammer berührt sie ihren Körper nun so zaghaft, als betaste sie kranke Organe. Sie richtet ihre Aufmerksamkeit ängstlich nach innen. „Wieso will kein Mann von meiner Süße naschen? Wieso?" Ihr schlafloses Gemurmel klingt wie ein Gebet für die Lauscher an der Wand.

„Majestät fehlt das Glück in der Liebe, das ihren Eltern beschieden war", hört Anna Höflinge tuscheln.

„Es ist ein Glück, nicht glücklich zu sein", fährt Anna sie an und schaut in fassungslose Gesichter.

„Es soll ein Glück sein, nicht glücklich zu sein? Jetzt wird meine kleine Ungarin zum Gespenst", seufzt Hans Maler, als man ihm die Worte Annas zuträgt.

Nach Wochen voller Unruhe und kaltem Nachtschweiß erhält Anna eine Nachricht, die alles entscheidet. Als Brief. Man machte sich in Wien nicht einmal die Mühe, einen Boten nach Innsbruck zu schicken. Ferdinand würde sich mit ihr verloben, liest sie. Verloben? Ihre Hände zittern, die Buchstaben verschwimmen vor ihren Augen. Aber ihr Bräutigam erscheine nicht persönlich. Die weite Reise in die Alpen sei ihm derzeit nicht zuzumuten. Er schicke einen Stellvertreter.

„Einen Stellvertreter?", brüllt sie heraus und eilt aus dem Schreibkabinett in ihre Schlafkammer.

Später dringen Geräusche von dort heraus. Man könnte meinen, dort tobe ein verletztes Tier. Ein Rumpeln, Stöhnen und Wimmern lässt die Hofschranzen aufhorchen. Man flaniert wie zufällig an Annas Gemächern vorbei, aber in einer Hofburg gibt es keine Zufälle.

Jeanne vertreibt die Neugierigen mit der Androhung, sie eigenhändig zu zerquetschen, und tatsächlich flieht das neugierige Gesindel vor dieser Naturgewalt. Dann kümmert sich Jeanne um die vom Toben total Erschöpfte. Sie zieht Anna die Kleider aus und reibt ihren nackten Leib mit Kampferwasser ab, dessen kühlende Wirkung und der herbe Geruch sollen Körper und Geist erfrischen. Dann lässt sie Duftessenzen und Puder herbeibringen, sogar einen Hauch Wangen- und Lippenrot legt sie ihrer „Petite" auf und weist die Kammerzofe an, das beste Gewand ihres Schützlings bereitzuhalten: das Sonnenkleid. Ihre „Petite" wird gute Miene zum bösen Spiel machen müssen, das wissen sie alle.

Oder soll Anna dem Drängen des ungarischen Adels endlich nachgeben und nach Ungarn zurückkehren? Was wäre sie dann? Eine Heldin oder eine Gescheiterte? Beide Rollen brächten ihren Bruder Ludwig, diesen Kindskopf, in Verlegenheit. Vermutlich würde er ihr die Flucht aus ihrem Brautgefängnis nicht danken, denn im Reich der Habsburger gälte seine Schwester dann nichts mehr. Sie wäre für die feine Gesellschaft, die nach Wien schielt, erledigt. Dies fiele wiederum auf ihn zurück, aber er braucht diese mächtige Familie noch.

Ludwig muss die ungarischen Stände im Zaum halten, ihr erstarktes Selbstbewusstsein scheint maßlos zu werden. Sie drohen sogar, einen anderen auf Ungarns Thron zu setzten. Das wäre der Untergang der Jagiellonen. Ihr Vater, König Vladislav, der allzeit Geachtete, liegt in seinem Grab. Und wie soll Ludwig – ein Halbwüchsiger und politisch noch unerfahren – die heranstürmenden Türken abwehren ohne die Habsburger und deren Verbündete?

Auch im restlichen Europa wäre eine Braut, die ihrer Bestimmung entflieht, eher verlacht als bedauert. All dies weiß Anna, sie besitzt das politische Gespür ihres Vaters. Sicher wäre es klüger, die Delegation ihres zukünftigen Bräutigams, wenn sie denn Innsbruck erreichte, für sich zu gewinnen.

Anna schickt Jeanne fort und geht in ihrer Schlafkammer auf und ab. Sie möchte nachdenken. Ihre Entscheidung hätte Auswirkung auf ihr ganzes Leben. Das spürt sie. Gut, sie wird die Besucher blenden mit ihrer Erscheinung. Genau deshalb wird sie das von Jeanne ausgewählte Sonnenkleid tragen, Spanier lieben die Sonne.

Ihr Entschluss steht also fest, aber noch immer rast ihr Herz, sie muss sich beruhigen. Das nervöse Tacktacktack ihrer Schritte gibt ihr plötzlich eine Melodie ein. Sie reißt den Trauerflor von ihrem Clavichord und verwandelt die erdachte Melodie in echte Töne. Ihre Finger schlagen die Tasten sicher, obwohl sie improvisiert. Sie erfreut sich an den aufgemalten venezianischen Rosen, als würde sie deren Duft riechen.

Plötzlich fällt ihr ein Text ein. Sie singt: „Ihr Narren, vergesst euren Spott, euer Mitleid, die Königin von Ungarn strahlt im Sonnenkleid." Die Melodie wird heiterer und der Klang ihrer eigenen Stimme tut ihr gut. Sie sang schon lange nicht mehr und spürt wieder Lebensenergie in sich.

Eine neue Textzeile fällt ihr ein: „Es ist ein Glück, nicht glücklich zu sein. La, la, la, Glück ist kein Glück, Glück macht verrückt." Dies ergibt Sinn, denn wenn sie ihren Zukünftigen nicht liebt, könnte er sie kaum verletzen. Sie wäre die Stärkere in dieser Ehe. Hätte Macht über diesen Kerl. Welcher Frau ist es schon vergönnt, mächtig zu sein? Wer braucht die Liebe überhaupt?

„Es ist ein Glück, nicht glücklich zu sein. Glück macht verrückt!“ Sie schmettert den Refrain laut heraus und stampft den Takt mit dem Fuß.

Anna übt sich sogar in ironischer Selbsterkenntnis: „Vielleicht schickt er gar zur Brautnacht einen Stellvertreter? Einen Leisetreter? Einen Bettvorleger? Der Braut graut es vor ihrem Bräuterich, denn das Glück ist ein Wüterich.“ Sie kichert und gluckst, viel zu lange hatte sie nichts mehr zu lachen.

Jeanne lauscht vor der Tür. Sie weiß, dass Annas Mutter die Liebe ihres Mannes besaß. Sein ganzes Herz. Aber soll ihr Schützling einen Mann anhimmeln, der sie gar nicht will? Der nicht einmal zu seiner eigenen Verlobung erscheint? Zwar war dies beim Hochadel durchaus üblich, aber sie, als Französin, hält so einen Mann für einen Schlappschwanz.

Wenige Wochen später, an einem klirrkalten Tag nach Dreikönig im Jahr 1521, reitet ein kleiner Tross vermummter Gestalten in den Innenhof der Hofburg zu Innsbruck. Schnee knirscht unter Pferdehufen. Aus Fellen, Decken und Pelzmützen schälen sich sechs Spanier heraus. Die Delegation aus Alcalá de Henares aus Kastilien ist bis auf die Knochen durchgefroren. Flüche über den Winter im hohen Gebirge stehen weiß in der Winterluft. Alle Männer tragen dunkle Bärte, wenn auch ordentlich gestutzt. Die schwarze spanische Hoftracht legt noch mehr Düsternis über ihre Erscheinung. Die Goldknöpfe ändern daran nicht viel. „Schaut euch bloß diese Unglücksraben an", kichern Dienstboten, die zu Maria von Österreich gehören.

Anna hingegen macht gute Miene zum seltsamen Spiel. Doch in der Absicht zu beeindrucken empfängt sie die Delegation im Riesensaal. Ja, die Spanier sollen gleich erkennen, dass sie eine Königstochter erwartet, die vor Männern nicht zurückschreckt. Tatsächlich gehen den Spaniern die Augen über ob der Manneskraft und Nacktheit der Tiroler Riesen, die das Deckenfresko in opulenten Farben feiert. Am spanischen Hof, der als frömmelnd und prüde gilt, nicht umsonst ist die Hoftracht stocksteif, wäre ein derartiges Kunstwerk unmöglich. Dies weiß Anna, die sich auf diesen Moment genau vorbereitet hat.

Sie spricht deutsch und in dunkler Stimmlage. Jedes ihrer Worte und jede ihrer Gesten sind herrschaftlich und makellos. Hans Maler, wieder einmal ein ferner Betrachter Annas, ist angetan von ihrer kaiserlichen Erscheinung. Eine Goldhaube mit Perlenbesatz scheint ihren kleinen Kopf von innen heraus zu beleuchten,

Maler muss schmunzeln, denn Anna hält ihn auf ihrem dünnen Hals so aufrecht, als sei es eine Laterne.

Maria von Österreich wohnt dem Empfang der Spanier aus nächster Nähe bei und beobachtet Anna mit Argusaugen. Hans Maler, der auch Marias Gesicht in jeder Gefühlslage kennt, weiß, ihr entginge kein Fehler Annas in diesem komplizierten Begrüßungszeremoniell. Auch Maria gibt sich betont herrschaftlich, scheint aber nicht wirklich glücklich darüber, dass ihre Konkurrentin im Hochzeitsduell zu Innsbruck nun wohl früher als sie unter die Haube kommen wird. Die Spanier stellen sich sehr umständlich vor und der von der Statur Kleinste der angeblichen „Unglücksraben" trägt den längsten Namen – Anna behält nur Hernandez de Fernandez und ein paar Zisch- und Knacklaute. Seine Kiefermuskeln scheinen die Buchstaben zu zermalmen. Sie bewahrt auch Contenance, als sich der kleine Spanier auf Zehenspitzen vor ihr aufbaut, um größer zu erscheinen und plötzlich ihre Hand ergreifen möchte, was sie von einem Spanier nicht erwartet hätte. Ein Wortführer der Delegation stellt den seltsamen Vogel in hartem Deutsch als Sekretär des erlauchten Ferdinand von Habsburg vor. Als Sekretär sei er zugleich dessen Stellvertreter in dieser Angelegenheit und hätte die Ehre, sich mit ihr zu verloben.

Hans Maler sieht wie Annas Mimik gefriert, ihre Alabasterhaut wird schneeweiß, als sei kein Tropfen Blut mehr darin. Sie spürt, wie ein unbändiger Zorn in ihr hochsteigt. „Ist dies spanischer Humor? Ja, soll dies ein Scherz sein? Ich bin eine Königin und soll mich mit einem Sekretär verloben?" Dann bemerkt sie, wie ihre Stimme überschlägt und wie ihr das Blut aus dem Kopf in die Beine sackt. Der Obersthofmeister tritt vor und stützt die Taumelnde. Er ist froh, dass ihr der Atem fehlt für ihre gefürchteten Schimpftiraden.

Sofort reden Annas Hofschranzen wild durcheinander auf Ungarisch. Gott sei Dank verstehen die nun völlig verblüfften Spanier sie nicht. Als Annas Getreuen aber unfreundliche Gesten in Richtung der Spanier machen, droht der Obersthofmeister, sie von den Wachen hinauswerfen zu lassen. Schließlich seien die Spanier Abgesandte eines Enkels des letzten Kaisers. Er sagt dies in ihrer Sprache. Zumindest versucht er es. Da die Ungarn nicht wissen, dass Dietrichstein ihre Sprache überhaupt beherrscht und sie den Obersthofmeister noch nie so ungehalten sahen, verstummen sie sofort. Sie verneigen sich sogar unbeholfen in Richtung der Spanier.

Wenn er so auftritt, gleicht der Obersthofmeister dem jüngeren Kaiser Maximilian mit seiner Kaiserfrisur. Selbst Anna von Ungarn vergisst kurz ihre Empörung, und Hans Maler reißt den Mund und die Augen auf, denn solche Szenen bieten sich auch einem Maler selten.

Die Szene ist so unglaublich, dass selbst Maria von Österreich in ihrer herrschaftlichen Pose ein kleiner Schrei entfährt. Tut ihr ihre Konkurrentin leid? Oder hält sie ihren Fächer vors Gesicht, da die kleine Hexe dahinter lacht?

Der spanischen Delegation verkündet Dietrichstein später konziliant: „Königin Anna von Ungarn strauchelte aus purer Freude, und ihr Hofstaat beglückwünscht die geschätzten Angereisten zur baldigen Verlobung. In Ungarn ist Begeisterung halt etwas ungestüm und voll rustikaler Herzlichkeit.“ Hans Maler bewundert den Freund für seine charmant vorgetragene Dreistigkeit. Er weiß nur zu gut, dass eine Hofburg kein Beichtstuhl der Wahrheit ist.

Beim Festbankett am Abend ist das ungarische Gefühlsgewitter verflogen. Auf ausdrücklichen Wunsch

Annas wird im Riesensaal serviert. Sie besteht auf einer Feier in aller Pracht. Ihre Stimmung hat sich auch schlagartig verbessert, seit sie einem Schreiben aus den Händen der Spanier entnahm: Karl von Habsburg wird seinen Bruder Ferdinand zum Erzherzog von Österreich machen und zum Herrscher über die habsburgischen Erblande. Er selbst beansprucht als der Ältere jedoch die spanischen Besitzungen und die habsburgischen Niederlande.

„Somit ist mein Zukünftiger zumindest kein aus dem Nest gefallener Vogel ohne Land, wenn er hier schon ein gerupftes Vögelchen für sich auftreten lässt“, sagte sie zuvor zu Dietrichstein bei einer eilig einberufenen Unterredung. Von ihrem „zukünftigen Ehemann“ sprach sie nicht, dafür hat jener sie schon zu sehr brüskiert in ihrem Stolz.

An der Festtafel trägt Anna das Sonnenkleid. Hans Maler ist erstaunt, dass eine, die sich gerne mehrmals am Tag umkleidet, nun wieder dieses Kleid trägt, in dem er sie porträtieren soll. Wäre das Porträt schon vollendet, könnte sie dem Gesandten der Spanier schon das fertige Brautbild für Ferdinand überreichen. Sie wäre die Himmelskönigin ihres Verlobten, nun wird sie nur die Himmelskönigin dieses Abends sein.

Ihre Haare trägt Anna offen. Ohne die Goldhaube sieht sie jünger und freundlicher aus. Fast engelsgleich, da sie in ihre gedrehten Locken goldene Bänder und Perlen einwirken ließ. Sie weiß um ihre Wirkung, denn immer wieder wirft sie kokett ihre Haarpracht zurück. Da ist es wieder, dieses Flimmern und Blitzen. Alle Männeraugen hängen an ihr.

Lobreden unterbrechen Hans Malers Gedanken, der von Anna und von der Zeremonie Skizzen anfertigen soll, so sein Auftrag. Er sitzt an einem von der eigentlichen Festtafel weit entfernten Platz, schließlich ist er ja kein Mann von Adel, strolcht aber mit seinem Skizzenblock immer wieder herum.

Unterdessen huldigt man Anna und Ferdinand auf Spanisch, auf Deutsch und auf Ungarisch. Keiner der Redner versteht den anderen. Verstanden wird jedoch die Geste, wenn man das Paar hochleben lässt und auf es anstößt. Das geschieht mit viel Geschrei und Wein. Es fließt auch dunkles Bier in rauen Mengen. Die Mienen der Spanier werden mit jedem Glas rosiger, und selbst die rebellischen Ungarn stimmt der Alkohol milde. Dies könnte sich jedoch blitzschnell ändern, eine falsche Geste der Fremden würde genügen, denn beide Völker besitzen doch eher ein schweres, aber leicht reizbares Gemüt, denkt Hans Maler.

Die Festtafel ist üppig mit Blumen und goldenen Tischaufsätzen geschmückt. Den Ehrengästen wies der Obersthofmeister zuvor mit einer Verbeugung ihre Plätze zu, niedere Höflinge stritten sich um einen Sitzplatz nah bei den zum Überquellen gefüllten Silberplatten und Schüsseln.

Doch bald kann Hans Maler studieren, wie gutes und reichliches Essen die Menschen unterschiedlicher Mentalitäten und Herkunft vereint. Schmatzen, Rülpsgeräusche und das konstante Ablecken fettiger Finger ersetzen manche Tischkonversation.

„Zweihundert Speisen lassen wir auftragen. Zweihundert! Der Küchenmeister und seine Helfer kommen seit Tagen nicht mehr aus der Küche heraus. Langen Sie zu, enttäuschen Sie die Schlaflosen nicht“, ruft der Obersthofmeister den Gästen zu und ermuntert sie, ihre Mägen noch weiter auszubeulen. Er versteht sein Handwerk und weiß weitgereiste Gäste zu beeindrucken. Schließlich spricht sich so ein Festgelage in feinen Kreisen Europas herum als Beweis, wie gut es den Habsburgern geht. Und wie gut den zwei Bräuten.

Zu dem überreichen Festmahl ertönt Musik gespielt zur Gambe, zur Laute und zur Harfe. Bei fast jedem zweiten Bissen prostet man sich zu. Die Spanier bestaunen die Tiroler Speckknödel und verschlucken sich an dem klebrigen Teig. Sie meinen, man müsse diese riesigen Teigkugeln, die wie Munition für Kanonen aussehen, als Ganzes hinunterschlingen. Ihr Würgen und Prusten amüsiert die anderen Gäste, vor allem den Tiroler Adel. Ja, der Kampf der Spanier mit der Tiroler Spezialität erzeugt so viel Erheiterung, dass diese aufspringen und wild protestieren, wie es ihrem Wesen entspricht. Der Obersthofmeister muss schlichten. Der Zwischenfall würde als „Knödelkrieg" in den Wortschatz der Innsbrucker eingehen. Weitere kleine Ausschreitungen, die üblichen bei zu viel Alkohol, bescheint der Kerzenschimmer milde.

Anna sitzt neben ihrem „Verlobten" und ignoriert ihn eher kühl. Zumindest prostet sie ihm immer wieder zu. Was soll ich mit dem Kerl schon reden und in welcher Sprache? Soll ich einen Sekretär etwa fragen, welche Tinte er benutzt und wie er seine Schreibfedern anspitzt? Auch geht ihr durch den Kopf, wie lange sie ihr Zukünftiger auf diesen Moment warten ließ: fast sechs endlose Jahre. Hans Maler erkennt an ihrer Miene, wie Anna gegen ihre inneren Gespenster kämpft. Sie isst nur wenig von den vielen Speisen, der Spanier an ihrer Seite verschlingt und trinkt umso mehr. Anna wird immer nervöser vor Ungeduld, die Stunden fließen zäh ineinander, bald würde ihr „Verlobter" sturzbetrunken sein. Endlich naht der Hauptpunkt des Abends: die Verlobung. Sie geschähe dergestalt, dass der kleine spanische Don – er sei nicht nur Ferdinands Sekretär, sondern auch ein Graf von Toledo, heißt es nun – ein Bein über einen Schenkel von Anna legen soll. Mit dieser intimen Berührung, nur für einen Moment gedacht, gälte Anna von Ungarn mit Ferdinand von Österreich als verlobt. Der Obersthofmeister verkündet den Ablauf der „heiligen Zeremonie“. Anna errötet, der kleine Spanier rückt hautnah an sie heran und legt sein rechtes Bein an den dafür bestimmten Ort. Er handelt recht unsanft und haucht sie an mit saurem Atem. Applaus wird laut, die Ungarn jubeln. Anna errötet umso mehr und schlägt verschämt die Augen nieder, ihr Verlobter grinst ins Publikum. Sein Blick wirkt vom Wein schon ganz glasig.

Hernandez de Fernandez gefällt „der Akt der Verlobung“ anscheinend so gut, dass er sein Bein nicht mehr von Annas Schenkel nehmen will. Er schmiegt sich sogar noch enger an ihren Schoß und zerknittert ihr Sonnenkleid. Das Gesicht seiner Trägerin wechselt von Scham zu Erstaunen, dann zum Erdulden und schließlich zu offener Abneigung. An ihrem Dekolletee blühen rote Flecken auf, als er fast seine Nase darin vergräbt. Ihr rundes Mädchenkinn ist angespannt, ihr Grübchen starr wie ein Bauchnabel. Demnächst wird sie explodieren. Es könnte darin enden, dass sie den Spanier ohrfeigt. Der Skandal wäre perfekt.

Wie immer ein guter Betrachter, gibt der Maler dem Obersthofmeister ein Zeichen. Jener baut sich vor dem falschen Bräutigam auf.

„Wir wollen es uns mit dem echten Bräutigam doch nicht verderben!“ Er sagt dies bestimmt, auf Deutsch und auf Spanisch. Der falsche Bräutigam blickt erstaunt und nimmt sein „Verlobungsbein“ umständlich von Annas Schoß.

Die nun Verlobte ist jedoch bald wieder so wohlgestimmt, dass sie sogar mit ihrem Bedränger tanzt. Warum nicht? Wie oft habe ich mir seit Maximilians Tod schon gewünscht, mit einem Mann zu tanzen. Nur schade, dass das Vögelchen so klein ist, huscht durch ihren Kopf.

Dass keine ungarische Musik aufspielt, erfreut jene Festgäste, die die orientalisch anmutenden Klangkaskaden kennen und fürchten. Die Braut und der Bräutigam-Stellvertreter tanzen eine Motette, als der Spanier in ihre Arme sinkt. Anna richtet ihn kichernd wieder auf.

„Sie genießt es, dass ein Heißsporn ihr endlich die Aufmerksamkeit schenkt, die ihr lange verwehrt war", stimmt der Maler mit dem Obersthofmeister überein. „Ist Madame gut gelaunt, erleichtert dies unser Leben."

Ungläubig betrachten sie, wie die kleine Ungarin mit offenem Mund tanzt und sich um ihre eigene Achse dreht. Einmal, zweimal und ein drittes und viertes Mal. Durch die Drehungen verkleben Haarsträhnen ihren Mund, die sie lachend ausspuckt.

Der alten Jeanne werden bei dem Anblick die Augen feucht. „Jetzt gleicht meine Petite ganz ihrer Mutter, Anne de Foix", haucht sie gerührt.

Anna spürt, wie das Blut hinter ihren Ohren rauscht, als ginge ein Wind in ihr. „Jeanne, ich fliege", ruft sie ihrer Amme zu, als hätte sie deren Gedanken gelesen.

Nachdem die Musik verstummt, erhebt sich der Vorsprecher der Spanier. Er verneigt sich in Richtung Annas von Ungarn und verliest eine Grußbotschaft des nun mit ihr verlobten Ferdinand von Österreich. Dabei spricht er zunächst in seiner Sprache und dann in Deutsch. Der Wein macht seine Aussprache nicht besser. Doch Anna lauscht andächtig, denn ihr gehörte dieser goldene Moment! Auch wenn sie ihn sich anders vorgestellt hatte: im Beisein ihres echten Bräutigams. Doch sie wird heiraten! Und dies noch vor Maria von Österreich. Dieser Triumph ist ihr nicht mehr zu nehmen.

„Die erlauchte Königin Anna von Ungarn und ihre Getreuen sollen sich nach der Schneeschmelze an den Ort der Hochzeit begeben." Applaus bekleidet diese Ankündigung. „Die Hochzeit des erlauchten Paares wird in Linz gefeiert." Ein Raunen geht durch den Riesensaal.

„In Linz?" wundert sich Anna. „Herrgott, was will ich denn in Linz? Geheiratet wird in Wien! Das bestimmte schon Kaiser Maximilian." Ihre Stimme ist laut vor Empörung.

Der Vorsprecher der Spanier räuspert sich und verliest noch einmal die gleiche Erklärung.

„Geheiratet wird in Wien", wiederholt Anna barsch.

„Ihr zukünftiger Gatte Ferdinand wünscht Linz. Und so wünscht es auch sein erlauchter Bruder, der zukünftige Kaiser Karl." Das Deutsch des Spaniers klingt plötzlich besser als zuvor. Klärt die angespannte Stimmung seine Gedanken?

„Eine Königstochter heiratet nicht in Linz", hält Anna dagegen. „Die Stadt ist klein, es gibt nur einen größeren Platz und die Burg ist steinalt. Wir logierten auf unserer Reise von Wien nach Innsbruck in Linz. Ich und Kaiser Maximilian." Dass auch Maria von Österreich bei dieser Reise dabei war, verschweigt Anna.

Der Spanier schüttelt den Kopf. „Linz wird es sein, da bin ich mir sicher."

„Da wäre ja Innsbruck noch besser. Linz ist dritte Wahl", hörte Anna eine weibliche Stimme murren. Sie gehört Maria von Österreich. Will sie ihr zur Hilfe eilen? Ausgerechnet sie? Anna ist sichtlich erstaunt, probiert sogar ein Lächeln. „Hier ist einiges dritte Wahl", legt Maria nach und lässt ihre Blicke von oben bis unten über Anna wandern. Abschätzig. Der Seitenhieb trifft diese wie ein Schlag ins Gesicht, glaubte sie doch für einen Moment, Maria wäre um Aussöhnung bemüht.

„Madame hat gut reden, Sie bekommt meinen Bruder, einen hübschen Knaben, und die Hochzeitsfeier wird in Buda gefeiert werden. Meiner prächtigen Heimatstadt.“ Anna funkelt die Konkurrentin an. Wie immer, wenn sie Stärke demonstrieren muss, erlaubt sie ihren Augen kein Blinzeln. Doch auch die Jüngere hält Stand. Die Konfrontation der Schwägerinnen bemerkt jeder im Saal, der nicht schon zu betrunken ist.

Doch schon eilt der Obersthofmeister herbei. Mit einem Lächeln lässt er Anna und Maria je einen silbernen Prunkkelch reichen und sie prosten sich zu, auf sein Zeichen hin. „Auf unsere Gäste und auf das zukünftige Brautpaar trinken wir. Und auf unseren seligen Kaiser Maximilian.“ Dies findet so viel Zustimmung, dass die Mundschenke nun kaum nachkommen, den Durst zu stillen.

„Lasst sie tanzen, so saufen sie nicht so viel“, flüstert ein Adjutant. Schon spaziert der Obersthofmeister durch die Stuhlreihen und animiert die Festgäste klatschend zum nächsten Tanz. Die Musik spielt eine beschwingte Weise auf sein Zeichen hin. Die Ablenkung gelingt, und jene, die noch auf ihren Beinen stehen können, drängen in die Mitte des Festsaales.

Auch Anna gehört zu jenen, die sich wieder unter die Tanzenden mischen, und sie zieht ihren falschen Bräutigam mit sich, der hinter ihr her stolpert, als sei er ein Kind. Sie erlaubt diesem unartigen Kind sogar, dass es seinen weinseligen Schädel an ihrer Brust ausruht. Wenn auch nur für einen Moment. Wer Anna so gut kennt, wie Hans Maler sie kennt, sieht jedoch, dass die Braut mit sich alleine und all ihren Hoffnungen tanzt. Hoffnungen weit größer als die kleine Stadt Linz.

Hans Maler ordnet seine Geschäfte, denn die kleine Ungarin besteht darauf, dass er sie zu ihrer Hochzeit begleitet. Es war ihrer Arroganz geschuldet, als sie dem spanischen Gesandten am Abend der Verlobung mit spitzen Lippen vorflötete: „Ich bringe in dieses bäuerliche Linz meinen Hofmaler mit."

Dabei weiß sie ganz genau, dass er niemals ihr Hofmaler sein möchte. Aber so ist sie halt: Sie liebt dieses Katz-und-Maus-Spiel zwischen ihnen. Und nun erwählt sie ihn zum Chronisten dieses Großereignisses, das ihre Vermählung sicher sein wird. Eigentlich ein Kompliment. Aber er wird auf Reisen umso mehr ihren Launen ausgeliefert sein, zudem wird die Rückkehr in seine Werkstatt in Schwaz lange dauern.

Lina ist entsprechend verstimmt: „Jetzt hat sich endlich einer für diese eitle Kuh erbarmt und nun musst du diesen Kuhhandel bis zur Hochzeit begleiten? Diese kleine Ungarin macht dich zu ihrem Handlanger und Reiseknecht."

Lina hat einen einfachen, aber klaren Verstand. Soll er diesem Naturkind widersprechen? Seit Jahren schon muss sie sich seine Klagen über die Zustände in der Hofburg anhören. Oder ist Lina vielleicht sogar in ihn verliebt und wird ihn als Geliebten vermissen? Nun, über solche Gefühle sprechen sie nie. Nach ihrem Streit sind sie beide so übellaunig, dass er sich in seine Werkstatt zurückzieht. In seiner Angespanntheit kommt es ihm gelegen, dass an diesem Kirchtag seine Gesellen ihren freien Tag haben, so nachdenklich und dünnhäutig, wie er sich fühlt.

Während er herumsucht, was er auf die Reise mitnehmen soll und wie seine Malutensilien sicher zu verpacken wären – schließlich reist man über Land in rumpelnden Kutschen und mit dem Schiff die wilde Donau entlang –, sinniert er über seine Zeit in Tirol.

Seit er in Schwaz seine eigene Werkstatt eröffnete, kommt er aus den Bergen nicht mehr heraus, denn die Arbeit wächst ihm über den Kopf. Maximilians Spezialauftrag, „die Entwicklung der Bräute des Reiches in Bildern zu begleiten", begründete seinen Ruf. Und seit Anton Fugger bei ihm Modell saß, will sich jeder neureiche Tiroler Silberbaron von ihm verewigen lassen. Ist Anton doch der Nachfolger Jakob Fuggers mit der Goldhaube, des reichsten Mannes der Welt, von dem es hieß: „Der Papst ist ein armer Mann verglichen mit Jakob Fugger und der Kaiser ein hohlwangiger Bettler." Er porträtierte auch Ulrich Fugger, den bescheiden auftretenden Verwalter des Handelskontors der Fugger in Schwaz. Dabei heißt es, die Fugger hätten am Tiroler Silber ihr Vermögen in wenigen Jahren verzehnfacht, da der Kaiser – in ständiger Geldnot – ihnen immer mehr Schürfrechte gewährte. Im Falkenstein, oberhalb von Schwaz, liegt die reichste Silberader Europas.

Schürfrechte gewährte Maximilian aber auch den Tiroler Silberbaronen und ihren Gewerken. Einige wurden steinreich im Silberrausch, während den Bergknappen meist kein langes Leben beschert ist. Hans unterhält sich gerne mit ihnen. „Die Arbeit im Bauch des Berges macht unsere Knochen mürbe, und giftige Dämpfe zerfressen unsere Lungen. Deshalb nennen wir den Falkenstein auch den ‚Märtyrerstollen'", klagen sie.

Zu den reichsten Silberbaronen Tirols zählen die Tänzls. So erwarben die Brüder Veit und Simon Schloss Tratzberg und bauten das mittelalterliche Gemäuer zu einem Renaissanceschloss um, in dessen Mauern Kaiser

Maximilian logierte, wenn er im mittleren Inntal Gämsen und Steinböcke jagte. Um dem Kaiser, der ihnen die Schürfrechte gab, zu schmeicheln, ließen sie den Festsaal des Schlosses mit dem Habsburgerstammbaum ausmalen. Hans Maler zählte hundertachtundvierzig Porträts von Mitgliedern der Familie Habsburg bei einem Besuch.

Er geriet ins Blickfeld der Gebrüder Tänzl, da er als junger Künstler als ein Günstling des Kaisers galt. Da sie in Tratzberg mit einem „echten Maler" glänzen wollten, schlug er ihnen ein Apostelmartyrium vor. „Durch Heilige leuchtet das Licht Gottes", Dürers Worte an ihn dereinst im Stephansdom, weckten bei den Tänzls größte Begeisterung. Tatsächlich gelangen ihm die vier Holztafeln mit dem Martyrium des Judas, Thaddäus, Paulus und Andreas vortrefflich. Das Vergolden der Heiligenscheine führte er selbst aus. Als Sohn eines Vergolders beherrscht er dies.

Sogleich wollten die Tänzls ihn als ihren Maler vereinnahmen. „Wir sind vermögend genug, um uns einen Hofmaler zu halten", schmeichelte man ihm. Dass dies stimmt, erkennt er auch an der Garderobe der Frauen und Töchter der Familie, die ihm Modell sitzen. Ihr Aufputz ist noch prächtiger als der Aufputz der „Bräute des Reiches" in der Innsbrucker Hofburg.

„Sollen die Tänzls ihren Weibern doch gleich Silberbarren um den Hals hängen", meint Lina, wenn sie so ein Porträt in der Werkstatt erblickt. Sie nennt sie „die faulen Töchter des Silberrausches" und posiert in ihrem einfachen Leinengewand in ähnlicher Pose wie auf dem Gemälde, dabei dreht sie den Abgebildeten eine Nase. Den überhitzten Aufschwung von Schwaz nennt Lina „das Berggeschrei". Er liebt sie für ihren Stolz, sich nicht vom schnellen Geld vereinnahmen zu lassen.

„Ich bin ein freier Mann", sagte er Simon Tänzl, dessen Antrag als Hofmaler ablehnend. „Jeder ist käuflich", lachte der schallend. Wenn auch später gereizt, als er merkte, dass dieser Schwabenkünstler tatsächlich nicht käuflich war.

Ach, das Schwabenland! Immer, wenn Hans an seine Heimat denkt, wird ihm das Herz schwer. Beim Herumräumen fand er die Putte, die Peter ihm zu seiner Abreise zu Meister Strigel in Memmingen geschenkt hatte: sein Glücksbringer mit dem „Engelskäsfuß". Bei seinem letzten Besuch in Ulm war die Mutter schon verstorben und begraben. „Ein Frauenleiden", viel mehr sagte der Vater nicht zu ihm. Nach dem Tod der Mutter kam eine Magd ins Haus mit ihrer jungen Tochter. „Der Vater hat die Magd gern und ich mag deren Tochter", verriet ihm Peter augenzwinkernd, der zu einem stattlichen Mann herangewachsen war. Selbst die auf seinen Nasenrücken geklemmte Brille stand ihm gut. Wie sehr Peter das Mädchen mochte, bemerkte Hans gleich in der Nacht seiner Ankunft. Er sah die junge Magd namens Tine in die Werkstatt schleichen, in der Peter als Geselle schlief. Als Hans die Tür leise einen Spalt öffnete, vernahm er Geräusche, die der Lust zuzuordnen waren, und er roch, wie die Liebe zwischen zwei offensichtlich nackten Menschen riecht. Am nächsten Morgen fiel Hans auf, dass Peter etwas übernächtigt, aber seltsam rosig aussah. Aber auch sein Vater Ludwig Nepomuk saß mit ähnlich entrückter Miene am Stubentisch, während die ältere Magd Essen auftrug und summend um den alten Mann herumschwänzelte. Hans war verstimmt, denn er dachte an die Mutter, die auf dem nahen Kirchhof in der kalten Erde lag.

Aber nun, in der Rückschau, gönnt er dem Vater dieses späte Glück. Er wird es ihm schreiben, wenn er dazukommt. Er genießt ja auch sein geheimes Glück mit Lina, auch wenn er es körperlich gerne öfters genießen würde als nur bei Neumond.

Die Liebe in all ihren Geheimnissen würde nun ja auch Anna von Ungarn kennenlernen. Die Jahre waren verronnen, die Bräute in der Hofburg wuchsen heran, doch wirklich erwachsen sind sie beide noch nicht. Wie sollten sie auch? Sie saßen jahrelang in einem goldenen Käfig – von Jasagern und Speichelleckern umgeben. Hans Maler zählt sich nicht dazu. Keinesfalls. So wird er Anna jetzt auch mit allem Nachdruck sagen, dass er endlich das begonnene Brautbild fertigstellen will. Es wäre sicherlich ihr letztes Bildnis dieser Art. Noch vor ihrer beider Abreise nach Linz möchte er diesen Auftrag beenden. Sein Entschluss steht fest.

Auch Tage später in der Hofburg drängt Hans auf die Fertigstellung des Porträts.

„Ich werde bald heiraten, wieso brauche ich noch ein Brautbild?“, will Anna widersprechen.

„Was ein Künstler beginnt, soll er vollenden“, sagt Hans, was ihren Widerspruch noch mehr erregt.

„Jetzt langweilt Er mich wieder mit diesem Künstlergetue“, stöhnt sie und verdreht die Augen, dass man nur noch das Weiße darin sieht. Dass Hans dabei auch an sein Honorar denkt, mag sie vermuten, erwähnt es aber nicht. Sie hat ihn eh schon lange nicht mehr entlohnt. Soll er sich bei ihrem Obersthofmeister melden, wenn ihm dies missfällt. In Schwaz wirft man ihm das Geld hinterher, das hörte sie. Außerdem ist es eine große Ehre, sie porträtieren zu dürfen. Seine Bekanntheit gründet auf ihrem Ruhm.

„Meine Königin, so ein Brautbild macht ein wunderbares Geschenk für Euren zukünftigen Gatten. Wollt Ihr ihm nach Linz kein Geschenk mitbringen? Und da ich es auf Holz male, transportiert es sich gut. Ich reise ja mit Ihnen und sorge persönlich dafür", sagt er. Es fällt ihm noch ein Argument ein: ihre Eitelkeit. „Eine so schöne und so edle Dame möchte ihre Schönheit doch bewahren und andere mit ihrer Zeitlosigkeit erfreuen. Und das kann Majestät mit diesem Abbild."

Anna besinnt sich. „Aber ich stimme nur unter einer Bedingung zu", raunt sie in dieser dunklen Stimmlage, die anzeigt, ihre Entscheidung wäre unwiderruflich.

„Und die wäre, Majestät?"

„Ich werde auf diesem Brautbild nicht lächeln. Ausdrücklich nicht. Das hat mein Verlobter, der mich so lange in Innsbruck verschmachten ließ, der mich zum Gespött machte und der sich bis heute noch nicht zeigte, nicht verdient."

Der Maler kratzt sich nachdenklich am Kinn.

„Mein Lachen verdient der Kerl nicht", Anna schiebt ihre dominante Unterlippe vor.

Nun wirkt sie alles andere als damenhaft, doch er schmiert ihr Honig um den Schmollmund. „Majestät wird auch ohne ein Lächeln eine Augenweide sein. Die römische Göttin Minerva – Göttin der Weisheit, der Künste und der Kriegskunst – lächelte auf keinem ihrer Bildnisse."

„Dann bin ich eine Minerva, Hofmaler", bestimmt sie. Grußlos verschwindet sie in ihren Gemächern, um sich umkleiden zu lassen, denn für die Vollendung ihres Brautporträts müsste sie erneut ihr Sonnenkleid anlegen.

Sie lässt ihn lange warten, während er sich in seiner Kammer des reinen Lichts mit dem Aufbau seiner Leinwand und dem Vorbereiten seiner Utensilien die Zeit vertreibt. Seine Gesellen füllten in Schwaz den Farbbrei in Schweineblasen, die er mit einem Messerchen nur anritzen muss, um seine Pinsel mit dem gewünschten Farbton zu benetzen. Seit ihr Orchester in sein kleines Reich hineindrängte, ist es ihm zu riskant, seine Farben in die zerbrechlichen Perlmuttmuschelhälften zu füllen. Man muss bei ihr auf alles vorbereitet sein wie in einem Krieg, geht ihm durch den Kopf, während er das Porträt studiert. „Es ist so unfertig wie deine Manieren, kleine Ungarin", brummt er und streckt dem Bildnis die Zunge heraus. Das fühlt sich kindisch an, aber gut.

Er sinniert: Ob die Großen seiner Zunft so mit ihren Modellen ringen müssen wie er mit diesem seltsamen Wesen? Er lebt in einer Zeit der Riesen: eines Dürer, eines Lucas Cranach, eines Holbein, der nach England auswanderte, um der Hofmaler König Heinrichs VIII. zu sein. Er denkt auch an einen Tizian in Venedig oder einen Leonardo, der gerade in Frankreich verstarb, nachdem er aus Mailand vor den reichen Sforza geflohen war. Angeblich war ihm ein Fresko im Speisesaal des Dominikanerklosters misslungen. Bei diesem „Letzten Abendmahl" löste sich der Putz mit der Farbe von den Wänden, da der große Leonardo, der immer auf vielen Hochzeiten tanzte, wohl zu schnell gearbeitet hatte.

Über die Großen der Malerei ist Hans Maler einiges bekannt, da Dürer und Cranach Schriften über das Wirken ihrer Zunft herausgeben, die ihn in Tirol erreichen.

Als Anna endlich in die Kammer des reinen Lichts hineinrauscht, schnaubt sie aufgebracht: „Der kleine, aber umso heißblütigere spanische Don zerknitterte mir das feine Gewand untenherum mit seinem Knie bei der Verlobung."

„Aber Majestät, ich male ein Brustbild", er wiederholt es mehrfach, bis sie sich beruhigt. In ihm die Sorge, sie könnte wieder verschwinden und ihn einmal mehr mit seinem unfertigen Werk zurücklassen.

Auf sein Bitten hin bringt Anna sich endlich in die gewünschte Position. Bald fühlt sie, wie der Zauber ihres Sonnenkleides auf sie wirkt. So, als würden die Strahlen in sie eindringen und ihr Herz erwärmen. Sie trägt auch ihren Lieblingsschmuck, das verleiht ihr Stärke. In dem ihr allzu vertrauten Gesicht des Malers erkennt sie, dass sie ihm gefällt.

„Kein Lächeln", zischt sie, als er sein Werk beginnt. Hans Maler verbeugt sich und korrigiert die Unterzeichnung, die er bei ihrer letzten Sitzung von ihr anfertigte. Jener unseligen, bei der er vor ihrem ungarischen Orchester floh und die sie später wegen angeblicher Spione ganz abbrach. Jetzt ist er mit ihr fast allein, nur Jeanne und eine Kammerzofe begleiten sie. Jeanne wirft ihm verstohlen ein Lächeln zu. Seit er bei dem Verlobungsfest mit ihr tanzte, und der Fleischberg tanzt erstaunlich gut, hat er eine Freundin in ihr gefunden.

Annas Gesicht gelingt ihm schnell und präzise. Es gelänge ihm blind, er kennt jedes Grübchen, jede einzelne Wimper. Der Bleistift liegt ihm gut in der Hand. Tellergroß zeichnet er das schwarze Barett auf ihrem Kopf nach, worunter sich ihre Goldhaube anschließt. Auf ihren Schultern skizziert er einen Trauerkragen aus schwarzem Samt, er gleicht einem kleinen Sattel. Obwohl Anna ihr Sonnenkleid wählte, trägt sie nun „die kleine Trauer", wie sie das nennt, denn sie möchte ihrem verstorbenen Gatten, Kaiser Maximilian, und ihrem toten Vater Ehre erweisen.

Ihr Barett ziert die Perlenbrosche ihres Vaters. Und wieder baumelt sie an einem seidenen Band albern vor ihrem Gesicht herum. Das sieht aus der Ferne betrachtet wie ein Fliegenfänger aus, aber sie besteht auf diese Merkwürdigkeit.

Am Hals, direkt an ihrer Kehle, trägt sie an einem schlichten Lederband jenen Anhänger, den sie so liebt: die Eule mit dem Saphirbauch. Angeblich schenkte sie ihr Maximilian als „Liebespfand“. Nun, er weiß als Maler, dass Eulen als Raubvögel der Nacht nicht nur für Klugheit, sondern auch für die Undurchsichtigkeit der Liebe stehen. Die Eule ist der einzige Schmuck an ihr, der ihm gefällt, denn eine Eule passt als Symbol zum Wesen der Trägerin.

Annas Brust umspannt eine schwere Goldkette aus dem reichen Erbe der Bianca Maria Sforza, sicher auch ein Geschenk Maximilians. Vor Jahren hat er genau diese Kette schon einmal gemalt, als er bei seinem ersten Besuch in Innsbruck noch der Geselle Meister Strigels war. Kaiser Maximilian gab seinem Hofmaler den Auftrag, die Frau zu malen, die er nicht liebte. Tatsächlich sah Hans selten ein unglücklicheres Geschöpf als die Kaufmannstochter aus Mailand, die als zweite Gattin Maximilians sogar Kaiserin geworden war. Ihre Garderobe nach neuester italienischer Mode war überreich und sie war mit Geschmeide behängt, darunter jene Goldkette, die Anna nun trägt. Und dennoch war Bianca Maria Sforza arm, denn Maximilians Herz gewann sie nicht, der sie nur wegen ihrer reichen Mitgift geheiratet hatte. Während er bei anderen Frauen lag oder sie auf seinen vielen Reisen alleine ließ, verschmachtete sie in Innsbruck: einer Stadt, die einer verwöhnten Mailänderin dörflich erschien, deren Klima ihr nicht behagte und deren Sprache sie nicht verstand.

Als Hans später von ihrem Tod erfuhr, dachte er, es war eine Erlösung für sie. Der Grund für ihr Ableben erschien ihm als symbolisch für ihr Leben. Sie vergiftete sich an Muscheln, die sie, krank vor Heimweh, zum Silvestermahl extra aus Italien kommen ließ. Maximilian weilte in der Ferne, er erschien nicht einmal zu ihrer Beerdigung. So innig er Maria von Burgund, seine erste Frau, geliebt hatte, so wenig empfand er für seine zweite.

Ein Hans Maler vergisst kein Detail, das er einmal gemalt hat. Niemals. So erkannte er die schwere Goldkette der Sforza sofort, auch wenn sie kistenweise erlesenen Schmuck aus Italien mitgebracht hatte. Die ihre Schätze sogar öffentlich ausstellen ließ, um dem Tiroler Adel, aber auch Innsbrucker Bürgern, den sagenhaften Reichtum der Sforza zu beweisen. Ein Mitglied des noch reicheren Hauses Fugger hätte das nie getan. Die Augsburger waren diskreter, was die Zuschaustellung ihres Reichtums betraf.

Hans wird der kleinen Ungarin jedoch nicht verraten, was er über das Schicksal Bianca Marias Sforza weiß: über ihr armes Leben im Luxus und über ihr einsames und sinnloses Sterben. Anna soll Kaiser Maximilian gut im Gedächtnis behalten.

Hans arbeitet behände, er findet seinen Rhythmus. Zuvor stimmte er sich ja mit seiner Atemübung ein. Mit Ölfarbe gelingen ihm die Farbflächen viel schneller, als dies bei dem „Schichten-über-Schichten-Auftragen" in Tempera der Fall wäre, auch erübrigt sich so das ewige Emulgieren mit frischem Eigelb. Nein, er ist ein moderner Maler, die kleine Ungarin wäre eine Braut in Öl. Ölfarben haben mehr Leuchtkraft, sind satter. Details wird er später verfeinern. Das gilt auch für die zehn Sonnen auf ihrem Kleid.

Er will seine kleine Ungarin jedoch noch ein bisschen disziplinieren, denn wenn er sie malt, besitzt er Macht über sie. Sie wendete ihm ihr Gesicht halb zu für dieses Seitenprofil. Sie weiß, mit genau welcher Miene der Maler sie abbilden möchte. Würdevoll soll sie aussehen, dabei aber auch zart und versonnen! „Erwartungsfroh“ nennt er das.

Er wird sein Modell im kleinen Format abbilden, das ist reisefreundlich, und so genügt eine Eichenplanke. Der Tafelmacher schnitt sie nach seinen Vorgaben zu, glättete und polierte das Holz und rundete die hinteren Kanten, damit das fertige Gemälde besser in einen Rahmen passt. Diese Eichenplanke war so gut vorbereitet, dass seine Gesellen in der Werkstatt sie nicht mit Pergament bespannen mussten. Meist nutzt er dünnes Kalbsleder, das ergibt gute Ergebnisse bei solchen Herrschaftsbildern. Das Holz ist so fein gemasert, dass die Gesellen es nur grundierten, mit einer Paste aus zerstoßener Kreide und Knochenleim. Auf seine Anweisung hin geschah dies in drei Schichten.

„Das Kinn höher. Nein, nicht so hoch. Den Kopf leicht schräg halten. Nein, nicht so schräg“, ruft er ihr zu. „Die Schultern mehr ins Licht drehen. Nein, nicht so stark.“

Sie schimpft leise auf Ungarisch.

„Die Spannung halten“, ruft er ihr zu. So eine Porträtsitzung ist kein Kinderspiel, für mich sowieso nicht! Dies soll das eitle Ding endlich begreifen, denkt er und fühlt, wie der Mut in ihm wächst. „Nicht mich anblicken, Majestät, den Blick nach innen richten. Nach innen und dabei lächeln. Ein wenig zumindest.“

„Nach innen blicken und lächeln? Wie soll das gehen?“, äfft sie säuerlich. Bald wird sie lauter: „Mein Hals wird steif und schmerzt. Und sowieso habe ich Ihm befohlen: Ich lächle nicht!“, schreit sie nun.

Er verbeugt sich beschwichtigend und korrigiert ihre Mundwinkel. Soll dein Bräutigam dich doch so sehen, du kleiner ungarischer Drache, denkt er bei sich. Dann begreift er schnell, neben welcher Art von Weib er nach der Brautnacht erwachen wird.

„‚Anna Regina, Etatis 17‘, das schreib Er mir auf mein Bildnis, dann weiß jeder Betrachter, ich bin eine Königin und ich bin noch jung“, fordert sie. Sie weiß, dass sie auf Bildnissen älter aussieht. „Und ‚Anna Regina‘ schreib Er mir in großen Lettern und in Gold. Viel Gold!“, bestimmt sie noch.

Spricht sie so mit ihm, in ihrem dunklen Herrschaftston, dann weiß er, dass er so verfahren muss. Widerrede wäre sinnlos. Wenn sie schon einen Schriftzug wünscht, dann fügt er noch die Jahreszahl ein. Auch signieren wird er dieses Bild. Signieren mit: Hans Maler, Maler zu Schwaz in Tirol. Er signiert seine Gemälde selten. Vielleicht fehlt es ihm da an Eitelkeit? Ein Albrecht Dürer signiert alles mit seinem Kürzel „AD“, das er mitten ins Bild platziert. Dies findet ein Hans Maler peinlich. Nein, ein Dürer wird er nie werden. Aber auch ein Lucas Cranach signiert seine Bilder, er benutzt dazu ein angedeutetes Kranich-Motiv, das sich mit seinem Namen ergänzt.

Den Bildhintergrund wird Maler in Blau halten. Azuritblau. Das setzt einen schönen Kontrast zu ihrem rot-goldenen Sonnenkleid, ihrem schwarzen Barett und Goller. Den sündhaft teuren Lapislazuli wählt er nicht. Das müsste sie mir extra bezahlen, aber sie ist säumig im Bezahlen. Und trifft das grünliche Blau des Azurits den Farbton ihrer Augen nicht besser? Selbst die von ihr gewünschte Goldbeschriftung mache sich gut auf einem Hintergrund aus Azurit, das ja den Tiroler Alpen entstammt. Da er in Öl malt, kann er die Übergänge sehr fein gestalten und nach unten aufhellen. Das gäbe dem Bild Tiefe und sähe sehr edel aus.

„Das Kinn noch einmal höher und noch mehr nach rechts. Rechts!“ Er ermahnt sie nun aus Lust am Kommandieren, denn eigentlich ist seine Arbeit mit dem Bleistift beendet, doch zu häufig demütigte sie ihn schon und verzögerte sein Schaffen. Er greift nach einem Pinsel und erweckt seine Skizze mit Farbe zum Leben. Zum wirklichen Leben, denn seine Porträts von Anna sind eines: Sie sind ehrlicher, als dieses komplizierte Frauenzimmer es im Leben ist!

„Schluss jetzt, Er arbeitet zu langsam. Ich habe mich genug Euretwegen gelangweilt", schnaubt sie plötzlich, stampft mit dem Fuß auf und verlässt ihre Pose. „Und wehe, ich lächle auf dem Bild, dann schmachtet Er so lange im Kerker, bis Er es übermalt hat."

„Aber Majestät, ich arbeite gerade an Euren Augen", beschwert er sich.

Sie winkt brüsk ab. „Für das Ausmalen braucht Er mich nicht. Er kennt die Farbe meiner Augen ganz genau."

Jeanne tritt an ihre Herrin heran, und deren Blick hellt sich auf. „Petite, ich geleite chère Petite hinaus. Suchen wir uns einen warmen Ofen und einen heißen Gewürzwein", flüstert diese, dann kichern sie beide wie kleine Mädchen.

Alles, was an der kleinen Ungarin zärtlich und unbeschwert ist, heißt: „Jeanne". Die Dicke ist die liebenswürdige Seite von ihr, muss er denken. Hans Maler blickt den zwei ungleichen Frauen nach. Der Geruch von Schnee dringt in seine Kammer des reinen Lichts.

„Wenn das Eis bricht und der Schnee schmilzt, reisen wir nach Linz. Aber bevor wir abreisen, werde ich das fertiggestellte Brautbild kontrollieren. Und Gnade Ihm Gott, ich entdecke ein Lächeln", ruft sie ihm aus der Ferne noch zu, während sie sich fröstelnd an Jeannes riesigen Leib schmiegt.

Vor der wichtigsten Reise ihres Lebens versetzt Anna ihren Hofstaat in Aufruhr: lässt Gewänder anfertigen und manche – kaum hat der Hofschneider die Fäden vernäht – gleich wieder umarbeiten, Bett- und Leibwäsche wird genäht, mit ihrem Monogramm bestickt und umgestaltet, Reisegepäck und Möbel werden ein- und wieder ausgepackt. Auch der Obersthofmeister kann ein Lied von ihren Launen singen. Es wäre kein Liebeslied.

„Mir graut vor diesem Linz. Dort wühlen Wildsauen und grasen Esel, mehr geschieht dort nicht", bemitleidet sie sich selbst bei ihrer Abreise, einem zauberhaften Morgen im Mai 1521. Obwohl das Wetter mild ist, scheint sie zu frösteln und hüllt sich in einen schweren Reisemantel mit Nerz verbrämt, als sei er ein Schutzschild.

„Zumindest liegt Linz in sicherer Entfernung vor den Osmanen und vor Unruhestiftern aus dem ungarischen Adel, Majestät." Die Antwort von Obersthofmeister Dietrichstein verbessert Annas Stimmung nicht. Der erfahrene Mann ist bis Linz für ihre Sicherheit und die ihres Gefolges verantwortlich.

„Seine Belehrungen behält Er besser für sich", blafft sie zurück.

„Ich wünsche Majestät eine angenehme Reise und ich sorge mit meinen Männern dafür, dass sie sicher verläuft." Wieder ganz der Kavalier, reicht er ihr den Arm zum Einstieg in ihre Kutsche.

„Ich befürchte das Schlimmste", schnauft sie und blinzelt ungläubig in die strahlende Sonne.

Als man Innsbruck verlässt, reiten Hans Maler und der Obersthofmeister zunächst dem Tross voraus, der aus nicht weniger als fünfundzwanzig Kutschen besteht.

„Die kleine Ungarin will immer das letzte Wort haben. Am liebsten noch bei der Predigt in der Kirche.“ Hans Maler redet seinem Freund gut zu. Für Jeanne reservierte er eine halbe Kutsche, anders bekommt sie ihre Leibesfülle nicht unter, und in der anderen Hälfte des Gefährts lagern Hans Malers Malutensilien zwischen Säckchen gefüllt mit Stroh. Er soll die Hochzeit dokumentieren. Einen besonderen Schatz verwahrt Jeanne zwischen ihren Schenkeln: das fertiggestellte Brautbild, das Hans Maler von ihrer Herrin schuf. Tatsächlich lächelt die Abgebildete nicht. Kein Mundwinkel biegt sich nach oben, kein Lachfältchen kräuselt sich charmant, ihr Blick wirkt betont nachdenklich und nicht heiter. Auf ausdrücklichen Wunsch der Braut schaut sie sinnierend in die Ferne, als kenne sie all die Unarten ihrer Betrachter und weniger deren Vorzüge.

„Ein Brautbild im üblichen Sinn ist das nicht, Majestät“, gab der Maler auch zu bedenken, als er ihr sein Werk vor der Abreise präsentierte.

„Es ist ein angemessenes Geschenk für meinen Bräutigam, kein Besseres verdient er“, fiel sie ihm ins Wort.

„Ihre Majestät sind also zufrieden?“, hakte er nach.

Sie nickte huldvoll und schwieg.

Er räusperte sich. „Zumindest zeigt das Bildnis die innere Schönheit einer Frau, die sich treu bleibt. Die sich von ihrem Schicksal nicht verbiegen lässt“, lobte er als Meister sein eigenes Werk, dessen Fertigstellung ihm so viel Mühe bereitet hatte.

Anna blickte ihn an mit großen Augen, die plötzlich vor Rührung glänzten. „Er kennt mich gut, zumindest darin ist Er ein guter Maler“, sagte sie sanft.

„Selten bekam ich ein schöneres Kompliment“, antwortete er mit freundlicher Ironie. Die kleine Ungarin war sein Prüfstein ...

„Nun polstern Jeannes Fleischberge das in Leder gewickelte Brautbild vor dem Gerüttel und den Gefahren der langen Reise“, sagt der Maler lachend zu Dietrichstein, während die Männer, Pferdehintern an Pferdehintern, gemächlich durch das Inntal reiten.

„In Jeannes Kutsche wäre selbst die Krone eines Karl des Großen sicher“, scherzt der Obersthofmeister zurück. „Zu gerne wäre ich nach Aachen gereist, um zu sehen, wie dem jungen Karl von Österreich die Krone des berühmten Vorgängers aufs Haupt gesetzt wurde und er auf dessen schlichtem Steinthron saß. Lang lebe unser neuer König! Aber ich musste ja den Umzug unserer Braut nach Linz und später nach Wien vorbereiten. Dort will Ferdinand mit ihr residieren.“ Der Obersthofmeister ist noch immer über die Respektlosigkeit der kleinen Ungarin erbost, dies hört der Maler als sein Freund an dessen Stimme.

„Aber sie findet bald ihren Meister. Mit ihrer Besserwisserei beißt sie sich bei ihrem Bräutigam die Zähne aus. Ferdinand ist ein stolzer Spanier, wie er im Buche steht“, fällt ihm als Maler ein. „Leider unerfahren mit Frauen und deren Launen.“ Dass Ferdinand ihm schon Modell saß, erfüllt ihn mit Stolz.

Man trabt dann länger schweigend, da der Obersthofmeister den Lindwurm aus Kutschen im Auge behalten muss. Diesen Habichtsblick hat er wohl bei seinen vielen Feldzügen mit Kaiser Maximilian erlernt, denkt der Maler. So ein verdienter Ritter ist für die Launen eines eitlen Mädchens eigentlich viel zu gut. Doch dann muss er an die Launen seiner Lina denken und wie sie ihn, einen gestandenen und anerkannten Künstler, in Atem hält. Gott sei Dank belohnt sie ihn auch mit süßen Küssen und ihrer anmutigen Gestalt – nur leider viel zu selten.

„Die Freuden einer Nacht mindern den Verdruss über das Regiment der Weiber“, bricht plötzlich aus ihm hervor.

Der Obersthofmeister schenkt ihm ein breites Grinsen. „Na, dass Maler sich mit Weibern auskennen, ist nicht neu. Aber bisher enthieltest du mir deinen männlichen Sachverstand ja vor. Deinen erotischen sowieso. Aber nun verbringen wir viel gemeinsame Zeit als Reisegefährten“, lacht er etwas anzüglich.

„Für diese Ehe sehe ich schwarz. Da krachen zwei Sturköpfe aufeinander. Ein feuriger Spanier und eine ungarische Streitaxt. Ich sehe schon die Funken fliegen“, sagt der Maler ablenkend.

„Ha, du schweifst von dir ab, mein Freund und intimer Frauenkenner. Aber wenn du mit deiner Prognose richtigliegst, dann Gnade uns.“

„Gnade uns?“, wundert sich der Maler.

„Na, läuft alles schief, schickt Ferdinand die ungarische Wildkatze zurück nach Tirol. Zu uns! Nach Ungarn kann sie nicht zurück, denn ihr Bruder Ludwig heiratet dort ja demnächst seine Maria von Österreich ganz offiziell. Ihre verhasste Konkurrentin.“

Der Maler stöhnt auf und der Obersthofmeister lässt die Zügel sinken und hebt beschwörend die Hände in den Himmel. „Herrgott, ich bin froh, wenn ich die Braut sicher in Linz abgeliefert habe. Soll ihr Gatte ihr den Hochmut austreiben.“ Zum Zeichen seiner Vorfreude reibt er sich seine Hände.

„Als einzig Gutes liegt dieses Linz an einem Fluss“, murrt Anna, als sie in Schwaz ein Schiff besteigt. Der Maler erstarrt, als er seine Lina unter den Schaulustigen am Ufer ausmacht. Ihr Anblick schmerzt ihn. Gerne hätte er ihr Gesicht zärtlich in seine Hände genommen und jede Sommersprosse einzeln geküsst. Wann könnte er dies wieder tun?

Für die Hochzeit in Linz waren mehrere Tage eingeplant, da war die Reise entlang der Donau noch nicht eingerechnet. Dann müsste er das Brautpaar ja noch abbilden. Wäre der Bräutigam so kompliziert wie seine Braut, würde dies dauern.

Ihre Reise führt sie über Rosenheim, Mühldorf am Inn bis nach Passau, wo der Inn in die Donau mündet, dort treffen die Reisenden am Pfingstsonntag ein. Anna glaubt, die reiche Bischofstadt mit den dicken Stadtmauern und den vielen Kirchen sei ihretwegen so herausgeputzt: mit bunten Fahnen, Blumengirlanden und Teppichen aus grünem Farn. Königlich winkt sie aus ihrer Kutsche.

Umso enttäuschter ist sie, als sie erfährt, dass der Aufputz allein der Pfingstprozession dient. Sie wälzt sich wie ein goldener Strom durch die Stadt. Golddurchwirkte Baldachine und Kirchengewänder reflektieren jeden Sonnenstrahl. Die Gassen riechen nach Weihrauch und Myrrhe.

Genugtuung empfindet Anna wiederum, als der Bürgermeister sie empfängt und sie bittet, sich in das goldene Buch der Stadt Passau einzutragen. Doch auch dies erst, als die endlose Prozession vorbeigezogen ist. „Man strapaziert an der Donau die Geduld einer Königin“, lässt sie den Bürgermeister wissen, erzürnt darüber, dass eine zu ihren Ehren geplante Tanzveranstaltung nicht stattfinden darf an diesem hohen Kirchentag. Am nächsten Morgen reist sie gerne wieder ab.

Je näher das Wasser sie nach Linz führt, umso stiller wird sie. Ihre Mundwinkel sind verkrampft, sie spricht für Stunden kaum ein Wort, starrt nur gedankenverloren in die schmatzenden und gurgelnden Wellen. Hofdamen, die befürchten, ihre Herrin sei seekrank geworden, weist sie zurück. Selbst als die alte Jeanne sie tröstend an sich drücken möchte und auf Französisch sanft auf sie einredet, lässt Anna dies nicht geschehen und schickt auch sie weg.

Jeanne ist sichtbar verletzt und watschelt hilflos auf dem Deck umher. Das ist nicht ungefährlich, denn eine wie sie könnte ein Schiff bei einem Sturz wohl zum Kentern bringen.

„Verstehe einer die kleine Ungarin. Seit Jahren träumt sie vom Heiraten. Nun reist sie zu ihrer Trauung und sie sieht aus, als reise sie zu einer Beerdigung", wundert sich der Obersthofmeister und zuckt mit seinen breiten Schultern.

„Sie fährt zu einer Beerdigung."

„Hä ...?", merkt der Obersthofmeister auf.

„Der Beerdigung ihre ehrgeizigen Pläne. Klug wie sie ist, weiß sie dies genau", erklärt der Maler. „Deshalb lächelt sie ja auch auf ihrem letzten Brautbild nicht, so ihr ausdrücklicher Wunsch. Vor dem Altar steht nämlich kein Kaiser, sondern lediglich ein siebzehnjähriger Erzherzog. Ein Bürschlein, dünn wie ein Spargel, ich malte ihn ja schon."

„Einer, der Glück hat, dass sein machtbewusster Bruder ihm überhaupt ein Stück vom Kuchen abgibt. Und dies verdankt er allein den Landsleuten seiner Braut: dem ungarischen Adel und ihren hitzigen Drohungen", ergänzt der Obersthofmeister.

Auch ihm, ihrem Maler, war die kleine Ungarin in all den Jahren ein unerschrockenes Gegenüber. Nervenaufreibend, aber auch inspirierend und auffallend klug. Jede einzelne Porträtsitzung blieb ihm im Gedächtnis. Ihre Gespräche, Details ihrer Kleidung, der Einfall des Lichts auf ihrer Haut, die Stadien ihrer Entwicklung von einem Kind zu einem Wesen, das viel zu früh einer Frau in den mittleren Jahren glich. Einer machtbewussten Herrscherin. Ihr Gesicht jedoch gram vor Sehnsucht, der Sehnsucht nach Zärtlichkeit und echter Zuneigung, nicht den leeren Schmeicheleien ehrgeiziger Hofschranzen.

Fast tut es ihm leid, dass ihr gemeinsamer Weg nun endet. Doch jetzt käme der Zahltag für Annas hochfahrende Träume. Vor dem Altar stünde kein Kaiser und die Habsburger waren auch nicht dafür bekannt, dass sie ihre Gattinnen zärtlich liebten. Bei dynastischen Ehen galt Liebe sogar als hinderlich. „Sie verkompliziert das Brautgeschäft wie ein Furunkel am Hinterteil das Reiten", sagten schon böse Zungen.

„Fürchtet unser Bräutlein etwa die Hochzeitsnacht?" Der Obersthofmeister zieht den Maler vertraulich zu sich. Vor ihren Augen lehnt die Einsame an der Reling.

„Sie wartete zu lange darauf und sie ist so wütend, wie nur eine Ungarin wütend sein kann. Ich kenne sie genau, sie ist mein schwierigstes, aber auch mein liebstes Modell." In der Stimme des Malers schwingt Wehmut.

Bei ihrer Ankunft in Linz macht Anna das, was sie gut kann: zetern. „Der Weg hinauf zur Burg ist steil und holprig, die Kabinette sind klein, altmodisch und schlecht durchlüftet. Und was gibt es auf dem Burgberg an Unterhaltung?" Tatsächlich findet sie das Gemäuer noch so ausgestattet, wie sie es von ihrem letzten Besuch mit Kaiser Maximilian in Erinnerung behielt.

Als sie dann erfährt, dass die Trauung in der Linzer Stadtkirche stattfinden soll, ist sie einmal mehr enttäuscht. Um wie viel prunkvoller wurde die Wiener Hochzeit im Stephansdom gefeiert, der heiligen Kirche des Reiches? Was interessiert es sie, dass in der Krypta der Linzer Kirche das Herz von Kaiser Friedrich III. ruht? Im Stephansdom ruht in einem prächtigen Sarkophag aus rotem Marmor sein ganzer Körper. Und wofür steht ein mumifiziertes Herz überhaupt? Etwa für brennende Liebe?

Am 25. Mai 1521 sieht Anna von Ungarn den Mann zum ersten Mal, den sie am Folgetag heiraten soll. Doch sie erspäht ihn nur aus der Ferne, da er verspätet eintrifft. Ein ferner Punkt mit wehenden braunen Haaren, der mit einem Rappen an ihr vorbeiprescht. Er und sein Gefolge wirbeln so viel Staub auf, dass sie niesen muss. Die erste Begegnung mit Ferdinand stellte sie sich ganz anders vor. Sie spürt sie keine Aufregung in sich, eher Irritation.

Später am Abend lässt ihr Bräutigam sie auf einen Umtrunk einladen. Aber so spät, dass sie schon zu Bett gegangen ist, von der langen Reise ermattet. Sie hätte die Einladung sowieso abgelehnt, da es einfach unschicklich ist. Nein, das ist einer Königin nicht würdig: ein kleiner, formloser Umtrunk. Gehöre ich etwa zu einer Jagdgesellschaft? Ein Bursche mit so rustikalen Manieren soll mein Bräutigam sein? Sie spürt Empörung in sich aufsteigen. Zudem stülpt die Aufregung der letzten Tage ihr wieder einmal den Magen um.

Früh am nächsten Morgen trägt der Obersthofmeister Anna die Reiseerlebnisse ihres Bräutigams zu, denn er hat am Vorabend noch mit dessen Entourage getrunken. Ferdinand sei Ende April über Aachen, Heidelberg, Bruchsal und Ulm nach Augsburg geritten. In der Heimat der Fugger habe er mit seinen Begleitern eine Rast eingelegt, denn die Kaufmannsfamilie habe ihn zum Festbankett in ihr Stadtpalais geladen. In der Fuggerstadt hätten sich Ferdinand auch Würdeträger aus dem

Schoß der Kirche und des Adels angeschlossen, denn trotz der langen Vorgeschichte gelte Anna von Ungarn immer noch als glänzende Partie.

Man habe dem Enkel des verstorbenen Kaisers die Ehre erweisen wollen, der so oft und so gerne in der Stadt geweilt und gefeiert hätte. Nicht umsonst würde man Maximilian liebevoll den „Bürgermeister von Augsburg“ nennen.

Annas Blick hellt sich auf, als sie etwas über Maximilian erfährt und dass man sie schätzt im Land. So bittet sie ihren Obersthofmeister, fortzufahren. „Aber fass Er sich kurz, meine Zofen müssen mich für die Hochzeit richten.“

„Hässlich soll die Braut auch nicht sein, denn mancher Adelige hätte ihr Antlitz schon als Miniaturbild von Hans Maler in Händen gehalten“, sagt er nun so schnell, dass er sich verhaspelt.

Anna muss lachen und sie spürt, wie gut ihr die Nähe dieses vertrauten Mannes tut, wo nun doch Aufregung in ihr hochkriecht. Über Jahre war er ja ein ganz maßgeblicher Teil ihres Lebens.

Der Obersthofmeister ist es dann auch, der die Braut vor den Altar führt und dies auf ihren ausdrücklichen Wunsch. Ihr verstorbener Vater kann keine Braut führen. Doch nie hätte Dietrichstein von dem spröden Frauenzimmer diese große Ehre erwartet. Ihr Verhältnis war nicht immer das beste, aber nun rührt ihn ihre Bitte.

Als sei sie eine Feder, führt er Anna an all den Würdenträgern vorbei – mit stolzgeschwellter Brust, aber auch etwas sentimental, so, als gäbe ein Vater seine schönste Tochter weg. Auch Hans Maler beobachtet die Szene voller Rührung. Durch die Kirche geht ein Raunen, da der Obersthofmeister – mit seiner Frisur und

Pose – Kaiser Maximilian ähnelt. Dem Mann, den Anna von Ungarn fast sechs Jahre zuvor in Wien ja schon „heiratete". Manche der Hochzeitsgäste waren damals schon anwesend und erinnern sich gut. Sein Enkel Ferdinand löst nun das Versprechen seines Großvaters ein. Endlich!

Anna ist eine Braut ganz in Gold. Aufgestickte Perlen stellen Sterne dar. Ganze Sternbilder eigentlich. Sie trägt ihr blondes Haar wieder offen und nur mit einem schlichten Stirnkranz aus hellrosa Blumen geschmückt, kleinen Hundsrosen. Jeanne pflückte sie für sie, kappte ihre Dornen, auch wenn sie sich die Finger dabei zerstach, und verwob sie zu einem Brautkranz. „Rosa Wildrosen trug auch deine Mutter im Haar, als sie deinen Vater heiratete." Jeannes Wissen bedeutet Anna viel.

Als Braut wirkt Anna feierlich und schüchtern zugleich. Fast wie ein Landmädchen, dem eine gute Fee ein goldenes Kleid schenkte. Auch die Haltung ihres Körpers mit dem langen Nacken und ihr Gang sind beides: herrschaftlich und mädchenhaft. Obersthofmeister Dietrichstein verstärkt diesen Eindruck noch. Ein Ritter des alten Reiches führt ein zartes Bräutlein am Arm. Er wirkt so viel mannhafter als der schmale Bräutigam!

Anna wagt den jungen Mann kaum anzuschauen, dem ihr Brautführer sie übergibt. In diesem Moment gäbe sie lieber ihrem stattlichen Brautführer das Jawort. Ja, war es nicht verrückt, einen total Fremden zu heiraten? Einen Kerl, den sie bisher nur der aus Ferne und auf einem Bildnis sah? Gott sei Dank bildete Hans Malers Porträt ihn gut ab.

Wie jung er doch ist. Zumindest ist er nicht klein und schrullig. Die letzten Jahre war Anna immer von Männern umgeben, die ihr Vater hätten sein können oder ihr Großvater, denkt man an den Kaiser. Dieser

Junge verwirrt sie. Seine Augen sehen warm und ehrlich aus. Kein Fältchen entdeckt sie, keine Krähenfüße darum. Und hat er überhaupt schon Bartwuchs?

Es verwirrt Anna zudem, dass er die gleiche Frisur wie der Obersthofmeister trägt, die auch die Frisur seines Großvaters Maximilian war. Der Anblick irritiert auch die Festgäste. Es sieht aus, als übergäbe ein älterer Kaiser Maximilian einem jungen Kaiser Maximilian die Braut, die der große Max, das Original, ja schon geheiratet hat. Selbst Hans Maler, der sich so positionierte, dass er in einem Büchlein schnelle Skizzen mit einem Griffel anfertigen kann, reibt sich die Augen und muss schmunzeln. Und was sahen seine Augen schon alles? Schließlich blickt er den Menschen bis ins Herz.

Anna starrt auf den Altar, den schmucklosen Stein einer Dorfkirche fast. Beinahe regt sie sich wieder auf: Sie hätte Besseres verdient! Aber dies wäre der falsche Moment, um zu schmollen. Täte sie dies, würde sie auch ihre Heimat blamieren, denn der halbe Hochadel Europas beobachtet sie. Natürlich auch eine Delegation aus Ungarn.

Nur Annas Bruder Ludwig reiste nicht an, was sie schmerzt. Er bereite seine Hochzeit mit Maria von Österreich vor, ließ man sie wissen. Das Paar wolle ja in Preßburg leben, hieß es. Anna war erschüttert, sie fand Ludwigs Hochzeit verfrüht. Er ist noch keine fünfzehn Jahre alt und wäre dieser raffinierten Maria nicht gewachsen.

Anna holt tief Luft und zwingt sich gedanklich, bei ihrer Hochzeit zu sein. Unter den Hochzeitsgästen entdeckt sie Männer, die um ihre Hand anhielten, als sie noch ein Kind war. Großtuer wie Herzog Wilhelm von Bayern. Oder war es der neben ihm stehende Ernst von Bayern? Auch Markgraf Kasimir von Brandenburg sowie Grafen von Gradisca oder Siegmund von Herberstein warben um sie.

Anna blickt ihren Bräutigam kaum an. Wozu auch? Sie muss ihr ganzes weiteres Leben mit ihm verbringen. Er scheint ihre Anspannung zu spüren. Noch stehen sie allein vorm Altar, fast wie bestellt und nicht abgeholt. Nur ein Kirchenchor singt etwas kraftlos aus der Ferne.

„Madame, wir sind beide im selben Boot. Aber Sie haben beim Heiraten Erfahrung“, flüstert er plötzlich. Sie ist erstaunt. Der Fremde, den sie gleich heiraten wird, spricht Französisch mit ihr. Kaiser Maximilian hätte sich im Grab umgedreht, das war die Sprache des Erzfeindes! Sie ist froh, diese Sprache gut zu verstehen wegen Jeanne. Aber spricht der Fremde überhaupt Deutsch? Nun, seine Worte sind gut gewählt.

„Ich heirate nicht ständig und Sie ließen mich lange warten“, flüstert sie.

„Madame, mein Dank an Ihre Geduld. Wir machen etwas Schönes daraus“, sagt er. Sie drehen den Hochzeitsgästen den Rücken zu, deshalb sieht es niemand, wie er einen Handschuh abstreift und ein Handgelenk auf ihr Handgelenk legt.

Anna fühlt seine nackte Haut. Ihr ist, als spüre sie seinen Puls und mit dem Puls den Herzschlag des Fremden. Eines Fremden, den sie gleich heiraten wird. Sie schweigt verwirrt, aber das Pochen seines Blutes macht ihn ihr vertrauter.

„Mögen wir gute Gefährten sein“, flüstert er nun. Gefährten? Waren Eheleute auch Gefährten, wundert sie sich.

Der Salzburger Fürsterzbischof Matthäus Lang von Wellenburg tritt vor das Paar. Sein Blick erstickt jedes Flüstern. Er reiste extra mit dem Bräutigam an, dessen

Freund er sein soll, um ihn zu trauen. Die Zeremonie ist lang und ermüdend. Die Festgäste müssen stehen, manche tun dies zähneknirschend. Das Brautpaar steht oder es kniet, je nachdem, wie es die Zeremonie von ihnen verlangt.

Als es ernst wird, spricht Anna die geforderten Worte nach. Spricht sie auf Latein. Ja, sie werde ein treues und fügsames Eheweib in guten wie in schlechten Zeiten sein. Und bis dass der Tod sie scheide.

Ihr Bräutigam tat das Gleiche zuvor. Seine Stimme war fest und warm zugleich. Bevor er ihr den Ring über den Finger streift, berührte er damit seine Lippen. Er küsste den Ehering! Wieder ist Anna fassungslos.

Mit dem Tausch der Ringe gelten Anna von Ungarn und Ferdinand von Österreich nun als Mann und Frau. Ein Ehepaar, das sich zwar nicht kennt, das aber routiniert Gratulationen entgegennimmt. Anna vergießt keine Träne der Rührung. Wieso auch? Sie erfüllt ihre Pflicht: Zum Heiraten wurde sie geboren. So lächelt sie und schüttelt Hände, zeigt ihren Ehering vor. Ihr goldener Ring ziert ein kleiner Rubin, der Stein der Liebe. Ferdinands Ring ein Diamant, der härteste Stein überhaupt, der Stein der Tapferkeit.

Man singt dem Brautpaar ein Ständchen: vielstrophig, es scheint kaum enden zu wollen, und erotische Anspielungen darin missfallen ihr. Ferdinand spürt ihre innere Unruhe und ergreift ihre Hand. Seine Haut ist zart und die Finger sind wohlgeformt, aber durchaus stark genug, um eine Waffe zu führen, denkt Anna. Er führt ihre Hand zu seinen Lippen und küsst den Ring erneut, den er ihr nur Minuten zuvor an den Finger steckte. „Möge mein Ring Ihnen leicht sein, Madame. Die wahre Liebe ist ein Vogel. Ein Vogel, der aber immer wieder in sein Nest zurückkehrt."

Wieder ist Anna erstaunt. „Monsieur, mit Verlaub, man sagte mir, Sie seien schüchtern. Sie seien mit Damen unerfahren. Das kann ich ... äh ... kaum glauben." Anna räuspert sich, was sie sagt, ist ihr peinlich. Sie war ja noch nie mit einem Mann intim.

„Madame, ich bin in fast allem unerfahren, aber ich lerne schnell." Das klingt ehrlich und er errötet dabei. Aber dann schmunzelt er auch.

Das ist so ansteckend, dass sich ein Kichern aus Annas Kehle löst, ohne dass sie es möchte. „Sie reden so klug, Monsieur."

„Dann gelang es mir also?", fragt er.

„Was gelang Ihnen, Monsieur?" Sie befürchtet, sie könnte alles verderben. Und wer möchte es sich verderben mit einem Fremden, den man gerade heiratete?

„Nun, Madame. Ich übte jedes Wort mit meinem Hauslehrer. So klug wie meine Schmeicheleien bin ich nicht." Wieder errötet er.

„Und ... äh ... ihr Kuss auf den Ring?"

„Das fiel mir ein, Madame. Ich will meiner Frau ja gefallen."

Wie gut das klingt: „meiner Frau"! Anna lauscht in sich hinein, als gäbe es ein Echo davon.

Noch immer folgen Strophe um Strophe, dieses Ständchen scheint endlos zu sein. Endlich schweigen die Sänger, zaghaft wird geklatscht, in einem Haus Gottes ist Applaus eigentlich nicht erlaubt. Ferdinand reicht seiner Frau den Arm, den sie gerne nimmt. Das Paar schreitet durch das kühle und dunkle Kirchenschiff dem Licht entgegen. Sie spürt nicht, wie ihre Füße den Boden berühren, scheint zu schweben.

„Die Liebe ist ein Vogel, sagen Sie, Monsieur?", der Gedanke begeistert sie.

„Geben Sie mir eine Chance, Madame. Wirklich, ich lerne schnell.“

Sie spürt seinen Atem an ihrem Ohr. Ein Hauch fährt an ihrem Nacken entlang.

Durch das weit geöffnete Kirchenportal der Linzer Kirche brennt die Sonne wie ein Feuerball. Die Luft riecht nach Blumen, nach Wiesen, nach einem sommersatten Tag im Mai. Hochzeitswetter. Anna schließt die Augen und betrachtet die Lichtkugel hinter ihren Lidern. Sie pulsiert und dehnt sich aus. Bald scheint Licht durch ihre Adern zu fließen. In ihr ist ein großes Erstaunen. Fühlt es sich so an, das Glück? So seltsam wohl war ihr noch nie.

„Es ist kein Glück, glücklich zu sein“, wird in ihr laut und formt sich auf ihren Lippen, doch sie kann verhindern, es laut auszusprechen. Nein, sie möchte dieses gute Gefühl in sich jetzt auskosten. Möchte gerade nicht vernünftig sein, sie musste jahrelang in ihrem Brautgefängnis vernünftig sein.

Geführt von ihrem Bräutigam schreitet sie ins Licht. Durch den Stoff seiner Kleidung riecht sie Ferdinands Haut. Sie hat nicht gewusst, dass junge Männer so gut riechen. Sie hatte zu lange alte Hofschranzen und säuerliche Hoflehrer um sich, die sie überwachten. Nur der Maler roch in ihrem alten Leben wirklich gut.

Am Handgelenk ihres Bräutigams blitzt nackte Haut auf, während er sie aus der Kirche hinausführt. Ohne nachzudenken, ob dies für eine Dame schicklich sei, schiebt sie einen Zeigefinger dorthin. Tastend. Erkundend. Am Gesicht des Mannes, der nun als ihr Ehemann die Nacht mit ihr verbringen wird, sieht sie, dass er ihre Berührung spürt. Er lächelt in sich hinein.

„Linz gibt nicht viel her", tuscheln Annas Hofdamen und fächeln sich Luft zu. Sie tun es ihrer Herrin gleich, zu lange hörten sie deren Klagen. Schon bevor sie aus Innsbruck aufbrachen, hatte sie ja den Stab über die Stadt an der Donau gebrochen, da sie ihrer Hochzeit, der Hochzeit einer Königin, nicht würdig sei.

„Dumme Gänse, haltet den Mund. Festgäste aus meiner Heimat erreichen es gut, Linz besitzt gut besuchte Messen, es besitzt die Wasserwege der Traun und der Donau und vor allem: Es gehört zum Herrschaftsgebiet meines lieben Mannes." So irritiert Anna neuerdings ihre Getreuen. Diese Wortwahl gefällt ihr so gut, dass sie diese ständig benutzt: „mein lieber Mann".

„Nun ist sie keine Königin mehr und es geht ihr so gut? Verstehe einer die Frauen", wundern sich ihre Höflinge.

Die Stimmung ist aufgekratzt, denn ein Ritterturnier, das gestern begann, soll heute, zur Feier der Hochzeit, seinen Höhepunkt erleben. Und dies unmittelbar nach der Trauung, noch vor dem Hochzeitsmahl, denn das Mahl mit den vielen Gästen würde bis tief in die Nacht andauern.

Der Linzer Hauptplatz – „der einzige Winkel, der in diesem Kuhdorf etwas hergibt", lästerte Anna früher – würde Geschichte schreiben: Männergeschichten von Mut und Blut.

Als Anna an der Hand ihres Mannes erscheint, wird Jubel laut. Fähnchen und Hüte werden geschwenkt, man hält kleine Kinder in die Luft, damit sie das Brautpaar besser sehen. „Wie entzückend die Braut doch ist, ein blonder Goldengel, wie edel der Bräutigam. Und gleicht Ferdinand seinem Großvater Kaiser Maximilian nicht bis aufs Haar?“, so reden die Schaulustigen und drängen auf den Hauptplatz. Für die Festgäste errichtete man erhöhte Logen, mit bestem Blick auf den Turnierplatz, auf dem Lanzenritter auf ihren gewaltigen Schlachtrössern ihren Sieg der Braut widmen werden.

Das Paar nimmt in der Ehrenloge auf erhöhten Stühlen Platz, jeder ähnlich einem Thron, so können sie das Geschehen noch besser verfolgen und die Schaulustigen können das junge Paar noch besser begaffen. An Fahnenmasten wehen die Fahnen ihrer Adelshäuser. Die Hochzeiter winken, sie strahlen. Und was tut Anna? Sie wirft Kusshände in die Menge.

Hans Maler und der Obersthofmeister sind über ihren schnellen Sinneswandel erstaunt. So erlebten sie ihre störrische kleine Ungarin noch nie. So gelöst und kokett. Aus dem Blickwinkel ihrer Sitzplätze können sie die Frischvermählte gut beobachten und das Treiben um sie.

„Statt Kusshände schenkte sie mir früher Drohgesten“, flüstert ihm der Maler zu.

Dietrichstein lächelt, wenn auch eher gequält.

„Ich verstehe, seit du sie zum Altar geführt hast und seit du auch zugesagt hast, in ihrem neuen Zuhause mit ihrem Gatten ihr Obersthofmeister zu sein, bindet dich noch mehr an sie“, fügt der Maler leise an.

„Mit der Zusage hat sie mich überrumpelt, denn eigentlich wollte ich mich auf meinen Stammsitz in Kärnten zurückziehen und in Ruhe meine Enkel aufwachsen sehen“, seufzt Dietrichstein seinem Freund ins Ohr.

Dann spielen, auf ein Zeichen von Erzherzog Ferdinand hin, Bläser in bunter Hoftracht auf. Anna klatscht in die Hände, sie liebt kräftige Blasmusik, das kennt sie von Ungarn. Die Bläser werden begleitet von Pauken, die aus Kupfer gefertigt sind und mit Eselshäuten bespannt. Diese Turniermusik ist so gewaltig, dass manche der Schaulustigen die Paukenschläge in ihrer Magengrube spüren und sich die Ohren zuhalten oder ihre kleinen Kinder schützen.

Selbst die Luft scheint zu vibrieren. Es riecht nach Spanferkeln und halben Ochsen gebraten am Spieß, nach süßem Honigkuchen, nach Bier, nach Pferdeäpfeln und nach zu vielen Menschen und deren Urin und Schweiß.

Ferdinand wirft ein weißes Tuch von der Ehrenloge, das war in dem Tumult das Zeichen, dass das Turnier beginnt. Anna hält sich öfters erschreckt den Fächer vors Gesicht, wenn beim Lanzenstechen, auch Tjosten genannt, geharnischte Ritter und ihre schwer gepanzerten Rösser mit donnernden Hufen gegeneinander reiten und ihre hölzernen Lanzen mit eisernen Krönchen auf Schilde krachen. Manch einen hebelt es aus dem Sattel. Es ist ein schlimmes Geräusch, wenn menschliche Körper im hohen Bogen auf den Linzer Hauptplatz krachen oder wenn die schweren Schlachtrösser stürzen, ächzend und laut scheppernd. Obwohl der Platz mit einer dicken Schicht aus Sand aufgeschüttet wurde, gibt es immer wieder Verletzte. Knochen brechen, Gelenke werden ausgerenkt, Quetsch- und Platzwunden zeichnen selbst die Geschicktesten unter den Rittern. „Blauschmuck“ nennen sie diese kleinen Kampfblessuren voller Stolz.

„Was wäre ein Turniertag ohne Schweiß und Blut?“, hört Hans Maler aus dem Gejohle neben sich heraus. Als Maler und Schöngeist erschließt sich ihm der Nervenkitzel dieser Grausamkeiten nicht, obwohl er in einem kleinen Zeichenblock schnelle Skizzen anfertigt.

Zu den Begeisterten dieses Spektakels zählen aber auch Frauen, manche kreischen hysterisch und werfen bunte Liebesbänder oder Blumen auf das künstliche Schlachtfeld, wenn ihre Favoriten mit ihren federgeschmückten Schmuckhelmen einreiten. Manche Helme schmücken mystische Tiere, wie ein schwarzer Schwan, ein fliegender Löwe oder ein flügelschlagender Ikarus.

Jeder Sieg eines Ritters begleitet ohrenbetäubender Lärm. Blutige Zwischenfälle werden von noch mehr Gejohle, Schimpftiraden und groben Gesten begleitet, je nach Sympathie oder Abneigung. Manche der Anhänger geraten richtig aneinander. Ja, es gibt es auch blutige Nasen unter den Zuschauern. Aber dem einfachen Volk gefällt dies. „Gäbe es das nicht, könnte man ja zum Kirchtag gehen. Lammfromm und im Büßergewand", sagt ein Sitznachbar zu Hans Maler mit glühenden Wangen und vom Jubeln heißer Stimme. Er biss sich wohl vor lauter Begeisterung sogar eine Lippe auf und leckt das Blut mit der Zunge ab. Lachend. „Überhaupt: Wann sah man in Linz schon so ein prächtiges Turnier?", kräht er noch.

Es gibt jedoch eine Grenze für die zur Schau gestellte Gewalt: Es darf keine Tote geben. Der Tod gälte als schlechtes Omen für das frisch vermählte Brautpaar.

Was sich nun abzeichnet, liegt also außerhalb des Gewünschten. Bei den Waffenspielen vom Vortag gerieten ein spanischer Grande und deutsche Ritter übel aneinander. Der Spanier fühlte sich beleidigt und forderte durch einen Anschlag an der Tür des Rathauses die Ritter zum Kampf auf. „Ein Kampf auf Leben und Tod!"

Das Papier äußert Drohungen und Schmähungen, die die deutsche Ritterschaft nicht auf sich sitzen lassen kann. Doch wer soll heute gegen den Spanier antreten? Er gilt als schlagkräftig und gnadenlos, zudem ist sein Ross riesig. Jeder, der ihn schon kämpfen sah, warnt: Der drischt wie ein Dämon auf seine Gegner ein.

Ferdinand von Österreich trug man die Beleidigungen des Spaniers zu, als Erzherzog ist er Herr über das Turnier. Doch er entschied sich dagegen, den spanischen Wüstling in Ketten zu legen und beim heutigen Turnier nicht mehr antreten zu lassen. Eine Verhaftung hätte die spanische Delegation gegen ihn aufgebracht. Sie war weit gereist, um dem Sohn ihres früh verstorbenen Königs, Philipp den Schönen, bei dessen Hochzeit die Ehre zu geben. Und lebte Ferdinand nicht lange genug in Kastilien, um den Stolz der Spanier zu kennen und ihr Denken?

Der Wettstreit mit dem Spanier soll zum Abschluss des Turniers stattfinden. War der Hauptplatz zuvor schon gut besucht, füllt die Volksmenge nun das allerletzte Fleckchen aus. Es wird gedrängelt, geschubst und beleidigt. Die Stimmung ist aufgeheizt.

Als es an der Zeit ist, prescht der spanische Don mit großem Prunk und großem Gefolge durch das Donautor auf den Turnierplatz. Ein Berg von einem Mann, ganz in Weiß gekleidet, sein großes Schlachtross, ein Schimmel, ist wohlgewählt. Auch das Zaumzeug und der Metallpanzer des Pferdes sind mit weißen Zierelementen geschmückt. Der Don prescht mehrmals über den Platz und wirbelt viel Staub auf, bevor er das Ross in der Mitte des Turnierplatzes in die Höhe steigen lässt. „Wo ist mein Gegner? Sind die deutschen Ritter kleine Mädchen?“, ruft er über das leere Feld und reckt eine Faust im weißen Handschuh in die Höhe. Die Menge buht, die Spanier jubeln.

Anna drückt ihre Finger in den Arm ihres Mannes. „Verbiete es. Er wird unser Fest mit Blut besudeln“, sagt sie.

„Das kann ich nicht, Liebes. Ich verlöre mein Gesicht vor den Spaniern.“

Der weiße Ritter lenkt seinen Schimmel vor die Ehrentribüne. Er verneigt leicht den Kopf vor Ferdinand und Anna. „Sind die deutschen Ritter schon beim Tanz?“, fragt er provokant.

Ferdinand schweigt mit einem harten Zug um den Mund.

„So ein Flegel“, raunt Anna ihrem Gatten zu.

Das Volk schaut angespannt zur Ehrentribüne. Ein Flüstern aus vielen Kehlen liegt in der Luft: „Wollen die deutschen Ritter sich kampflos vor diesem Spanier blamieren lassen? Und was sagt der Erzherzog dazu?“

Anna funkelt den Spanier böse an, weiß aber, dass sie schweigen muss. Sie umklammert den Arm ihres Mannes noch fester.

Dann plötzlich ein Klappern von Pferdehufen. Ein Ritter in einer komplett schwarzen Rüstung reitet aus der Klostergasse heraus, er scheint es aber nicht eilig zu haben, denn ihm schreiten vier Herolde mit rot-weiß gestrichenen Holzstangen voraus. „Das sind die Farben der Losensteiner, sie leben hoch!“ Die Menge freut es, dass er dem Spanier die Stirn bieten wird. „Es ist Unrecht, alle deutschen Ritter zu beleidigen – und dann noch an der Hochzeit unseres neuen Erzherzogs. So etwas macht kein Ehrenmann“, hört man noch.

Doch man hört auch andere Stimmen, je näher der Ritter und seine Herolde ins Blickfeld kommen. Erschütterung, Seufzen. Ja, manche der Festgäste reut der Anblick. „Schaut nur, es ist der junge Sebastian, er ist fast noch ein Knabe, wo sind seine Brüder? Wo ist der Vater?“, wundern sich viele. So ernst das hübsche junge Gesicht aussieht, hat sich Ritter Sebastian nicht mit seiner Familie abgestimmt, glauben viele darin zu lesen.

„Das ist der Beginn eine Tragödie“, sagt Dietrichstein zu dem Maler und klatscht ihm auf die Schenkel, sodass er auf seinem Sitzplatz zusammenzuckt. „Der junge Hektor, die Hoffnung der Trojaner, tritt gegen den schrecklichsten Ritter der Griechen an, den fürchterlichen Achill."

„Aber wir sind in Linz und alles kann anders ausgehen", beschwichtigt der Maler, seinen schmerzenden Schenkel reibend. Als schenke er seinen eigenen Worten keinen Glauben, zieht er jedoch erneut den Skizzenblock aus seinem Gewand, den er speziell für solche Ereignisse bei sich trägt: Momente für die Ewigkeit. Von der Tribüne aus entginge ihm kein Detail, er müsste nur die Nerven bewahren. Blutvergießen ist seine Sache nicht. Ja, seine Hand müsste ruhig bleiben, selbst wenn den jungen Losensteiner das grausame Schicksal Hektors träfe.

„Das wird ein Gemetzel, das Abschlachten eines hoffnungsvollen jungen Burschen, und wir müssen es mitanschauen. Mach dich auf etwas gefasst – bis hin zu abgeschlagenen Armen und Beinen. Ich kenne solche Turniere auf Leben und Tod", stöhnt der Obersthofmeister.

Hans Maler spürt, wie eine leichte Übelkeit ihn befällt, seine Künstlerseele ist für so etwas nicht geschaffen.

Noch bewegen sich der Losensteiner und seine Herolde so gemächlich, als hätten sie alle Zeit der Welt. Vor der Ehrentribüne angelangt, verneigt er sich tief von dem Brautpaar. Selbst sein Rappe macht eine Verbeugung und geht in die Knie. So eine Dressur sah man noch nie, dabei ist auch der schwarze Gaul gepanzert. „Ritter Sebastian von Losenstein tritt an. Ich verteidige die Ehre des edlen Brautpaares, die Ehre der deutschen Ritter, die Ehre der Stadt Linz und die Ehre meiner Familie", spricht der junge Mann mit heller, aber fester Stimme. Die Menschen klatschen.

Anna verkrampft der Anblick von Ross und Reiter das Herz. Das Streitross erreicht das Stockmaß des spanischen Schimmels bei weitem nicht und auf dem pechschwarzen Hengst sitzt ein junger Mann, kaum älter als ihr Gatte, mit strubbligem Blondhaar, einer Stupsnase und lustigen hellblauen Augen. So einer klettert doch noch in Bäume, denkt sie sich.

Die Ritter sollen sich die Hände reichen, das fordert der ritterliche Anstand. Doch als der Losensteiner seine Hand vorstreckt, verweigert der Spanier ihm den Handschlag. Ein Raunen geht durch die Menge. Manche Zuschauer spucken verärgert aus.

Der Losensteiner wendet den Rappen seinen Helfern und Herolden zu. Man streift ihm die gepanzerten Handschuhe über, setzt ihm den Turnierhelm auf den Kopf, er bedeckt sein Gesicht bis auf ein Sichtgitter vor den Augen. Ein Knappe verschraubt das Helmungetüm am Nacken mit dem Halspanzer der schweren Rüstung. Nun reicht man dem Losensteiner sein Turnierschild, es muss die Lanzenstöße des Gegners aushalten. Zuletzt reichen zwei Knappen Ritter Sebastian die lange, hölzerne Turnierlanze. Sie ist so schwer zu führen, dass die Lanzenritter sie an einem Hacken ihres Brustpanzers einklinken.

Den Spanier bereiten seinen Getreuen vor. Auch die Rösser der Kämpfer sind gepanzert und kennen den Ablauf, kaum reicht man ihren Reitern die Lanzen, wiehern und schnauben sie nervös und schlagen mit den Hufen.

„Wie soll ein so junger Bursche gegen einen Totschläger mit mehr Turniererfahrung gewinnen? Wie soll er das überleben?“, fragt Hans Maler den Obersthofmeister. Der schüttelt resigniert den Kopf.

Die Streiter dirigieren ihre Rösser hinter die ihnen zugewiesene Seite der hölzernen Turnierplanke, die sie trennt. So will man tödliche Kollisionen der Rösser vermeiden. Auf ein Zeichen von Ferdinand hin ertönen Trompeten, die den Beginn des Kampfes anzeigen. Doch erst als er erneut ein weißes Tuch hochhält, das verabredete Symbol, geben sie ihren Rössern die Sporen.

Mit ihren langen Lanzen und den gepanzerten Leibern von Mensch und Tier erinnert dies Anna an das Aufeinandertreffen feindlicher Insekten mit langen Stacheln. Sie schließt beim Donnern der Hufe die Augen. Der Spanier und der Losensteiner verfehlen sich jedoch. Treten ein zweites Mal gegeneinander an und stechen ihre Lanzen erneut in die Luft anstatt in ihre gepanzerten Körper. Anna ist froh, denn wenn ein Kämpfer seinen Gegner aus dem Sattel stößt, wird dieser meist weit durch die Luft katapultiert und landet mit einem schrecklichen Aufprall im Turniersand. Er ist auch fürchterlich zu sehen, wenn die Rösser stürzen, was durch den Aufprall oft geschieht.

Die Zuschauer teilen Annas Erleichterung. Die Linzer jubeln und die Spanier jubelten auch. Gerne hätte jede Seite ihren Favoriten schon jetzt zum Sieger erklärt. Aber das ist unmöglich. Der Spanier brüllt: „Tod oder Leben!“ und besteht auf den Fußkampf mit dem Schwert.

„Beenden Sie es, Monsieur, jetzt fließt gewiss Blut“, bedrängt Anna ihrem Mann. In ihrer Stimme ein Flehen. Ferdinand drückt ihre Hand, schüttelt aber den Kopf.

Als Waffen wählen die Streiter Bidenhänder. Die Klinge ist so lang wie ein ganzer Mann, sodass man einen Bidenhänder, gemäß seinem Namen, mit beiden Händen führen muss. Eine derartige Waffe kann gewaltiges Unheil anrichten. Mit einem Streich lassen sich Gliedmaßen vom Körper trennen und Köpfe vom Rumpf, sind sie nicht durch eine Rüstung geschützt.

Der Kampf Mann gegen Mann beginnt. Metall kracht auf Metall. Funken fliegen. Der körperlich weit überlegene spanische Don setzt dem jungen Losensteiner so hart mit Stichen und Schwertschlägen zu, dass der sich kaum noch mit seinem Schild schützen kann. Er stöhnt bei jedem Schlag auf. Dieser Laut der Verzweiflung geht Anna durch Mark und Bein. Das Schild des Losensteiners droht zu zerbersten.

Schreie gellen auf, das Volk begreift, dass der junge Linzer bald sterben wird. Auch die Mienen der deutschen Ritter, die sich am Rand des Turnierplatzes versammelten, verraten nichts Gutes.

„Die Feiglinge sind jetzt wohl froh, dass sie die Herausforderung des Spaniers nicht annahmen", flüstert der Obersthofmeister dem Maler zu.

Der bekommt keinen Ton mehr heraus, aber sein Bleistift fliegt über das Papier, als führe er ein Eigenleben. So muss Maler nicht nachdenken und fing schon zwei Kampfszenen ein: das Lanzenstechen zu Pferd, auch Tjosten genannt, und den Zweikampf zu Fuß mit dem langen Schwert.

Der Obersthofmeister ächzt: „Kein Ritter sollte für so einen Berserker sein Leben aushauchen, noch dazu ohne Not und an einem Festtag. Umso mehr zählt der Mut des jungen Mannes. Sein Todesmut."

Selbst der junge Erzherzog weiß, was dem jungen Ritter bevorsteht. Das verrät sein Blick.

„Monsieur, der Losensteiner wird von dem Spanier in Stücke gehackt und dies an unserer Hochzeit. Beenden Sie es", fleht Anna erneut.

Aber Ferdinands Miene bleibt weiter hart.

„Wie kann man einen so schönen Tag so hässlich enden lassen?", schimpft sie.

Als der Losensteiner sein Leben schon verwirkt zu haben scheint, hinkt er weiteren Hieben ausweichend davon. Flüchtet er jetzt? Unruhe wird laut. Anna spürt für einen Moment Erlösung. Es gäbe keine Toten. Es gäbe kein schlechtes Omen vor ihrer Brautnacht. Aber zu flüchten wäre gegen die Ritterehre.

Der junge Sebastian humpelt zu seinem Rappen, reißt ihm mit einer Hand den Maulkorb herunter und brüllt: „Touché!“ Sofort stürmt der kleine Hengst los mit schepperndem Metallpanzer. Dabei bringt er den spanischen Ritter fast zu Fall und verbeißt sich in den ungeschützten Nüstern des spanischen Pferdes. Der Schimmel wiehert vor Schmerz und versucht sich verzweifelt zu befreien, doch der kleine Schwarze des Losensteiners lockert seinen Biss nicht und weicht Hufschlägen geschickt aus. Nun ist es von Vorteil, dass er wendiger ist als der deutlich gewaltigere Gaul. Wo sah man je so eine Dressur? Nun, die Zuschauer waren zuvor schon erstaunt, dass sich das Ross des Losensteiners so höflich verneigte. Der blutige Kampf der Pferde ist grausam anzusehen. Anna, die Rösser wirklich liebt, wendet die Augen ab.

Der Losensteiner, der seine Kräfte vielleicht auch klug geschont hat, nutzt diesen Moment der Ablenkung. Wie von Sinnen drischt er auf den Spanier ein und schlägt mit einem gezielten Hieb seines Bidenhänders dessen verschraubten Helm herunter, Blut spritzt wie eine Fontäne aus einer Halswunde des Spaniers, er brüllt vor Schmerz auf. Der Losensteiner scheint jedoch keine Gnade zu kennen, er will den Spanier töten, vielleicht schon mit dem nächsten Hieb.

„Aufhören. Ich befehle aufzuhören“, ruft Ferdinand von der Ehrentribüne. Da er dies jedoch auf Französisch tut, dauert es einen Moment, bis Anna ihm die Worte auf Deutsch zuflüstert. „Aufhören“, ruft Ferdinand nun auf Deutsch. „Aufhören, ich befehle Frieden!“

Nun lässt der Losensteiner von dem Spanier ab. Der versucht sich mühsam aufrecht zu halten, sein vormals blütenweißes Turnierhemd, das er über der Rüstung trägt, ist rot und eingenässt von Blut. Taumelnd bricht er zusammen. Seine Getreuen schleppen ihn vom Turnierplatz, dabei bleibt eine rote Spur zurück im Sand. Auf ein Zeichen Ferdinands eilen dessen eigene Wundärzte den Spaniern nach. An so einem Tag sollte niemand sterben.

Ferdinand deutet erregt auf die Pferde, die immer noch kämpfen und verzweifelt wiehern. „Finit!", brüllt der Losensteiner. Sofort lockert sein Rappe den Biss, und der Schimmel des Spaniers prescht mit blutigen Nüstern vom Platz, seinem Herrn hinterher, als jagten ihn ein Rudel Wölfe. Das Publikum kreischt, lacht und weint zugleich. Frauen sinken ihren Männern in die Arme. Kinder brüllen wie am Spieß. Die Ereignisse der letzten Minuten waren zu viel für manche Nerven.

Auch Anna fühlt einen Schwindel in sich, als ihr Mann den Losensteiner zum Sieger dieses Zweikampfes erklärt und seine Tapferkeit lobt. Wieder flüstert sie ihm die deutschen Worte ein. Die Menge klatscht und jubelt wie von Sinnen. Das ohrenbetäubende Schmettern von Trompeten zeigt das Ende des Kampfes an. Trommeln wummern. In dem Lärm liegt auch Erlösung, denn viele gingen vom Tod des blutjungen Verteidigers ihrer Ehre aus.

Seine Getreuen nehmen Sebastian von Losenstein den Turnierhelm ab und der Sieger wendet sich der Ehrentribüne zu. Aus einer Platzwunde an einer Augenbraue sickert Blut und sein junges Gesicht ist vor Hitze und Erschöpfung angeschwollen. Er weigert sich jedoch, mit einem gereichten Tuch den Blutstrom abzuwischen, und wendet sich direkt an Ferdinand.

„Ihre Majestät griffen nicht für mich ein, als es schlecht um mich stand. Nun will mir das Lob nicht schmecken." Er spricht laut und erregt, seine junge Stimme droht zu überschlagen.

Anna sieht, wie sich die Gesichtszüge ihres Mannes verhärten, als man ihm die Worte des jungen Ritters übersetzt. Und doch gibt er ihr das Zeichen, dem Turniersieger einen Trinkpokal aus Silber und ein Säckchen gefüllt mit Münzen zu überreichen, was Anna von der Tribüne herunter tut. „Gott segne Ihn und wir danken dem edlen Ritter Sebastian von Losenstein", sagt sie mit größter Freundlichkeit. Er nimmt die Geschenke nur zögerlich und mit kühlem Gesichtsausdruck an, dann stellt er sich dem Jubel des Volkes, indem er den Turnierplatz abschreitet, humpelnd.

Unterdessen flüstert Anna ihrem Mann etwas zu. Auf sein Zeichen hin erschallen die Trompeten erneut, die Aufmerksamkeit des Publikums einfordernd.

„Was kommt jetzt noch", murmeln viele, die schon an ihren Heimweg dachten oder besser noch an ein kühles Bier.

Der Maler und der Obersthofmeister blicken sich mit fragenden Augen an. „Wird jetzt verkündet, dass der Spanier starb, da täte mir unsere Braut leid", raunzt der Maler.

Als einigermaßen Ruhe einkehrt, erhebt sich Anna. Sie ist blass, aber beherrscht.

Der Maler und der Obersthofmeister kennen diesen Blick. „Sie wird standhalten", flüstert der Maler.

Anna hebt energisch einen Arm, um noch mehr Ruhe einzufordern. Ihre Augen blinzeln nicht.

„Ich und mein erlauchter Gatte beschlossen soeben, wir lassen den Helm des Siegers vergolden. Ein so tapferer Ritter ist die Zierde seines Reiches und seiner

Familie. So soll Sebastian von Losenstein der Träger eines Goldhelms sein. Das ist unser persönlicher Dank als Brautpaar anlässlich unserer Hochzeit.“

Ihre Stimme bleibt fest und sie wirkt befreit. Ganz offen lächelt sie den jungen Losensteiner an. Er lächelt nicht zurück, aber er erhebt eine Hand als Dank. Nun ist der Jubel nicht mehr zu überbieten. Es ertönen auch Hochrufe auf den Erzherzog und auf sie. Er versteht noch nicht so genau, welches Wunder an Diplomatie seine Frau gerade vollbrachte, um die Zuschauer für ihn zu gewinnen. Ihre Herzen.

Es wird schwer genug sein für Ferdinand, zu herrschen. Er muss Menschen lenken, dessen Sprache und Sitten er kaum versteht. Und schon gar nicht deren Sehnsüchte. All dies begreift Anna nun. Zudem herrscht er in einem Land, in dem selbst die Bauern frei sind und die Einheimischen – Menschen von stolzem Schlag, keine Leibeigenen und Kriecher – ihre Heimat abgöttisch lieben. Einen Dahergelaufenen sieht man gerne scheitern. Auch wenn er ein Herrscher ist. Ob in einer Hofburg oder blutig im Turniersand.

Der Kampf des jungen Losensteiners gegen den Spanier erscheint Anna wie ein Gleichnis. Ein beherzter Österreicher, eigentlich chancenlos und ohne großen Stammbaum, besiegt einen spanischen Don mit beinah königlichem Blut. Auch deshalb ließ ihr Mann, mit seiner spanischen Vergangenheit, diesen unfairen Wettkampf zu. Sie spürt Unmut in sich aufsteigen. Ferdinand wird gute Berater benötigen, die allerbesten: solche wie sie.

Nach dem Turnier setzt man sich in der Burg zum Hochzeitsschmaus. Fast ist der Rittersaal zu klein, um Musiker auftreten zu lassen, während dreihundert

Speisen serviert werden. Darunter Singvögel, gefüllte Kapaune, ganze Ochsen und Wildsauen am Spieß gebraten. Und natürlich jede Art von Getier aus der nahen Donau, das sich für die Küche eignet wie Reiher, Enten, Schwäne, Biber und natürlich gebratene Forellen und Lachs. Doch Anna hat kaum Appetit und beteiligt sich an den Tischgesprächen nur, da sie muss. Zwar gibt sie sich freundlich, aber sie plaudert nur oberflächlich, da sie ständig an etwas anderes denken muss: ihre baldige Hochzeitsnacht.

Aus den Augenwinkeln heraus studiert sie ihren Bräutigam. Ferdinand nagt an einem Wachtelbein und tupft sich zierlich den Bratensaft von Mund. Tischmanieren hat er, freut sich Anna.

Wie es sich wohl anfühlt, wenn seine Lippen mich küssen? Fleischig oder eher zart? Sie übte ja schon in ihrer Kammer, wie sich Hände anfühlen auf ihrer nackten Haut. Sie errötet, als sie daran denkt. Aber das Küssen zu üben, gelang einer Einsamen nicht. Ob ihr Ehemann es beherrscht, das Küssen und die Liebe? Oder gilt für beide die Devise: „Ich lerne schnell!"

Hoffentlich versteht Ferdinand die Liebe besser als den Vorsitz über ein Ritterturnier, denkt Anna.

Als ihr Gatte ihre fragenden Blicke bemerkt, reicht er ihr einen Teil seiner Wachtel. „Madame, Liebe geht auch durch den Magen", lacht er.

Doch ihr will kein Bissen schmecken. Bald lägen sie zum ersten Mal beisammen.

„Junge Burschen von Adel kennen sich meist aus in der Liebe. Zumindest deren Handwerk", verriet ihr Jeanne einmal, als es ans Heiraten ging.

„Deren Handwerk?" Anna war erstaunt. „Nun, meist vermittelt man den jungen adeligen Herren ältere Damen mit Erfahrung, Petite." Dies auszusprechen, war ihr sichtbar unangenehm. Doch Jeanne war die Einzige, von der Anna mütterliche Ratschläge annahm, aber auch einforderte.

„Ist dies gut oder schlecht für mich?", bedrängte sie Jeanne.

„Du fragst deine alte Amme sehr private Sachen", wich diese aus und murrte.

„Jetzt rede, oder ich kitzle dich", krähte Anna.

Jeanne schien trotz ihrer Speckrollen Kitzelattacken zu fürchten. Vertraulich stupste Jeanne Anna mit einem Zeigefinger auf die Nasenspitze und meinte errötend: „Petite, ich sage es so, in der Liebe ist es ähnlich wie beim Kochen. Jede Suppe schmeckt besser, wenn der Koch das Rezept kennt und dessen Zubereitung im Kessel beherrscht. Und wenn er es im Gespür hat, wie oft er den Kochlöffel darin umrühren soll."

Als Anna und Ferdinand das Hochzeitsmahl verlassen, gibt sie zunächst vor, müde zu sein. Dabei ist sie hellwach. Die teilweise blutrünstigen Szenen des Ritterturniers wirken in ihr nach. Aber mehr noch erfüllt sie plötzlich die Angst, mit diesem Fremden allein zu sein, den sie geheiratet hat. Sich Berührungen in ihren Gedanken auszumalen und dann tatsächlich die Hände eines anderen Menschen und dessen feuchten Atem auf sich zu spüren, sind zwei unterschiedliche Dinge.

Später, im Ehegemach, vermutet Anna, dass Ferdinand wirklich kein „erfahrener Koch" sein dürfte. Ja, er verhält sich fast ängstlich. So berührt er seine Braut sehr zaghaft und nur mit den Fingerspitzen, als könne er sich an ihrer makellos weißen Haut verbrennen.

„Mein spanischer Großvater, der mich erzog, war der Kirche sehr zugewandt und keinesfalls so liebesfroh wie mein Großvater Maximilian", entschuldigt er sich. „Und die Ratschläge meiner Hoflehrer, meiner Braut zu gefallen, enden auf der Schwelle zum Ehegemach."

„Dann machen wir halt das, was uns verbindet, Monsieur. Wir lernen schnell", schlägt Anna vor. Mit dem Mut eines ungarischen Feldwebels, wenn auch mit mehr Charme, geht sie daran, den schüchternen Siebzehnjährigen zu ermuntern. Er, der eben noch nervös auf seiner Habsburger Unterlippe kaute, spürt Annas warme Lippen auf seinem Mund. Kein schlechter Auftakt für eine Hochzeitsnacht.

Reiten sie plötzlich tausend Teufel, als sie Ferdinands Hände ergreift und zu ihren Brüsten führt? Oder macht der Wein zum Hochzeitsmahl sie so mutig? Wie lange hatte sie sich die Berührung männlicher Hände dort gewünscht? Hände, die ihren Körper begehren.

Ferdinands Pupillen werden groß und er begreift sofort, was seine Braut von ihm möchte. Schließlich findet die Natur ihren Weg.

„Es gibt keinen Ersatz für einen Sieg! Das brachte Ihr Großvater Maximilian mir bei, wobei er nur väterlich mit mir umging. Monsieur, nun errangen Sie einen Sieg!", haucht sie in das erste Tageslicht. Ihr Körper ist noch warm vom Schlaf und voller Erinnerungen an seine Berührungen. Sie atmet seinen Duft ein und streichelt Ferdinands Brust, auf der ihr Kopf ruht. Ihre Fingerspitzen ertasten Härchen um seine Brustwarzen, jedes einzelne freut sie. Dieser junge Bursche ist also doch ein Mann. Einer, der sie zur Frau gemacht hat.

Anna spürt, wie ein Kichern durch seinen Körper geht, und genießt das leichte Beben. „Madame, ich gestehe, ich hatte Angst vor dieser Schlacht. Aber nun setze ich alles daran, um auf dem Feld der Liebe ein Virtuose zu werden", lacht er.

In der wahren Liebe läge ein Lachen, brachte Jeanne ihrer Petite vor der Hochzeitsnacht noch bei. Ach, Anna schätzt die Leichtigkeit der Franzosen.

Schon bald nach der Hochzeit wird es hell, warm und herzensgut zwischen Ferdinand und Anna. Sie gehen liebevoll miteinander um, schätzen die Gedanken des anderen. Ferdinand begeistert Annas breites Wissen: ihre Kenntnisse der Musik, Sprachen, Geschichte und Malerei. Aber auch ihr strategisches Denken, ihr Wille zur Macht. So wurden sie beide erzogen.

Ein Aufschrei geht durch das adelige Europa, als Ferdinand seine Gattin zur Vorsitzenden seines Hofrates ernennt als Zeichen seiner Wertschätzung. So verleiht er Anna politische Macht.

Nach Protesten „über die ungebührliche Macht eines Weibes“ muss Anna diesen Vorsitz mit dem Bischof von Trient teilen, wobei sie im Hintergrund aber meist die Fäden zieht. Sie gebe sich nach außen als eine Dame und bleibe in ihrem Herzen ein ungarischer General, verrät sie Jeanne ihr Erfolgsrezept unter vier Augen. „Herrscher herrschen, Zweifler scheitern“, du erinnerst dich ja sicher an die mahnenden Worte meines Vaters, meint sie augenzwinkernd.

Ferdinand erlaubt seiner Anna auch, eigene Schriften zu verfassen, obwohl Frauen das Schreiben von Büchern streng verboten ist. Von der Kirche verboten. Prompt verfasst Anna ein Buch mit dem Titel „Clypeus pietatis“. Ferdinand bewundert seine kluge Frau dafür und verteidigt ihr Buch vor der Kirche, die sich ihm nicht offen zu widersprechen traut. Dabei behauptet Anna in ihrem Buch und gemäß dessen Titel, dass eine Dienstmagd Gottes selbständig denken kann. Sie verbirgt dies zwar geschickt zwischen den Zeilen, diese spitzfindige Rebellion verstehen die Kleriker wohl nicht, sonst hätte man Anna vielleicht eine „Hexe“ geschimpft. „Aber wo gibt es das sonst, dass ein Herrscher seinem Eheweib zugesteht, vorlaut zu sein und zu publizieren?“, fragten sich Kritiker.

Ferdinand stimmt Anna auch zu, Hans Maler neue Porträts anfertigen zu lassen. Die Tage nach ihrer Hochzeit verliefen derartig turbulent, dass Maler dem jungen Brautpaar bis nach Wien folgen musste, um das gemeinsame Hochzeitsporträt zu erschaffen. „Braucht mich Ihre Majestät noch länger, male ich Majestät sicher bald mit einem neugeborenen Kindchen. So strahlend, wie Ihre Majestät aussieht, geschieht das sicher bald“, mutmaßte er.

Die Worte des Malers aus dem ersten Sommer ihrer Ehe liegen Anna lange im Ohr. Ohne ein Erstgeborenes malen zu können, eilte ihr Bildchronist schließlich zurück nach Tirol. Seine Kunden, alles Profiteure des Tiroler Silberrauschs, bedrängten ihn in Briefen zur Heimkehr.

Inzwischen war es Martini 1525 geworden und sie konnte Hans Maler, nun längst wieder in seiner Werkstatt in Schwaz in Tirol, noch immer kein „Königskindlein“ als Modell präsentieren.

„Ach, Jeanne, die Leute zerreißen sich die Mäuler, da ich noch immer kein Kind im Leib trage. Und dies im vierten Jahr meiner Ehe. Es wäre so wichtig für mich, so wichtig für das Reich.“ Anna schmiegt ihren Kopf an Jeannes enorme Brust und genießt das warme Wogen, das ihr Körper ausstrahlt.

„Ah, Petite, ich wäre eine gute Kinderfrau, wie ich dir schon eine war und deiner Mutter“, brummt es aus dem gemütlichen Fleischberg heraus. „Der Herrgott diktiert für alles eine Zeit und eine Stunde“, brummt Jeanne in der Absicht, ihren Schützling zu trösten.

„Verflixt! Dann soll er sich beeilen, Jeanne. Fast fühle ich mich wie einst als Braut in Innsbruck. Ich warte, warte und verschmachte“, schmollt Anna und schiebt ihre fleischige Unterlippe vor.

Jeanne bekreuzigt sich und küsst Annas Haar und Stirn.

„So tat Maximilian es bei mir, nur seine Küsse waren kalt“, ächzt die Geküsste voller Unmut. „Das Gesindel, das jetzt über mich lacht, meint, ich führe auch mit meinem Ferdinand so eine Josefsehe.“

„Liegt dein Gatte in der Nacht oft genug bei dir, Petite?“ Wie immer, wenn Jeanne aufgewühlt ist, wackelt sie mit dem Kopf.

„Natürlich tut er das! Und im Bett ist er kein stolzer spanischer Geck, als den man ihn weiter beschimpft im Land, sondern ein zärtlicher Ehemann. Einer, der das Liebeshandwerk inzwischen sogar versteht“, prustet Anna entrüstet in das Busengässlein von Jeanne. „Den Menschen missfällt, dass Ferdinand nicht so volkstümlich ist wie sein Großvater Kaiser Maximilian. Kein Gämsenjäger, nicht der Erste auf jedem Tanzboden, kein Witzereißer, kein Eroberer schöner Frauen. Und in Wien hassen sie ihn eh“, echauffiert sie sich noch.

„Die Wiener hassen ihren Erzherzog? Wofür, Petite?“ Jeannes Kopf wackelt noch mehr.

„Na, wegen diesem ‚Blutgericht‘, so nennen sie den Vorfall. Ich hatte dir doch davon erzählt?“

„Nicht so genau, oder ich habe es schon vergessen? Ich bin eine alte Frau“, stöhnt Jeanne.

„Na, du weißt doch, bei diesem Blutgericht musste Ferdinand Stärke zeigen – er war gerade achtzehn und ein Fremder –, sonst hätten die eitlen Wiener ein Zwetschgenmännlein aus ihm gemacht.“

„Blutgericht? Ich kenne nur Blutwurst." Jeanne versucht sich in Humor.

„Erkläre einer Amme Politik", stöhnt Anna und gibt Jeanne einen Knuff. „Blutgericht nennen die Wiener das Spektakel, bei dem Ferdinand im Juli 1522 auf dem Hauptplatz von Wiener Neustadt sechs Rädelsführer einer Intrige gegen ihn hinrichten ließ. Darunter Landadelige und der Wiener Bürgermeister, Martin Siebenbürger hieß er."

„Sie planten eine Rebellion, Petite?", erschrickt Jeanne.

„Sagen wir es so: Sie nutzten die herrscherlose Zeit zwischen dem Tod Maximilians 1519 und Ferdinands Eintreffen in Wien. Dabei opponierten sie gegen das noch von meinem Maximilian eingeführte Recht. Sie verstießen also gegen das landesfürstliche Gesetz."

„Und das konnte sich Ferdinand nicht bieten lassen?", mutmaßt Jeanne.

„Sicher nicht. Er ließ die Rädelsführer einberufen, in einem Schauprozess verurteilen und mit dem Richtschwert auf dem Hauptplatz enthaupten."

„Mon dieu!", entfährt es Jeanne.

„Grausam fand ich, dass Ferdinand die verstümmelten Leichen auf einem offenen Wagen nach Wien karren und am Fleischmarkt zu Schau stellen ließ. Die Wiener sahen ihren Bürgermeister ohne Kopf. Ich stellte Ferdinand zur Rede, dachte an die Frauen und Kinder der Toten."

Jeanne bedeckt ihren aufgerissenen Mund mit der flachen Hand.

„Weißt du, was er mir entgegnete?"

Hinter Jeannes Handrücken ertönt ein schockiertes Quieken.

„‚Madame, meine Grausamkeit rettet Leben!' Ich wollte Ferdinand eine Szene machen, aber er fuhr seelenruhig fort. ‚Fortan wird keiner mehr den jungen und dummen Spanier unterschätzen, für den man mich hält, noch das Gesetz missachten.'“

Anna klopft der Amme fest auf einen ihrer fleischigen Arme. „Und weißt du was?“

„Au“, erschrickt diese und schüttelt den Kopf.

„Tatsächlich beugte sich das eitle Wien meinem Ferdinand!“

„Dass dein junger Mann so klug ist, dir sein Ohr schenkt und sein Herz. Ihr seid eine Ausnahme als Paar. Dies waren auch dein Vater und deine Mutter. Leider starb sie so früh. Aber sie starb geliebt.“

Immer wenn Jeanne dies erzählt, ist Anna innerlich erschüttert. „Mutter schenkte Vater in vier Jahren zwei Kinder. Aber ich enttäusche meinen Mann. Enttäusche alle.“ Anna presst ihr Gesicht auf Jeannes Brust und weint plötzlich leise.

Jeanne wiegt sie, als sei sie ein Kind. „Nun ... macht dein Gatte ... äh ... das Richtige mit dir?“, fragt sie vorsichtig nach einer Zeit des zärtlichen Schmiegens.

„Das Richtige?“ Anna horcht auf.

„Petite, putze dir die Nase, und dann verrätst du dies deiner Amme.“ Sie reicht Anna ein Schnäuztuch.

„Was in meinem Schlafgemach geschieht, geht dich nichts an!“, schimpft sie trotzig.

„Da ist er wieder, dein alter Schmollmund, Petite. Doch zu schmollen oder vor Scham zu schweigen, brachte noch kein Kind auf die Welt“, unterbricht die Amme. Über den resoluten Ton erstaunt, verschmiert Anna Naseschleim auf ihrer Wange, den sie verschämt wegwischt. „Petite, ich höre!“, drängt die Amme.

„Nun ... äh ... Ferdinand nimmt Besitz von mir. Du weißt, was ich meine. Mehr geht selbst dich nichts an.“

„Und hinterher wäschst du dich gleich?“

„So wie es jede anständige Frau tut, was denkst du von mir?“, entrüstet sich Anna.

„Falsch! Du sollst nach der, nennen wir es Besitznahme, liegenbleiben und zehn Ave-Maria beten“, sagt Jeanne bestimmt.

„Zehn Ave-Maria? Ich bete jeden Tag. Selbst eine Wallfahrt unternahm ich, um zu empfangen. Was nützt also das Beten im Schlafgemach, wenn das Beten vor einem Altar nichts nützt?“, poltert Anna und drückt den Leib der Amme von sich weg.

Die redet jedoch erstaunlich ruhig auf ihren Schützling ein: „Petite, es geht darum, dass du liegenbleibst und betest, nachdem sich dein Mann in dich verströmte. Und beim Beten liegst du bitteschön auf dem Rücken und streckst die Beine gegen den Himmel wie ein Käfer. Ein Käfer, der auf den Rücken fiel.“ Die Amme zwinkert ihrer erstaunten Zuhörerin auch noch zu.

„Die Beine in den Himmel strecken? Wie ein Käfer?“ Anna schnappt entgeistert nach Luft.

„Genau. Du liegst auf dem Rücken wie ein verunglückter Mistkäfer. Besser wäre es noch, mit deinen Beinchen zu strampeln, das hilft sogar“, kichert die resolute Französin.

„Schweig! Ich mache einen Narren aus mir? Und dies vor meinem Mann?“, unterbricht Anna jäh.

„Petite, vertraue dem Wissen einer alten Amme und einer Französin. Deinem Mann erzählst du, dies sei das berühmte Käfergebet aus dem Haus der Valois.“

„Das Käfergebet der Valois? Amme, du bist wahrlich irr. Und Ferdinand wird mich auch für irr halten.“

„Petite, dein Mann ist ein Habsburger“, kontert Jeanne mit einem vielsagenden Blick.

„Und?“

„Na, wenn du ihm erzählst, dass die Königinnen der Valois durch dieses Käfergebet ihre Thronfolger empfangen, wird er sogar wünschen, dass du es betest."

So kommt es, dass Anna fortan sogar zwanzig Ave-Maria beten muss, nachdem ihr Mann ihr gerade beiwohnte. „Das können wir besser als diese Franzosen", spornt er sie an. Er schmunzelt, wenn sie ihre nackten Beine gegen den Himmel strecken muss.

Anna ist bei dieser Liebesakrobatik kaum zum Lachen zumute. Sie schämt sich, doch sie betet. „Herrgott, in der Liebe haben Mannsbilder es leicht", ächzt sie jedoch manchmal schmollend.

Liegt es am Käfergebet? Liegt es an der vermehrten Inbrunst ihres Mannes beim Liebesakt? Schon bald im neuen Jahr spürt Anna, dass sich ihr Köper anders anfühlt und ihre Köpersäfte einen anderen Geruch verströmen. „Süßlich, als verzehrte ich nur Honig und Blütennektar. Bin ich krank?"

Als Jeanne dies hört, bedeckt sie Annas Gesicht mit Küssen. „Petite, du trägst neues Leben in dir! Ich habe es schon vermutet, ich wartete nur auf ein Zeichen aus deinem Mund. Und duftet eine Schwangere nach Nektar, wächst meist ein Mädchen in ihr."

Jeanne entbindet Anna am 9. Juni 1526 von einem Kind. Die Geburt verläuft ohne Komplikationen, dank dem Wissen der alten Amme. Ein Kräutertrunk und Mohnöl gegen die Schmerzen erleichtern Anna das Pressen, und bald nabelt Jeanne ein kerngesundes Mädchen ab. Die überglücklichen Eltern taufen es auf den Namen von Annas Großmutter: Elisabeth. Jener Habsburgerin, die das Blut der beiden Familien einst verband.

„Wir gratulieren herzlichst, wobei wir dem erlauchten Erzherzog einen Stammhalter wünschten – nach so langer Zeit des Wartens." Briefe, die derartige Glückwünsche enthalten, und dies sind nicht wenige, zerknüllt Ferdinand zornig und fegt sie vom Tisch. Dies ihm ins Gesicht zu sagen, traut sich niemand, denn inzwischen sprach sich herum, dass er seine Gattin abgöttisch liebt.

„Wer hätte gedacht, dass aus einer Ehe, die man unter unglücklichen Kindern aushandelte und die unter schlechtem Zeichen stand, so ein Glück entsteht? Eine Liebe tief wie ein Brunnen. Ja, es wäre mir eine Freude und eine Ehre, das erste Kindlein unserer Majestät porträtieren zu dürfen", schreibt Hans Maler an Annas Obersthofmeister, den er weiter seinen Freund nennen darf.

Beim Packen vor der Abreise nach Wien kommt dem Maler dann aber ein unschönes Ereignis dazwischen. Und erst recht den Eltern der kleinen Elisabeth, die er malen soll. Die Türken rennen wieder gegen die Christenheit an.

Schon 1521 eroberte Süleyman die Stadt Belgrad. Dem Sultan der Türkei und Anführer der Osmanen genügte die Beute aber nicht. Nicht umsonst nennt er sich „der Prächtige".

„Er soll sich der Schlächter nennen", zürnt Anna, als Ferdinand und seine Minister ihr von Süleymans Untaten berichten. Er wolle die Christenheit fressen, und seinen Appetit sollten die Lämmer ihm sogar bezahlen, ließ Süleyman in Wien ausrichten. Der Anführer der Osmanen sei im Wesen, seiner Prachtentfaltung und seiner Wahl großer Worte fast einem Kaiser Maximilian vergleichbar, nur bösartiger, behaupten manche.

„Mein Maximilian würde sich im Grab umdrehen, wüsste er von diesen infamen Gemeinheiten", entrüstet sich Anna vor Ferdinand später in ihrem Ehegemach.

„Ihr Maximilian? Auch ich habe Maximilian geliebt, ich war sein Lieblingsenkel, und Meister Striegel schuf ein Familienbild, wo der Kaiser mich in seinen Armen hält. Mich! Nicht etwa meinen abseitsstehenden Bruder Karl. Aber das Nachtlager teilt Madame mit mir", murrt Ferdinand.

Anna entschuldigt sich bei ihrem Gatten, sie stehen beide unter Druck.

Anna wird innerlich immer aufgewühlter. „Ich habe dunkle Träume", klagt sie Jeanne.

„Petite, deine Sorge ist verständlich. Schließlich hast du gerade ein Kind geboren, willst es beschützen. Auch stellt sich dein Körper um", beruhigt sie Jeanne.

„Ich bin todmüde und schlafe doch kaum. Und wenn ich es tue, befällt mich die Angst um meine kleine Familie."

„Nun, Petite, du gibst deinem Kind die Brust. Das ist anstrengend und ungewöhnlich für eine wie dich, denn du musst ja auch repräsentieren. Hast sogar Anteil an der Politik deines Gatten. Nur gut, dass Ferdinand all dies duldet. Aber vielleicht ist dies für eine Frau und Mutter zu viel?", gibt Jeanne zu bedenken.

„Ich will es so und so bin ich erzogen: zur Macht! Und ich bin nicht nur Mutter, ich will auch eine Landesmutter sein", poltert Anna ihre Amme an, die sichtbar zurückweicht vor dem harten Ton. „Lass es dir erklären", sagt Anna dann milder. „Als Ferdinands Beraterin erfahre ich, was in der Welt vorgeht. So behauptet ein Mönch aus Wittenberg, ein Doktor Luther, neuerdings, der Mensch schulde nur Gott allein Rechenschaft und weder der Kirche noch dem Papst in Rom. Ja, nicht einmal den Fürsten. Die Bauern, die jetzt gegen ihre Herren kämpfen, berufen sich nun auf das Mönchlein aus Thüringen. Stell dir das vor, Jeanne."

Jene wackelt mit dem Kopf, ihr will dazu nichts einfallen.

„Dieser Zweispalt der Christen nützt nur einem: diesem grausamen Süleyman. So viel lernte ich schon über Politik. Ach, Jeanne, ich möchte meinem Ferdinand eine kluge Ratgeberin sein. Zudem eine liebende Gattin und eine gute Mutter für die kleine Elisabeth", stöhnt Anna.

„Petite, du willst herrschen und du willst lieben, das war deine Wahl. Was in solchen Zeiten aber am meisten zählt, ist der Wert der Familie. Deiner ganzen Familie, mit Verlaub", entgegnet Jeanne.

Anna springt erregt auf läuft auf und ab. „Hör zu, ich lud meinen Bruder und seine Frau zur Taufe unserer kleinen Elisabeth ein. Wegen der Türkengefahr residieren sie ja in Preßburg, und Wien erreicht man von dort mit der Kutsche leicht. Und kamen sie? Nein! Ludwig entschuldigten Amtsgeschäfte. Aber meine Schwägerin hat einen anderen Grund!"

„Der wäre?" Jeanne wackelt wieder fragend mit dem Kopf, obwohl sie die Antwort kennt.

„Maria neidet mir mein Kind!"

„Mon dieu!", Jeanne weiß, was nun folgt.

„Maria ist nun beinah so lange verheiratet wie ich. Und? Nichts!"

„Petite, sie kennt die französische Käferstellung nicht", säuselt Jeanne betont fröhlich.

„Und du wirst sie ihr nicht verraten!" Anna richtet drohend den Zeigefinger auf Jeanne. „In meinen vier Jahren der Dürre, der Unfruchtbarkeit, war ich froh, dass auch im Paradiesgärtlein meiner Schwägerin noch nichts erblühte", gibt Anna nun offen zu. „Doch ich bemühte mich um Aussöhnung nach unserem jahrelangen Gezänk in Innsbruck. Wir waren junge Gänse in einer verzwickten Lage. Also, ich lade Maria immer wieder nach Wien ein, schicke ihr Geschenke, Brieflein. Und? Besucht hat sie mich nie." Man hört Anna ihre Enttäuschung an.

„Vielleicht erscheint Maria ja zur Taufe deines nächsten Kindes? Petite, das wäre bald, wenn du die Käferstellung weiter befolgst." Jeanne bemüht sich wieder um Humor.

Doch Annas Worte bleiben ernst. „Wenn Maria mir auch dieses Kind neidet, soll sie aber meinen Bruder in die Hofburg reisen lassen. Ich möchte, dass Ludwig und Ferdinand Freunde werden. Auch wegen der gefährlichen Osmanen. Ludwig braucht einen Waffenbruder und einen echten Freund! Nicht nur einen Vertrag auf Pergament mit dicken Wachssiegeln."

Mit einem Hofknicks verlässt Jeanne den Raum und kehrt mit der kleinen Elisabeth zurück. Sie hilft Anna die Bänder an ihrem Dekolletee zu lösen und legt das kleine, haarige Köpfchen an ihre Brust. Das Gesicht der Stillenden überzieht ein Glanz. Sie streichelt das schmatzende Köpfchen und denkt nach.

Jeannes Meinung über den Wert der Familie berührt sie. Selbst wenn ihre Vertraute damit auch Maria meint. Doch die Verletzungen aus den Zeiten des Brautduells zu Innsbruck sitzen tief. So musste Anna schmunzeln, als man ihr berichtete, dass Maria – als Königin von Ungarn – beim einfachen Volk unbeliebt ist wegen ihrer „ausländischen Sitten". Sogleich tat es ihr leid, denn so erging es ja schon ihrer Mutter, Anne de Foix. Selbst ihre gutmütige Amme Jeanne litt unter dem Misstrauen der Ungarn gegenüber allem Fremden. Maria schürt diese Stimmung aber, so hört man. Und zwar ähnlich feurig, wie sie das Brautduell in Innsbruck schon als Mädchen am Lodern hielt.

In Preßburg meint man auch, Königin Maria bevormunde ihren jüngeren Ehemann. Das missbilligt man im Land der stolzen, bärtigen Männer. Wegen ihr rasiert der junge König neuerdings sogar sein Gesicht und schnitt sein langes Haar ab.

Dann gilt die Fremde als verschwenderisch. Mit übervollen Händen fördert sie die Kunst und streut der Musik rote Rosen. So lädt Maria Musiker und Sänger aus ganz Europa nach Preßburg ein und sammelt Musikinstrumente, die sie von Agenten beschaffen lässt. Und kleidet sie sich nicht zu auffällig für den Geschmack ihrer neuen Heimat? In Ungarn bewahrt man die Tradition, erst recht in Zeiten wie diesen.

Doch man hätte Marias Extravaganz entschuldigt, schließlich waren die Ungarn keine Unmenschen, hätte ihre Königin ihre Pflicht erfüllt: als Mutter.

„Nun kommt das Neueste. Hör gut zu Jeanne", Anna reißt die Aufmerksamkeit ihrer Zuhörerin wieder ganz an sich. „Seit der Geburt meiner kleinen Elisabeth berichten mir Kundschafter, meine Ehe mit Ferdinand gälte als Vorbild für Harmonie in ganz Europa, während Marias Ehe mit Ludwig als unglücklich gilt. Ha, Jeanne, das Rad des Schicksals drehte sich günstig für mich", lacht Anna auf, während die kleine Elisabeth sich an ihrer Brust satttrinkt.

Jeanne nickt wohlwollend, obwohl ihr manches schon öfters zu Gehör kam. Als der Säugling plötzlich einen Schwall Milch über die Schulter seiner Mutter erbricht, rappelt sie sich auf und nimmt Anna das kleine Wesen ab. Es ist der Klugheit der Amme geschuldet, dass sie Annas Seidenrobe mit einem Stilltuch schützte. So kann jene als Landesmutter zu neuen Staatsgeschäften eilen, während Jeanne mit dem Säugling zurückbleibt, aus dessen Windeln es nun auch noch streng riecht.

Während Anna sich in der Gratwanderung zwischen einer adeligen Mutter, die ihr Kind an ihrer eigenen Brust nährt, was selten genug vorkommt, und dem Vorsitz eines Hofrates übt, bricht über Europa ein weiterer Türkensturm los.

Seit der Eroberung Konstantinopels im Jahr 1453, Rest des einst mächtigen byzantinischen Reiches, fassen sie in Europa Fuß. So unterwarfen die Türken schon Serbien, Bulgarien, Bosnien und Albanien. Doch Ungarn scheint ein Bollwerk gegen das weitere Vordringen der Türken und ihre Raubzüge zu sein, dank Annas Bruder König Ludwig. Der nun Zwanzigjährige gilt als ein Hoffnungsträger der Christen.

Dann erreicht Anna im Sommer 1526 folgende Kunde: Süleymann stellte freche Tributforderungen an Ludwig. Als ihr Bruder sich weigerte, zog Süleyman mit siebzigtausend Mann gegen Ungarn, darunter zehntausend Reiter, die Sipahi. Er verfüge auch über zigtausende Janitscharen, heißt es. Eine gefürchtete Elitetruppe, ausgerüstet mit Bögen, deren Pfeile Rüstungen durchbohren. Die Janitscharen seien oft entführte und umerzogene Christenkinder, die später besonders grausam gegen Christen seien. So berichten es die Kundschafter.

Ludwig stellte eilig eine Truppe von etwa vierzigtausend Mann zusammen, darunter ungarische Bauern, denen man jedoch nachsagt, sie kämpfen ohne Herzblut, da sie Leibeigene seien, anders als Österreichs freie Bauern. Anna weiß, dass Ludwig, der sich für eine Befreiung der Bauern einsetzte, am altmodischen ungarischen Adel scheiterte. Ludwigs einziger Trumpf gegen die übermächtigen Türken sei eine schwere Reiterei aus viertausend Rittern, so die Kundschafter.

Auf Ludwigs Hilfeschrei sagt Ferdinand als Verbündeter seine Hilfe zu, dazu die Böhmischen Kronländer,

Kroatien, das Königreich Polen, das Herzogtum Bayern. Anna wendet sich in einem flehentlichen Brief auch an den Kirchenstaat, mit der Bitte um Unterstützung für ihren Bruder. Süleyman hätte gedroht, er zerquetsche Ungarn wie eine Laus. Und würde der machthungrige Sultan ihren Bruder Ludwig und das alte Königsgeschlecht der Jagiellonen überrennen, dann wäre die ganze Christenheit in Gefahr. Annas Wortwahl ist so eindringlich, dass Rom Ludwig Waffenbrüderschaft zusagt, was Anna mit Stolz erfüllt.

Dann überschlagen sich die Ereignisse dieses heißen Sommers, als ein berittener Bote Anna folgende Nachricht bringt: Am 29. August 1526 hätte sich ihr Bruder den Osmanen bei dem Dorf Mohács mutig entgegengestellt. Zu mutig vielleicht? Ludwigs Truppen wären nämlich nicht fertig aufgestellt gewesen und die Verstärkung noch fern. Zudem kannten seine Berater die Kampftaktik der Osmanen kaum und deren List. So täuschten die Sipahi eine Flucht vor und lockten Ludwigs schwere Reiterei in einen Sumpf. Geschützfeuer tötete die Wehrlosen.

Am Abend dieses schwarzen Tages lagen über zwanzigtausend Ungarn tot in Sümpfen oder auf dem Schlachtfeld, und über zehntausend wurden gefangen. Diese Unglücklichen ließ Süleyman ohne Gnade enthaupten. Die Böden um Mohács schwammen im Blut, die Osmanen ermordeten auch alle Dorfbewohner samt allen Kindern. In der Panik riet man König Ludwig zur Flucht. Erschöpft und verwundet ertrank er in einem Seitenarm der Donau. Seine prächtige Ritterrüstung zog ihn auf den Grund.

Anna weint sich die Augen aus und schlägt sich mit der Faust an die Brust. Ferdinand schließt sie so fest in die Arme, dass sie sich nicht mehr verletzen kann.

Seine Stimme klingt traurig, aber bestimmt: „Madame, das Schicksal ist grausam, ich bedaure den Tod Ihres Bruders zutiefst, aber es beschert uns den Erbfall." Anna horcht auf. Ferdinand nimmt ihr Gesicht in seine Hände und wischt ihr mit einem Zipfel seines Hemdes die Tränen aus dem Gesicht, er betupft sogar ihre gerötete Nase, was ihr peinlich ist.

„Da meine Schwester Maria und Ihr Bruder Ludwig keine Kinder haben, tritt für uns der Erbfall ein."

Ferdinand spricht ausdrücklich von uns, denkt Anna naseputzend.

„Madame, ich werde sicherlich zum König von Ungarn gewählt und Sie werden die Königin Ihrer Heimat sein."

Sie schnäuzt sich weiter umständlich.

„Anna, du bist zur Königin geboren. Meine Königin warst du seit unserer Hochzeitsnacht", flüstert Ferdinand dann ganz informell.

„Ich freue mich und ich schäme mich zugleich", stammelt Anna. Sie muss an ihre Schwägerin denken, die nun ihren jungen Ehemann beweint.

Es setzt Anna auch zu, dass man Ludwigs Leiche nicht findet.

„Was die Donau sich geholt hat, das gibt sie nicht mehr her", sagen die Menschen am Fluss.

Eines Nachts träumt Anna von einem Ritter, der in voller Rüstung auf einem Felsen am Grund eines tiefen Gewässers sitzt. Fische umschwärmen ihn und zupfen an Haarsträhnen, die aus den Schlitzen seines Helmvisiers herauszüngeln, als seien es rote Korallen. Soll dies ihr Ludwig sein? Der Bruder ließ sein wallendes Haar ja vor der Schlacht von Mohács zur Kaiser-Maximilian-Frisur stutzen. Er wollte als Maximilian auftreten, den selbst die Türken gefürchtet hatten, auch wollte er seine Gefolgsleute beeindrucken, so hat man es ihr berichtet.

Kurz nach Annas Traum wird Ludwigs Leichnam gefunden, zwei Monate nach dessen Ertrinken.

„Die Flussgöttin Danuba gibt ihn nur frei, da er ein König ist", tuscheln die Leute nun.

Anna und Ludwigs Witwe Maria begraben ihn gemeinsam in Ungarn in geweihter Erde. Maria sagt ganz ungeniert: „Nun, wo dein Bruder in Heimaterde ruht, weiche ich und mache Platz. Mit dir als zukünftige Königin wird mir Ungarn zu eng." Anna will protestieren, doch Maria fährt ihr über den Mund, so wie sie es früher schon tat. „Und heiraten mag ich auch nicht mehr. So närrisch-verliebt plappern wie du? Nein, danke! Tante Margarete rief mich zurück nach Mechelen, dort verbrachte ich eine schöne Jugend. Nun stehe ich ihr im Alter bei und kann etwas gestalten."

Anna schluckt ihre Empörung hinunter, aber sollte sie am Grab ihres Bruders streiten?

Dann dreht sich das Schicksalsrad wieder anders als gedacht. Ferdinand wird in Böhmen zum neuen König gewählt, die Stände von Mähren, Schlesien und der Lausitz bestätigen diese Wahl. Am 25. Februar 1527 schreitet Anna zitternd durch die goldene Pforte des Veitsdoms in Prag. Auf dem Hradschin, hoch über der Stadt gelegen, ragt die gotische Kathedrale gewaltig und doch filigran in den Himmel.

„Ist die Arbeit an den Türmen endlich beendet, stolpert man mitten ins Schlafgemach vom lieben Gott", scherzen die Prager mit ihrem Schmäh.

Doch jeder mit einem Tropfen böhmischen Bluts in den Adern ist auf diesen Königsdom stolz. Dort ruht auch der Schädel des heiligen Wenzel, den man vergoldete, dort werden die Reichsinsignien verwahrt mit der heiligen Wenzelskrone, die – eingeschlossen in eine Kamee aus byzantinischem Saphir – ein Dorn aus der Dornenkrone Jesu einschließt. Laut einer Legende soll jeder innerhalb eines Jahres sterben, der sich die Wenzelskrone zu Unrecht auf sein Haupt setzt. Im Veitsdom befindet sich auch die Grablege der böhmischen Könige. „Madame, suchen Sie uns dort schon einmal einen schönen Platz aus zum ewigen Ausruhen", hat Ferdinand am Vortag gescherzt.

Auch daran muss Anna denken, als der Bischof von Prag ihrem Ferdinand die mit Rubinen und Saphiren überkrustete Königskrone auf den Kopf setzt. Ihr Herz könnte zerspringen angesichts all der Pracht und der neuen Wichtigkeit ihres Mannes. Die Menschen schwärmen nicht umsonst vom „goldenen Prag".

Da sie fast nur Augen für ihren König Ferdinand hat, vergisst sie, sich in dem gewaltigen Kirchenschiff einen Ort für ihre „letzte Ruhe" zu überlegen. Wieso macht Ferdinand überhaupt so seltsame Scherze? Sie beide stehen mitten im Leben und sind im Zenit ihrer Macht. Wenn, dann liege ich inmitten von allem, ja, mittendrin, schießt ihr später durch den Kopf. Nur wenig später setzte man ihr die Krone auf, ein vergleichsweise bescheidenes Frauenkrönchen, wie sie meint. Trotzdem ist der Jubel riesengroß und kaum jemand bemerkt, dass sich unter dem goldenen Krönungsmantel der Königin neues Leben abzeichnet. Nur gut, dass in dieser Schwangerschaft die heiklen Wochen der Übelkeit schon vorbei sind.

Sie, die andernorts eher als schwierig galt, ist in Prag beliebt. Selbst bei den einfachen Menschen, denn sie kann mit jedem sprechen, versteht deren Gedanken und Sorgen, gerade die Sorgen der Mütter. Jetzt zahlt es sich aus, dass ihr Vater sie als Kleinkind nach Böhmen schickte, der Sprache wegen und um das Herz der stolzen Böhmen zu gewinnen als ihre zukünftige Königin.

Doch in Annas Heimat Ungarn läuft vieles schief. Nur in Preßburg, nun Hauptstadt aus Sorge vor den Türken, wählt man Ferdinand zum König. Aber in Stuhlweißenburg wählt man den Fürsten von Siebenbürgen, Johann Zápolya, zum Gegenkönig. So zerfällt Annas Heimat in zwei Königreiche. Zápolya verweigerte ihrem Bruder Ludwig schon die Waffentreue, als er ihn nach Mohács rief.

Anna ist bestürzt und sie weiß, was das bedeutet: Blut und Strategie. Ferdinand muss erneut hart durchgreifen. Monarchen waren in der Phase der Machtübernahme sehr gefährdet. Alte Mächte trieben ihre Spielchen mit ihnen. Selbst als Tochter des einstigen Königs Vladislav von Ungarn kann Anna ihrem Ferdinand kaum helfen, zwar schreibt sie Bittbriefe an die alten Adelsfamilien und schickt ihnen Gesandte, aber mit wenig Erfolg.

„In meiner Heimat behandelt man mich nun fast wie eine Fremde. Die Ungarn sind wahrhaftig Eigenbrötler“, klagt sie bei Ferdinand gleichermaßen verärgert und verletzt.

Doch ihr Gatte verhält sich wieder einmal erstaunlich klug. Zunächst führt er eine zentrale „Hofstaatsordnung“ für all seine Länder ein, so gewinnt er mehr Kontrolle dank einer straffen Verwaltung. Kann auch den störrischen ungarischen Adel besser an die Kandare nehmen. Nach der Verwaltungsreform stellt Ferdinand Truppen auf, die den „falschen König“ Zápolya aus dem Land vertreiben.

„Mein junger Mann hat den politischen Verstand meines Maximilian geerbt“, schwärmt Anna bei Jeanne. „Wenn auch nicht dessen Strahlkraft, aber so gehört er ganz mir“, fügt sie noch augenzwinkernd an, als die alte Amme ihr die kleine Elisabeth an die Brust legt. Anna fühlt sich vor lauter Glück warm durchflutet. Das Schicksal hat sie zur Mutter und zur Königin gemacht. Endlich!

Aber sie freut sich zu früh, was die Politik anbelangt, denn nun treten die Türken wieder auf den Plan, die sich mit dem Quertreiber Zápolya verbündeten. Sie weigern sich, Ferdinand als Herrscher über Ungarn anzuerkennen und rüsten erneut zum Krieg.

Ungeachtet aller Sorgen bleibt Ferdinand ein liebevoller Ehemann. Vielleicht liegt es ja an Annas Käfergebet mit ihren zwanzig Ave-Marias, dass sie bald wieder ein Kind zur Welt bringt. Am 31. Juli 1527, nur knapp ein Jahr nach ihrer Erstgeborenen und vier Monate nach ihrer Krönung in Prag, legt Jeanne der überglücklichen Anna in Wien ihr zweites Neugeborenes in den Arm. Es ist ein Knabe, der herbeigesehnte Stammhalter. Die Eltern beschließen, ihn auf den Namen seines berühmten Urgroßvaters zu taufen: Maximilian.

„Möge der Geist des großen Max mit unserem Sohn sein, denn er soll einmal herrschen. Vielleicht bringt es unser Maximilian sogar einmal zum Kaiser, sofern mein Bruder Karl keine Kinder vorweisen kann.“ Dann küsst der überstolze Vater das stramm gewickelte Bündel, aus dem nur zartrosa Bäckchen herausschauen, er liebkost sogar seine Frau vor aller Augen.

So erschöpft Anna von der Geburt noch ist, so muss sie doch schmunzeln, denn ihr Blick fällt auf das Brautbild, das Hans Maler im Jahr 1521 von ihr gemalt hat. Es begleitet sie überall, bei all ihren Umzügen, nur gut, dass es vom Format eher klein und handlich ist. Nun schmückt es in der Wiener Hofburg ihr Schlafgemach. Sie hat es schon unzählige Male angeblickt, wenn sie nach einem Liebesakt die Beine albern in die Luft gestreckt hatte, dabei zwanzig Vaterunser sprechend. Wer hätte gedacht, dass Jeannes „Käfergebet“ ihr und Ferdinand als zweites Kind einen Stammhalter beschert? Anna ist nun sogar amüsiert darüber, wie streng sie auf dem Brautbild aussieht. Dies war ja einst ihr ausdrücklicher Wunsch. Sie hatte dem armen Hans Maler sogar Kerkerhaft angedroht, würde er sie lächelnd auf dem Brautbild porträtieren, wie das eigentlich üblich war. Aber sie war im Jahr seines Entstehens so über Ferdinands Zaudern beim Heiraten erzürnt, dass sie keine lachende Braut sein wollte. Und dann wurde 1521 zu ihrem Annus Mirabilis, indem Ferdinand sich für sie „erbarmte“. Keiner von beiden hätte je gedacht, dass aus der ungünstigen Vorgeschichte eine so glückliche Verbindung entstünde. „Wer meint, er sei tief im Elend vergraben, wird vielleicht nur als Sämling gepflanzt, um neu geboren zu werden“, hatte Jeanne einmal zu ihr gesagt in einer ihrer dunklen Stunden. Dieses französische Sprichwort drückt mein Lebensglück als zweifache Mutter wunderbar aus, meint Anna nun. Sie fühlt sich nach dieser glücklichen Geburt, mit einem offensichtlich gesunden Sohn, ganz trunken vor Dankbarkeit.

Doch Anna ist nicht nur Mutter, sondern sie bleibt Ferdinands Beraterin. Ihre Verbindung ist in zweierlei Hinsicht fruchtbar, denn wiederum nur ein Jahr später, am 7. Juli 1528, wird Anna und Ferdinand in Linz die kleine Anna geboren, benannt nach ihrer französischen Großmutter: Anne de Foix. Mit ihren nun drei Kleinkindern weigert sich Anna jedoch, diese zu Ammen aufs Land zu geben, wie nun in Mode beim Adel. Und dies, obwohl sie immer noch Anteil nimmt an Ferdinands Politik. Sie möchte auch die kleine Anna stillen, doch ihr versiegt die Milch. Ihr Körper ist zu erschöpft und der Säugling schreit bis zum Blauwerden. Eine junge Amme wird gerufen. Stünde die erfahrene Jeanne der wachsenden Familie nicht zur Seite, erging es Anna mit ihren kleinen Kindern schlecht.

Anna handelt vorrausschauend, als sie in der alten Linzer Burg ein Badezimmer einbauen lässt. Diese moderne Errungenschaft aus Italien, die sie in den Gemächern der Bianca Maria Sforza in der Hofburg zu Innsbruck schon sah, soll die Reinlichkeit und die Gesundheit ihrer Kinder verbessern. Bianca Maria genoss als reiche Kaufmannstochter aus Mailand jede moderne Annehmlichkeit, wozu den Habsburgern oft das Geld fehlt oder der Sinn. Das Badezimmer mit einem aus Mailand bestellten Badebassin aus Alabaster ist ein Luxus, den fortan auch Anna und Ferdinand genießen. Mitunter sogar gemeinsam.

Bald zerrt jedoch wieder die große Politik an ihrem privaten Glück. Anna will ihrem Mann ja in allem eine Gefährtin sein und seine Ratgeberin. So sagt sie sofort zu, als er sie einlädt, ihn zum nächsten Reichstag zu begleiten. Reichstage waren ein reines Männer- und Fürstengeschäft, eigentlich. Doch was ihr früher verboten war, wäre nun möglich, wenn auch nur als Anhängsel ihres Mannes. Die Chance, das beschauliche Linz zu verlassen für den Glanz der großen Reichspolitik, strahlt diesmal aber weniger hell. Der Reichstag beginnt im März, da wären die Wege noch schlecht passierbar, es könnte auch noch schneien. Auch wäre die Reise weit, es ginge nach Speyer an den Rhein. Das liegt im Westen des Reiches, da wäre Frankreich nicht mehr weit, sagte man ihr.

Zudem plagt Anna noch eine andere Sorge: Schon wieder wächst ein neues Kind in ihr heran, sie spürt schon Bewegungen in ihrem Bauch. „Das wird ein Feldherr, das sage ich dir, Petite“, spekuliert Jeanne. Ihrem Mann verrät Anna nicht, wie weit die Schwangerschaft schon ist, sie blieb auch bei den Schwangerschaften davor erstaunlich schlank. Auch verrät sie nicht, dass sie wieder einen Sohn erwartet, zumindest nach der Prognose der klugen Jeanne mit ihrem „sechsten Sinn fürs Gebären“, wie sie das nennt, sonst würde Ferdinand auf die Reisebegleitung seiner schwangeren Frau ins ferne Speyer verzichten.

Weite Gewänder, die Gabe, stumm zu leiden, und ein eiserner Wille begleiten Anna, bis sie, nach einer schier endlosen Reise, die Türme des Domes zu Speyer erblickt. Sie sind in der Ebene des Rheintales weit sichtbar, und der Sandstein, aus den Pfälzer Bergen gebrochen, leuchtet rot im letzten Tageslicht, als bestehe das gewaltige Gotteshaus aus glühender Kohle. Ein Licht der Hoffnung für Pilger wie sie: für die Müden und Beladenen.

Anna bricht in Tränen aus, fasst sich aber gleich. „Das macht dieser wundersame Dom mit mir, wo so viele deutsche Kaiser schlafen. Und Ihr berühmter Urahn ruht dort auch, Monsieur: Rudolf von Habsburg“, plappert sie, als Ferdinand sich besorgt über sie beugt.

„Auch Königinnen ruhen in der Kaiserkrypta zu Speyer. Aber keine war so tapfer wie Sie, Madame. Ich weiß nun, dass unser Kind bald geboren wird. Aber Madame hätte es mir früher sagen müssen.“ Er klingt verärgert. „Der Reichstag wird mühsam, Streit liegt in der Luft. Ein Glaubensstreit unter Christen. Reicht es nicht, dass die Osmanen ins Reich drängen?“

Anna schluchzt.

„Madame, ich werde mich nicht um Sie kümmern können. König zu sein ist auch eine Bürde, und ich gehöre jetzt diesem schweren Amt“, sagt Ferdinand versöhnlicher im Ton und streichelt mit seinem Reithandschuh ihr Gesicht.

Als Ferdinand und Anna am 15. März 1529 am Reichshof zu Speyer vorreiten, dem Ort der Verhandlungen, ertönt lauter Jubel. Man streut dem Paar Blumen, ein Orchester spielt auf. Aber einige Zaungäste runzeln ungläubig die Stirn. „Dass der König sein Weib mitbringt?“, ereifern sich auch Speyer Bürger, wohl ungeübt darin, ihr Erstaunen in Worte der Diplomatie zu kleiden.

„Ich bin gerne mit meiner klugen Frau zusammen. Es erfreut mein Herz und kommt mir billiger, als lose Weiber und Dirnen zu unterhalten“, schleudert Ferdinand kühl Herzog Heinrich von Braunschweig entgegen, als dieser ihn unwirsch auf Anna anspricht. Kurfürst Friedrich II. von der Pfalz lacht schallend darüber wie auch die Bischöfe der offensichtlich mit Humor gesegneten Ebene des Rheines: Bischof Heinrich von Worms und Georg von Speyer. Ja, selbst der mächtige Erzbischof von Mainz und der bärtige Pfalzgraf Ottheinrich halten sich ihre Bäuche vor Lachen. Gewaltige Bäuche.

Der Mainzer erklärt: „Wir sind Flussmenschen, die nehmen das Leben nicht so schwer und lassen Unrat vorbeitreiben. Und beim Vorbeitreibenlassen erheitert uns ein guter Tropfen im Glas. Für dieses Erbe sind wir den Römern dankbar und dem Herrgott, der unseren Reben so viel Sonne schenkt wie nirgendwo sonst im Reich.“

Überhaupt scheinen die Pfälzer ein lustiges Völkchen zu sein. Nur sprechen zu viel Wein und Völlerei aus manchen, denkt Anna und lächelt huldvoll in gerötete, pausbäckige Gesichter.

Ferdinand sitzt auf einem vergoldeten Thron, den ein wandhoher Doppeladler schmückt. Berater umringen ihn. Er trägt ein schwarzes Barett, reich mit Perlen bestickt, einen schwarzen Pelzmantel mit einem voluminösen Kragen aus schwarz-weißem Hermelin, den nur er tragen darf, dazu ziert der Orden vom goldenen Vlies an einer dicken Goldkette seine Brust. Seine dunkelblonden Haare sind immer noch in der Art seines Großvaters, des großen Max, frisiert. Anna beobachtet ihn von einer Empore herunter, da sie den Verhandlungssaal nicht betreten darf. Dennoch ist sie bester Laune und findet, ihr Ferdinand sieht prächtig aus und ist der schönste Mann von allen: ein Herrscher, dessen Aussehen und Posen allein schon Respekt einfordern.

Umso erstaunter ist sie, als der von ihm befürchtete Streit losbricht: der Streit um den wahren Glauben. „Der Mönch Martin Luther schlug 1517 an die Schlosskirche zu Wittenberg fünfundneunzig Thesen zur Erneuerung der Kirche an. Seine emsige Nutzung des Buchdrucks mit Flugzetteln – worin er sogar den Papst als Esel verhöhnt und den Neubau des Petersdomes in Rom als ein mit Ablass erkauftes Sündenbabel – findet viel Zuspruch. Auch unter den Fürsten. Mehr aber noch beim Volk, denn Luther spricht dessen Sprache. Er übersetzte ja auch die Bibel ins Deutsche, denn, so behauptet er: Ein Christenmensch kommt allein durch Gottes Wort ins Himmelreich.“ So erklärt man Anna die Hintergründe zu diesem Tumult.

Auf dem Reichstag zu Worms, an dem die Brüder Ferdinand und Karl 1521 teilnahmen und den Anna nicht hatte besuchen dürfen, sprach man die Reichsacht über den jungen Gelehrten und Mönch aus Wittenberg aus. Diese „Wormser Edikt“ besage auch, der Verbannte dürfe keine Schriften mehr verbreiten. „Man will Luther mundtot machen. Die einzige ehrliche Stimme im Reich“, schimpfen seine Befürworter nun.

Doch ein Luther ließe sich den Mund nicht verbieten. In seiner neuen Schrift „Vom ehelichen Leben“ fordere er sogar das Ende des Zölibats und stärkere Gleichberechtigung für Frauen, hört sie noch.

Mehr Rechte für Frauen wünscht Anna sich auch, gerade auf dem Land gelten Mägde oft weniger als eine Kuh. Brandgefährlich findet sie jedoch, dass Luther die Kirche spalten will. Und berufen sich nicht auch rebellische Bauern auf ihn? Manche wollen den Adel und die Kirche ganz abschaffen mit dem Kampfruf: „Tod dem Adel, Tod den Pfaffen!“ Das darf Ferdinand nicht dulden. Das ist Aufruhr! Er ist als König dem Adel und der heiligen katholischen Kirche verpflichtet.

Doch auch der Adel ist gespalten und die Stimmung in Speyer explosiv. So erschüttert plötzlich das Geschrei von sechs Fürsten und den Vertretern von vierzehn Freien Reichsstädten die Stimmung im festlich geschmückten Ratshof. „Wir fordern die ungehinderte Ausbreitung der Lehren Martin Luthers und wir fordern die Aufhebung der Reichsacht über ihn. Ja, hebt das Wormser Edikt auf!“, schreien sie.

Ferdinand tritt ihnen entschlossen entgegen, maßregelt die respektlosen Schreihälse als „Protestanten“ und weist ihre Forderungen zurück. „Ich stehe für das Wormser Edikt“, verkündigt er.

Die Gemaßregelten stecken ihre Köpfe zusammen und drehen einem König den Rücken zu. Man könnte sie für schamlose Bauernflegel halten, trügen sie nicht kostbare Gewänder, denkt Anna entsetzt. Was die Abweichler dann verkünden, kann sie kaum glauben: „Ihr könnt uns gerne Protestanten schimpfen. Und in unserem Protest verweigern wir hiermit die militärische Unterstützung gegen Süleyman im Türkenkrieg und gegen Johann Zápolya in Ungarn." Als Königin von Ungarn trifft sie dies hart, hatte sie doch gehofft, die Teilung ihrer Heimat könne ein gemeinsamer Waffengang beenden, den man in Speyer aushandelt.

War es also klug, dass Ferdinand die Forderungen der „Protestanten" so hart zurückwies? Anna schließt ihre Zweifel in sich ein und verzieht keine Miene, sie darf ihren Mann nicht brüskieren. Die Lage ist kompliziert: Das Reich könnte in zwei Lager zerbrechen. Christen protestieren gegen Christen. Die Osmanen wären die lachenden Dritten, sie belauern die Christenheit.

Doch auch Ferdinand wird belauert. Alle Augen ruhen auf ihm. Gerade die alten Fürsten deuten jedes Zucken in seinem Gesicht als Unsicherheit. Für sie ist er „der junge Fremdling auf dem Thron". Umso mehr muss er vor den selbstbewussten Reichsstädten und den Abweichlern im deutschen Adel das Gesicht wahren.

Anna findet doch kaum Ruhe in der Nacht. Ferdinand stöhnt, schwitzt, verkrümmt sich und spricht neben ihr im Schlaf. Einmal schlägt er im Traum sogar nach ihr. Er kämpft einen einsamen Kampf. So ging es sicher auch ihrem Vater ungeachtet seines Leitspruchs: „Ein Herrscher herrscht, ein Zweifler scheitert."

Das Regieren ist ein hartes und meist einsames Geschäft, man macht sich Feinde. Zudem ist die Ausgangslage verworren, denn jeder Fürst oder Kirchenfürst sucht seinen Vorteil und die Freien Reichsstädte den ihren. All dies lernt Anna in Speyer. Es sind bittere Lehrstunden in dieser Schule der Macht am Rhein.

Ein weiterer Gedanke ihres verstorbenen Vaters dringt in ihre Schlaflosigkeit: „Es ist kein Glück, glücklich zu sein." Sie begreift, wie verletzlich sie ihre stetig wachsende Kinderschar macht, wie abhängig vom

Glück. Dabei ist sie auch eine Sklavin der Liebe. Ihren Eltern war Liebe vergönnt, aber nur ein kurzes Sichumschlingen, bevor der Tod das Band zwischen ihnen zerriss. Ihre Mutter starb qualvoll im Kindbett, Anna trägt in Speyer ihr viertes Kind im Leib. Ihre Schwangerschaft macht sie glücklich, sie ängstigt sie aber auch.

Und was geschähe, würde Ferdinand seine Gunst einer anderen schenken? Einer Mätresse? Liebesdienerinnen umschwärmen die Mächtigen wie Fliegen. Auch hier in Speyer wimmelt es an Dirnen, die sich Männern anbieten, das sah sie selbst mit eigenen Augen. Darüber sprechen ehrbare Frauen aber nicht, man arrangiert sich, hat keine andere Wahl, erträgt die Untreue des Ehegemahls still. „Herrgott, in mir wächst wieder das Kind des Mannes, den ich von ganzem Herzen liebe. Lass es nicht zu, dass er sein Herz einer anderen schenkt", betet Anna in die Nacht.

Tagsüber zerstreut sie ihre Sorgen. Wird im Reichshof nicht getagt oder eher gestritten, fährt sie aufs Land. Sie bestaunt den Rhein mit seinen gewaltigen Flussarmen, besucht Heidelberg und dessen Universität, die älteste im deutschen Sprachraum, und ärgert sich, dass man den Frauen verwehrt, dort zu studieren. Auch die sanft geschwungenen waldreichen Berge der Pfalz mit ihrer roten Erde und den warmroten Felsen aus Sandstein, aus denen man den Dom errichtete, will sie sehen. Die südliche Pfalz ist ein fruchtbares Paradies, in dem Esskastanien und sogar Feigen gedeihen, als sei man in Italien, wundert sich Anna. Und der Wein macht die Menschen wohlhabend und froh.

Ihr fällt der Farbton für die sandige Erde des Pfälzer Waldes ein: „Backsteinrot". Hans Maler nannte ihn auch „Toskanarot". Das klang edler bei seiner feinen Kundschaft. Er brachte ihr ja die Vielfalt der Farben bei und verwies auf deren Herkunft. Dabei lauschte sie bei den Innsbrucker Porträtsitzungen meist nur so nebenher, denn sie war damals in sich selbst gefangen. Ein unglückliches, bissiges Mädchen, das weiß sie heute. Aber ihr fällt auch wieder ein, was sie noch von Hans Maler lernte: das bewusste Schauen und die Achtsamkeit. In Speyer am Rhein stellt Anna fest, dass sie diesen Mann vermisst, der nun so weit von ihr entfernt ist. Noch immer betreibt er seine Werkstatt in Schwaz in Tirol.

Immer verbissener verläuft der Reichstag. Er verkommt zum Ringen um den „rechten Glauben". Bald verlässt Anna Speyer nicht mehr, denn die Schwangerschaft zehrt an ihren Kräften und drängt sich in all ihre Gedanken. Dabei möchte sie ihrem Mann weiterhin bei diesem Reichstag eine gute Ratgeberin sein und sie möchte sich besser auskennen in der großen Politik. In seiner Abwesenheit ließ er sie in der Vergangenheit in Linz und in Graz sogar schon Landtagen vorsitzen als seine Statthalterin. Das hatte viele Männer entsetzt. Aber so unversöhnlich debattiert wie hier in der Pfalz wurde dort nicht. Auch über die Winkelzüge, Gesten und Wortgefechte der Mächtigen lernt sie viel bei jenem denkwürdigen Reichstag zu Speyer.

Plötzlich schlägt das Wetter um, es wird für die Jahreszeit sehr warm. „Unser Wetter kommt aus Südwesten, warmer Wind weht aus der Burgundischen Pforte, dort wächst guter, roter Wein, und die Burgunder Luft schmeichelt auch unseren Reben. Selbst Mandelbäume gedeihen bei uns", berichtet ihr stolz Bischof Georg von Speyer. „Wir feiern viele Weinfeste. Und auf dem Domplatz in Speyer füllen wir zu Festtagen den Domnapf, ein Becken aus Pfälzer Sandstein, randvoll mit Wein. Auch die Bürger der Stadt sollen guten Wein genießen, selbst die Armen. Sprach nicht der Heiland: ‚Ich bin der Weinstock und ihr seid die Reben'? Aber wir Pfälzer neigen zu Übermut, ich sah schon Strolche im Domnapf ein Bad nehmen", lacht er.

Als man Mitte April aus Speyer abreist, hat Anna längst genug von der Streiterei und dem Fürstengeschrei. Auch vermisst sie ihre Kinder und sehnt sich nach Ruhe vor der Geburt. Gott sei Dank sind die Wege jetzt nicht mehr aufgeweicht und man besteigt in Passau ein Schiff, das sie auf der Donau nach Linz bringt. Anna leidet darunter, dass ihr die Füße und Beine anschwellen. Auch kann sie das Wasser in ihrer Blase nicht mehr lange halten, sucht ständig Erleichterung.

Ferdinand lässt sie in einer Sänfte auf den steilen Burghügel von Linz hinauftragen. Kein Tag zu früh, denn am 14. Juni 1529 kommt Anna zur Frühmesse in die Wehen und zum Mittagsleuten drängt das Kind aus ihr heraus. Ein Knabe. Von der Mühsal der langen Reise scheinbar unbehelligt, pinkelt er sein Willkommen. Der Strahl trifft Jeanne mitten auf die Brust, kaum dass sie die Nabelschnur durchtrennt.

„Ein stolzer, goldener Bogen. Wenn dies kein Zeichen ist?", begeistert sich Ferdinand, der beim ersten Schrei des Neugeborenen in das Geburtszimmer drängt.

„Einen goldenen Bogen zu pinkeln zur Begrüßung der Welt, gilt in Frankreich als Zeichen. Das Zeichen eines zukünftigen Herrschers", lacht Jeanne. Der feuchte Fleck auf ihrem Busen stört sie nicht, denn sie trägt eine Schürze.

„Unser kleiner König verdient also einen großen Namen. Den Namen seines Vaters: Ferdinand. Auch mein Ferdi ist ein Zweitgeborener, aber er ist der beste Mann und Herrscher zugleich", haucht Anna glücklich, aber matt.

Ferdinand kann sich an seinem kleinen Namensvetter nicht sattsehen. Heimlich trägt er den Säugling herum und genießt es, wenn er auf seiner Brust einschläft. Wie perfekt dieses winzige Wesen doch ist: Jedes Fingerchen ist wohlgeformt, jede Wimper wie gemalt, das kleine, runde Näschen – entzückend! Doch die Hofschranzen sollen ihn so nicht sehen, er ist ein König, keine Amme.

Er muss jetzt Härte zeigen, denn eine schreckliche Nachricht erschüttert seine Familienidylle.

„Sultan Süleyman brach von Konstantinopel auf und schart ein Heer mit einer Viertelmillion Kämpfer um sich", verkünden Boten mit bangen Mienen, als meldeten sie das Öffnen der Höllenpforte.

Im September 1529 fällt Buda in Ungarn, und nur wenige Tage später erscheint eine Vorhut des riesigen Türkenheeres vor den Stadtmauern Wiens. Ihm eilt ein fürchterlicher Ruf voraus: Wer nicht getötet wird, wird in die Sklaverei verkauft. Ein Flüchten und Rennen beginnt. Dem obersten Feldhauptmann von Niederösterreich, Graf Niklas von Salm, bleiben nur vierhundert wehrhafte Bürger, darunter der Bürgermeister von Wien, die bereit sind, ihre Stadt zu verteidigen, und ein eilig zusammengestelltes Söldnerheer von zweitausend Reitern und ein paar tausend Fußsoldaten. Wie soll man sich so gegen die übermächtigen Osmanen verteidigen?

Ferdinand ist nun heilfroh, dass Anna in Linz niederkam und nicht in Wien, wie sie es eigentlich plante, da sie die Hauptstadt favorisiert. „Linz ist nur spannend, wenn man Käferrennen im Burghof veranstaltet", neckt sie, wenn sie ihn ärgern möchte. Doch selbst das beschauliche Linz wird nun unsicher, eine Vorhut der Türken könnte es mit scharfen Ritten in zwanzig Stunden erreichen. Und Süleymans Reiterei ist pfeilschnell.

„Die Türken belagern Wien, Sie sind auch hier nicht mehr sicher, Madame. Sie und die Kinder müssen fort aus Linz“, sagt er mit dieser Stimme, von der sie weiß, er duldet keinen Widerspruch. Sie wagt es trotzdem.

„Monsieur, mit Verlaub. Ich erhole mich von der Geburt unseres zweiten Sohnes und Sie wollen uns verbannen? Niemals!“, sagt sie wütend. Nie zuvor sprach sie so mit ihm: mit ihrer abgedunkelten Stimme der Macht.

„Madame, es muss sein. Nennen Sie es Verbannung, ich nenne es die Rettung meiner Familie, denn ich schicke euch an den sichersten Ort, der mir einfällt“, hält Ferdinand dagegen.

„Sicher fühle ich mich nur bei Ihnen, mein König“, säuselt Anna nun in der Sprache der Liebe, da sie spürt, dass sie bei ihrem Mann mit Härte nichts bewirken kann.

Er unterbricht sie jedoch: „Als Ihr König befehle ich: Sie und meine Kinder reisen nach Tirol!“

Anna reißt ungläubig die Augen auf. „Sie schicken mich nach Innsbruck? Sie schicken mich zurück in mein Brautgefängnis, wo ich als Mädchen so todunglücklich war?“ Anna hört plötzlich ihre eigene Stimme, diese Stimme schreit.

Doch Ferdinand bleibt gefasst und grinst sie sogar an. „Nun, man war in Tirol auch nicht immer glücklich mit Ihnen, Madame, wie ich hörte, bevor wir vorm Traualtar standen“, sagt er voller Ironie.

Anna ringt um Fassung, sie muss sich beherrschen, um nicht nach ihrem zu Mann schlagen. Es beschleicht sie eine schlimme Vermutung. „Aha! Deshalb ließen Sie mich so lange schmachten?“ Ihr Zeigefinger stochert vor seinem Gesicht herum.

„Nun, Madame, ich hatte keine Ahnung von Frauen, war besorgt. Die Welt des Hochadels ist klein und Diplomaten verrieten mir: In der hübschen Königstochter der Jagiellonen haust ein ungarischer Drache."

„Und?" Anna funkelt ihn zornig an.

Ferdinand bleibt jedoch souverän. „Aha, das Innsbruck-Gesicht, Madame übt schon", sagt er dann seelenruhig. Diesen Seitenhieb lässt er sich nicht entgehen.

Anna schweigt beleidigt und wendet sich ab.

Er besinnt sich. „Gut, ich gestehe, ich zögerte. Aber ich spürte schon bei unserer Trauung, dass Sie etwas ganz Besonderes sind. Heute weiß ich es. Vor mir steht eine gescheite, wenn auch kämpferische Ratgeberin, eine hingebungsvolle Mutter und eine zärtliche Geliebte. Ich danke dem Herrn für dieses wunderbare Geschenk." So liebevoll entwaffnet Ferdinand den ungarischen Drachen in Anna. Sie lässt sich sogar von ihm küssen, beißt ihm aber in die Unterlippe, wenn auch sanft.

Nur Tage später reisen Anna und ihr Hofstaat ab. Sie ist verstimmt.

„Den Kindern wird die würzige Gebirgsluft guttun und uns Alten wird es gefallen, die Tiroler Berge wiederzusehen", will Jeanne sie aufmuntern.

„Uns Alten?"

Tatsächlich wird Anna bei ihrer Ankunft in Innsbruck als Landesmutter empfangen, die ganze Stadt ist mit Blumen und Fahnen geschmückt und auf den Beinen, um ihr Ehre zu erweisen. Viele Schaulustige treibt aber auch die Neugier. Wie sieht eine der Bräute des Hochzeitsduells von Innsbruck wohl als gereifte Frau aus? Annas kleinen Kindern fliegen alle Herzen zu.

Als Landesmutter lässt sie alle Huldigungen freundlich über sich ergehen, Grußworte der Tiroler Stände, des Bürgermeisters. Doch in ihr lärmen die Fragen: Beginnt für mich und meine Kinder nun eine gute Zeit? Wie soll ich je einen Tag glücklich sein so fern von Ferdinand? Bevor die Türkengefahr losbrach, begleitete sie ihren Mann ja überall durch das Reich, sie waren unzertrennlich.

Annas alter und neuer Obersthofmeister von Dietrichstein eilte ihrem Tross voraus, um in der Hofburg alles für eine prunkvolle Ankunft der Königin und ihrer Entourage herrichten zu lassen. Er ließ die Öfen einheizen, zerschlissene Möbel reparieren, die Räume und Hallen reinigen und mit Blumen schmücken. Für den offiziellen Empfang wählte er Annas Lieblingsort aus: den Riesensaal.

„Ihre Majestät suchen wieder einmal die Schönheit und den Schutz der Berge", sagt Hans Maler zur Begrüßung und verneigt sich tief.

„Schönheit und Schutz? Ich fühlte mich früher hier als Sklave", kontert Anna erstaunlich kühl.

„Aber Ihre Majestät, selten lebte ein Sklave je so prachtvoll", wundert er sich und hat gleich ein Beispiel parat. „Ich könnte dies mit meinen Porträts beweisen. Aus allen lächelt eine junge Königin. Und Ihre Majestät erinnert sich sicher an das Brautporträt zu Eurer Hochzeit? Dort erstrahlt sogar eine Sonnenkönigin."

Ihre schmale, weiße Hand fährt gleich einer Taube in die Luft, sie winkt ab. „Aber ich lächle nicht. Ich erinnere mich gut, denn es hing in Wien und Linz in meinem Schlafgemach. Mein Mann mag es, deshalb ließ ich es ihm auch, damit er mich gehörig vermisst", antwortet sie keck.

„Man hat Euch hier auch vermisst, Majestät", Hans Maler deutet schmunzelnd mit dem Zeigefinger an das Deckenfresko mit den nackten Riesen im Zweikampf.

„Er ist immer noch frech und wenn Er einen Zweikampf wünscht, so soll Er ihn haben“, kontert sie schlagfertig.

„Aber Majestät. Eure Kinder machen Euch schöner, und noch leuchtet der Stolz der Jagiellonen aus Euch. Welcher Mann würde mit so einer königlichen Erscheinung kämpfen?“, fragt er gespielt entrüstet.

„Papperlapapp“, wiegelt Anna ab. Ihr Gesprächspartner schweigt, da er schweigen muss, aber ein Schmunzeln hält sich hartnäckig in seinem Gesicht. Sie kennt auch seinen Sturkopf.

Kleine Ungarin, kaum bist du in Innsbruck, erwacht in dir der alte Feldmarschall. So stellte ich mir unser Wiedersehen nicht vor. Aber du bliebst dir treu und ich muss jetzt wieder nach deiner Pfeife tanzen, schießt ihm durch den Kopf. Nun seufzt er doch.

„Ihre Majestät ist sicher von der Reise ermüdet, erst kürzlich schenktet Ihr ja dem kleinen Ferdinand das Leben. Wir machen nun einen zünftigen Tiroler aus ihm.“ Siegmund von Dietrichstein lächelt aufmunternd.

„Glaubt ihr, ich versaure so lange in Innsbruck, bis irgendeines meiner Kinder zu einem Tiroler heranwächst?“ Anna stemmt ihre Hände in die Taille und bläst die Backen auf.

Diese Geste hätte Hans Maler von einer nun tatsächlich gekrönten Königin nicht erwartet. Umso lieber gießt er Öl ins Feuer: „Majestät, ich bin überzeugt, Eure Rückkehr nach Tirol wird ein Erfolg. Meine Malutensilien warten auf Eure Schönheit. Ihr erinnert Euch sicher gerne an meine Kammer des reinen Lichts?“ Nun muss sogar Anna schmunzeln.

Das „Berggefängnis“, so nennt sie Innsbruck nun, wird ihr zur Zuflucht in einer wirren Zeit. Im Jahr 1530 verbünden sich die protestantischen Fürsten im „Schmalkaldischen Bund" gegen Karl und gegen ihren Gatten Ferdinand. Krieg liegt in der Luft – ein verbissener Glaubenskrieg. Dennoch wird Karl in Bologna vom Papst offiziell zum Kaiser gekrönt. Wohl auch um den Stuhl Petri im Kampf gegen die Protestanten zu stärken. Karl nennt sich fortan Karl V.

Und wie ergeht es dem armen Wien? Den Osmanen gelang es nicht, die Stadt zu erobern, da die wenigen Männer darin wie Löwen kämpften. Von den Belagerern ausgehungert, aber ungebrochen. Selbst die Stadtmauern durch Tunnel zu untergraben oder mit Feuer zu Einsturz zu bringen, gelang den listigen Osmanen nicht. Die tapfer kämpfenden Wiener waren zu aufmerksam. Süleyman musste schließlich abziehen, da er den Nachschub für sein Riesenheer nicht sichern konnte, drohte aber sogleich mit dem nächsten blutigen Angriff.

Dieses Weltgetöse erreicht Anna nun nur noch in Briefen oder durch Gesandte, nicht mehr als direkte Bedrohung. Aber sie besteht weiterhin darauf, über Ferdinands Politik gut informiert zu sein. „Ich lebe in Tirol wie in einem Krippenspiel. An den Bergen und ihren wehrhaften Menschen prallt scheinbar jedes Unheil ab", erklärt Anna ihrem Mann, als Ferdinand endlich wieder einmal in ihren Armen liegt.

„Es ist mein ganzes Glück, Madame, Sie und meine Kinder sicher zu wissen", flüstert er in ihr gelöstes Haar, das immer noch von einem goldenen Blond ist. Ihm ist wenig Zeit mit seiner Frau und seinen Kindern vergönnt, der Streit unter den Christen und die Türkengefahr, die jederzeit wieder aufflackern kann, zwingt ihn zu einer „Politik im Sattel", wie er das nennt. Er ist fast ständig unterwegs als Schlichter und pendelt zudem zwischen seinen Residenzen in Wien, Linz, Graz, Prag und Gott sei Dank auch Innsbruck.

„Sie sind so ruhelos, wie einst Ihr Großvater Maximilian“, sagt Anna traurig. Aber sie versteht genug von Politik, um zu wissen, dass Ferdinand so handeln muss. Er ist ein Getriebener der Verhältnisse.

Ferdinands Besuche in Innsbruck sind jedoch herzlich genug, dass Anna über die Jahre in der Stadt sechs Kinder zu Welt bringt. Maria wird am 15. Mai 1531 geboren, Magdalena am 14. August 1532, Katharina am 15. September 1533. Eleonore dann am 2. November 1534 in Wien. Dort weilt Anna zu einem Besuch bei Ferdinand. Die zarte Margarethe erblickt aber wieder in Innsbruck das Licht der Welt und dies am 16. Februar 1536.

Johann, endlich wieder ein Sohn nach fünf Mädchen, folgt am 10. April 1538. Doch Annas drittem Sohn ist leider kein langes Leben vergönnt. Der Tod des Buben setzt Anna so zu, dass sie am 30. April 1539 Barbara vor der Zeit zur Welt bringt, die Jeanne für das neue Erdenkind errechnet hatte. Nun, die Mutter musste zuvor ihr geliebtes Söhnchen Johann begraben.

„Zehn lebende Kinder, bei bisher nur einem Verlust, sind ein Geschenk des Himmels, Petite“, will Jeanne sie trösten.

„Ich weiß, dass ich viel Gutes deiner langen Erfahrung verdanke. Aber nichts schmerzt eine Mutter so sehr wie der Tod eines Kindes“, schluchzt Anna in Jeannes Armen.

„Petite, schau nach vorne, du kannst in Tirol neue Berggämsen gebären, die klare Luft und das viele Licht tut einer Schwangeren gut“, müht sich Jeanne, die Trauernde aufzubauen.

„Warte nur. Ich schaffe noch mein eigenes Rudel“, sagt Anna tapfer, obwohl sie bei jeder neuen Schwangerschaft auch Ängste aussteht. Schließlich starb ihre Mutter im Kindbett.

Ohne es offen auszusprechen, fühlt Anna sich in Tirol geborgen, auch wenn sie Siegmund von Dietrichstein vertraulich „meinen alten Kerkermeister“ nennt. Ein weiterer Seitenhieb auf ihre weniger glücklichen Tage als Braut in Innsbruck.

Die Welt wird größer während Annas Zeit in den Bergen. Die neue Zeit ist kein Krippenspiel. So beginnt mit den Expeditionen des Franzosen Jacques Cartiers die Besiedelung Kanadas durch Europäer, der Spanier Francisco Pizarro dringt als Konquistador über Panama bis nach Peru vor, um es für die spanische Krone zu erobern und besiegt dabei die Kultur der Inka blutig. Ein Land, das der Portugiese Pedro Álvares Cabral entdeckte und Brasilien nannte, wird kolonialisiert, die Spanier gründen die Stadt Buenos Aires in Argentinien und erobern eine Insel, die sie Kuba nennen.

Anna erfährt von all dem Werden und Vergehen in der Welt aus Briefen oder aus dem Mund ihres Mannes, wenn er sie und seine stetig wachsende Familie besucht. Anna verlässt Innsbruck nur noch selten. Die früher unermüdliche Begleiterin ihres Mannes ist zwar politisch noch interessiert, hat nun aber elf Kinder geboren. Und sie möchte ihrem „Tiroler Gämsenrudel“ eine gute Mutter sein. Eine moderne Mutter aber auch. So besteht sie auf viel Bewegung an der frischen Luft und darauf, dass die Schulpflichtigen eine öffentliche Schule besuchen und zwar im Herzen der Stadt und nicht etwa in der Hofburg.

„Aber Madame, was sollen unsere Kinder neben den Rotznasen der Innsbrucker Bürger und Bauern lernen?“, fragt Ferdinand sie irritiert.

„Alles! Das meint alles, was sie brauchen, um zu guten und normalen Menschen heranzuwachsen. Ich litt darunter, dass man mich schon mit drei Jahren, nach dem Tod meiner Mutter, zum Spielball der Mächtigen machte. Zu einem ‚Heiratsvieh‘ der Weltpolitik. Das hätte meine warmherzige Mutter nie erlaubt, hätte sie lange genug gelebt. Nun werde ich es bei unseren Kindern nicht dulden, Monsieur."

Der Kompromiss, den Anna mit Ferdinand schließt, besteht darin, dass die Kinder eine öffentliche Schule besuchen. Aber Hauslehrer sollen die Kinder in der Hofburg noch in Sprachen unterrichten, vor allem Ungarisch und Böhmisch müssen sie lernen, das gebietet das königliche Erbe ihrer Mutter. Ja, auf Sprachen legen beide Eltern Wert. Anna, deren Herz immer noch für die Musik schlägt, lässt die Kinder, ganz bewusst auch ihre Töchter, zusätzlich noch in Musik und im Gesang unterrichten. Gerade ihren Töchtern spielt sie gerne auf ihrem alten Clavichord vor, das sie einmal mehr nach Innsbruck begleitete.

Anna ist nun in Tirol beliebt. Nicht nur schätzen die Bürger, dass die Landesmutter ihre Kinder in eine ihrer Schulen schickt: die städtische Lateinschule. „Sie ist eine wahre Mutter des Volkes", heißt es jetzt. Anna ist zudem mildtätig und unterstützt notleidende Witwen und Waisenkinder – mit Geld und indem sie ihnen eine Ausbildung angedeihen lässt. So werden zukünftige Bettelkinder oder Dirnen nun angelernt zu Schneiderinnen, Köchinnen oder Dienstboten.

Hans Maler fertigt ein neues Porträt von Anna, es zeigt sie in einem relativ schlichten Kleid aus grünem Samt und einer schwarzen Haube als Landesmutter. Diesmal ist ihr Lächeln echt und erwünscht, von ihnen beiden erwünscht. Es erreicht auch Annas Augen, um die sich die ersten Fältchen zeigen. „Ein echtes Lächeln entspringt der Seele und es ist die Aufgabe des Künstlers, es so einzufangen, dass der Betrachter dies spürt. Es körperlich erspüren kann mit seinen Sinnen."

Anna lächelt wohlwollend zu den Worten ihres Porträtisten, möchte ihn nicht einmal belehren, wo sie doch früher immer ihr Wissen an ihm testete.

„Das Schauen lehrte mich Meister Zeitblom, er öffnete mir die Augen für das Wesen der Dinge. Und für die Anmut der Frauen", säuselt Hans Maler nun, erstaunt über die Milde seines Modells.

Aber dann fällt ihr doch noch etwas ein: „Er muss mich aber schöner malen, wenn Er von der Schönheit der Frauen gekostet hat", sagt sie burschikos und wieder in abgedunkelter Stimmlage. „Elf Kinder bleiben nicht in den Kleidern stecken, Meister."

Tatsächlich blieben ihm erste Zeichen des Alters in ihrem Gesicht nicht verborgen. Als gereifte Frau gefällt sie ihm aber nicht minder. Die Liebe hat sie sogar verschönt. Aus ihren Augen leuchtet ein Glanz, der aus ihrem Herzen kommt. Ihr Haar trägt sie auch weiter blond, und zu einer Matrone wurde sie auch noch nicht. Er müsste ihre Taille kaum verschlanken.

Auch ist Annas Stolz ungebrochen und sensibel ihr Gespür für Ränkespiele der Macht. Noch immer berät sie ihren Mann, in Worten und vielen Briefen. Persönlich von ihrer Hand verfasst. Wenige Frauen, da sind sich alle sicher, die Anna von Ungarn kennen, besitzen ihren wachen Verstand und ihr politisches Kalkül. Auch als vielfache Mutter liest sie, empfängt Kundschafter, korrespondiert mit weit verstreuten Beratern in vielen Sprachen.

„Madame, Ihr Geist ist so scharf wie der Krummsäbel eines Osmanen", lobt Ferdinand sie bei einem seiner Besuche. Ermattet von der Türkengefahr und dem Gezänk unter den Menschen in einem Europa, das sich in einen Flickenteppich für und gegen diesen Luther aufspaltet, sinkt er gerne an Annas Brust. Erstaunlich, dass diese für ihr Geschlecht so herausragende Frau aus ihm immer noch einen Liebhaber macht, obwohl er an ihrem Körper jedes Grübchen kennt und die Spuren ihrer vielen Schwangerschaften. Einen begeisterten Liebhaber sogar. Ja, in Annas Armen fühlt sich der Mann, dem viele Untertanen Sprödheit nachsagen, wie der allerbeste Liebhaber und sogleich der König der Welt.

In Schwaz gestaltet sich die Lage anders. Seine Lina legte Hans Maler bisher noch kein Kindlein in den Arm. Liegt dies daran, dass sie weiterhin nur in Neumondnächten bei ihm liegt?

„Ich würde auch ein Schattenkind von dir nehmen, einen kleinen Prinzen der Dunkelheit, den kleinen Mann im Mond“, sagt er zu ihr und blickt sie liebevoll an. „Ein Kind der Liebe wäre es allemal.“

Aber seine sommersprossige Lina, die mit den Jahren für ihn nicht an Liebreiz verloren hat, spricht nie von Liebe. „Mal dir deine Kinder, Pinselmann“, flötet sie kühl und wendet sich ab.

Nur wenn sie Arbeiten im Haus ausführt oder Geflügel ruft, geht es bei ihr um die Liebe. Zumindest singt sie davon. Und in ihrem alten Lied ist es immer und immer wieder Mai. „Unter der Linde an der Heide, wo unser beider Bett war, da findet ihr gebrochene Blumen und Gras. Dort küsste er mich wohl tausendmal! Und tandaradei sang die Nachtigall. Seht, wie rot mein Mund ist.“

Tirol bekommt Anna gut. „Meine Familie wächst Jahr um Jahr, wie das Getreide auf dem Feld“, kichert sie Jeanne ins Ohr, mit der sie in ihren Gemächern über ihre Kinder spricht. Sie hat nun fast ein Dutzend Kinder geboren, nur eines musste sie zu Grabe tragen.

„Petite, das Schicksal ist euch hold, bei anderen Müttern liegt die halbe Kinderschar auf dem Kirchhof, die ersten drei Jahre sind die gefährlichsten für die kleinen Körper und zarten Kinderseelen“, erwidert Jeanne nachdenklich. „Die späten Jahre einer Frau sind wiederum die gefährlichsten, um ein Kindlein zu gebären“, gibt die Amme noch zu bedenken.

„Du Spielverderberin. Noch fühle ich mich stark wie ein Baum, und Ferdinand liebt sogar meine Jahresringe. Unsere Ehe gilt als modern, wobei vielen nicht gefällt, dass er mich auf dem Spielfeld der Politik auftreten lässt.“

„Wenn es nur das wäre, Petite“, bringt Jeanne sich wieder ein. „Böse Zungen schimpfen dich eine ungarische Hexe, die einen König verzauberte.“

„Ferdinand und ich sind seelenverwandt. Ich hexe nur, wenn uns jemand schaden will“, schnaubt Anna auf einmal angriffslustig.

Jeanne tätschelt ihr die Hand, als sei sie ein nervöses Kind. „Zumindest höre ich dich nicht mehr sagen, es sei ein Glück, nicht glücklich zu sein. Der Leitspruch deines verwitweten Vaters verlor seine Macht über dich, Petite.“

„Ferdinand ist mein ganzes Glück. Jetzt quäle mich nicht weiter mit Trübsinn an so einem strahlenden Frühlingstag. Ich möchte ausreiten“, raunzt Anna ungeduldig.

„Meine Sorgen um dein Wohlergehen schließe ich in mich ein“, seufzt Jeanne.

„Vielleicht ist deswegen dein Körper so gewaltig? Um mit dir auszureiten, müsste ich mir ein Schlachtross zu meinen edlen Pferden in den Stall tun“, witzelt Anna.

Jeanne gelingt es kaum, sich ein künstliches Lächeln abzuringen.

Während Anna einen ihrer spanischen Hengste aufsatteln lässt, sitzt ihr Obersthofmeister in der Kammer des reinen Lichts Modell. Auf eigenen Wunsch, er fordert ein Porträt in schwarzer spanischer Hoftracht und fühlt sich sehr edel darin.

„Hättest du je gedacht, dass aus der unglücklichen Braut eine so glückliche wird?“, will er von Hans Maler wissen.

Der schüttelt nur den Kopf und taucht wortlos seinen Pinsel in schwarze Ölfarbe. Sein Geselle Gunter bereitete sie ihm aus Weidenkohle zu, das satte Nachtschwarz gelang ihm gut.

„Weißt du auch, was man aber über sie erzählt?“

„Lass hören, sonst gibst du keine Ruhe“, stöhnt Maler.

„Die kleine Ungarin macht einen Herrscher zum Hampelmann. Sie gönnt ihm keine Mätressen und führt ihn wie ein Kleinkind am Gängelband herum.“

„Wer sagt das?“, ächzt Maler unwirsch.

„Alter Tiroler Adel, Namen nenne ich nicht“, tut Dietrichstein geheimnisvoll. „Aber so eine Dummheit könnte auch deinen Schwazer Silberbaronen einfallen, denen steigt das schnelle Geld in den Kopf“, betont Dietrichstein noch.

„Herrgott, halt endlich die Pose. Du zappelst ja noch mehr herum als unsere kleine Ungarin.“ Hans Maler korrigiert mit seiner Hand das Gesicht des Freundes zurück in das Seitenprofil, das er malen will.

„Ich hörte auch eine Gemeinheit über dich", murmelt Dietrichstein nun in der Position, die ihm sichtbar missfällt.

„Lass hören. Dann kann ich mir überlegen, ob ich deine Nase tatsächlich so rot male, wie sie vom Genuss des Weines schon ist. Zinnoberrot wäre ein Kontrast zu deinem tristen schwarzen Wams", sagt Maler angriffslustig.

„Wag es nicht!", raunzt der Obersthofmeister. „Nun, man schimpft Anna von Ungarn auch ein Mannweib, das sich einen Hofmaler hält, der gar keiner sein will", sagt er dann.

„Und wer sagt dies?" Hans Maler macht mit dem Pinsel eine Geste, als sei es ein Dolch und sticht in die Luft.

„Auch alter Adel."

„Ha, dieser Tratsch könnte auch von einem Maler stammen. Manche neiden mir meine feine Kundschaft."

Ein Hans Maler kennt den Lärm unter den Menschen und das Gerede in seiner Zunft.

„Ihr Maler seid schlimmer als Waschweiber. Nur Mägde wissen mehr. Solche, die ihren Dienstherrn belauschen", neckt ihn Lina, als er später daheim in Schwaz von der Porträtsitzung mit Dietrichstein berichtet. Gerne würde er das süße Luder dafür küssen, aber es wäre der falsche Tag dafür. So zieht er ihr im Spaß das Band an ihrer Schürze auf und flieht vor ihren Schimpftiraden in die Werkstatt.

Gunter, er kam aus Kufstein zu ihm, geht ihm gut zur Hand. An einem Gemälde darf er jedoch nur an der Garderobe der Abgebildeten oder an ihrem Schmuck mitarbeiten, an dem Hans Maler nach wie vor nicht gerne seine Zeit verschwendet. Gesichter und das Geheimnis der Seele, das sie ausdrücken, interessieren den Meister einfach mehr. Gunter zeigt Verständnis. Noch. Gilt ein Hans Maler doch inzwischen als „Koryphäe der feinen Porträts". Jeder Porträtierte erhält ein „Meistergesicht", engelsfein und doch der Welt verhaftet, da das Wesen des Gemalten aufscheint. Manchem Dargestellten ist dies sogar zu nah an der Wahrheit.

„Nicht jeder möchte sich selbst begegnen", schnauft der Obersthofmeister, als er schließlich das von ihm fertiggestellte Porträt sieht. Aber sein Freund hat ihm zumindest keine Trinkernase ins Gesicht gemalt. Man könnte ihn sogar immer noch für einen jüngeren Maximilian halten, mit etwas Wohlwollen. Nun „der Meister der feinen Porträts" bewies auch bei seiner Hoftracht Liebe zum Detail.

Ein bestickter Brokatmantel aus Paris, feinste venezianische Spitze und Straußenfedern aus Afrika sähen bei einem „echten Maler" auch so aus – und nicht wie billiger Bühnenplunder, so wird es unter seiner reichen Kundschaft erzählt. Aber viele Menschen haben in dieser unruhigen Zeit ganz andere Sorgen, als auf einem Porträt gut auszusehen.

Als Anna von Ungarn zum zweiten Mal nach Innsbruck kam, war Österreich wieder in Not. In Türkennot. „Es läuft auf eine Zeit der Glaubenskriege hinaus", versucht Hans Lina zu erklären. Sie kann dies nicht verstehen: „Es gibt doch nur einen einzigen Gott? Und jetzt zerren ihn alle am Rockzipfel herum?" Ginge es nach dem Empfinden einer Tiroler Dienstmagd, wäre die Welt ein anderer Ort: mit klaren Aufgaben und mit Respekt unter den Menschen.

Doch die Christenheit ist sich spinnefeind, selbst die Anhänger der neuen Lehre sind untereinander uneins. Es erblühen konkurrierende Interpretationen zu Luther wie jene Lehren eines Herr Calvin, eines Herr Zwingli und, und, und ...

Auch in Schwaz fasst der neue Glaube Fuß. Wandernde Knappen bringen ihn aus ihrer Heimat mit, und Bergleute, die sich unter Tage im dunklen Gestein voran wühlen, träumen am Feierabend von der Freiheit.

Dass zweierlei Arten von Christen die Silberstadt bevölkern, verrät neuerdings auch die Stadtpfarrkirche, die größte Hallenbaukirche Tirols. „Unsere Kirche macht selbst die Wiener neidisch und die armen Innsbrucker sowieso", spricht der Schwazer Bürgermund. Doch nun unterteilt man das Kirchenschiff mit mannshohen Holzplanken. Und zwar mittendrin! So sind die Bergleute, meist Anhänger der Lehre Luthers, von den Tirolern getrennt.

„Das ist lächerlich. Gebete, die bis hinauf zum Herrgott gelangen, überwinden doch einen Holzzaun? Das schafft ja selbst unser alter Geißbock, der Sepp", macht Lina sich lustig.

Hans' Werkstatt gehen weiterhin die Aufträge nicht aus. Noch regieren in Schwaz die Gewinn- und die Prunksucht. Doch die Erträge schwinden allmählich, wie ein Bergknappe ihm verriet. „Die Silberbarone treiben uns immer tiefer in den Falkenstein. Ich taste mich eine halbe Stunde durch die Dunkelheit, bis ich meinen Arbeitsplatz im Stollen überhaupt erreiche."

Kurz vor Pfingsten bekommt Hans Maler schriftlich Nachricht, Ihre Majestät Anna von Ungarn wünsche, dass er weiter nicht nur sie, sondern auch ihren Mann, König Ferdinand, porträtiere. „Male Er ein Herrschaftsporträt von meinem erlauchten Gatten und eines von mir, Seiner Königin."

„Majestät wünschen kein Familienporträt, wo man auch noch die Kinder hinzunimmt?", wundert er sich, als sie ihn empfängt.

„Die Kinder kann ein guter Bauernmaler abpinseln, bevor ich sie vor einen Hans Maler treten lasse", sagt sie.

Er verneigt sich, ist aber innerlich ratlos. Soll er ihre Worte als Kompliment für die Qualität seiner Bilder auffassen?

Die gewünschten Herrschaftsporträts anzufertigen, setzt Hans Maler gewaltig unter Druck. Er muss in seiner Werkstatt sprichwörtlich den Pinsel fallen lassen, um mit der nächsten Kutsche in die Innsbrucker Hofburg zu eilen, wenn sich König Ferdinand zu einem Besuch angekündigt hat. Doch der König nimmt sich dann für Hans Maler kaum Zeit, spielt lieber mit seinen Kindern oder liegt in den Armen seiner Frau.

Gott sei Dank fand Maler in Gunter einen Meistergesellen, der beim Zubereiten der Farben zuverlässig arbeitet und der sich nicht in den Vordergrund drängt, denn an einem „original Hans Maler" gestaltet der Meister auch weiterhin fast alles selbst. Seine Werkstatt soll keine Manufaktur sein. Bei ihm soll es nicht so zugehen, wie man dies aus der „Gemäldeanstalt" eines Lukas Cranach hört. Selbst Dürer betriebe eine Großwerkstatt, der Meister fertige nur noch Details, wird unter seinesgleichen gemunkelt. Diesem Waschweibergerede unter Malern misstraut er jedoch in diesem Fall. Dafür ist ein „echter Dürer" einfach handwerklich viel zu gut.

Bald packt Hans Maler wieder der Unmut gegen seine kleine Ungarin. Sie ist als Auftraggeberin fordernd, doch sie entlohnt ihn nicht. Inzwischen schuldet sie ihm schon die Bezahlung für zehn Porträts. Soll er mit

Ihrer Majestät verfahren, wie man in seiner Zunft mit Problemfällen umgeht? Bei säumigen oder schlechten Zahlern fährt man den Aufwand zurück, denn manche Werkstatt trieben Schuldner schon in den Ruin! So benutzen Kollegen dann schlechteres Material: billigere Farben, kein Blattgold mehr, billigeres Holz als Bildträger – wie etwa Pappel anstatt der kostbaren Eiche.

Doch so möchte Hans nicht vorgehen, schließlich ist die kleine Ungarin etwas Besonderes für ihn. „Was soll ich tun?", fragt er daheim Lina um Rat.

„Herrgott, du Narr! Du warst in einer Klosterschule. Schreiben und klug daherreden kannst du. Noch heute schreibst du der Schuldnerin einen Brief. Einen geharnischten! Sag ihr, sie sei eine Zechprellerin!"

„So kann ich nicht vorgehen, sie ist eine Königin", hält er Lina entgegen.

Auf einmal stampft die Magd mit ihren Holzschuhen auf, dass die ganze Stube erbebt. „Du feiger Jammerlappen. Zahl ich dem Müller das Mehl nicht, lässt er mich in den Schuldenturm stecken", schimpft sie.

Gut, einen Brief wird er verfassen, da liegt Lina richtig, auch wenn sie gerne übers Ziel hinausschießt. Aber das mag er wiederum an ihr. Sie ist ein Kind der Berge, wehrhaft, geradherzig und auch geradnasig. So einen Bettschatz, der zudem so gut einen Haushalt umtreibt, findet man nicht oft.

Hans denkt nach. Würden ihn die Silberbarone nicht so gut entlohnen, ginge es ihm schlecht: Er muss eine Werkstatt mit Gesellen und Lehrbuben am Laufen halten, muss teures Material einkaufen. Die kleine Ungarin fordert von allem das Beste. Auch Lina zahlt er Lohn. Große Ersparnisse hat er nicht, denn er erwarb das Haus, in dem sich seine Werkstatt befindet. Und Schwaz ist die mit Abstand teuerste Stadt im ganzen Land!

„Ach, Peter, wärst du nur hier“, murmelt er ins Kerzenlicht. Der Rechenkünstler in der Familie könnte seine Auftragsbücher, Einkäufe und Ausgaben genauestens überprüfen. Er wäre darin geschickter, er ist ein viel besserer Geschäftsmann. Hans vermisst Peter in allem! Er kam schon viel zu lange nicht mehr nach Ulm und der Bruder schaffte es nie nach Tirol.

Inzwischen ist Peter schon Vater von zwei Kindern. „Sein Sohn heißt Hannes, das meint eigentlich Johannes. So heiße ich ja eigentlich!“, sagte er zu Lina gerührt, als er von dem Taufnamen seines Neffen erfuhr. Seine Tochter nannte Peter Lina. Da weinte seine bauernstarke Lina sogar. Hans verriet ihr jedoch nicht, dass Peters Schwiegermutter, die als Magd nach dem Tod der Mutter anfing, Annalina heißt, und dass „Lina“ wohl gewählt wurde, um jene zu erfreuen.

Da Peter fern ist, formuliert Hans einen Bittbrief an die Hofburg: „An Ihre erlauchteste Majestät, meine Königin, die ich untertänigst bitte, mich für zehn Herrschaftsporträts zu entlohnen, die ich alle anfertigte auf Euren ausdrücklichen Wunsch. Und dies immer in der hohen Qualität, die man von einem Hans Maler kennt, mit dem allerbesten Material. Und immer wenn Ihre Majestät mich rief, ließ ich in meiner Werkstatt alles liegen und eilte untertänigst nach Innsbruck. Doch nun muss ich wegen Ihrer Majestät schon Schulden machen.“

Kaum liest Hans dies Lina vor, schimpft sie ihn erneut einen „Jammerlappen“. „Du hättest sie strenger in die Mangel nehmen müssen“, zetert sie.

„Eine gekrönte Königin in die Mangel nehmen?“ Er lacht bitter. „Unter der schlechten Zahlungsmoral der Habsburger leiden viele. Bei den Fuggern zahlen sie ihre Schulden auch nur, indem sie gleich neue Schulden machen“, erklärt er Lina.

„Dann sag deinen Fuggern, du kennst sie ja, sie sollen diesen Verschwendern und Zechprellern kein Geld mehr leihen. Erstaunlich, wie dumm so reiche Leute sind“, empört sich Lina und haut mit ihrer Handfläche so heftig auf den Stubentisch, dass das von ihr gebraute Bier in Hans Bierhumpen überschwappt.

„Nun, die Fugger verschmerzen die Schulden der Habsburger, indem sie sich mehr Anteile am Silberbergbau überschreiben lassen. Ein Fugger macht nichts umsonst“, fällt ihm noch ein.

„Wem die Bäume in den Himmel wachsen, der kommt ans Obst nicht heran“, äfft sie.

„Recht hast du, denn als Martin Luther die Fugger Wucherer nannte und beschuldigte, Preistreiber zu sein, ärgerte sich der reichste Mann der Welt: Jakob Fugger. ‚Ich bin reich von Gottes Gnaden und ohne Jemands Schaden‘, widersprach er.“

„Niemand ist reich von Gottes Gnaden“, braust Lina auf.

„Jakob Fugger ‚der Reiche‘ starb auch einen armseligen Tod. Seine Frau Sibylla saß nicht an seinem Totenbett, sie lag bei ihrem Liebhaber im Bett. Sie war über zwanzig Jahre jünger als Jakob und er verbrachte wenig Zeit mit ihr, er war zu beschäftigt, das Geld zu mehren. Nur sechs Wochen nach Jakob Fuggers Tod heiratete Sibylla, gegen jede Schicklichkeit, Anton Rehlinger, einen Geschäftspartner ihres Mannes. Für Rehlinger nahm Sibylla sogar den neuen Glauben an. Den Glauben Luthers, der die Fugger Wucherer nannte“, erzählt er Lina noch.

Jakob Fuggers einsamer Tod ist noch in Hans’ Gedanken, als ein weiterer Fugger stirbt: Ulrich Fugger, der Leiter des Handelskontors der Fugger in Schwaz. Er stirbt überraschend am 14. Mai im Jahr 1525 mit erst fünfunddreißig Jahren. Hans erlebte ihn als klugen und bescheidenen Gesprächspartner, schließlich saß er ihm ja schon Modell.

Wie ein Donnerschlag trifft Hans eine weitere Todesnachricht: jene von Albrecht Dürer. Immer voller Tatendrang war er auch mit seinen fünfzig Jahren nur wenige Tage krank. „Dürer hat den Menschen in die Malerei gebracht und die Natur. Wer hatte zuvor die Idee, einen Hasen darzustellen, an dessen Pelz man jedes einzelne Haar erkennt, und wer dachte daran, ein Stück Rasen in ein Lehrstück der Malerei zu verwandeln?" Worte, die Hans tief berühren, als er sie in einer Flugschrift Cranachs zu Ehren Dürers liest.

„Oft sind Maler untereinander neidisch, aber alle waren wir Lehrbuben, wenn es um Dürer geht", sagt Hans zu Lina. Sie verschont ihn einmal mit ihren Weisheiten und legt seine Hand auf seine, wenn auch nur kurz. Sie spürt, wie wichtig ihm dieser Mann ist.

So widerspricht Lina auch nicht, als Hans sagt, er reise nach Nürnberg. Zwar liege Dürer dann schon längst unter der Erde, aber er wolle ihm die letzte Ehre erweisen. Reisen würde er über Ulm, so sehe er auch seine Familie wieder. „Mein Vater ist jetzt schon ein weit älterer Mann, als Dürer es war. Und Peter ist auch schon über das vierzigste Jahr hinaus."

Aber wieder kommt Hans aus Schwaz nicht los. Seine kleine Ungarin bestellt ihn in die Hofburg. Dabei lässt sie ihm ein Viertel der von ihm gewünschten Summe auszahlen, fordert aber sogleich ein neues Porträt von ihm. „Wenig geben und sogleich die Zügel wieder straff halten, das habe ich gelernt", lacht sie ihn aus.

Dann erreicht Hans ein Brief aus der Heimat. Er erkennt die Handschrift seines Vaters sofort.

„Peter ist krank. Seit Tagen plagt ihn ein hohes Fieber. Es könnte das Flussfieber sein, das aus den Donauauen steigt, meint der Doktor. Es könnte aber auch die Spanische Krankheit sein, denn Peter sei zu losen Weibern gegangen, in deren Schoß das Übel säße, mutmaßt der Doktor. Dass Peter seiner Tine untreu war, kann ich kaum glauben. Jedoch der alte Mulcher, der immer noch armen Sündern die Beichten abpresst, machte so eine Andeutung."

Und der Vater schrieb noch mehr. „Kommt Peter zu Bewusstsein, sagt er: ‚Schickt mir den Hans. Was soll mein kleiner Bruder ohne mich anfangen?' Ich glaube, Peter meint, ihr seid wieder Kinder. Bitte komm so schnell du kannst, Hans. Es soll nicht wie bei Mutter sein, dass wir uns erst auf dem Friedhof wiedersehen. Dein dich liebender Vater Ludwig Nepomuk in großer Sorge." Hans ist so aufgeregt, dass ihn nichts mehr in der Stube hält.

In der Werkstatt weist er Gunter in das Notwendige ein, denn er komme bald zurück, sagt er. Dann packt Hans sein Bündel. Es bleibt ihm keine Zeit, sich in der Hofburg zu verabschieden. Er reist mit so wenig Gepäck, dass er wie ein Wandergeselle aussieht. Er möchte schnell vorankommen, schließlich geht es um seinen geliebten Peter.

„Vater, ich eile. Sagt Peter, er möge seine Brille putzen, dann sieht er mich bald. Sein kleiner, dummer Bruder ist unterwegs." Hans verfasst die Zeilen mit Witz, von denen er weiß, dass man sie Peter vorliest. Zwar ist ihm nicht nach Lachen zumute, aber Humor war immer ein starkes Band zwischen ihnen. Vielleicht muntert dies den Bruder ja auf? Er schickt seine Nachricht mit einem berittenen Eilboten los, der verlangt ein Vermögen, aber soll er sparen, wenn es um Peter geht?

„Lachen ist das letzte Aufbäumen der Hoffnung", erklärt er Lina.

Sie ist plötzlich so gerührt, dass sie die Nacht vor Hans' Abreise zur „Neumondnacht" erklärt. Als sie sich lieben, möchte sie ihm sagen: „Hänschen, in meinem Bauch wächst dein Kind." Sie hört die Worte in ihrem Kopf, aber sie bleibt still. Ihr Zögern hat Gründe: Sie ist sich noch nicht ganz sicher und sie befürchtet auch, sie könnte Hans verjagen. Gerade jetzt, wo er in seine Heimat reist. Kommt Hans dann zurück nach Tirol, soll er gerne zurückkommen. Dann wäre noch Zeit, ihm von seinem Kind zu erzählen. Wenn es dann überhaupt eines gäbe ...

Auch Hans möchte Lina etwas sagen: „Lass uns heiraten! Mein Herz gehört längst dir, dann sollst du auch mein Weib sein." Aber als er die Worte aussprechen will, versagt ihm die Stimme. Die Sorge um Peter macht ihn stumm. Es war schon Unrecht genug, sich mit Lina so lustvoll zu vergnügen, während Peter vermutlich Qualen litt. Und stünde ein Antrag, der die Sorge im Herzen trägt, nicht unter einem schlechten Stern? Lina hätte Besseres verdient.

Im Morgengrauen steigt Hans in die Fernkutsche, doch über den Fernpass müsste er das steilste Stück zu Fuß gehen. Nannte Dürer jene Route über die Alpen nicht einmal „den Weg durch die Hölle"?

Der Abschied von Lina fällt Hans so schwer wie noch nie. „Ich mag dich und ich bin gern mit dir zusammen", mehr bekommt er nicht über die Lippen. Nun, im Bett sagte er schon andere Dinge zu ihr. Aber das Bett war das Bett. Das weiß eine kluge Magd wie Lina.

Nun vergeht kein Tag, es vergeht nicht einmal eine Stunde, in der Lina nicht an Hans' letzte Worte denkt. Und an ihre letzte Liebesnacht, diese Raserei zwischen Glück und Verzweiflung.

Nach endlosen Wochen erreicht sie endlich ein Brief. Es ist wieder ein Brief von Hans' Vater. Gunter, der eine Schule besuchte, liest ihn ihr vor. „Am Sonntag trugen wir Peter zu Grabe. Ohne dich. Du, mein nun einziger Sohn Hans, kamst immer noch nicht nach Ulm. Dabei gabst du uns aus Füssen Nachricht, du hättest die abscheulichen Berge hinter dich gebracht. Du wärst bald daheim. Peter solle aushalten. Was geschah dann? Bist du erkrankt und nach Tirol zurückgekehrt? In tiefer Sorge, dein Vater."

Nach zwei Wochen erreicht der nächste Brief die Werkstatt. Er besteht nur aus zwei Zeilen: „Hans, wo bist du? Sende deinem alten Vater eine Nachricht", liest Gunter vor.

Lina lässt Gunter schreiben, dass man auch keinerlei Nachricht von Hans erhielt, was höchst betrüblich sei. Ja, bald stünde die Werkstatt still, man würde nur alte Aufträge beenden. Ohne den Meister gäbe es für sie alle keine Zukunft.

Dann verliert sich der Weg von Hans Maler. Verliert sich ohne eine weitere Nachricht aus Ulm.

Erst drei Jahre später erfährt Lina von einem Ulmer Gesellen auf Wanderschaft, dass der Vergoldermeister Ludwig Nepomuk Maler bald nach seinem Sohn Peter verstarb. Dessen Werkstatt bestünde aber fort, geführt von seinem zweiten Weib und einem Meistergesellen, der sie inzwischen heiratete und so in die Zunft der Vergolder gelangte.

Lina ist fassungslos. Die Nachricht trifft sie schwer, obwohl sie inzwischen die Frau Gunters geworden ist. Dass ihr Kind, ihr bisher einziges, von Hans Maler stammt, weiß er. Ja, er mag den Buben sogar, dem sie den Vornamen seines Vaters gab. Der kleine Hans hat des Meisters Augen, des Meisters schmale Hände. Und er beobachtet alles so eindringlich, dass sich andere Kinder vor ihm fürchten. Den „Glotzer" schimpfen sie ihn.

Die Werkstatt von Hans Maler muss wohl aufgelöst werden, das verlangt die Zunftordnung, obwohl Gunter unter des Meisters Namen immer noch kleine Aufträge annimmt. Sie müssen ja überleben. In Schwaz, wo durch das Berggeschrei immer noch viel Geld im Umlauf ist, nimmt man es wohl nicht so genau mit den Gesetzen. Hätte Hans Maler sie geheiratet, würde sie als Meisterwitwe erhobenen Hauptes die Werkstatt mit Gunter fortführen dürfen. Da sich noch keine Erben auf sein Haus gemeldet haben, leben sie noch darin. Aber der Tag ihrer Vertreibung wird kommen, das weiß sie.

Aber ein Gefühl plagt Lina besonders. Sie erzählte ihrem „Hänschen" vor seiner Abreise nicht von dem Kind, das in ihr wuchs. Ein Kind, auf das sie sich freute, da es von ihm war. Es war so viel Neugier und so viel Licht in diesem Mann. Licht, das er auch in anderen Menschen zum Leuchten brachte mit hauchfeinen Pinselstrichen. Vielleicht war ihr Kind ja Hans' spezielles Geschenk an sie? Sein Meisterwerk?

Auch Worte der Liebe, die ungesagt bleiben, wirken nach. Sie beschäftigen Lina in ihren Träumen, auch am Tag schleichen sie sich ein. In stillen Momenten, ganz leise ...

Anna von Ungarn ist verstimmt, dass ihr Maler einfach so aus ihrem Leben verschwand. „Mitten in einem Auftrag verließ er uns – und dies ohne seine Königin um Erlaubnis zu bitten?"

Der Obersthofmeister räuspert sich. Er ist in tiefer Sorge um diesen Mann, dessen Talent ihn beeindruckt, den er aber auch seinen Freund nennt.

Anna von Ungarn besinnt sich: „Nun, ich sehe ihn vor mir stehen, breitbeinig, einen großen Pinsel in der Hand haltend, als sei es das Zepter eines Künstlers."

„Ihre Majestät, Ihr nennt ihn einen Künstler?", wundert sich der Obersthofmeister. „Recht habt Ihr, Majestät, Hans Maler ist ein Künstler, ein großer Künstler sogar."

Als klar wird, dass Hans Maler nicht wiederkehren wird, kommt es dem Obersthofmeister so vor, als weiche die Farbe aus seinem Leben. Aber auch Anna von Ungarn wirkt, als ob sie etwas vermisse. Und so lange sie in Innsbruck weilt, beauftragt sie keinen zweiten Maler.

Im Frühjahr 1540 lässt Anna packen, um Innsbruck für Wien zu verlassen. Für immer zu verlassen, da es Ferdinand so wünscht. Er möchte die Frau, die er immer noch liebt, näher bei sich haben.

„Aus meinen Kindern wurden Berggämsen und halbe Tiroler. Zehn glückliche Jahre haben wir hier verbracht", sagt sie Siegmund von Dietrichstein zum Abschied. Er fällt beiden schwer, denn der Obersthofmeister möchte sich nun wirklich nach Kärnten auf seinen Familienstammsitz zurückziehen.

„Ich spüre das Alter, sitze aber noch gut genug im Sattel, um meine Königin ein letztes Mal nach Wien zu begleiten", fällt ihm dann ein. Seit der glücklosen Belagerung durch die Osmanen wurden die Stadtmauern erhöht und die Gräben verstärkt, die Hauptstadt gilt nun wieder als sicher. Ferdinand muss als König von Ungarn, Böhmen und Kroatien nun noch häufiger in den Osten seines großen Reiches reisen, da liegt Innsbruck nicht auf dem Weg.

Anna bringt ihrem Mann ein besonderes Geschenk mit. „Mein Souvenir aus Tirol", sagt sie, als sie am 3. Juni

1540 Ferdinand seinen vierten Sohn in die Arme legen kann. „Dein Karl", tatsächlich nennen die Eltern das Kind nach seinem berühmten Onkel: Kaiser Karl V.

Der Kaiser hat noch immer kein Kind gezeugt. Kann Isabella von Portugal keine Kinder empfangen, fragt man sich in Europa.

„Madame, es ist durchaus möglich, dass unser Erstgeborener Maximilian einmal die Nachfolge des Kaisers antritt. Da er jetzt schon dreizehn Jahre zählt, sollte er eine Ausbildung zum Staatsmann erhalten."

In Wien kann Anna es nicht mehr durchsetzen, dass ihre Kinder öffentliche Schulen besuchen, wie sie es in Innsbruck taten. In der Hauptstadt gäbe es zu viel Aufmerksamkeit darum und womöglich Gefahren, die die Kinder bedrohten.

Wie schnell die Gefahr zuschlagen kann, zeigt die erneute Eroberung von Buda in Ungarn durch die Türken. So ist es kein Zufall, dass Anna sich für ihre nächste Geburt nach Wiener Neustadt zurückzieht, im Windschatten der neuen Bedrohung in der Welt. Am 24. Juli 1541 hält sie Ursula in ihren Armen, deren Haarschopf so dicht ist, dass Jeanne ihr ein paar braune Löckchen abschneidet, die man dem Kindsvater schickt, der sich einmal mehr mit den Angreifern in seinem Reich herumschlagen muss. Die Eltern nennen ihr kleines Haarwunder Ursula, „das heißt die Bärin", erklärt man der Französin. „Möge unsere Tochter bärenstark sein, denn die Zeiten sind hart", lässt Ferdinand seiner Gattin per Eilboten ausrichten.

Doch das Schicksal meint es anders. Die kleine Bärin mit dem drolligen Haarpelz erbricht viel, weint viel und will nicht so recht gedeihen. „Man könnte meinen, die Energie dieses Kindes erschöpft sich in dessen Haarwuchs", seufzt Anna und lässt Jeanne heilige Symbole herbeibringen, die Ursulas Geschwister schon beschützten. Sie trugen sie als Kleinkinder am Hals oder als Gürtel über dem Gewand: eine Hasenpfote, Glöckchen und Spiegel gegen böse Geister, ein Kreuz, eine Ampulle mit Weihwasser und eine mit Sand aus dem gelobten Land. In die Leibwäsche des Säuglings näht Jeanne höchstpersönlich Heiligenbildchen ein. Vor allem Bildnisse ihrer Namensvetterin: der heiligen Ursula. Sie wurde einst in Köln von einem Hunnenprinzen mit einem Pfeil getötet, da sie ihn nicht heiraten wollte als getaufte Christin.

Ursula und der nur um ein Jahr ältere Karl wirken wie Zwillinge, da ja auch kleine Buben lange Kleidchen tragen und die Haare lang wie Mädchen. An seinem siebten Geburtstag würde man ihm das lange Haar abschneiden in einer feierlichen Zeremonie. Der kleine Karl übt unterdessen noch das Laufen und trägt als Schutz vor Stürzen einen Fallhut aus gefüttertem Leder, der am Kinn mit einem Riemen verzurrt wird.

Bald spürt Anna wieder neues Leben in sich, sie weilt nun in der Hofburg in Wien.

Dabei ist sie nicht mehr jung, und leichter wurde sie auch nicht mit den Jahren. Sie jammert und schimpft bei dieser Geburt. „Herrgott, man könnte meinen, du kommst nieder, Jeanne, und du gebärst ein Rhinozeros“, stöhnt Anna schmerzverzerrt. Sie hatte schon ein Bildnis dieses Fabelwesens gesehen, einen Holzschnitt von der Hand Dürers, den Hans Maler ihr bei einer Porträtsitzung gezeigt hatte. Ein riesiges Wunderwesen, das aussah, als trüge es eine Ritterrüstung.

Annas Stichelei gegenüber der treuen Jeanne kommt nicht von ungefähr. Sie leidet bei dieser Niederkunft wie bei keiner zuvor und drei Tage, also ungewöhnlich lange für so eine vielfache Mutter.

„Bei deiner nächsten Geburt sterben wir beide, Petite, ich werde alt“, seufzt Jeanne versöhnlich, aber im Inneren ist sie tief erschüttert. Umso glücklicher ist sie, dass sie einen Tag nach dem Dreikönigstag 1543 ein Mädchen abnabeln darf, Annas vierzehntes Kind. „Die heiligen drei Könige haben dir ein außerordentlich hübsches Mädchen geschenkt, Petite“, sie weint beinah vor Erleichterung, denn ihre Arbeit als Hebamme war schwer.

Auch Anna bricht in Tränen aus und nennt ihr Mädchen Helena, nach der schönen Helena in der Antike.

„Petite, betrachte das perfekte kleine Wesen als dein Meisterwerk. Aber hör nun auf damit, die Stammmutter von halb Europa sein zu wollen. Du bist jetzt in deinem vierzigsten Jahr, du solltest keine Kinder mehr empfangen“, sagt Jeanne wenige Tage nach der schweren Geburt.

„Bist du verwirrt, alte Frau?“, Anna wird sofort wieder verletzend. „Keine Kinder mehr empfangen? Sag das mal meinem Gatten.“

Ferdinand plagen derweil andere Sorgen, er schreibt Anna aus Böhmen und bedrängt sie, Wien zu verlassen. Er möchte für seine Frau und seine immer noch stetig wachsende Kinderschar ein sicheres Zuhause schaffen. Die Königsburg, der riesige Hradschin, hoch oberhalb der Stadt und der Moldau gelegen, erscheint ihm als der ideale Ort für eine so große Familie. „Ich möchte im goldenen Prag noch goldene Jahre mit dir verleben“, lockt er sie.

„Ich bin ja schon froh, dass ich meine kleine Helena nicht in einer Reisekutsche zur Welt bringen musste wie eine Vertriebene, so sehr bedrängt Ferdinand mich. Aber einen ganzen Hofstaat zieht man nicht in ein paar Tagen um“, beschwert sich Anna bei Jeanne. Noch immer von der Geburt geschwächt, gibt sie widerwillig Anweisung, das Nötige vorzubereiten. Möbel und andere Dinge, die sie nicht direkt benötigt, befiehlt sie, in den riesigen Gewölbekellern der Wiener Hofburg einzulagern.

Mitten in den Umzugsvorbereitungen ereignet sich die Katastrophe für Annas gereizte Nerven: Ein Kindermädchen findet Ursula eines Morgens tot in ihrem Kinderbett. Sie wurde kaum zwei Jahre alt und verstarb nur wenige Wochen nach Helenas Geburt. So wird die Reise nach Prag für Anna eine traurige, denn in ihrer Kutsche führt sie einen kleinen Sarg mit sich. Einen weißen Sarg, der an Kopf und am Fußteil mit zwei vergoldeten Engeln verziert ist. Er birgt Ursulas Körper, den Anna einbalsamieren ließ, damit sie mit ihrer Mutter ihre letzte Reise antreten kann. Sie wollte ihr geliebtes Bärenmädchen nicht für immer in Wien zurücklassen und dort begraben müssen.

„Ich habe vierzehn Kinder geboren, und doch liebe ich jedes Kind, als wäre es mein einziges. Und nun ist der Tod unser Reisebegleiter in das neue Leben, das sich Ferdinand so wünscht", sagt Anna zu Jeanne, die ihr gegenübersitzt, die schlafende Helena auf dem Schoß. „Doch ich habe keine Tränen mehr und mein Leib ist von der letzten Geburt noch wund. Ich spüre jeden Stein, über den die Kutsche rumpelt."

„Petite, ich wiederhole mich, die schwierige Geburt von Helena war ein Zeichen. Du solltest kein Kind mehr empfangen."

„Wie soll das gehen?", entrüstet sich Anna erneut. „Die Käferstellung hast du mir ja schon nach der Geburt von Johann verboten. Auch er ist jetzt ein Engel, so hat mein kleines Bärenmädchen zumindest Gesellschaft."

„Petite, ich wiederhole mich: Du solltest nicht mehr gebären", Jeanne bleibt hartnäckig.

„Nochmals, wie stellst du dir das vor, du dummes Ding? Mein Mann liebt mich, er hat keine Mätressen.

Soll ich ihn in die Arme anderer Frauen treiben? Und sind die Damen von Prag nicht berüchtigt für ihre Schönheit und losen Sitten?“ Annas Ton ist harsch, so spricht sie selten mit Jeanne. Diese bewahrt ein freundliches Gesicht, doch ihr Kopf wackelt mehr, als das Gerüttel der Kutsche es verlangt.

„Ach Petite, wäre es so schlimm, wenn ab und an eine andere Dame ... äh ... deine Arbeit verrichten würde? Dann wäre die Gefahr nicht mehr so groß, nochmals zu empfangen.“

Anna ballt eine Faust. „Nennst du es Arbeit, wenn mein Mann mich liebend in den Armen hält? Hältst du nicht augenblicklich deinen Mund, schmeiß ich dich aus der Kutsche“, schimpft sie.

„Entschuldige, mir fiel kein besseres Wort als ‚Arbeit‘ ein ...“

„Noch einen einzigen Ton und ich werfe dich wirklich hinaus. Und hast du keinen Respekt vor meinem toten Mädchen?“, sagt Anna giftig und deutet auf den Sarg zu ihren Füßen.

„Aber Petite, natürlich habe ich Respekt. Ich drehte die kleine Ursula in deinem Bauch, allein durch die Wärme meiner Hände und mit dem Licht einer Kerze. Kaum geboren, nabelte ich sie ab, reinigte sie und legte sie an deine Brust. Eine Kinderfrau liebt das Leben! Sie liebt es auch mehr als ein Ehemann, der sich im Schlafgemach nicht mäßigen kann und so den Tod seiner Frau im Kindbett riskiert.“

Ohne weitere Warnung schlägt Anna Jeanne mit der flachen Hand ins Gesicht.

Helena wacht auf und beginnt zu weinen. Erschrocken über ihre Tat, bricht auch Anna in Tränen aus. „Das sind die Nerven“, entschuldigt sie sich schniefend.

Bald schon wiegt Jeanne auch Annas Kopf an ihrer großen Brust, als sei sie ein Kleinkind, und die kleine Helena beruhigt sie auf die gleiche Art. Zu ihren Füßen schläft die kleine Ursula den ewigen Schlaf.

Nun ist es Jeanne, der die Augen feucht werden. Seit sie klar denken kann, ist sie mit Anna und deren Familie verbunden. Teilt deren Leben, deren Kommen, aber auch deren Gehen aus dieser Welt. Als sie die Amme von Annas Mutter war, starb ihr eigenes Kind am Fieber und das fremde Kind trank sich mit ihrer Muttermilch satt. Sie, die ledige Mutter, bekam nie mehr ein Kind. Ihr Körper, ihr Denken und all ihr Wissen als Amme und als Hebamme gingen in dieser „fremden" Familie auf. Sie wurde ein Teil von ihr und gehörte doch nie ganz dazu. Und neuerdings schlägt ihr Schützling sie sogar ins Gesicht.

Als der Tross nach Prag gelangt, kann Anna vor Schmerzen kaum noch sitzen. Hoch über der Stadt blinken die vielen Lichter der Königsburg, als sei es ein eigener Sternenhimmel. Und das ist er irgendwo auch, der Hradschin. „Die Burgbewohner sitzen schon auf dem Schoß vom lieben Gott", scherzen die Bürger Prags.

Ferdinand heißt seine Anna herzlich willkommen, auch Jeanne begrüßt er, die die kleine Helena noch immer auf dem Arm hält. Ein Orchester spielt auf, allen Kindern überreicht man Geschenke, den kleinen wie den großen. Dabei kann Ferdinand seine Hände kaum von seiner Frau lassen. Jeder, der Augen im Kopf hat, sieht, dass dieser Mann seine Frau noch liebt.

Und Anna, die den erzwungenen Umzug nach Prag noch bei mir beklagte, wirkt nun wie ein frisch verliebtes, dummes Ding, denkt Jeanne. Dabei hält sie die kleine Helena hoch, denn Ferdinand befahl ihr, jeder der Begrüßungsgäste und der Prager Höflinge solle das jüngste Kind sehen können, das seine zeitlos schöne

Frau ihm schenkte. Nein, das wird nichts werden mit der Enthaltsamkeit im Ehebett, denkt Jeanne, als sie Ferdinand betrachtet: Er gleicht mehr einem verliebten Gockel als einem König.

Der Verliebte verbindet Anna die Augen mit einem Seidentuch und führt sie in den Park. „Das Gelände heißt Königsgarten, aber ich lasse es in Königinnengarten umbenennen, denn hier entsteht ein Schloss. Ihr Lustschloss, Madame. Es wird das prachtvollste und stilvollste Gebäude von ganz Prag werden, ich zog italienische Baumeister hinzu."

Als er Anna das Tuch abnimmt, erblickt sie blinzend eine Baustelle. Holzgerüste, rohe Mauern, Schmutz. Doch sie kichert selig wie ein kleines Mädchen, wo sie in der Kutsche doch noch so niedergedrückt war. Ihr war es auch gleich, dass ihr Lustschloss, denn das sollte es ja werden, noch nicht vollendet war.

Der Tod des Baumeisters Paolo della Stella, der 1537 mit dreizehn Steinmetzen aus Italien in Prag eintraf, der Mangel an Material und der Engpass an Mitteln – Geldmangel ist die ewige Habsburgerkrankheit – verzögern die Fertigstellung. Man erkennt jedoch, dass ein offener Arkadengang mit schlanken Säulen um das Gebäude läuft. Das Dach, das schon mit Kupferplatten gedeckt ist, erinnert Anna an ein kieloben treibendes Boot.

Fertiggestellt ist auch schon ein Relief, es zeigt eine blonde Nymphe, der ein gottgleicher Jüngling eine Feigenblüte reicht. „Das sind wir, Madame. Feigenblüten gelten in Italien als Symbol der Liebe", säuselt Ferdinand seiner Anna ins Haar und küsst ihren Nacken.

„Und ich habe Monsieur die neueste Frucht unserer Liebe als Geschenk mitgebracht. Aber auch unsere kleine Ursula in ihrem Sarg", erwidert sie nachdenklich.

„Und unseren kleinen Johann werde ich aus Innsbruck noch holen und in Prag bestatten lassen, wenn Monsieur dies wünscht."

„Madame, ich denke jetzt an das Leben", Ferdinand zieht Anna mit sich an einen Brunnen. Er sieht ungewöhnlich aus, ist groß und ganz aus Metall gegossen, wie es der Betrachterin erscheint. „Das ist der singende Brunnen, wobei die Töne dadurch erzeugt werden, dass herabfallende Wassertropfen auf das Metall fallen und es zum Klingen bringen. Er ist fertiggestellt, und heute Nacht, wenn das Geplapper unserer Gäste verflogen ist, lauschen wir seiner Melodie." Ferdinand kneift Anna in die Taille, und obwohl der Stoff ihrer Gewänder dick ist, zuckt sie zusammen.

In Prag beginnt eine neue Zeit. Die Kinder finden sich gut zurecht, da Privatlehrer sie schon in Tirol in Böhmisch unterrichteten und Anna, die es perfekt beherrscht, es mit ihnen gerne spricht. Die Söhne Maximilian und Ferdinand, nun sechzehn und vierzehn Jahre alt, erhalten ihren eigenen Hofstaat auf dem Hradschin. Ihre „Nebenstaaten", so nennt man das. Sie wachsen zu hübschen Männern heran, gelten schon jetzt als die begehrtesten Junggesellen Europas.

Anna kann ihre kostbaren andalusischen Pferde endlich in einer angemessenen Stallung unterbringen. Sie besucht sie fast täglich, meist in Begleitung ihrer jüngeren Kinder, die schon vielversprechend reiten, kaum dass sie laufen können. Anna reitet aber nur noch, wenn Ferdinand Gäste zu prächtigen Jagden einlädt oder zu feierlichen Umzügen. Mehr lässt ihr durch die vielen Geburten lädierter Unterleib nicht mehr zu. Lieber zeigt sie sich auf Bällen, in Konzerten, im Theater oder bei Singspielen. Sie ist immer noch eine Frau, die man gerne anschaut, und sie bildet mit Ferdinand ein Paar, das jeder bewundert oder beneidet. Je nach der eigenen Gesinnung.

Anna ist dankbar, nach Jahren der Wanderschaft zwischen Residenzen und ermüdenden Reisen mit ihrem Mann durchs Reich ein bleibendes Heim gefunden zu haben. Und was für ein Zuhause! Sie genießt die Prager Festkultur, genießt aber auch die Möglichkeiten zum Rückzug, die der große Hradschin ihr bietet.

Beglückt durchstreift sie ihren exotischen Garten und füttert die seltenen Vögel, die Ferdinand sich vom spanischen Zweig der Familie besorgen lässt, um sie damit zu erfreuen. Manche der Exoten sind grün wie Smaragde oder bunt wie die Farben des Regenbogens. Und welchen Paradiesgarten schmückt schon ein Brunnen, der von sich aus eine Melodie vorgibt? Die Arbeiten an ihrem Lustschloss gehen voran.

Unten, in der Stadt schlägt Anna Bewunderung entgegen. „Sie ist eine wahre Mutter des Volkes", heißt es in Prag und im ganzen Land. Jetzt zahlt es sich aus, dass Anna als Kind viel Zeit in Böhmen verbrachte und das Wesen der Bewohner kennt. Nun auch mit einem offenen Ohr für deren Nöte. Mehr noch als in Tirol hilft sie Bedürftigen, beantwortet aber auch Bittgesuche von Menschen, bei denen es um ihre ganze Habe geht oder sogar um ihr nacktes Leben. So trotzt sie Ferdinand die Begnadigung zweier Kindsmörderinnen ab, von deren Unschuld sie überzeugt ist. „Überhaupt ist ein Unglück, wenn dreizehnjährige Mädchen von einem Strolch, der ihnen auch noch Gewalt antat, Kinder empfangen müssen, Monsieur." So bringt sie Ferdinand auf ihre Seite.

Anna selbst empfing seit über zwei Jahren kein Kind mehr. Ist es mit ihrer Fruchtbarkeit vorbei? Jeanne ist unschlüssig und zugleich voller Sorge. Anna, die sonst nicht erschrocken ist, bittet ihren Mann nicht, sich im Schlafzimmer zu mäßigen. Sie liebt ihn ja immer noch.

Dann erschüttert ein Schicksalsschlag Annas fast perfekte Welt. Elisabeth, ihre erstgeborene Tochter, verstirbt nur Tage nach ihrem neunzehnten Geburtstag in Vilnius. Sie stirbt nicht im Kindbett, obwohl Ferdinand sie, als Sechzehnjährige, mit Sigismund II. August, König von Polen und Großfürst von Litauen, verheiratete. Sein Vater Sigismund I. war einst Zeuge der Doppelhochzeit von Wien 1515 gewesen.

Auch Elisabeths Hochzeit war dynastisch, das Königreich Polen war für Habsburg wichtig. Diese Ehe brachte dem Mädchen jedoch kein Glück. Obwohl der Bräutigam ihr Großonkel war, war sein Herz eiskalt und er verschmähte Elisabeth auch körperlich, wie sie ihrer Mutter in herzzerreißenden Briefen verriet. Zu allem Elend war das Mädchen nicht ganz gesund und deshalb sehr schüchtern. So fiel Elisabeth manchmal zu Boden, wand sich in schlimmen Krämpfen und Schaum bildete sich vor ihrem Mund. Diese Fallsucht führte schließlich zum Tod, da die Arme bei einem Krampfanfall so unglücklich mit dem Kopf auf eine Marmortreppe stürzte, dass sie sogleich verschied.

Anna weint tagelang, ihre Erstgeborene hat sie damals von der Schmach der Kinderlosigkeit erlöst. Bald stößt sie auch an ihre Grenzen als politische Ratgeberin ihres Mannes. Ferdinand wird als König seinen Bruder Karl V. in einem Krieg gegen die Protestanten unterstützen müssen, die sich im Schmalkaldischen Bund zusammenschlossen. Ferdinand wird jedoch nicht als Kämpfer auftreten, das kann Anna noch verhindern mit ihrer Diplomatie.

„Vielleicht bin ich ja schon zu alt, um ein Kind zu empfangen?“, fragt Anna Jeanne während Ferdinands Abwesenheit.

„Hoffen wir für uns alle das Beste“, antwortet diese vorsichtig.

„Es ist ein neues Gefühl, einmal kein Kind unterm Herzen zu tragen, man wohnt mehr in sich selbst. Aber wozu?“

Im Sommer 1546 wird Anna klar, dass alles doch anders kommt wie erhofft. „Jeanne, die Anzeichen sind eindeutig, es wächst wieder ein Kind in mir, ich kenne mich ja aus.“

Jeanne ist sichtlich erschrocken. Aber was könnte sie jetzt noch ändern? Sie sagt Anna sofort ihre Unterstützung zu. „Petite, das Kind käme im Januar, wie ich das ausrechne. Vielleicht im Sternzeichen des Wassermanns, wie deine Margarethe? Oder doch gerade noch im Steinbock, wie die kleine Helena, die dann ins vierte Jahr ginge?“ Jeanne legt ihre Stirn in Falten und ihr nicht geringes Doppelkinn wackelt nervös.

„Herrje, ich wäre dann beinah in meinem fünfundvierzigsten Lebensjahr und sollte besser endlich Großmutter werden anstatt nochmals Mutter“, seufzt Anna.

„Madame, wir schaffen uns unsere eigenen Enkel“, scherzt Ferdinand, als er die Nachricht erhält.

Die nächsten Wochen der Schwangerschaft verlaufen erstaunlich gut, kleine Wehwehchen erträgt Anna tapfer. „Ich bekomme schon seit zwanzig Jahren Kinder, also sorgen Sie sich nicht, Monsieur“, schreibt sie an ihren Mann, der seinem Bruder im Kriegsgerangel mit den Protestanten beistehen muss.

Ferdinand befällt jedoch ein ungutes Gefühl und er setzt alles daran, zu Annas Geburtstermin bei ihr zu sein. Er schafft dies mit Eilritten.

Schon vor Ferdinands Ankunft hat Anna Blut verloren. Am Morgen des 24. Januar wird das Kind dann mit einem Blutschwall geboren. Jeanne unternimmt alles in ihrer Macht, um die Blutungen zu stillen. Anna ist arg geschwächt, präsentiert das kleine Mädchen aber stolz seinem von der Reise noch verschmutzten Vater.

Die Eltern beschließen, das Mädchen Johanna zu nennen nach Ferdinands Mutter: Johanna von Aragón und Kastilien. Ferdinand küsst das Kind zaghaft auf das haarlose Köpfchen und seine Frau dann vielmals.

„Keine Sorge, Monsieur, bis zu ihrer Hochzeit werden der kleinen Johanna schon noch Haare sprießen, sicher blonde Haare, sie wird nach ihrer schönen Großmutter gehen“, scherzt Anna müde. Mit einem Lächeln schläft sie ein.

Jeanne versorgt das Neugeborene, das Ferdinand ungläubig betrachtet. „Was für ein Wunder, ja, was für ein Wunder“, sagt er verzückt. Und dann: „Nun wird alles gut.“

Als Anna aus dem Schlaf erwacht, ist das Bettlaken eingenässt. Alles ist blutrot. Jeanne, die an Annas Lager eingenickt ist, schreit auf, fasst sich dann aber gleich, säubert Anna und gibt ihr bittere Tinkturen zu trinken, die sie in ihrem Hebammenkoffer mitbrachte. Dann macht sie kalte Umschläge auf ihrem Bauch und ihren Waden, lagert der Wöchnerin die Beine hoch. Auch nach Ärzten lässt Jeanne rufen. Anna stöhnt nur matt.

Die Herren Doktoren, in ihren langen schwarzen Roben, beratschlagen lange, sie messen Annas Puls und lassen sie dann zur Ader.

„Ihr lasst eine Frau zur Ader, die so viel Blut verliert. Seid ihr Metzger?“, protestiert Jeanne.

„Schafft die dicke Matrone hinaus“, fordert Ferdinands Leibarzt Doktor Schuh.

So geschieht es, man drängt sie hinaus. Jeanne protestiert draußen vor der Tür. Aber sie schreit nicht, denn sie hält die kleine Johanna auf dem Arm.

Der Blutfluss aus Annas Unterleib wird schwächer, aber er will nicht versiegen, wie Jeanne erfährt. Nun beginnt sie zu fluchen und zu lärmen. Man will ihr das Kind abnehmen, aber sie drängt sich mit ihrer ganzen Leibesfülle zurück in das Geburtszimmer und legt es Anna an die Brust.

„Ich bin so schwach, aber lass sie trinken, einmal soll sie die Milch ihrer Mutter trinken. Es ist mein letzter Gruß an das Kind“, seufzt Anna. Es ist fast ein Hauch, aber sie lächelt, sie weint nicht.

„Madame, Sie sind stark, Sie sind eine Jagiellonin, Sie sterben nicht“, beschwört Ferdinand Anna. Man ließ ihn rufen, er hat sich, von der langen Reise und seinen Eilritten müde und wundgescheuert, in seinen Gemächern ausgeruht.

Der Zustand seiner Frau erschüttert ihn. „Überleg dir etwas Sinnvolles, Amme, dann schmeiße ich all die Ärzte hinaus“, sagt er zu Jeanne, denn er erspürt instinktiv, dass deren ratloses Handeln der Patientin nicht guttut.

„Aber Majestät, was weiß die Kräuterhexe aus Frankreich schon?“, beschwert sich Doktor Schuh, der das Gespräch mitanhörte.

Nun gerät Ferdinand in Zorn. „Schaff Er sich hinaus mit seinen Quacksalbern“, sagt er im Befehlston.

Jeanne wiederholt, was sie schon zuvor für Anna getan hat: macht kalte Umschläge und tröpfelt ihr noch mehr bittere Arznei auf die Zunge. Zwischen Annas

Schenkel schiebt sie einen Schwamm, der blutstillend sein soll. Auch Honigwein lässt sie Anna reichen. „Er wird dich kräftigen, Petite. Bei Blutverlust soll man viel trinken", sie spricht mit Anna zärtlich wie mit einem Kind.

Doch Anna muss sich erbrechen. Jeanne säubert sie geduldig und reibt Annas Leib mit Eis und danach noch einmal mit stechend riechendem Kampfer.

„Das zieht die Gefäße zusammen", sagt sie an Ferdinand gewandt, der nicht von Annas Seite weichen will.

„Monsieur, Sie müssen für mich beten und Sie müssen mir mein Gebetbuch bringen", flüstert Anna. Man bringt es ihr sofort auf seinen Befehl und Anna legt sich das bunt bemalte und mit Blattgold geschmückte Büchlein flach auf ihren Bauch, darin zu lesen, fehlt ihr die Kraft. „Vielleicht hilft mein Gebetbuch mir ja dort, wo es helfen soll", sagt sie und lächelt schicksalsergeben. Dann dämmert sie weg.

„Ich sah meine toten Kinder, als ich schlief. Sah Johann, sah Ursula. Ich sah auch meine Mutter, sie trug jeweils ein Kind auf ihren Hüften und sie spazierte singend auf mich zu. Irgendetwas Französisches", sagt Anna, als sie die Augen wieder aufschlägt.

„Majestät, jetzt hilft nur noch ein Wunder", flüstert Jeanne in Ferdinands Ohr. „Lasst Eure Kinder rufen. Vielleicht gelingt den Lebenden, den Überlebenswillen ihrer Mutter anzufachen."

Anna ist inzwischen wieder eingenickt. Jeanne und Ferdinand beten für sie. Vor der Tür und in den Gängen der Königsburg versammelt sich der Hofstaat, drängt sich das Personal zusammen. Viele beten, manche weinen. Durch den Hradschin und bald durch ganz Prag fliegt die Nachricht: „Unsere Königin liegt auf dem Totenbett. Sie hat einen Säugling an ihrer Brust, aber sie stirbt."

Bittgesuche werden überstürzt gestellt, die die Königin noch eiligst erreichen sollen. „Sterbende Monarchen gelten als besonders mildtätig“, heißt es. Man übergibt so ein Bündel mit Bittgesuchen an Ferdinand und er verspricht Anna, sie zu erledigen.

„Entscheiden Sie milde, es geht um mein Seelenheil, Monsieur“, bittet sie ihn. „Aber sorgen Sie sich nicht, Monsieur, ich sterbe glücklich. Kein Mann hat je seiner Frau mehr Liebe geschenkt.“

Annas Nachwuchs drängt in den Raum, die älteren Geschwister tragen die jüngeren auf dem Arm oder führen sie am Händchen. Ein rührendes Bild. Doch sie dachten, sie würden der Mutter zu dem neuen Geschwisterchen gratulieren. Zu einer Ankunft in der Welt, keinem Abschied.

Nun finden sie die Mutter so elend vor. Totenblass. Sie sind zutiefst erschrocken. Es riecht nach Blut, nach kaltem Schweiß und nach bitterer Medizin. Die Mädchen beginnen laut zu schluchzen. Ferdinand weint leise. Maximilian, der nach Elisabeths Tod das älteste der Kinder ist, beißt sich auf die Lippen. Der junge Ferdinand, der sich seiner Mutter sehr nah fühlt, wirkt wie versteinert. Maximilian, der Stammhalter, kreidete seiner Mutter ja schon an, dass der um zwei Jahre jüngere Ferdinand, der ihr im Aussehen gleicht und wohl auch mit seiner Liebe zur Musik und Kultur, ihr Lieblingssohn sei. Nun bewahrt Maximilian Haltung, wenn auch krampfhaft, denn er kaut auf seiner Unterlippe herum, bis sie im Mundwinkel leicht zu bluten beginnt. Ihr neues Geschwisterchen, die kleine Johanna, beachten die Geschwister fast mit Argwohn: Es reißt die Mutter ja von ihnen fort.

Ein Pfarrer eilt herbei, Anna erbittet die letzte Ölung und empfängt sie gefasst. Da sie kaum noch sprechen kann, schaut sie jedes ihrer Kinder sehr eindringlich an und zwinkert mit den Augen. „Zerstreitet euch nicht", haucht sie unter großer Anstrengung ihren Söhnen zu. Sie hebt leicht die Hand, und jedes ihrer Kinder, das alt genug ist, verabschiedet sich von ihr mit einem Handkuss. „So viel Glück", flüstert sie.

Auf Ferdinand, ihrem Mann, ruht ihr Blick besonders lang. Sie formt ihre Lippen zu einem Kuss. Dann schläft sie wieder ein, aber sie atmet.

„Ihr hört, eure Mutter atmet, vielleicht schläft sie sich nur gesund?" Im Klang seiner Stimme flackert Hoffnung auf.

Um ein Lächeln bemüht, schickt er seine Kinder hinaus, setzt sich neben das Bett seiner Frau und streicht verschwitzte Strähnen aus ihrer hohen Stirn. Ihre langen Haare sind immer noch goldblond mit wenigen silbernen Strähnen darin. Er betrachtet die Schlafende versonnen. Er würde sich in diese Frau sofort wieder verlieben! Hätte keine Chance, ihr zu widerstehen.

Anna schlägt die Augen auf. „Ich rieche Farben. Und ich sehe einen Mann, er trinkt Luft und er malt mit Licht", flüstert sie.

Ferdinand und Jeanne sind erstaunt: Denkt sie an Hans Maler, der ohne ein Wort des Abschieds vor Jahren aus ihrem Leben entschwand? Die Zuhörer sind jedoch froh, dass Anna wieder besser sprechen kann. Mit mehr Atem. „Vielleicht geht es mit ihr ja bergauf?", flüstert Jeanne Ferdinand zu.

„Petite, du musst kämpfen, wie es deine Mutter tat", sagt sie dann an Anna gerichtet.

„Nein, lasst mich endlich ausruhen. Und legt mich später auf die Mitte. Mittenhinein", sagt Anna.

„Mittenhinein?" Ferdinand ist ratlos.

„Majestät, sie sagte mir vor Tagen, schon bevor das Kind kam, sie möchte in der Mitte des Kirchenschiffes begraben sein. Der Platz in der Mitte des Domes – und symbolisch im Herzen des Reiches – gebühre ihr. Sie sei die Stammmutter des Königreiches, das nun zu Österreich gehört, auch im Tod. Seitdem geriet ich in große Sorge. Wärt Ihr nicht von selbst in Eilritten erschienen, hätte ich Euch rufen lassen“, flüstert Jeanne.

Ferdinands Gesicht hellt sich kurz auf. „Ich habe eine stolze Frau geheiratet, die weiß, was ihr zusteht.“

Die beiden hätten nicht flüstern müssen, denn Anna ist wieder eingenickt. Als sie die Augen erneut aufschlägt, wirkt sie verändert. Der Blick ihrer vormals wasserblauen und nun von der Anstrengung geröteten Augen wirkt abwesend. Glasig.

„Madame, Sie riechen nach Bier und nach Blumen. Kamille?“, murmelt Anna und blickt Jeanne fragend an. Hält sie ihre Amme nun für ihre Mutter?

„Nach Bier?“ Ferdinand wendet sich ratlos an Jeanne.

„Ihre Mutter, Anne de Foix, wusch ihre Haare gerne mit Bier und mit der Essenz gelber Blüten. Des goldenen Schimmers wegen“, erklärt Jeanne.

Plötzlich geht ein Zittern wie in Wellen durch Annas Körper und ihr Kopf kippt leicht zur Seite.

„Mon amour, bleiben Sie“, schreit Ferdinand. Dann fasst er Anna an den Schultern und schüttelt sie verzweifelt.

„Majestät, lasst von ihr ab, ihre Seele geht nach Hause. Ihre Mutter hat sie gerufen“, entfährt es Jeanne beschwichtigend.

Ferdinand presst einen Kuss auf die leblosen Lippen seiner Frau. Dann weint er in ihr verschwitztes Haar und bedeckt sein Gesicht damit, als sei es ein goldener Schleicher. Saugt den Geruch in sich ein.

Jeanne findet kein Wort des Trostes, sie presst das Bündel mit der kleinen Johanna an sich und spürt eine unendliche Müdigkeit in sich hochkriechen. Alles wird ihr zu Blei. Am liebsten würde sie sich neben die Tote auf das zerwühlte Totenbett sinken lassen. Sie begleitete sie ihr ganzes Leben – seit dem ersten Atemzug vor über vierzig Jahren, diesem so ergreifenden ersten Schnapper eines Neugeborenen nach Luft. Damals war sie selbst noch ein halbes Kind. Doch nun ist sie zu alt, um auch dieses Neugeborene noch großzuziehen, die dritte Generation nach Annas Mutter ...

Ferdinand hält die Nacht über die Totenruhe am Bett seiner Frau. Im Morgengrauen lässt er sie waschen und schmücken. Eine Locke von ihrem Haar schneidet er sich ab. „Was war ihr liebstes Kleid?“, fragt er Jeanne.

„Das fragt Ihr, Majestät? Das Sonnenkleid, dass sie auf Eurem Brautbild trug“, antwortet Jeanne im Brustton der Überzeugung.

Zwar beschwert sich der Pfarrer, dass die Verstorbene kein schwarzes Totenkleid tragen wird. Aber sollte er einem zutiefst trauernden König offen widersprechen?

Ferdinand lässt die Staatstrauer ausrufen. Prag und das ganze Land scheinen wie gelähmt und hüllen sich in Schwarz.

Der Witwer lässt seine Anna im Veitsdom begraben. Genau in dessen Mitte. „Nichts Geringeres hat sie verdient, als im Zentrum unserer Nationalkirche und im Herzen des Reiches zu ruhen. Unvergessen und geachtet. Und kommt meine Zeit, lege ich mich zu ihr. Das wird unser ewiges Brautlager“, sagt er bei der Trauerfeier, und viele sind erstaunt über seine offenen Worte.

Dabei ist das Grabmal noch längst nicht fertiggestellt. Es soll aus weißem Marmor hoch emporwachsen und das Paar tatsächlich in seinem „Brautbett“ abbilden. Die „Marmorskulpturen nach dem echten Leben“ sollen Hundsrosen umranken, solche wie sie Anna in ihrem offenen Haar trug vor dem Traualtar. So gibt er es an den Bildhauer weiter, er wird jedoch noch lange brauchen für den ausgefallenen Wunsch des Königs.

Doch die Verzögerungen der Lebenden stören die Toten nicht. Anna ruht im Veitsdom in bester Gesellschaft umgeben von Heiligen, von Devotionalien und Geschichten. So leistet ihr der Schädel des Heiligen Wenzel Gesellschaft, vergoldet. Zudem Überreste des Heiligen Sigismund und der Kopf des heiligen Veit. Unvergoldet. Selbst die Hunde des Heiligen Adalbert und die Hunde des Heiligen Wenzel ruhen im Kirchenschiff, nebst vielem anderen. Dass das Tischtuch des Heiligen Abendmahles und ein Kleid der Jungfrau Maria auch im Veitsdom verwahrt werden, begeisterte Anna schon zu Lebzeiten. Am meisten erfreute sie jedoch der Stab des biblischen Moses, mit dem er dereinst das Meer zerteilte.

Ferdinand bleibt untröstlich. Als Zeichen seiner Trauer lässt er sich einen Bart stehen. Er weiß, dass Anna Bärte nie mochte. Er beschließt, nie mehr zu heiraten, denn für Anna gäbe es keinen Ersatz. „Ich will keiner Frau mehr gefallen“, sagt er zu Jeanne.

Als sei mit Annas Tod auch das Leben aus ihr gewichen, verliert Jeanne viel an Gewicht und stirbt nur ein Jahr nach dem Tod ihrer „Petite“. Ferdinand lässt sie in allen Ehren im „Lustgarten“ Annas bestatten, denn dort verbrachte Jeanne noch innige Stunden mit Annas Kindern. Auch liebte die Amme die exotischen Pflanzen und ließ in Annas Garten einen Busch mit Hundsrosen pflanzen. „Solchen, wie ich sie für die Hochzeit meiner Petite gepflückt habe. Zartrosa müssen sie sein. Aber viele Dornen müssen sie haben“, wies Jeanne den Gärtner an.

„Meine Herrin war eine stolze Rose, aber sie besaß spitze Dornen“, erklärte sie ihre ungewöhnliche Wahl.

Im Jahr 1558 ereignet sich für Ferdinand etwas Ungewöhnliches, das er so nicht vorhersah: sein Bruder Karl V. dankt ab. Freiwillig. Ein höchst ungewöhnlicher Schritt für einen Kaiser, doch Karl hat genug von den Glaubenskriegen, wie er seinem Bruder in dürren Worten ausrichten lässt. „Die Kämpfe mit den Osmanen, die unermüdlich gegen die Christenheit anrennen, und zerstrittene Christen, die sich selber vernichten, sind meine Sache nicht mehr. Nun suche ich mein eigenes Seelenheil“, schreibt er.

Karl ist verbittert darüber, dass selbst sein Sieg im Schmalkaldischen Krieg und die Auflösung des Protestantischen Bundes die neue Lehre nicht aus der Welt schaffen kann. Ferdinand unterstützte seinen älteren Bruder ja in diesem Kampf. Aber Luthers Gedanken scheinen Flügel zu besitzen.

Mit seiner Abdankung entzieht sich Karl nun dieser erdrückenden Last. Müde und vorzeitig gealtert, kehrt er heim nach Spanien, das er immer im Herzen trug. Dort möchte er sein Leben in einem Kloster beschließen. Nah bei Gott.

Ferdinand gerät nun in das Licht der großen Politik. Der nun ja Vollbärtige hätte sich vor den Tumulten im Glauben und im Denken gerne weggeduckt. Aber auch er ist ein frommer Mann, so stellt er sich dieser schweren Pflicht. Und hatte er 1521 nicht sogar Anna aus Pflichtbewusstsein geheiratet, bevor sie zum Glück seines Lebens wurde?

Durch Karls Verzicht wird Ferdinand nun zum begehrtesten Witwer Europas, Gestrüpp im Gesicht hin oder her. Wird er auch zum mächtigsten Mann der Welt?

Tatsächlich wird Ferdinand auf dem Frankfurter Fürstentag zum Kaiser gewählt. Dort verwirrt er Gratulanten mit den Worten: „Nun wurde auch meine Anna zur Kaiserin, das wollte sie immer sein. Sie ist nicht tot, sie ruht nur und beobachtet mich wohlwollend. Und in meinen Träumen erteilt sie mir Ratschläge." Sein Wahlspruch als Kaiser will er auch mit Annas Hilfe erfüllen: „Fiat iustitia, et pereat mundus. Es soll Gerechtigkeit geschehen, und gehe die Welt darüber zugrunde."

Ferdinand bleibt aber selbst als Kaiser bescheiden, isst wenig und es gelingt ihm sogar, in dem verworrenen Glaubensstreit auszugleichen. Er gewährt den „Augsburger Religionsfrieden", der Anhängern des lutherischen Bekenntnisses die freie Religionsausübung erlaubt.

Auch als Vater lässt Ferdinand Gerechtigkeit walten. Johanna, das letztgeborene Kind, genießt seine besondere Fürsorge. Vielleicht auch, da seine Geschwister es nicht ins Herz schließen wollen. „Schaut mir auf dieses Kind, denn durch ihren Tod lebt eure Mutter in ihm fort", ermahnt er sie.

Ist es böse Ironie, dass auch Johanna dereinst im Kindbett sterben wird? Sie war voller Melancholie, denn sie fühlte sich schuldig am Tod ihrer Mutter. Ungeliebt stirbt sie in einer fatalen Ehe mit Francesco I. aus dem Hause Medici. Kaum schließt Johanna die Augen, heiratet der Medici-Grobian und Despot seine langjährige Mätresse.

Als sich Ferdinand am 25. Juli 1564 zum Sterben niederlegt, tut er dies bei klarem Bewusstsein. Wie klar sein Verstand ist, zeigt sich seinen Höflingen auch darin, dass er ein Gemälde aus seinen Gemächern von der Wand abhängen und wie ein Altarbild vor seinem

Totenbett aufbauen lässt. Er dirigiert die Bediensteten mit Worten so lange herum, bis sein Blick genau darauf fallen kann. Es ist das kleine Brautbild, das Hans Maler vor über vierzig Jahren von Anna von Ungarn gemalt hat. „Meine Anna wartet mit ihrem vergoldeten Brautkleid auf mich. Ich muss also gut gekleidet sterben", so sein letzter Anflug von Humor.

Als allerletzten Befehl lässt sich der sterbende Kaiser Annas Gebetsbuch bringen, das sie in Händen hielt, als sie starb. Er zahlte eine stolze Summe dafür, um es ihr 1521 zur Hochzeit zu schenken, ließ es vergolden und mit bunten Bildern ausmalen.

Als Ferdinand dann mit zittrigen Fingern in Annas Gebetbuch blättert, entdeckt er, dass sie hineingeschrieben hat. Das erbost ihn für einen Moment. Ich werde zornig auf meinem Totenbett, wundert er sich.

Doch, ja! Anna schrieb in dieses unsagbar teure Büchlein hinein und dies wie ein ungarischer Feldwebel in ihrer galoppierenden Handschrift, er erkennt sie gleich. Was sie schrieb, berührt Ferdinand jedoch so sehr, dass er sich ihre Worte auf die Brust legt. Sie sollen ihn leiten bei seiner letzten Reise. So gelänge er sanft in die andere Welt.

Anna schrieb in großen Buchstaben neben ein Bildnis: Es zeigt Marias Empfängnis durch den heiligen Geist. Die Verunstalterin einer Bibel markierte ihren Frevel sogar mit einem Eselsohr. Anna tat dies einen Monat nach ihrer Hochzeit, so das Datum, und schrieb:

„Liebe kann alles!"

Das Kind

Der Tagraum

Schokolade schmilzt in Karis Mund, dazu die klebrige Süße von Karamell. „Eine Prise Salz muss hinein", meint die Köchin, Frau Brunner. Kari nennt sie heimlich „Frau Brummer" – ihrer Figur wegen. „Einer dünnen Köchin könnte man nicht trauen", meint Herr Dangl, er ist der Chauffeur und weiß alles.

Kari feiert heute seinen achten Geburtstag. Das Kalenderblatt zeigt den 5. September 1937. Ein Abreißkalender mit Sinnsprüchen. Das Kalenderungetüm hängt dort, wo Kari viel Zeit verbringt: im Tagraum. Die feinen Räume des elterlichen Hauses am Belvedere in Wien sind für ihn tabu, vor allem der Salon.

Der Tag ist noch jung und hat so begonnen, wie es der Geburtstag eines Achtjährigen sollte: spannend! Unbemerkt schlich er an Pia vorbei, dem Kindermädchen, das bei ihm im Zimmer schlafen muss. Frau Brunner klapperte schon in der Küche herum und überraschte ihn mit einem Stück Dobostorte. Sein Geburtstagskuchen. Eine aufwendige Kreation aus dunkler Schokolade mit einem dicken Deckel aus Karamell. Eine kulinarische Urgewalt. Die Dobostorte ist für Ungarn, was die Sachertorte für Wien ist.

Nun sitzt Kari barfuß und im Pyjama im Tagraum und genießt die Geschmacksexplosion auf seiner Zunge. Mutter darf nicht wissen, dass er vor dem offiziellen Geburtstagsfrühstück Kuchen nascht. Aber die kluge „Brummer" versteckt eine zweite Dobostorte in der Speisekammer und wogt nun durch den Tagraum, lachend: „Igitt, dein Gesicht isst mit, Kari." Sie spuckt auf einen Zipfel ihrer prall ausgefüllten Kochschürze und reinigt seinen Schokoladenmund. Das darf nur sie.

Unweit des Tisches, wo Kari seine Mahlzeiten einnehmen muss, hängt ein Bild. Es leistet ihm Gesellschaft bei allem, was er im Tagraum tut: essen, träumen, in der Nase bohren. Es ist ein Gemälde und zeigt eine feine Dame: Sie trägt eine Art goldene Badehaube, darüber einen merkwürdigen Hut mit baumelnder Brosche vorm Gesicht, untenherum ein rotes Kleid mit Sonnen als Motiv, eine Goldkette und eine auffällige Eule als Schmuck. Alles Dinge, die einem Achtjährigen nicht gefallen. Überhaupt glänzt viel zu viel Gold auf dem Bild für einen Jungen, der für eine burschikose Frau schwärmt, die einen schlichten Fliegeroverall trägt. „Die da auf dem Bild hat Glück, dass sie nicht auf einem Speicher oder dem Trödelmarkt gelandet ist", frotzelte Geza einmal, Karis älterer Bruder. Aber große Brüder verstehen rein gar nichts, wenn es um die Gefühlslage der kleinen geht.

Kari mag dieses Gemälde, es gehört zu ihm. Auch wenn die Porträtierte tatsächlich so aussieht, als hätte sie sich auf dem Trödel eingekleidet – mit dem verrücktesten Plunder. Grausig schön, denkt Kari. Aber sie steht wohl dazu, ihr schmales, blasses Gesicht strahlt etwas aus, was der Vater „Haltung" nennt. Der betont ja auch dauernd: „Haltung ist wichtig in unseren windigen Zeiten. Österreich braucht Haltung!" Das versteht Kari nicht, aber er spürt, dass diese seltsame Frau etwas Besonderes ist. Besonders auch für ihn.

„Wer kleidet sich denn so?", fragte er einmal die Mutter. „Die Abgebildete ist die junge Anna von Ungarn, eine Königin vor über vierhundert Jahren." Mutter kennt sich aus, sie und der Vater sammeln Kunst, aber Kari glaubte ihr nicht. Die Frau auf dem Bild trägt weder eine Krone, noch wirkt sie jung. Aber so alt, dass sie vierhundert Jahre alt ist, auch wieder nicht. Das Personal nennt die Abgebildete „die Kaltmamsell".

„Was tut eigentlich eine Kaltmamsell?“, fragt Kari jetzt die Brummer.

„Eine Kaltmamsell bereitet die kalten Speisen zu, die Wurstplatten, den Eiersalat, den Käseigel, wenn Gäste kommen, eine gute Kaltmamsell kann sogar Rosen aus Radieschen schnitzen und hauchdünn schneidet sie den kalten Braten aus Rinderzunge.“

„Oje“, seufzt Kari, der Zunge nicht mag, sie aber ständig serviert bekommt, weil seine Mutter sie für gesund hält und glaubt, sie helfe Karis Wachstum auf die Sprünge. Frau Brunner, die seine Vorlieben kennt, steckt ihm öfters Wurstzipfel zu. Von der groben Salami, daran kann er lange herumzuzeln. Aber sie dürfen sich nicht erwischen lassen, weder die Köchin noch der Wurstzipfelzuzler. Die Frau Baronin würde sich empören.

„Aber wieso soll die Frau auf meinem Bild eine Kaltmamsell sein?“ Wenn Kari von „seinem Bild“ spricht, weiß jeder, er meint die gemalte Gefährtin seiner Einsamkeit.

„Nun, wir hatten mal eine Küchenhilfe, die sah der im Bild ähnlich. Guckte auch so sulzig.“

„Sulzig?“

„Ach, Kari, du fragst mir Löcher in den Bauch. Bei dem gemalten Gesicht weiß man halt nicht, ob es lachen oder weinen will. Und sulziger Schnee ist Schnee, der durch die Sonne schwer geworden ist.“ Frau Brunner kommt aus Tirol, dort kennt man viele Arten von Schnee. Dafür versteht die Brummer nichts von Kunst, aber viel von Menschen. „Wilma hieß die Kaltmamsell, Wilma aus dem Burgenland. Aber sie wurde krank und ging zurück zu ihrer Familie. Mir war sie eh keine große Hilfe. Und Rosen aus Radieschen bekam sie auch nicht hin. Später hieß es, sie hätte ein Kind gekriegt von einem Maronibrenner am Naschmarkt, der hätte sie im

Winter auf besondere Art gewärmt, später aber eiskalt abserviert. Sie war also ein armes Mädel, die Wilma, und keine gute Kaltmamsell."

Kommt die Brummer ins Reden, wird es gefährlich. Erst gestern kochte ihr die Honigmilch, die Eva zum Einschlafen trinkt, über und brannte ein. Eva ist Karis um zwölf Jahre ältere Schwester. Sie interessiert sich noch weniger für das Nesthäkchen der Familie als Geza, viel lieber organisiert sie ihr Liebesleben mit Erich. Sie wähnt sich in Wien im Paradies. Überall locken Kaffeehäuser, schummrige Bars, Museen und das ganze Jahr der Prater mit Belustigungen für turtelnde Verliebte. Und lebt die Familie nicht am Belvedere mit viel Natur zum Lustwandeln? „Wien ist eine Stadt der Liebe", meint Herr Dangl immer. Er muss es ja wissen, er kommt mit ihrem Austro-Daimler überall herum.

Aber was interessiert einen Achtjährigen die Liebe? Kari träumt von einem weiteren Stück Dobostorte.

„Unglaublich, was in so einen dürren Stecken hineinpasst. Aber lass deinen Gästen noch etwas", mahnt die Brummer.

„Aber ich opfere mich", säuselt Kari und leckt sich einen Rest Süße aus den Mundwinkeln. So einen aufwendigen Kuchen bekäme er erst wieder an seinem neunten Geburtstag. Die Mutter untersagt, dass man ihn verwöhnt. Aber das geschieht sowieso, wenn auch heimlich: Frau Brunner, Herr Dangl und Pia verhätscheln ihn. Wieso? Kari ist das Herz dieser Familie. Ein Herzkäfer, den man beschützen will, meint Pia. Zwar sind Karis Eltern gute Dienstgeber, aber etwas fern vom Geschehen. Fern vom Alltag mit seinen Geschichten, die Menschen verbinden.

Der Vater ist Direktor einer Textilfabrik, die schon lange seiner Familie gehört. Dummerweise liegt sie in

Kolozsvár, im fernen Transsilvanien, deshalb ist er selten daheim. Die Mutter entstammt einer Holzdynastie, lebt das gesellschaftliche Leben einer Baronesse und reitet viel. Natürlich im Damensattel wie einst Kaiserin Sisi, man hat ja Stil. Eva huldigt ihrer Schönheit, die sie eher ihrer grazilen Mutter verdankt als ihre Flausen von Mode und Make-up. Und Geza? Er mimt öfters den präpotenten Lord und ist mit seinen sechzehn Jahren viel unterwegs.

Der Alltag im Haus in der Jacquingasse, das sind Kari und sein Tagraum. Und Alltag meint für Kari auch den Blick auf „sein Bild". Dass die Abgebildete „Kaltmamsell" genannt wird, missfällt ihm, dazu mag er sie zu gern.

Nun genießt er seinen Geburtstagskuchen und betrachtet sie versonnen. Er sieht sie und sieht sie nicht. Aber Karis kindlicher Sinn für Dinge und deren Platz in seinem Leben wären gestört, hinge sie nicht über der Kommode mit dem „guten Geschirr". Jenes Porzellan mit dem Goldrand, das nur im Salon benutzt werden darf, während er seine Dobostorte auf schlicht weißem Porzellan verspeist. Aber das schadet dem Kuchen nicht.

Einmal war die „Kaltmamsell" verschwunden. Dort wo sein Bild hing, seit Kari denken kann, starrte er verblüfft auf ein gähnendes Nichts. Nein, es war kein Nichts. Ein rechteckiger Rand aus Staub und Schmutz auf der hellen Tapete und ein einsamer Nagel verrieten, wo das Gemälde gehangen hatte. Ein trauriger Anblick – wehklagende Leere. Kari vermisste sein Bild. Er sehnte sich nach dem Porzellanteint der geheimnisvollen Abgebildeten, deren Wangen jedoch glühten. Der Blick ihrer tiefblauen Augen war nach innen gerichtet, ein Blick ohne Ferne. Man könnte meinen, sie horche in sich hinein und wüsste noch nicht, wie ihr zumute ist. Nein, die Abgebildete lächelt nicht. Sollten Frauen nicht lächeln auf einem Porträt?

Kari fühlte sich bestohlen und war wütend, als er sah, dass die Mutter das Bild in den Salon entführt hatte. Der Raum, der ihn aussperrt. Ein Terrain, nicht geschaffen für ein kleines Bildchen und einen „kleinen Deppen ohne Tischmanieren", wie Geza ihn schon verhöhnte. Der Salon ist ein Tummelplatz der Noblesse: mit Empire-Möbeln, Perserteppichen und einem Kronleuchter, der wie ein Kugelblitz aus einer Wolke aus Stuck edel und sogleich bedrohlich über dem Geschehen schwebt. Ja, an einem solchen Ort der Festkultur war er unpassend. Ein Nachzügler, der sich noch beim Essen verschmiert.

Nur an besonderen Tagen öffnen sich die Flügeltüren für Kari: an Weihnachten, Ostern oder an Familiengeburtstagen, aber nicht bei seinem eigenen. „Dafür ist er noch zu klein, zu ungestüm und zu schmutzend", bestimmte der Vater einmal. Und was der Vater sagt, ist Gesetz. Für die wenigen Stunden, die Kari im Salon an der langen Tafel sitzen darf – seine Beine reichen von den Empire-Stühlen noch nicht zum Boden hinab –, dachte man sich ein besonderes Ritual aus: Für die Sitzpolster der fünfzehn Stühle – Erbstücke der Mutter, von ihr aber neu bestickt – ließ sie von ihrer Schneiderin aus einer alten Tischdecke einen Schutzbezug nähen, damit es Kari nicht gelänge, die edlen Polster zu verschmutzen. Damit auch der Perserteppich geschützt wäre, reicht der Stoff über seine frei schwingenden Beine hinaus. Der Vater, der sehr auf gute Manieren achtet, lobt die Sorgfalt der Mutter. Kari hingegen schämt sich, wenn er auf dem hässlichen Schutzbezug sitzen muss. Dass Geza ihn „den Deppenschutz" nennt, macht die Sache nicht besser.

Damals hing „sein Gemälde" also im Salon, dem Ort seiner Demütigung, sein Tagraum hingegen war gähnend leer. Es gibt keinen zweiten Wandschmuck dort – außer dem albernen Abreißkalender mit Sinnsprüchen. „Der Bub soll für jeden Tag das Datum wissen und etwas Erbauliches dazu erfahren", so der erzieherische Gedanke der Mutter. Aber welchen Achtjährigen interessieren Kalendersprüche, wenn er in der Gesellschaft einer Königin speisen kann? Die Mutter behauptet doch, die Abgebildete auf seinem Bild sei eine Königin.

Nun, Königinnen sehen eigentlich anders aus. Kari entdeckte Bilder der Krönung des Königs von England in einer alten Zeitung. Irgendein George, das wusste er noch. Und was trug dessen Frau, die englische Königin, auf ihrer Dauerwelle? Natürlich eine Krone, wenn auch ein kleineres Modell als dieser George. Und die Kronprinzessin der Niederlande heiratete jüngst. Juliana heißt sie und sie trug eine Krone. Natürlich! Und keinen merkwürdigen Hut vom Trödel. Die Mutter nennt das Ding „Barett". Was soll das sein und wen interessiert so etwas? Königinnen hin oder her.

Kari interessiert sich eigentlich für ganz andere Frauen. Er bewundert die Pionierinnen der Neuzeit: Fliegerinnen! Eine stahl sein Herz: Amelia Earhart. Sie sieht aus wie ein hübscher Knabe und treibt ihr kleines Flugzeug von Rekorden zu Rekorden. Sie ist eine Amazone!

Aber dennoch wollte Kari sein Bild zurück. Die Gefährtin seiner Einsamkeit und seiner Bubenträume im Tagraum. Und allein war er oft. Nicht immer aß Pia mit ihm. Sie hatte freie Tage, hatte Termine, hatte auch im Haus zu tun.

Irgendwann hing sein Bild wieder dort, wo der Schmutzrand Kari zuvor erschreckt hatte. Zwar ist das Gemälde kostbar – „ein seltener alter Meister, der in Vergessenheit geriet", salbadert die Mutter manchmal bedeutungsvoll. Aber es ist halt nur ein kleines Ding. So ein Format erschien ihr wohl nicht repräsentativ genug für einen Salon der feinen Gesellschaft. Dort gibt es größere und kostbarere Gemälde. Riesige Schinken in Öl. Diese sind wiederum Kari egal.

Er weiß noch, wie froh er war, als Mutter ihm sein Bild zurückgab. „Jetzt gruselt sich Anna von Ungarn wieder über deine Tischmanieren", sagte sie streng. „Aber wir kennen uns doch schon so lang", entrüstete sich Kari, als verteidige er eine alte Freundschaft. Seine Freundin.

Erwachsene sind verwirrend. Eine weitere Kostprobe ihrer Merkwürdigkeit ist nun sein offizielles Geburtstagsfrühstück. Man sitzt dicht gedrängt um den Tisch im Tagraum, im Salon wäre genug Platz. Die Mutter schenkt ihm eine neue Sporttasche mit Turnschuhen, Geza überreicht ihm eine Luftpumpe und knurrt: „Damit du meine nicht ständig ausleihst. Und Finger weg von meinem Fahrrad!"

„Bist du im Stimmbruch?", mutmaßt Kari. Eine Frage, von der er weiß, dass sie Geza ärgert. Säße man nicht am Geburtstagstisch und unter den Argusaugen der Mutter, würde der Bruder ihm einen Boxhieb verpassen. Es wäre nicht Karis erster blauer Fleck, aber er war gut im Spucken und Kratzen.

„Ihr mit eurem blöden Getue", stöhnt Eva und schenkt Kari ein blaues Halstuch mit gelben Sternen.

„Das passt ja gut!" Kari bindet es sich gleich um.

„Passt wozu?" Die Mutter schaut irritiert.

„Mutter, er spielt doch bei diesem Dingsda mit, das weiß sogar ich", macht Geza sich wichtig.

„Das Dingsda heißt: ‚Östlich von der Sonne und westlich vom Mond'. Ich spiele den Mond", sagt Kari stolz und blickt die Mutter an.

„Ja, wunderschön, Bub! Jetzt fällt es mir ein. Muss derzeit an so viel denken ..."

„Und wo spielt er, Mutter?" Gezas Frage ist eine Falle.

„Na, im Theater an der Wien wird unser Kari kaum auftreten. Er spielt im Theresianum, seiner Schule", säuselt sie künstlich.

„Mir gefällt das Halstuch, Eva. Denn bald spiele ich ja einen Mond mit Sternen", lacht Kari.

„Und wie lautet dein Text, Herr Sternenmond?", fragt Geza barsch.

„Bruder! Hast du den Mond schon mal reden hören?" Kari gelingt ein Treffer in diesem Schlagabtausch und alle lachen. Alle, bis auf Geza.

Pia, die am Familientisch sitzen darf, zieht einen Teddybären hervor. Er ist so winzig, dass er in Karis Handfläche passt. „Dein Glückbringer, auch für deine Karriere auf der Bühne. Steck ihn in eine Hosentasche, dann wärst du ein Mond mit Sternen und einem Teddybären", sagt sie etwas schüchtern. Kari bedankt sich herzlich. Das Band zwischen ihm und Pia ist fast so eng wie jenes mit der Brummer.

„Und Vaters Geschenk?", erkundigt sich Kari zaghaft.

„Ach, genau", die Mutter zieht neben der Kommode einen Koffer hervor. Einen Lederkoffer zwar, aber alle machen große Augen. „Herzlichen Glückwunsch von deinem Vater. Er schrieb dir ja aus Kolozsvár und dies ist sein Geschenk."

„Danke ... das ist ... äh ... fürchterlich praktisch." Mehr fällt Kari nicht ein.

„Welcher Achtjährige wünscht sich ein praktisches Geschenk? Und einen Koffer?", wundert sich Eva. Mit ihren zwanzig Jahren nimmt sie sich schon einiges heraus. „Für den Urlaub haben wir doch das große Gepäck", fällt ihr noch ein. Recht hat sie, denn fährt Herr Dangl die

Familie in die Sommerfrische zum Familienstammsitz im ungarischen Rádiháza, verpackt man ihre Garderobe in Koffern groß wie Überseekisten. Dort brachte Herr Dangl der Mutter auch das Autofahren bei. „Geben S' Gas, Frau Baronin, geben S' Gas“, rief er ständig. Kari hört noch die Ermunterungen des Chauffeurs in seinem Kopf, denn die Mutter war selbst auf dem Land ein Verkehrshindernis.

„Vielleicht reisen wir ja bald mit kleinem Gepäck? Eine spontane Überraschungsreise, ein Abenteuer“, die Mutter wirkt abwesend. Sie sieht fast aus wie die Frau auf seinem Bild, denkt Kari: sulzig.

„Ein Abenteuer? Bei uns? Aber Vater hat doch nie Zeit. Und du planst jeden kleinen Ausflug wie einen Staatsakt“, murrt Geza.

„Hat mein Koffer einen Inhalt?“, nörgelt Kari. Man sieht und hört ihm die Enttäuschung an, doch sein Blick hellt sich auf, als er feststellt, das Kofferschloss ist unverschlossen.

Der kleine Schlüssel liegt im Bauch des Koffers, neben etwas, das aussieht wie ein großes Buch. Kari reißt das Geschenkpapier herunter und hält einen Bildband in Händen. „Juhu! Danke! ‚Helden der Luftfahrt‘! Das habe ich mir sogar gewünscht. Und ihr Foto ist auf dem Buchdeckel. Toll ...“ Karis Stimme vibriert vor lauter Aufregung.

Die Mutter betrachtet das Titelbild erstaunt. „Mmh ...? Eine Frau mit kurzen Haaren? Oder ist das ein Mannsbild?“

„Aber Mutter, das ist Amelia Earhart!“, kräht Kari völlig überdreht.

„Amelia ... wer?“, wundert sie sich.

„Das ist eine verrückte Amerikanerin, die mit einem Flugzeug die Welt umrunden will“, erklärt Geza.

„Keine Verrückte!“, empört sich Kari.

„Und? Schafft sie es?“, fragt die Mutter kühl.

Kari verdreht die Augen.

„Sie ist verschollen, sicher irgendwo abgestürzt“, antwortet Geza.

„Dann ist sie tot! Nun, welche Verrückte fliegt dort, wo es so viel Wasser gibt, allein mit einem Flugzeug herum?“, stöhnt die Mutter kopfschüttelnd.

In Kari brodelt es. „Mutter, tot ist die Kaltmamsell an der Wand.“ Er deutet auf sein Bild, denn er weiß, dass es die Mutter ärgert, wenn er „ihre Königin Anna“, die sie erwarb, „Kaltmamsell“ nennt.

„So redet nur das Personal“, schimpft sie auch gleich, obwohl Pia mit am Tisch sitzt.

„Und Amelia Earhart ist nicht abgestürzt! Sie ging nur mal verloren und trinkt am Lagerfeuer einer Insel mit den Eingeborenen Tee“, sagt Kari noch.

„Verloren? Du Spinner, natürlich ist die Earhart abgestürzt“, widerspricht ihm Geza überheblich.

Kari sagt lange nichts mehr. Er schmollt. Soll er sich mit Menschen unterhalten, die seine Amelia Earhart gar nicht kennen oder sie verlachen? Als wolle er sie beschützen, legt er seine Hand auf ihr Foto. Spürt dessen Energie in seiner Handfläche wie ein Pochen.

Am Mittag nach der Schule hat es Kari doch noch lustig. Er feiert mit Freunden im Tagraum und Frau Brunner serviert Schnitzel. Viele Schnitzel. Wiener Schnitzel ist sein Lieblingsessen – nach Dobostorte, die es zum Nachtisch gibt. Die „Brummer-Schnitzel“, wie er sie nennt, sind besonders kross paniert und schön weich geklopft und saftig.

Auf der Kommode, über der sein Bild hängt, sammelt Kari die Geschenke. Seine Gäste, alles Klassenkameraden, beäugen seine Gaben mit der Neugier ihres Alters. Kari ist einer der Jüngsten in seiner Klasse.

„Oje, wer schenkt dir einen Koffer?“, lästern sie.

„Mein Vater“, seufzt Kari. „Aber er hat das Buch über die ‚Helden der Luftfahrt‘ darin versteckt“, sagt er entschuldigend.

Nun wird Begeisterung laut. Das Buch wird ausgiebig betrachtet, wobei Kari darauf achtet, dass niemand seine Amelia mit Kuchenfingern beschmutzt. Die Schnitzel und die Dobostorte machen die Buben zu träge, um im Park des Belvederes zu spielen. Und wer spielt schon kindisch „Verstecken“ oder „Fangen“, wenn man einen Nachmittag mit der schönsten Heldin der Luftfahrt verbringen kann?

Während schnitzelsatte und überzuckerte Achtjährige Bilder von Amelia Earhart, Zeppelinen und Wasserflugzeugen bewundern, findet fern von Wien – in Berlin – etwa um die gleiche Zeit herum auch ein Festmahl statt. Das Berliner Diner wird vieles verändern.

In Berlin speist Adolf Hitler mit Benito Mussolini. Kurz vor seiner Abreise nach Berlin lehnte Mussolini noch eine eindringliche Bitte von Österreichs Kanzler Schuschnigg ab. Jener besuchte Mussolini in Venedig und bat um Hilfe gegen die wachsende Einflussnahme Hitlers und des Nationalsozialismus, der sich überall breitmacht. Prügelnd, sogar mordend.

Zwar ist die NSDAP in Österreich verboten, aber Arbeitslosigkeit und mangelnde Perspektiven spielen Hitler Sympathien zu. Deshalb braucht Österreich dringend die Hilfe Italiens. Aber Mussolini braucht Hitler für seine eigenen Pläne, auch als Verbündeten für seinen Krieg mit Äthiopien. Hitler ist stark, Schuschnigg wähnt die Italiener im Sinkflug.

Und als man in Berlin den Nachtisch serviert, Schwarzwälder Kirschtorte mit Kaffee, besiegeln der

„Führer“ und der „Duce“ Österreichs Zukunft: Mussolini wird nicht widersprechen, wenn Hitler sich sein Geburtsland einverleibt. Einverleibt wie ein Stück Torte. Ab dann gelten dort auch die Deutschen Rassengesetze. All dies bespricht man beim Dessert.

Zu Weihnachten schenkt Karis Vater auch seinen großen Kindern Koffer. Einen sogar seiner Frau. Die so Beschenkten blicken sulzig.

Kari freut sich, dass die restliche Familie nun auch so „praktisch“ beschenkt wird. Der Vater ist zumindest fair. Die Koffer der anderen sind auch nicht größer als jener, den er zu seinem Geburtstag bekam. Braun, unauffällig, schlicht. Die Mutter überlegt stirnrunzelnd, wie sie in so einer besseren Hutschachtel die Garderobe einer Dame für mehrere Tage unterbringen soll. Eva macht sich da gar keine Illusionen.

Kari hat diese Probleme nicht, freudig lässt er seine Beine auf dem Stuhl mit dem „Deppenschutz“ baumeln, das Weihnachtsdinner ist seine Zeit im Salon. Die Brummer hat wieder vorzüglich und viel zu reichlich gekocht und unter dem großen Christbaum stapeln sich lustig die Koffer. Ein Bild wie auf einem Bahnhof, denkt Kari schmunzelnd.

Doch keiner der Beschenkten glaubt, dass die Welt in der feinen Jacquingasse am Belvedere je eine andere sein würde.

Die Jacquingasse ist keine Gasse. Sie ist eine elegante Straße, die sich an den Park vom Unteren Belvedere bis zum Oberen Belvedere anschmiegt und im Norden in den Rennweg mündet. Im Süden berührt sie den Botanischen Garten, dessen früherem Direktor sie ihren schönen Namen verdankt. Nikolaus Joseph Freiherr von Jacquin sei ein von Maria Theresia geschätzter Pflanzenkundler gewesen, den sie zum Direktor der kaiserlichen Gärten gemacht habe, erzählte der Vater einmal.

Kari genießt es, entlang alter Stadtvillen und eleganter Mietshäuser zur Schule zu schlendern. Nun, theoretisch, denn öfters muss er zum Unterricht rennen, wie wohl alle Buben seines Alters. Der Vater hat es jedoch verboten, dass Herr Dangl den Sohn fährt, wenn der mal wieder trödelt. Gott sei Dank reicht Karis Puste, um im Schweinsgalopp das Theresianum zu erreichen, wenn der Schulranzen nicht zu schwer ist.

Neben dem Haus der Familie in der Jacquingasse 17 liegt das Palais der Grafen Lanckoroński mit einer bedeutenden Kunstsammlung, darunter Skulpturen der Antike und Gemälde von Berühmtheiten wie Tintoretto, Rembrandt und Canaletto. Das behauptet zumindest Karis Mutter, die darüber immer ins Schwärmen gerät. Auf das Drängen der Gastgeber darf sie Kari zu einer Einladung zum Tee in das Grafenpalais begleiten. Er sitzt in einem Anzug – der Wollstoff juckt im Schritt – unter Schätzen der Kunstgeschichte und überlegt, wie er sich ungesehen am Hosenschlitz kratzen kann. Die spitze Kuchengabel wäre ideal dafür.

Kari verspeist ein Stück Esterházytorte, die Mutter plaudert mit der Frau Gräfin, lässt ihn jedoch nicht aus den Augen. Trotz der gespielten Leichtigkeit sieht Kari ihre Sorge, seine Tischmanieren könnten an der Esterházytorte scheitern. So vorzüglich sie schmeckt, Kari liebt es ja pappig-süß, so schwer ist sie zu essen mit ihrem klebrigen Deckel aus marmoriertem Zuckerguss und den vielen knusprigen Schichten darunter, die einen Jungen im Anzug gefährden. Sind die Schichten bei einer Esterházytorte aber nicht knusprig, dann ist sie misslungen. Das weiß Kari, in seinem Alter ist er schon der Kuchenspezialist in seiner Familie – aber halt nicht der Spezialist für adelige Tischmanieren. Kuchen schmeckt auch ohne Manieren, denkt er. Aber ein Anzug, der einen jungen Mann zwischen den Schenkeln kratzt, ist kriminell.

Kari übersteht den Besuch bei den kunstsinnigen Nachbarn ohne Malheur. Er ist jedoch nicht traurig, als seine Mutter ihre Einladungen in Zukunft ohne ihn absolviert.

Karis Familie lebt auch in guter Nachbarschaft mit Architekten, Professoren, Industriellen, wie der Vater einer ist, und mit Musikern. Vielen Musikern. Der prominenteste davon ist Richard Strauss, dem die Stadt Wien in ihrer Straße eine Stadtvilla schenkte.

Auch spirituellen Beistand bietet die Jacquingasse mit einer Kirche samt Kloster. In der grünen Jahreszeit duftet es nach Blumen, alten Bäumen und frischem Gras, im Winter nach Schnee, der lange weiß bleibt, denn das Barockgartenviertel ist eine der saubersten Ecken der Millionenstadt Wien. Anders als die Arbeiterviertel, in denen der Schnee schwarz ist von Abfall und Kohlestaub, ist die Jacquingasse ein Ort, an dem sich gut leben lässt. Sollte man meinen ...

„Es gibt Schlimmeres, als einen Koffer geschenkt zu bekommen“, sagt die Mutter, als Eva und Geza nach dem Grund für die „Kofferepisode" unter dem Weihnachtsbaum fragen. Da war Vater schon wieder nach Kolozsvár abgereist. Er hätte solche Fragen nicht geduldet. Ein Geschenk war ein Geschenk. „Ist euer Vater sonst nicht immer großzügig mit euch?", verteidigt die Mutter ihn auch gleich. Sie ahnt jedoch, was im Kopf ihres Mannes seinem Kauf von Koffern vorausging ...

Im Spätherbst wickelte ihr Mann in München Geschäfte ab. Er war guter Laune und etwas Zeit blieb ihm noch, bevor sein Zug ging. Mit dem Taxi ließ er sich in das gerade erst eröffnete Haus der Kunst fahren. Er ist kunstsinnig und der Besuch sollte eine Belohnung nach einem Vertragsabschluss sein.

Kaum hatte er das Haus der Kunst erreicht, erstaunte ihn der Titel: „Der ewige Jude". In der Danksagung lobte man Reichspropagandaminister Joseph Goebbels überschwänglich. Er hätte diese Ausstellung angeregt, die später im Reich auf Wanderschaft ging, damit jeder Mensch rechter Gesinnung eines erkenne: „Das Wesen des Judentums und dessen volkszersetzende und verbrecherische Machenschaften."

Den Herr Baron aus Wien zog es dennoch in die Ausstellung. Sie war gut besucht. In den abgedunkelten Ausstellungsräumen sah er Grafiken und Bildmontagen, alle reißerisch gemacht und grell beleuchtet, was die Motive noch erschreckender erscheinen ließ. Alle zeigten sie eines: böswillige, gierige Juden.

Etwa einen dicken Bankier, der ausgehungerte Schuldner ausplünderte, darunter eine weinende Mutter mit einem mageren Säugling an der Brust. Um ihn als Jude zu brandmarken, trug er ein Namensschild mit „Shylock" am Revers eines Anzuges, dessen Nähte, ob seiner Leibesfülle, zu platzen schienen. Aus seinen Taschen quollen Dollarnoten. Bei Shakespeares Shylock müssten es aber Pfundnoten sein, dachte der Betrachter. Damit auch schlichtere Gemüter das Motiv verstanden, trug es die Bildunterschrift: „Der Wucherer".

Am meisten entsetzte ihn eine Grafik des „Anderl von Rinn. Eine Geschichte aus den Bergen Tirols", so der Untertitel. Ein Rabbi mit Kippa und den typischen gedrehten Locken tötete einen blonden Buben in Lederhosen. Er tötete das arme Knäblein mit einem Schlachtermesser, „um das Blut des Christenkindes zu trinken". So die Bildinformation.

Dem Betrachter wurde schummerig.

Eine junge Aufsicht eilte herbei und sah einen elegant gekleideten Mann mit Krawatte und Anzug, der neben dem Bildnis des „Anderl von Rinn" um Atem rang. „Ihnen ist nicht wohl?", ihre Stimme war freundlich.

Der Mann, den sie sah, hatte warme braune Augen und trug einen Schnurrbart im Gesicht. Schnurrbärte sind derzeit in Deutschland sehr in Mode.

„Gleich geht es wieder, Fräulein. Zu viele Geschäfte heute und zu wenig frische Luft", entschuldigte er sich.

Wenn er geschäftlich in Deutschland war, begegnete der Geschäftsmann aber auch Menschen, die ihm das Gefühl gaben, ihnen sei das wilde Treiben der Nazis nicht recht. Deutschland war nicht nur Hitler, es war auch Goethe, Schiller, Annette von Droste-Hülshoff, Heinrich Heine oder Beethoven. Aber wer traute sich noch, dies offen zu sagen?

Nach Kolozsvár zurückgekehrt, griff er sofort zum Telefon. „Liebste, ich habe Neuigkeiten für dich." Er spricht seine Frau noch mit „Liebste" an – nicht mit

„meine Liebe“, wie viele Männer seines Alters –, da er sie wirklich noch liebt. Dann schilderte er die Ausstellung.

„Liebste, das ist Volksverhetzung und Verleumdung der übelsten Art“, seine Stimme klang blechern.

„So etwas wie dieses ‚Anderl von Rinn‘ glauben die Menschen in Österreich nicht. Ich kann die Brummer ja fragen, also Frau Brunner, sie kommt aus dem Zillertal“, sagte sie.

„Gar nichts wirst du!“

So sprach ihr Mann noch nie mit ihr, sie schwieg, er hörte nur ihr empörtes Atmen.

„Entschuldige, Liebste“, seufzte er. „Aber ich sehe, wie der Ungeist in Deutschland zunimmt“, seine Stimme klang merkwürdig hölzern.

„Liebster, wir sind in Wien nicht in Gefahr. Wien war immer schon eine internationale Metropole im Vielvölkerstaat“, erwiderte sie betroffen.

„Und wieso schreien dann so viele nach dem Anschluss? Und glaubst du, ein Schuschnigg ist stark genug, sich gegen einen Hitler zu stemmen? Schuschnigg ist ein Intellektueller, Hitler ist ein Besessener!“ Er schrie nun fast in den Hörer.

„Beruhige dich, Schuschnigg ist bemüht. Abwarten“, besänftigte sie.

„Abwarten? In der Jacquingasse wartet man vielleicht ab.“ Wieder wurde er sehr persönlich, aber er wusste, er müsste jetzt klare Worte finden.

Sie schwieg erneut.

„Liebste, angesichts einer Katastrophe wartet man nicht ab. Ich habe Geschäftskontakte, ich höre einiges. Und dieses Wenige stürzt mich in tiefe Sorge, es lässt mich aber auch handeln. Du sagst kein Wort zu niemandem. Erst recht nicht zum Personal.“

„Aber das Personal liebt uns", fällt sie ihm ins Wort.

„Lieben? Sie stehen bei uns im Brot. Aber was wissen sie schon wirklich über uns?"

Tatsächlich wurde in diesen Tagen nachdenklichen Zeitgenossen klar: Die Annexion Österreichs wäre nur noch eine Frage der Zeit.

Nach der „Kofferweihnacht", wie Kari sie inzwischen nennt, gibt es erneut Unerwartetes in der Jacquingasse: Herr Dangl und Frau Brunner gestehen der Frau Baronin ihre Liebe.

„Jeder Jüngling hat nun mal einen Hang zum Küchenpersonal", säuselt Herr Dangl mit verliebtem Blick auf seine zukünftige Frau. „Aber keine Sorge, wir bleiben bei Frau Baronin in Stellung, wenn Sie dies wünschten. Wer verlässt die Jacquingasse schon gerne freiwillig?" Kari, der das Gespräch belauscht, fühlt, wie sein Herz einen Sprung macht.

In Kari prägt sich noch eine Szene ein. Er beobachtet sein Kindermädchen, das bei ihm schlafen muss, bei der „großen Wäsche". So nennt Pia das, wenn sie sich einmal die Woche gründlich an der Waschschüssel im Zimmer wäscht. Unbekleidet. Aber nur, wenn Kari schläft. Dass er sich schlafend stellen könnte, um ihr nacktes Fleisch zu betrachten, ahnt sie irgendwann und zerrt ihm am Kragen seines Pyjamas aus dem Bett.

„Du hast geschaut, du Ferkel", faucht sie zornig und schüttelt ihn.

„Nur ein bissl", stammelt Kari erschrocken, was die immer noch Entblößte zum Lachen bringt.

„Nur ein bissl" wird zu einem Geheimcode zwischen ihnen werden, wenn Kari etwas anstellt.

Fortan findet Pias große Wäsche jedoch so statt, dass Kari sich mit dem Gesicht zur Wand drehen muss. Frustriert kratzt er mit seinen Fingernägeln ein Loch in die Tapete, wenn er schon sonst artig sein muss.

Als Pia das Haus wegen eines Mannes verlässt, ist Kari so lange untröstlich, bis Hilde in sein Leben tritt. Bald nennt er sie zärtlich „Dauzi", doch bei ihr gibt es keine Nacktheit zu betrachten, denn sie schläft in ihrer eigenen Kammer.

Das Wetter ist strahlend, ein März kann kaum schöner sein. Die Brummer wedelt mit einem Brief von Pia aus der Steiermark vor Karis Nase herum, er bestaunt die Briefmarke und beschnuppert das Papier. Streichelt es. Riecht es noch irgendwie nach seiner Pia? Doch die Brummer nimmt ihm die kostbare Beute wieder ab. „Pia schreibt an mich“, maßregelt sie ihn.

„Bin ich noch nicht alt genug für einen Liebesbrief von meiner Pia?“, heult Kari auf.

Die Brummer überfliegt die Zeilen und winkt ab. „Kaum hat das Mädel den Ring am Finger, ist was Kleines unterwegs. Das wird mal wieder ein Fünfmonatskind“, sagt sie und rollt vielsagend mit den Augen. „Aber das ist nichts für junge Ohren“, sagt sie dann und schweigt.

Kari würde gerne damit angeben, wie gut er Pia kennenlernte, wagt es aber nicht.

Die Brummer hat nun Herrn Dangl geheiratet und man fragt sich in seiner Familie, ob auch dieses Paar Nachwuchs plant. „Die Brummer ist nicht mehr jung und dabei so korpulent, da würde eine Schwangerschaft gar nicht auffallen. Selbst ihrem Ehemann nicht“, scherzte Geza erst gestern und erhielt von der Mutter prompt einen schweren Tadel. Überhaupt wirkt die Mutter nervös.

Nach der Briefepisode sitzt Kari im Tagraum und löffelt eine Rindssuppe mit Grießnocken. Die Nocken schweben wie weiße Märzwolken durch die fettiggelbe Brühe und im Mund zergehen sie auf der Zunge. Köstlich. Kari stapft mit seinem Teller in Richtung Küche, um bei der Brummer einen Nachschlag zu erbetteln. Da sie ihm Pias Brief vorenthielt, hätte er etwas bei ihr gut.

Als er Vaters Arbeitszimmer passiert, hört er Stimmen durch die geschlossene Flügeltür. Seltsam erregte Stimmen.

„Nein, es gibt keinen Krieg. Du glaubst an Gespenster." Die Stimme der Mutter klingt ungewohnt schrill.

„Und du bist naiv. Du weißt nicht, was draußen geschieht, fern deiner feinen Jacquingasse", hört er den Vater sagen, der heute früher zum Wochenende anreiste, aber gleich in seinem Zimmer verschwand.

Normalerweise gehen die Eltern sehr höflich miteinander um. Vor den Kindern und dem Personal sowieso. Adel verpflichtet. Aber dies klingt wie ein Streitgespräch.

„Der Lauscher an der Wand hört seine eigene Schand", schreckt Dauzi Kari auf und zerwühlt ihm von hinten die Haare. Sie muss sich hinter seinem Rücken auf Zehenspitzen angeschlichen haben.

„Pia habe ich gemocht, aber du bist meine Liebe", murrt er etwas schuldbewusst, um sich bei dem Mädchen einzuschmeicheln. Würde sie seine Neugier bei der Mutter melden, bekäme er Stubenarrest – bei schönstem Wetter.

„Es schafft nicht jede, das Gspusi eines Achtjährigen zu sein", kichert Dauzi und fischt eine rotblonde Lockensträhne aus ihrem Gesicht.

„Ich bin jetzt achteinhalb!", empört sich Kari.

„Na, dann können wir ja bald heiraten", lacht sie und zwinkert ihm zu.

Das ist seine Dauzi, das hätte Pia nicht getan, an deren weißen Körper und schwere Brüste am „großen Waschtag" er aber immer noch denken muss.

Was würde Geza sagen, wenn er wüsste, sein kleiner, „dummer" Bruder sah schon eine nackte Frau? Geza zieht Kari gerne auf, eine Spezialität großer Brüder.

Geza lachte auch wiehernd, als Kari vor Weihnachten fast in Tränen aufgelöst behauptete: „Mutter, wir müssen den Weihnachtsbaum entfernen, das Christkind und den Nikolaus gibt es gar nicht."

„Was sagst du da?", empörte sich die Mutter, wusste aber schon, woher der Wind wehte, denn ihr Sohn kam vom „Herrn Religionslehrer" zurück. So nannte man diesen Mann vor dem Personal, nie anders. Kari ging ungern zu diesem ernsten Mann in dessen düstere Wohnung und wunderte sich, wieso er nach der Schule überhaupt noch zu einem „Herrn Religionslehrer" gehen sollte. Er war katholisch getauft, wie alle in seiner Familie. Man feierte Ostern, Weihnachten und besuchte den Gottesdienst. Er ging auf eine katholische Schule.

Nun behauptete der „Herr Religionslehrer" aber: „Es gibt keinen Nikolaus, wie es auch kein Christkind gibt. Das ist Firlefanz von Christen."

„Aber wir sind Katholiken, Herr Lehrer", sagte Kari verdattert.

„Sagt wer?"

„Na ... äh ... ich", stotterte er.

„Das sagt mir ein kleiner Judenbub?", empörte sich der Mann.

Als Kari der Mutter davon berichtete, wurde ihr schönes Gesicht blass, obwohl sie Rouge aufgelegt hatte. Sogleich eilte sie in Vaters Arbeitszimmer und telefonierte länger mit ihm. Leider leise und bei fest geschlossener Tür. Bei diesem Gespräch hätte selbst Geza gerne gelauscht. „Hör zu, kleiner Depp, dein komischer Religionskasper ist bald Geschichte, wie ich Vater kenne", prophezeite er. Er hätte auch zu einem „Herrn Religionslehrer" gehen müssen, aber nur kurz, meinte er noch.

Tatsächlich lag Geza richtig, aber Kari war sehr beunruhigt. „Mutter, bin ich ein Judenbub?", fragte er sie ganz leise, so als ob es um etwas Verbotenes ging. So fühlte sich dies in ihm an. Unanständig irgendwie.

„Du bist ein Kind Gottes und du bist mein Bub", antwortete die Mutter und nahm ihn in den Arm. Als Kari Tage später erneut nachfragte, denn das Erlebnis arbeitete in ihm, sagte sie dasselbe und fügte aber hinzu: „Kari, ich möchte nicht mehr darüber sprechen, und auch du hältst darüber deinen Mund. Das ist auch ein Befehl deines Vaters."

Inzwischen hatte Kari nachgedacht. Für sein Alter war er gut im Nachdenken: „Mutter, ich bin ein Wiener Bub! Ein ganz normaler Wiener Bub." Es war ihm wichtig, ihr dies zu sagen. „Und Herr Dangl hat mir erzählt, ich sei im selben Krankenhaus wie Hedy Lamarr geboren, er fuhr dich ja damals dorthin. Die Lamarr sei jetzt ein Filmstar in Amerika, und Herr Dangl sagt, sie sei die schönste Frau der Welt. Und doch ist sie ein echtes Wiener Mädel, so wie ich ein echter Wiener Bub bin." Er lachte spitzbübisch.

„All dies hast du vom Dangl?", die Mutter blickte konsterniert. „Das sieht ihm gleich", schnaufte sie. Sie wusste, dass Chauffeure als windige Gesellen galten, die viel herumkommen, auch bei den Frauen. Umso mehr wünschte sie, er möge ihre gute Frau Brummer glücklich machen.

Aber was die Mutter noch wusste, alarmierte sie: Sie entnahm der Presse, dass die Lamarr für Nacktszenen in dem Film „Ekstase" wegen öffentlicher Unzucht angeklagt sei, was seitdem ganze Männerhorden in die Kinos treibe und öfters auch die Sittenpolizei. Aber sie sagte dies Kari natürlich nicht. Zudem schien er glücklich zu sein, dass er „ein echter Wiener Bub ist" mit dem gleichen Geburtsort wie Hedy Lamarr. Er stand vor ihr und strahlte mit dem ganzen Charme seiner acht Jahre.

Aber eines konnte sie sich nicht verkneifen: „Die Lamarr sieht aber ganz anders aus als deine fliegende Amelia, diese Kurzhaarige. Die Lamarr hat mittellange dunkle Locken mit Mittelscheitel frisiert, das ist jetzt Mode.“

Kari wirkte für einen Moment irritiert: „Niemand ist perfekt“, kam ihm über die Lippen. Er sagte dies so trocken, dass die Mutter in Gelächter ausbrach, was eigentlich nicht ihrer aristokratischen Erziehung entsprach. Damit war das Thema zwischen ihnen erledigt. Beide verließen sie das Feld als Sieger.

Es war dann doch ein besinnliches Weihnachtsfest für sie alle. Mit viel Weihnachtsschmuck und der geschnitzten Holzkrippe aus Tirol. Kari durfte die Heiligenfiguren aufstellen, er hatte sich dies gewünscht. Zwar war die Stimmung bei der Bescherung unterm Tannenbaum etwas merkwürdig, bei dieser „Kofferweihnacht“ mit den etwas mickrigen Geschenken. Aber das Fünf-Gänge-Festmenü der Brummer stimmte dann selbst Grübler um, machte sie milde und übersatt. Sie waren eine vom Glück gesegnete Familie, sie waren zusammen in ihrem stilvollen Zuhause, in der Jacquingasse, im bezaubernden Wien.

Der Frühling zieht ein. Schneeglöckchen blühen nur noch vereinzelt, nun entzünden Ginsterbüsche wie gelbe Fackeln die Vorgärten der Jacquingasse, erste Bienen taumeln zu blühenden Weidekätzchen, auch Krokusse drängen sich als bunte Sprenkel ins Bild. Kari ist quietschvergnügt. Ihn erwartet die schönste Zeit in seiner Straße. Die Zeit der Bubenabenteuer: Er würde von Ostern bis zum Erntedank kurze Hosen tragen, sich bei Klettertouren durch die Gärten oder wilden Kricket- oder Fußballmatches die Knie aufschürfen, was er tapfer hinnähme, würde bei Gartenpartys die herausgeputzten Mädchen der Nachbarschaft besichtigen mit ihren Schleifen oder Blumen im Haar und er würde heimlich von der Erdbeerbowle trinken.

In Karis Frühlingszauber platzt irgendwann Herr Dangl hinein: „Überall in der Stadt flattern Hakenkreuzfahnen im Wind, die ganze innere Ring ist schwarz-rot", schimpft er. „In Österreich sollte nur Rot-Weiß-Rot als Fahne wehen."

Fahnen mit dem Hakenkreuz gibt es in ihrer Straße nicht. Aber in der Stadt sah Kari auch Plakate mit der Aufschrift: „Ein Volk, ein Reich, ein Führer". Selbst der Vater sprach schon davon und nannte dies „Germanengeschrei". „Und lässt Kanzler Schuschnigg solche Plakate abhängen, werden in der Nacht, verbotenerweise, noch mehr Hitlervisagen plakatiert. Es ist wie ein Invasion", sagte der Vater zur Mutter in seinem Arbeitszimmer.

Bald hat Herr Dangl wieder etwas zu berichten. Unglaubliches: „Ein Chauffeur aus Deutschland erzählte, man hätte seiner Herrschaft das Auto weggenommen auf Anweisung der NSDAP. Den Juden sowieso. Die dürfen jetzt eigentlich gar nichts mehr."

Die Mutter schweigt zu den Worten Herrn Dangls. Sonst ist sie doch nicht so erschrocken, wundert sich Kari. Sie sagt nur, er dürfe nicht mehr in die Stadt gehen.

Es ist ein besonders strahlender Tag, als Dauzi vorschlägt: „Kari, komm. Wir flanieren über den Ring!"

„Aber Mutter meint, es wäre in der Stadt gefährlich", Kari bläst die Backen auf, überzeugt ist er von seinen Worten nicht.

„Wir gehen zusammen und was soll in der feinen Ringstraße gefährlich sein? In unserem Wien überhaupt?"

Kari kratzt sich am Kopf, die Welt der Erwachsenen war kompliziert. „Wir bekamen schulfrei."

„Schulfrei?", wundert sie sich.

„Ja, um den Führer zu sehen. Der Herr Schuldirektor ließ uns in der Aula antreten, dort, wo ich bald den Mond spiele bei unserem Bühnenstück. Auch Geza hat frei. Selbst morgen und übermorgen ist keine Schule. Sie nennen es: Hitler-frei!" Er grinst. „Ich hätte also Zeit für die Ringstraße."

Die Mutter kann man nicht um Erlaubnis bitten, sie ist wieder einmal bei ihrem Pferd. Ein Besuch des Vaters ist erst spät für den Abend angekündigt. Kari wundert sich sowieso, wieso er unter der Woche anreist. Sicher dringende Geschäfte.

Kari ist immer verführbar, wenn es unter Menschen geht. Er liebt Kaffeehäuser, studiert gerne die Auslage von Geschäften und er liebt es, den herausgeputzten „Ringstraßenwachteln" mit ihren nicht minder herausgeputzten Töchtern beim Flanieren zuzusehen. Die Stadt ist in seinem Blut, er ist ein „echter Wiener Bub".

„Also gut, ich gehe mit dir in die Stadt, wenn du mir bei der Kostümprobe in der Schule hilfst, gleich nach dem Hitler-Frei. Mutter ließ mir ein Kostüm für meinen Auftritt als Mond schneidern aus Silberstoff, aber die Mondsichel aus silbern gestrichenem Sperrholz bekomme ich alleine nicht auf meinen Kopf."

„Beim Verkleiden helfe ich dir, ich habe auch für unseren Ausflug eine Idee", sagt Dauzi.

„Eine Idee? Soll ich jetzt schon als Mond auftreten?", wundert sich Kari.

„Zu auffällig. Nein, du wirst mein Ungar sein."

„Dein Ungar?" Kari reißt verblüfft die Augen auf. Gut, er liebt das Familienschloss in Rádiháza, und in Vaters Arbeitszimmer betrachtet er gerne die vergilbte Fotografie des Großvaters: ein Mann mit gezwirbeltem Schnurrbart, der eine zu eng geschnittene Husarenuniform trägt. An seinen Fingern erkennt man Ringe, sofern man die Lupe nimmt. Den viereckigen Diamanten trägt der Vater heute an einem Ringfinger und am anderen den Wappenring. Geza kommentierte Großvaters Bild einmal so: „Der Schlossherr zu Rádiháza war fesch und beglückte die Damen. Das strapazierte das Familienvermögen, denn er war mehr fesch als klug." Das verwirrte Kari, genauso wie wenn die Eltern in Wien Ungarisch mit ihm sprechen. Wenn ihn in Rádiháza ein Lehrer unterrichtet, auf Vaters Wunsch, fühlte sich das besser an. Aber daheim möchte Kari eines sein: ein waschechter Wiener Bub! Und jetzt soll er für Dauzi einen Ungarn spielen? Er sagt erst zu, als sie ihm ein Eis verspricht, das erste im Jahr, und versichert, man sähe die Verkleidung kaum.

Dann steckt sie ihm mit Nadeln eine kleine ungarische Fahne ans Revers.

„Das war es schon?", wundert er sich. „Das kleine Ding?" Das Bild seines Großvaters in der Husarenuniform leuchtet nochmals in ihm auf.

„Das Rot-Weiß-Grün steht dir gut, mein kleiner Husar. Und ich tue dies ja nur wegen der angeblichen Gefahr", säuselt sie und küsst ihn auf die Wange. Dauzis Küsse gefallen Kari.

Je näher sie der Innenstadt kommen, umso mehr Menschen umströmen sie. Viele führen Fähnchen mit Hakenkreuzen mit sich. An manchen Häusern hängen große Fahnen aus den Fenstern. Am meisten verwundern Kari die vielen Porträts des Herrn Hitler. Einige sind wie Heiligenbilder mit Blumen und grünen Tannenzweigen geschmückt.

Junge Burschen in braunen Hemden wollen Kari ein Hakenkreuzfähnchen überreichen, was er ablehnt – etwas auf Ungarisch plappernd – mit einem Fingerzeig auf sein Revers. So machte er es mit Dauzi aus. „Ihr Scheißungarn lernt noch, wer der Führer ist", fluchen sie, lassen Kari aber weiterziehen.

„Hitlerjugend im Übereifer", stöhnt Dauzi, als sie außer Hörweite sind.

Überhaupt liegt ein ungewöhnliches Dröhnen über der Stadt, das anschwillt, je näher man dem Heldenplatz kommt. Dort treibt es nun auch Kari und Dauzi hin wie ein Sog. Ja, sie scheint plötzlich so wild entschlossen, dass sie Kari hinter sich herzieht, als sei er ein Kleinkind.

„Ich möchte mein Eis", nörgelt er.

„Später kriegst du vier Kugeln", verspricht sie und zerrt weiter an ihm.

Ihre Technik des Drängelns und Hindurchschlüpfens bringt sie voran in dem Menschengewühl. Wenn sie nicht weiterkommt, brüllt sie: „Machen Sie Platz für ein Diplomatenkind aus Ungarn, das soll bittschön was sehen!"

Sie sind schon weit auf dem Heldenplatz vorgedrungen, als Kari aufschreit: „Wir sind gefangen!"

Tatsächlich gibt es für die beiden kein Vor und Zurück. Der riesige Platz ist schwarz vor Menschen. Rote Punkte darin verraten Hakenkreuzfahnen in allen Größen.

„Er ist da, ist endlich in Wien, gleicht zeigt er sich, alles wird gut", schnappt Kari als Wortfetzen auf. Und immer wieder – als sei es ein Gebet: „Der Führer, der Führer, der Führer ..."

„Der Führer von was?", fragt Kari.

Ein Mann, der seine Frage hört, funkelt sie böse an. „Hau ab mit deinem dummen Balg", geht er Dauzi an.

Kari deutet auf die ungarische Flagge an seinem Revers und lächelt entschuldigend.

Vorhin sahen sie eine Mutter, die ihrem Sohn, der in den Jubel einfiel und die Hand zum Hitlergruß erhob, die Hand runterdrückte und ihn ermahnte: „Wir wissen noch nicht, was der uns bringt." Daraufhin wurde die Mutter von den Umstehenden beschimpft und verschwand mit ihrem Kind in der Menge.

Nun also befindet sich Kari inmitten des „heiligsten Platzes Österreichs", wie manche den Heldenplatz nennen. Er wird geschupst und angerempelt, aber plötzlich fürchtet er sich nicht mehr. Die vielen Menschenleiber verschmelzen für ihn zu einem einzigen Lebewesen: einer riesigen Wasserpflanze im Meer. Er ist ein Tentakel dieser Wasserpflanze, sie wogt und bewegt sich in der Strömung: hin und her, hin und her. Noch nie spürte er so viel Energie und gibt sich ihr hin. Wogt hin und her.

Dauzi wittert Gefahr und brüllt ihn an. „Halt dich aufrecht, Kari. Nicht stürzen, sonst zertrampeln sie uns. Du bleibst immer an meiner Hand!" Ihr Gesicht ist gerötet und nassgeschwitzt.

„Alles wird gut, junge Frau. Vor drei Tagen betrat die deutsche Wehrmacht österreichischen Boden, und gleich spricht der Führer zu uns", redet ein älterer Mann auf sie ein. Er wirkt wie beseelt. „Der Anschluss wird unser Glück. Lang lebe Österreich!" Plötzlich umarmt er Dauzi sogar, versucht sie küssen.

Sie dreht den Kopf weg, der Schädel des Fremden streift ihre Nase. „Aua", kreischt sie.

„Zeigt sich der Führer, kommst du mir nicht mehr davon, dann kriegst du einen Kuss, den du nie mehr vergisst." Zu seinen Worten deutet der Mann auf den Balkon der Hofburg. „Dort sah ich schon den Kaiser, jetzt kommt der Kaiser der Herzen."

Kari ist so aufgeregt, dass es hinter seinen Schläfen pocht, auch muss er auf die Toilette und es plagt ihn

Durst. Doch er und Dauzi sind weiter in diesem wogenden Megaorganismus gefangen, der seltsame Geräusche macht: Er knurrt, ächzt, stöhnt, jubelt, heult und schreit. Kari hält sich die Ohren zu.

Männer erscheinen in Uniform auf dem Balkon der Hofburg: in ihrer Mitte ein kleines Männlein.

„Der Führer, der Führer", jubelt der Mann neben ihnen. Und er tut es mit solcher Inbrunst, dass er vergisst, Dauzi zu küssen.

Der Megaorganismus um sie herum wird noch lauter. Er braust wie ein Orkan, ein Orkan aus unzähligen Kehlen. Nun reckt der Organismus alle Tentakel in die Luft zum Hitlergruß.

Kari spürt eine Gänsehaut über seinen ganzen Körper laufen, aber er spürt auch so etwas wie Entsetzen. Ja, Ekel. Wie können erwachsene Menschen sich nur so gehenlassen? Sie führen sich auf wie Besessene.

Als das Männlein vor ein Mikrophon tritt und ein Zeichen gibt, verstummt der Megaorganismus. Das soll der Führer sein? Seine Stimme klingt künstlich, aber die Worte sind wohlgewählt. Hier überlässt man nichts dem Zufall. Das ist ein Theaterstück, glaubt Kari bei seiner geringen Bühnenerfahrung zu wissen.

Der kleine Mann verkündet auch merkwürdige Dinge: „Ich bekunde den Eintritt meiner Heimat, der Ostmark des deutschen Volkes, in das Großdeutsche Reich." Das Wort „Österreich" nimmt er kein einziges Mal in den Mund. Und dies am heiligen Platz des österreichischen Volkes?

Das Atmen fällt Kari schwer. Aber auch Dauzi schnappt nach Luft. Man könnte nun meinen, der riesige Organismus saugte ihnen das Blut aus ihren Adern und die Luft aus ihren Lungen, um sie für sich selbst zu nutzen.

Doch selbst in ihrer Erschöpfung wissen Kari und sein Kindermädchen eines: Das, was auf dem Heldenplatz geschieht, wird in ihr Gedächtnis eingebrannt sein.

Kari kann sich nicht erinnern, wie sie sich aus dem Menschenknäuel auf dem Heldenplatz lösten und wieder nach Hause kamen. Auch sein Zeitgefühl ging ihm verloren. Sein Denken setzt erst wieder ein, als er das Gesicht seiner Mutter vor sich sieht, die ihn anschreit. Das tut sie sonst nie, sie ist eine feine Dame. Oder geht sie Dauzi so an, die wie ein Häufchen Elend neben ihm steht? Was solle das mit der ungarischen Flagge an seiner Jacke? Und wo sei man gewesen?

„Wir haben den Führer gesehen", antwortet Kari. Er ist in seiner Verdutztheit und Erschöpfung völlig unfähig zu lügen.

„Den Führer?" Die Stimme der Mutter zittert und sie schüttelt ungläubig den Kopf. Als sie aber aus dem Gesicht ihres Sohnes herausliest, dass dies die Wahrheit sein muss, füllen sich ihre Augen mit Tränen. Nun ist Kari noch mehr verwirrt, so sah er die Mutter überhaupt noch nie. Sie ist keine herzlose Frau, aber auch keine, die sich eine Blöße geben würde vor den Kindern. Und erst recht nicht vor dem Personal. Und sie weint?

Plötzlich erscheint der Vater in dieser unwirklichen Szene. Es muss also schon spät am Abend sein, wundert sich Kari. War er mit Dauzi so lange am Heldenplatz gefangen? Und haben sie die ganze Rede des Herrn Hitler angehört? Er wüsste es nicht zu sagen.

Der Vater winkt das Kindermädchen in sein Arbeitszimmer hinein, in dem die Mutter schon verschwunden ist. „Geh was essen, wasch dich und dann ab ins Bett", befiehlt der Vater ihm.

Kari verharrt vor der geschlossenen Tür. Er fühlt sich unfähig, etwas anderes zu tun, als zu lauschen. Dauzi tut ihm leid.

„Es hätte etwas passieren können, das war ihm strikt verboten, und ein Kind sollte so etwas nicht sehen!“, empört sich die Mutter.

„Frau Baronin, ich entschuldige mich zutiefst und ich trage die Konsequenzen. Aber ich habe gut auf Kari aufgepasst und ich sah viele Kinder mit ihren Eltern oder mit ihren Kindermädchen. Sie alle wollten den Führer sehen“, verteidigt sich Dauzi.

„Aber mein Kind sollte so etwas nicht sehen!“, schimpft die Mutter.

Dann schaltet sich der Vater ein: „Er hat es aber gesehen. Und dass Kari es sah, ist vielleicht sogar gut.“

„Gut? Du stimmst dem Mädchen zu?“ Die Stimme der Mutter klingt fassungslos.

„Nun, so kann Kari vielleicht verstehen, was in seiner Heimat passiert, in Wien.“ Verglichen mit der Mutter bleibt der Vater ruhig.

„Wie soll ein Kind verstehen, was selbst ich nicht verstehen kann?“, schleudert die Mutter in den Raum.

„Man darf Kari nie unterschätzen. Und da er diesen Wahnsinn mit eigenen Augen sah, wird er uns vielleicht keine Vorwürfe machen“, brummt der Vater.

Vorwürfe wofür, fragt sich Kari. Erwachsene waren merkwürdig. Aber auch er fühlt sich seltsam: aufgekratzt und zugleich niedergeschlagen.

Nein, er will sich den Streit der Erwachsenen nicht länger anhören. Ruhelos streift er im Haus umher, schließt die Augen, um sich zu beruhigen. Er kennt sein Zuhause ja blind. Nun saugt er den Geruch in sich ein. Es riecht nach Bohnerwachs, Möbelpolitur, nach Blumen in Mutters Arbeitszimmer und nach ihrem Parfüm.

Aus der Küche weht ein salzig-würziger Hauch von Suppe. Die Brummer lärmt mit Töpfen und Geschirr herum. Er liebt ihr „Küchengeklapper“: das Geräusch absoluter Geborgenheit und eine Garantie für einen bald gefüllten Magen. Als er verbotenerweise die Tür zum Salon öffnet – die erregten Stimmen der Eltern dringen immer noch aus Vaters Arbeitszimmer –, macht er auch die Augen auf und ist erstaunt. Es fehlen einige Gemälde, darunter das von beiden Eltern besonders geliebte Bild der „Heiligen Katharina“. Es soll das kostbarste im Haus sein. Aber wieso fehlen diese Sachen? Vielleicht lässt Mutter die Gemälde neu rahmen oder reinigen?

Später sitzt Kari mit Dauzi im Tagraum. Schweigend. Zu mächtig tönt wohl noch der Lärm vom Heldenplatz in ihnen. Irgendwann fällt Kari dann doch etwas ein: „Dauzi, war das am Heldenplatz Heldengebrüll?“ Er möchte sie mit der Frage auch aufmuntern und ist stolz, dass ihm so etwas Gescheites einfällt. Sie zuckt nur mit den Schultern.

Die Brummer serviert ihnen Gulaschsuppe, die sie noch vom Mittagessen übrig hat. Dauzi sitzt regungslos vor dem dampfenden und so herrlich nach Fleisch und Paprika duftenden Teller. Kari ist fassungslos. Wie kann man bei Gulaschsuppe so appetitlos am Tisch sitzen? „Schau, der kleine Ungar löffelt die Suppe seiner Vorfahren.“ Er deutet mit dem Finger an sein Revers, an dem noch immer die kleine ungarische Flagge befestigt ist. Dauzi nickt todernst.

Dann deutet Kari auf die Wand, auf sein Bild. „Und wer schaut uns beim Essen zu? Anna von Ungarn! Ob man ihr damals schon Gulaschsuppe servierte? So gut wie die von der Brummer kann sie nie gewesen sein.“ Kari steht vom Tisch auf und tut so, als ließe er die Dame auf „seinem Bild“ einen Löffel Gulaschsuppe kosten. Nun hellt sich Dauzis Blick auf.

„Mach ihr bloß keine Flecken aufs feine Kleid. Wir haben uns heute schon Ärger genug eingehandelt. Aber spannend war es doch.“ Dann schenkt sie Kari ein kleines Lächeln. Ein entzückendes Dauzi-Lächeln.

Am nächsten Morgen verlassen Kari, seine Eltern und seine Geschwister das Haus noch vor dem Morgengrauen. Jeder trägt seinen braunen Koffer. Herr Dangl erhielt in der Nacht noch vom Vater die Anweisung: „Wir verreisen in die Schweizer Berge, ein spontaner Kurzurlaub. Die Schüler in der Familie haben ja ein paar Tage frei. Es geht ins Hotel ‚Waldhaus‘ im Engadin. Sie kennen den Weg, Dangl.“

Die Familie sitzt schon fast im Auto, als die Brummer auftaucht. Sie gleicht einem Nachtgespenst in ihrem weißen Nachthemd und den offenen, wallenden Haaren. Als Köchin trägt sie ihre Haare untertags in einem strengen Knoten. „Die Herrschaften haben noch nicht einmal gefrühstückt. Ich könnte schnell Brötchen aufbacken. Es gäbe auch noch von meinem Butterzopf. Und man verreist mit so kleinem Gepäck? Ganz ohne Skisachen, ohne Schlitten?“ So aufgelöst und in diesem Aufzug sah noch keiner aus der Familie die Köchin.

„Frau, geh zurück ins Bett“, sagt Herr Dangl sichtbar peinlich berührt.

„Geschätzte Frau Brunner, entschuldigen Sie bitte. Wir sind sehr in Eile. Und man kann improvisieren, wenn man muss“, beruhigt der Vater sie. Die anderen finden keine rechten Worte, der Vater drängt zum Einsteigen.

Als Herr Dangl den Austro-Daimler startet, will seine Frau zunächst gar nicht zur Seite weichen. Es ist ein

Anblick, der Kari in die Glieder fährt: die fassungslose Brummer, der ein Teil seines Herzens gehört und sicher sein ganzer Magen.

Als sich das Hoftor ihres Hauses in der Jacquingasse 17 hinter Kari und seiner Familie schließt, schließt es sich für immer. Gulaschsuppe war die letzte Mahlzeit, die Kari in diesem Haus zu sich genommen hat. In seinem Tagraum, unter „seinem Bild“ und unter den tiefblauen Augen Annas von Ungarn.

Epilog

Früh am Morgen verlässt ein weißes Leihauto den bewachten Parkplatz des „Waldhauses" im Engadin. Der Bildschirm der Überwachsungskamera zeigt: 15. Juli 2009, 06:46 Uhr. Am Steuer sitzt ein älteres Ehepaar. Er heißt Charles, sie Rosemarie.

Das „Waldhaus", eines der Grandhotels des „alten Europa", besucht Charles schon seit 1931. Und schon als Zweijähriger fühlte er sich dort wohl. 1938 wurde es seiner Familie sogar für einige Zeit zum sicheren Hafen. Man war im leichten Gepäck angereist, dass man auf der Flucht war, musste geheim bleiben. Nun, Herr und Frau Baronin wirkten etwas müde, aber kommt man nicht in dieses Juwel, das wie ein Adlerhorst in der Bündner Berglandschaft liegt, um sich zu erholen? Um Abstand zu gewinnen? Dass der Abstand ihr ganzes bisheriges Leben betreffen würde, ahnte niemand, der sie sah.

Charles steuert das Auto an der Seenlandschaft vorbei, die, ob ihrer Einzigartigkeit, den Titel „Weltnaturerbe" trägt. Das Seegeflimmer im Licht der Bergsonne ergreift ihn noch immer. Fast möchte er sich die Augen reiben, wie er es als Kind tat angesichts dieser Pracht.

„Wenn man das so sieht, möchte man ein Maler sein. Oder ein Philosoph, nicht umsonst fand selbst ein Dickschädel wie Nietzsche hier die Inspiration für sein ‚Also sprach Zarathustra'", fällt Charles ein.

Seine Begleiterin lächelt milde. „Alter schützt vor Torheit nicht und Männer nicht vor Anflügen der Romantik." Rosemarie ist bekannt für ihre amüsanten Erkenntnisse.

Charles und Rosemaries Ehe ist glücklich, und Humor – gepaart mit Sinnlichkeit – ist ein Motor ihres Glücks.

Charles tippt die Destination in das Navi des Mietwagens. „Honey, wir könnten in dreieinhalb Stunden in Innsbruck sein."

„Das sagt wer?", fragt sie.

„Nun, das sagt der Concierge, und wer im ‚Waldhaus' als Concierge arbeitet, der versteht sein Handwerk, und das Navi sagt etwas Ähnliches."

„Nun, Darling, sie wissen nicht, wie du Auto fährst. Und wir fahren mitten durch die Alpen."

„Honey, unterschätze nie einen Ungarn", antwortet Charles lachend. Er ist amerikanischer Staatsbürger, aber das mit dem Ungarn ist so ein „Running Gag" zwischen ihnen. Aber es ist auch ein Gruß aus Charles' Vergangenheit.

In Innsbruck waren die beiden noch nie, Charles kommt einer Einladung nach.

„Darling, du hast ein Rendezvous. Das will bei jemandem jenseits der achtzig schon etwas heißen. Nun, du musst keinen Bauch einziehen, hast immer noch volles Haar, und deinem taufrischen Charme erliegen die Frauen ewig", witzelt Rosemarie. „Und ich werde euch nicht stören", kichert sie. Sie spürt, wie sein Herz schwer wird, und möchte ihm eine gute Gefährtin sein.

Manches aus seiner Kindheit in Österreich hat Charles ihr erzählt, manches, was ihn immer noch bedrückt, aber kaum. Würde eine Amerikanerin verstehen, wie es sich anfühlt, wenn man lange nach dem Krieg vor einem neuen „seelenlosen" Haus steht, da sein Elternhaus in der Jacquingasse 17 im Bombenkrieg zerstört wurde? Und wenn aus einem Fenster in der Nachbarschaft jemand herausgrölt: „Herrgott, das ist doch der alte Judenbengel!"

Gott sei Dank war sein Vater damals so mutig, sie nur einen Tag nach dem „Anschluss der Ostmark an

Großdeutschland" aus ihrem Leben zu reißen. In Wien geschah innerhalb von fünf Tagen das, wozu es in Hitlerdeutschland fünf Jahre gebraucht hatte. Jegliche Demokratie wurde zerstört. Der Antisemitismus feierte Exzesse.

Menschen jüdischer Herkunft – es war der NSDAP ja gleich, ob man getauft war – wurden auf die Straße gezerrt und mussten in „Reibepartien" mit ihren besten Kleidern auf Knien die Bürgersteine säubern. Zigtausende wurden in Konzentrationslager geschafft. Die Wohnungen der bessergestellten Juden wurden geplündert. Dabei wussten „Kulturspitzel" der Nazis genau, wo welche Kunstwerke zu finden waren. Man hatte die Kunstagenten bedroht oder bestochen, um Görings und Hitlers Appetit zu stillen: vornehmlich auf „Alte Meister", man nahm aber auch einen Klimt, wenn er guten Gewinn versprach.

„Ach, Rosemarie, diese Fahrt fällt mir schwer. Wir fahren mit einem Mietwagen mitten in meine Vergangenheit. Ich habe dir ja schon erzählt, dass ‚Die heilige Katharina' uns 1938 das Leben gerettet hat. Mein Vater bestach mit Pachers Meisterwerk Görings Agenten und erkaufte uns eine Chance zur Ausreise. Und auf ‚mein Bild' im Tagraum, diese junge, ungarische Königin, die Königin meiner Kindheit, war Göring auch scharf." Charles seufzt auf, Rosemarie berührt zärtlich seinen Arm.

Er denkt daran, dass einige wenige ihrer Gemälde, vom Vater rechtzeitig im Bankschließfach einer Pariser Bank deponiert, den Krieg überstanden. Sie fanden eine neue Heimat, wo er und seine Familie eine neue Heimat fanden: in New York und in Boston.

„Und, Rosemarie, habe ich schon erwähnt, dass man mich und Geza sofort von der Schule warf, in unserer Abwesenheit? Einer feinen Wiener Schule. Und kaum waren wir alle verschwunden, nahm man Herrn Dangl unser Auto weg und warf alle unsere Angestellten aus dem Haus. Gott sei Dank überlebten sie alle den Krieg."

„Reg dich nicht auf, freu dich auf dein Date, Honey. Du willst doch einen guten Eindruck machen", sagt sie. „Und sieh es so: Du hast in Amerika dein Glück gefunden, hast am MIT an der Harvard University in Boston studiert, bist ein erfolgreicher Geschäftsmann geworden, ein guter Vater, ein geliebter Großvater. Und dein Humor ist dir geblieben. Beruflich hättest du in deinem kleinen, zertrümmerten Österreich nach dem Krieg diese Chance vermutlich gar nicht gehabt", fügt sie noch an. Wieder streicht sie mit ihren Fingerspitzen über den Arm, der das Lenkrad führt.

„Ach, Honey, in meinem Kopf dröhnte immer der hysterische Jubel vom Heldenplatz, dieses Hyänengebrüll, wenn ich früher las: ‚Österreich ist eine Opfernation'. Der Diktator kam als Triumphator nach Wien. Ich war am Heldenplatz mit meinem Kindermädchen! Mein Wien hat dieser Hitler zerstört." Charles sieht für einen Moment unendlich müde aus.

„Honey, denk daran, was uns in Innsbruck erwartet, und schau, um Himmels willen, auf den Verkehr", Rosemarie wird bestimmter. Sie schaltet das Radio ein und drückt so lange auf den Knöpfen herum, bis sie einen Klassikkanal findet.

Charles lacht auf. „Man merkt, dass wir schon in Österreich sind. Das ist die Ouvertüre der ‚Fledermaus' von Johann Strauss, dem Walzerkönig. Das ist ja wie verhext, der lebte mal in unserer Jacquingasse. Oder war das der andere Strauss?" Charles denkt nach. „Rosemarie, ich werde alt", jammert er.

„Rede nicht solchen Unsinn, du hast gleich ein Rendezvous, Honey“, gurrt sie gespielt romantisch. „Ja, Baby, unterschätze nie einen Ungarn!“, sagt er schon etwas hoffnungsfroher.

In Innsbruck angelangt, führt sie der Museumsdirektor persönlich über knarzende Holzböden durch sein Museum. Ihn begleitet seine Frau, die sich für die Geschichte des ungewöhnlichen Besuchers aus Amerika interessiert. Sie plaudert mit Rosemarie, die ihr beiläufig erzählt, dass sie Eulen sammelt.

„Eulen? Gleich werden wir eine sehr ungewöhnliche Eule sehen. Als Schmuck“, so die Frau des Museumsmannes.

„Nun kommen wir zu unseren Kostbarkeiten, den Alten Meistern“, sagt jener bedeutungsvoll.

Das ist der Moment, wo man Charles die letzten Schritte allein gehen lässt. Alle verstummen ergriffen. Er nähert sich zielsicher einem Gemälde mit der Bildunterschrift:

Anna von Ungarn, Porträt von Hans Maler, 1521, Öl auf Holz.

„Hallo Anna, hier ist Kari. Wurde auch Zeit mit uns beiden“, sagt er. Es ist eher ein zärtliches Flüstern. Dann verharrt er lange – schweigend:

Der ergraute Mann vor dem kleinen Bild mit der großen Geschichte.

Jeannine Meighörner
Speranza
Eine Liebe im Schatten des Unglücks von Longarone. Roman
240 Seiten, € 12.95
HAYMON taschenbuch 141
ISBN 978-3-85218-941-3

Am 9. Oktober 1963 machte eine 140 Meter hohe Flutwelle das oberitalienische Städtchen Longarone dem Erdboden gleich. Sie riss Familien, Zukunftspläne und Träume mit sich – auch jene der blutjungen Clara und ihres Mannes Riccardo.

Speranza – ein Hoffnungsschimmer nach der Katastrophe: Einfühlsam, bewegend und authentisch erzählt Jeannine Meighörner die wahre Geschichte eines Paares, das die Zuversicht auch im Angesicht der Katastrophe nicht verliert und sich eine neue Existenz aufbaut – voller Hoffnung auf eine bessere Zukunft, aber ohne den Schatten des Unglücks jemals ganz abwerfen zu können.